控制

CONTROL

青梅酱 著

中国言实出版社

图书在版编目(CIP)数据

控制 / 青梅酱著 . -- 北京 : 中国言实出版社，2023.1

ISBN 978-7-5171-4379-6

Ⅰ . ①控… Ⅱ . ①青… Ⅲ . ①长篇小说 - 中国 - 当代 Ⅳ . ① I247.5

中国国家版本馆 CIP 数据核字（2023）第 026665 号

控制

责任编辑：张馨睿
责任校对：张天扬

出版发行：中国言实出版社

地　址：北京市朝阳区北苑路180号加利大厦5号楼105室
邮　编：100101
编辑部：北京市海淀区花园路6号院B座6层
邮　编：100088
电　话：010-64924853（总编室）　010-64924716（发行部）
网　址：www.zgyscbs.cn　电子邮箱：zgyscbs@263.net

经　销：新华书店
印　刷：三河市兴国印务有限公司
版　次：2023年 5月第1版　2023年 5月第1次印刷
规　格：710毫米×1000毫米　1/16　21印张
字　数：300千字

定　价：59.80元
书　号：ISBN 978-7-5171-4379-6

我还能站在这里，就是最好的答案。

所有的一切被包围的那一瞬间，

整片精神世界随着某处激发的微妙落点炸开了炫目的光。

仿佛有一轮暖阳从海平面的尽头升起，

温热的阳光撒开的同一时间，

呼啸的风暴似乎受到了前所未有的安抚，

随着最后几下涌动，

彻底地平息了下去。

随时濒临崩塌的精神图景，

有了前所未有的宁静。

即便不知道含义，他依旧无条件地选择顺从。

这大概就是 TS 臣服于 TW 指引的本能。

人类或许终将走向文明的未来，而在此时此刻，他们也终于找到了属于自己的最终归属。

目录

contents

【埋骨地】

1

警报铃声响起的时候，应奚泽正好进行到实验的最后一步。

血色囊状物质在试剂中逐渐化解，一点一点地被融入其中。

原本平和的环境被瞬间激活，周围分化过无数次的细小触手，仿佛还残留着生命般在扭曲、挣扎。

作为容器的试管被敲击出清晰的声响，一下一下地震着耳膜。

这些来源未知的外来生物体仿佛也知道自己命数将尽，用着最后的力气试图逃生，终究只能在逐渐糜烂中渐渐平息。

所有细胞全面崩坏，各项组织悉数瓦解。

助理相嘉言推门走进，第一眼就看到了靠在桌边的应奚泽。

从外面落入屋内的阳光打在他身上，在其眉眼间落下了立体的阴影，整个眉目间充满了习以为常的淡漠，原本冷艳的容貌在整个人气质的衬托下显得更加冰冷。再细致感受的话，他的淡漠又似乎只是非常平常的漫不经心的态度。

相嘉言顺着应奚泽的视线，看到了已经完全平息下来的试管。他刚才也听到了警报，不过在看到应奚泽这样平静的表情后，到底还是没有开口催促。

试管中的血色液体逐步瓦解成为絮状，融合过程也终于全面结束。血红色的微小触手仿佛被完全抽干生命般，干涸木讷地在试剂上方漂浮着。如果不仔细看，像极了很多水污染区域的红色浮萍。

应奚泽取过桌面上的实验记录本，在最新项目的报告上写下了四个字——测试失败。

在这个报告上方，龙飞凤舞的记录中几乎全部都是一模一样的字样。这样的实验他们每周都会进行数十次。“失败”两个字对于应奚泽这样的研究人员来说，早就已经习以为常。

应奚泽将实验记录严谨地放回档案架的相应位置，这才取下了衣架上的外套，往身上随手一披，径直越过相嘉言出了门。他听到身后跟上的脚步声，问：“这次又是哪个区域？”

相嘉言始终保持着几步远的距离，闻言迅速地说明了一下自己了解到的情况：“是隔壁南市的下城区，分区编号 B4123 的秋枫小区。据说是陈山那边地窟里的异形外泄，也不知道是怎么避开的狙杀组，出现在小区内部的时候没有任何先兆。因此根本没有任何防御措施，等反应过来再采取行动的时候已经……”他停顿了一下，语调不可避免地有些发沉，“伤亡惨重。”

应奚泽很了解相嘉言的为人，能让他出现这样明显的情绪波动，这次“事故”的损伤一定不小。他沉思片刻，问：“逃出来几人？”

相嘉言答道：“目前……还不太清楚。”

这样的回答意味着，有人生还的概率估计无限趋近于零了。

应奚泽点了点头，没再说话。走出研究所后，他径直登上等在门口的商务车。

车内，所有相关人员已经悉数就位。

他们原本正在讨论着什么，看到应奚泽上来，不少人跟着打了声招呼：“应工。”

应奚泽长得好看，虽然态度冷淡，但并不影响其他人喜欢跟他接触的小心思。

应奚泽朝车上的众人点了点头，视线扫了一眼，直接坐在最后排的角落位置。相嘉言也找了个空座坐下。

两人是最后抵达的，关上车门后，商务车就缓缓地行驶了起来。

应奚泽上车的时候，里面众人正在谈论今天的这次“事故”。

“我已经听现场的朋友说了，这次的情况发生得太过突然，而且没有任何前兆。等消查部那边反应过来的时候，整个小区已经被蚕食了大半。目前来看极大可能已经引起了全面感染，等我们过去后，估计有的忙了。”

虞清漪素来是部门里的百事通，在警报响起后的短时间内就已经对事情有了全面的了解，说到这里，他的语调听起来很是感慨：“最近这种‘泄漏’

事件越来越多了，也不知道是地窟那边的人不作为，还是异种有了新的进化。但不管哪种情况都挺让人头疼的，据说这次秋枫小区里出现的就是以前从未见过的异形体，希望能多带一些有效样本回去，别再让我们白跑一趟。”

新进部门的实习生闻任弱弱地搭了一句："毕竟感染了那么多人，总能搞到一些有效的活性样本吧？"

虞清漪低低地叹了口气："这谁能知道呢？上次黎明大厦的异化感染者够多了吧，结果变异指数直接就冲顶了。根本等不到取样的机会，就直接全被消灭了，一个没留。"

黎明大厦那次是闻任到岗后的第一次任务，他显然想到了不好的回忆，整个人脸色顿时有些发白。

比起他来，其他人算得上是身经百战，各自感慨了两句后，就面不改色地转移了话题。

商务车徐缓地行驶在主干道上。

应奚泽听着同事们的讨论，并没有参与其中，视线始终平静地落在窗外。

这个时间点恰逢晚高峰，路上来来往往的都是忙碌了一整天的上班族。车来车往之外，不远处地铁口的画面显得尤为匆匆。

那里聚集的都是上班族，生活的辛劳在他们的脸上留下了太多的疲惫。这个时候黄昏的阳光洒下，为这样和平的背景板增添了更加柔软的底色。

只是这样隔了一扇车窗，车内外却仿佛隔了一个世界。

这些在政府千方百计呵护下的普通人群，永远不知道这个世界正在悄然间发生着什么。

可以想象当那层窗户纸被完全捅破之后会引起怎样的恐慌，但现在的状况，充分诠释了什么叫作一无所知才是真正的幸福。

南市距离研究院所在的宁城大概一小时车程。

夕阳逐渐落下，整个天色也开始沉沉地笼罩下来。

应奚泽他们作为科研人员，主要的任务是进行事后的样本收集，并不需要像消查部那些行动队一样在第一阵线冲锋，只需要在事情全部解决之前顺利抵达就行。

随着目的地的逐渐接近，应奚泽看到了外围设置的第一重岗哨。

"前方道路施工"的标识非常醒目地落入眼中。

行驶的车辆在警卫人员的安排下纷纷改道，突发的路况让所有人忍不住骂骂咧咧。但是整个警卫队的态度相当坚定，让他们不得不掉转车头寻找新的路线。

不出意外的话，这样的岗哨不止安插了这里一处。应该已经严密地拦截了通往秋枫小区的所有道路，将无关人员全部拦截在外面。

商务车上有着研究部的车标，畅通无阻地得到了放行。

后方不远处响起了一阵阵的鸣笛声。这样的特殊待遇显然被不少人看在眼中，不满的情绪也瞬间被激化。

终于有人忍不住咒骂："他们凭什么就能过去？"

一句话，让其他车主也跟着纷纷附和。

情绪一触即发，远远地赶来了一群穿着特殊制服的人，开始配合警卫人员进行协调。争执虽然还在继续，但随着这些人的抵达，人们便很快平息下来。

车窗半开着，应奚泽隐约感受到空气中的微妙波动，他淡淡地回头扫了一眼。

很显然，刚才抵达的那些人里存在着能力不错的 TW[①]。他们第一时间，就利用精神暗示强行平复了隐约失控的局面。

相关资料显示，人类开始陆续出现 TS[②]、TW 体质觉醒[③]，但这类特殊群体的比例也不到人类总数量的百分之一。在这个特殊的时代中，他们像是被赋予了注定要肩负的使命。

如今服务于政府的 TS 和 TW 被分配在各个地区，这次南城出事，周边区域内的 TS 和 TW 们得到了同步调配，除了支援这边的外部岗哨之外，更多的人员在秋枫小区周围活动。

从车上下来的时候，众人一眼就看到了在整个小区周围笼罩着无形的精神屏障。

普通人无法看到任何精神力[④]和精神体[⑤]，因而将周围区域的民众转移之

---

① TW：治愈型人格。擅长精神力控制，能使用精神力进行作战。能够给普通人类设立精神屏障帮助抵御攻击，并且能安抚 TS人群的精神图景，修复其精神力。

② TS：攻击型人格。身体素质较高，擅长武力压制，拥有极强的作战能力。但是精神图景并不稳定，一旦精神图景崩塌，会成为危险的存在。因此需要 TW对之进行纾解和清理精神图景，帮助其恢复精神力。

③体质觉醒：在本书设定的未来世界中，人类群体中出现了觉醒体质，觉醒出两种体质特殊人群，因血液不同，他们分别为 TW体质人群和 TS体质人群。

④精神体：体质特殊人群精神世界的具象化灵魂体。

⑤精神力：体质特殊人群独有的一种高于常人的特殊力量。

后，这个办法能有效将这片充满危险的区域与外界彻底隔绝开。

“怎么不往前走了？”王政是E组唯一的普通研究员，他既不是TS也不是TW体质，因而他的潜意识会在看向屏障的方向时屏蔽所有视觉画面，但是长期的经验让他在看到眼前的一片空白时顿时反应了过来，“我们这是到了？”

“嗯，到了。”

虞清漪朝王政伸出手，带着他缓缓地穿过这片精神屏障。

普通群众无法直接突破TW的防护屏障，但是虞清漪的精神力强度不错，属于B级TW，可以起到媒介作用。

穿过隔离区域，王政才看清楚防护屏障里面的画面。

他跟其他人一样，深深地倒吸了一口冷气：“嘶——这是……”

本以为那次黎明大厦的事件已经可以称为重大“事故”，没想到，这次秋枫小区的情况竟然比那次“事故”更加惨烈。

原本林立的建筑群早就已经千疮百孔，路边横七竖八地堆积着不少私家车。

很显然，小区内部已经有人发现了情况不对想要逃离，但在某种威胁下被全部留了下来。

每扇车窗上都沾染了猩红的血迹，其中还夹杂着黏稠的绿色液体，至于原本应该在驾驶座上的人已经失去了踪迹。这辆车从外到内都被破坏得相当惨重，不止是外围，像是连内部都遭到了剧烈的攻击，整个现场触目惊心。

研究部众人沉默地交换了一下眼神。

很显然，这些人如果不是被吞噬了，那就是已经被异化了。总之，确定没有任何的生还可能。

E组组长沉思宁看到“事故”现场的负责人匆匆赶来，也快步迎了上去。

应奚泽没有太过关注，而是慢条斯理地戴上手套，将防护服简单地往身上一披，便走向了距离他最近的那辆私家车。

这辆车距离小区大门只有一步之遥，刚好撞上了门卫的岗亭。受损的引擎散发着隐约的白烟，稍微设想一下当时的情景，他们几乎可以感受到车主当时那源自内心的绝望。

应奚泽的视线在后座上明显属于幼童的小熊玩具上停留了片刻，然后将损坏严重的车门稍微往后面一拉，缓缓地将半个身子探了进去。

刷子轻轻地擦过座位上黑绿色的、或许可以称之为血液的黏稠液体，应奚泽小心翼翼地将它刮进试管当中。和他以往无数次的样本收集工作一样，他的动作一丝不苟。所有触目惊心的画面仿佛没有在应奚泽的心中引起任何的波澜。整个操作过程中，他细长好看的手指间没有出现过半点不合时宜的颤抖。

猛然间，地面狠狠地震动了一下。突然响起的巨大爆炸声，带着整个天地随之一颤。

应奚泽刚好收集完足够剂量的样品。他回头看去，便看见有一根类似于节肢动物的下足从不远处高楼的墙体内部穿透出来。

初步估计，那只脚单宽度就至少一米有余。

在那尖端的钩子处还能看到挂着什么东西，隐约是一个人形。黏稠的绿色液体将他包围在其中，令人作呕。一点一滴地落下，渐渐地透出了那人身上制服的颜色，应该是消查部某个行动组的成员。

那人早就没有了任何生命迹象，一动不动地悬挂在半空当中。身体却像是抽空似的，像极了住宅区高楼层每天挂在外面等待风干的衣服，随风摇曳。

这样的画面并没有持续多久。不出片刻，殉职人员原本无力垂落的手仿佛被什么神奇的力量所牵引，忽然间呈现出无比诡异的扭曲动作。

很显然那是人类的身体无法完成的动作。

毫无生机的双手以一个诡异的角度开始一截一截地扭转，这种老旧玩具般的动作，即便隔了老远，依旧能够让人想象出整个过程中骨头错位发出的“咔嚓”声。

在众目睽睽之下，那人的尸体已经完全不成人形地蜷缩成了一团，开始有什么东西一根根地从骨骼各处渗出。

越来越多，越来越多。最后密密麻麻地遍布了全身。

这是随着人类全身细胞异化之后，产生的跟楼中的异形母体一样的丑陋节肢。可以说是“吞噬”，又或者说是“孵化”。

一切发生得太过突然，没有人想到会亲眼目睹人类感染之后发生异变的全过程。

周围顿时陷入了一片死寂。

现场负责人的通信器里反复传来前线急切的声音：“寻求紧急支援！S998队遭到大面积异化感染，寻求紧急支援！请迅速支援！”

那声音到最后，近乎声嘶力竭。然后随着非常微妙的一连串“咔嚓”声，通信恢复了一片寂静。

气氛愈发微妙。

现场负责人的一双眼睛在高强度的任务中已经有明显的红血丝，握着通信器的手下意识用力，关节泛白。

他刚要调整心情下达指令，忽然有一整队的车群突破了防御屏障呼啸而至，刹车声齐齐响起的瞬间，激起了一片纷飞的尘土。

待现场负责人看清楚车群上面印有的编号，表情瞬间多了几分的释然。

没等他说话，一群穿着黑色特殊作战服的人已经翻身下车，目不斜视地朝着高楼的方向飞奔而去。

前方的人员在刚才的画面中还有些心有余悸，正愣神时抬头看到新抵达的行动队，几乎是下意识地让开了一条道路。

直到那只队伍走远了，才有人低低地问了一句：“是……七组吗？”

所有人都知道，在消查部当中只有一个七组。

等应奚泽朝那个方向看去的时候，只看到了带头那人高挑修长的背影。

黑色制服在他的身上勾勒出遒劲生动的轮廓。虽然看不到脸，但是单单一眼，就足以感受到来自 TS 身上由内而外散发的张扬煞气。

很明显，那人曾经在鬼门关前游走过无数个来回。

消查部名下总共有十个特殊行动小组，个个都是由万中挑一的顶级 TS 和 TW 组成。

一组到六组偶尔会出面协助其他队伍处理高危事件，而能够让七组及以上的小组出面的，无疑已经属于灾难级的特危级“事故”了。

不过这次七组之所以会出现在这里倒不是因为危害级数高，而是凑巧路过。

其实，就连七组的组员自己，都不知道他们为什么要突然参与这次的行动。

就在十分钟之前，所有人还在欢天喜地地决定去找个包厢好好玩上一把，然后就因为在内部的特殊通信频道里听到了支援呼叫，于是转眼间，他们就到了这里。

直到冲进大楼的时候，全副武装冲锋在最前线的慎文彦还一脸不可置信地说："所以说，我们好不容易盼来的假期，就这么没了？真的就没了？"

其他人都识趣地没有吭声。

过了一会儿，慎文彦听到身后的男人语调不明地笑了一声："不是说要找地方放松吗？带你们来这里，难道还不够你们尽情释放？"

慎文彦哽住了。

回头的瞬间就对上了一双要笑不笑的眸子，他被里面翻涌着的难以压制的情绪震了一下，顿时悟了，立刻道："够了！特别够！老大您想怎么放松就怎么放松，这个地方绝对有惊喜！"

被称之为"老大"的男人正是七组的组长宿封舟。

所有人依旧迅速地保持着移动，变幻莫测的光线间，黄昏的余晖已经逐渐暗去，将男人那张脸上挺拔好看的五官衬托得愈发深邃。

他高挑的身材整个包裹在黑色制服里，清晰地衬托出了遒劲的肌肉轮廓。而那张脸上，两边微微抬高的眼角间还染了一丝的猩红，为这让人下意识想多看上两眼的容貌添了几分"生人勿近"的戾气。

跟过宿封舟一段时间的人都知道，看这副样子他显然是又犯"病"了。

来自未知生物体的嘶吼声，沉重且诡异地填满了蜿蜒的楼梯口。七组的其他成员却在咫尺的地方停了下来，不约而同地为宿封舟让开了一条道。

然后，他们就看到他们的队长用指腹摸了摸挂在腰部的特殊金属刀，舌尖轻轻地舔过干燥的唇角，径直走进了狩猎区域。

面对这些对新型能源枪炮具有极大免疫效果的异形体，有时候，返璞归真的冷兵器才是杀伤性最强的。

随着宿封舟的离开，周围凝重的压迫感也跟着降下。

慎文彦紧绷的状态这才终于松懈了下来，缓缓地吁了口气，却依旧感到有些心有余悸："什么情况？人家女孩子的生理期也不过是一个月一次，老大这个月都第几次了？"

融云作为七组唯一的 TW，此时已经非常贴心地在大楼周围竖立起了严密的精神防护屏障，闻言非常精准地脱口而出："第三次了。"

话落，周围微妙地安静了一瞬。所有人齐齐地交换了一下视线，表情都略微有些凝重。

自从去年七月开始，宿封舟"犯病"的频率显然已经越来越快了。

这无疑是一个非常危险的信号。

外界的人自然也注意到了高楼周围建立起的精神力屏障。紧接着，大家便被隔空传来的嘹亮狼叫声吸引了注意。

七组组长宿封舟的精神体是只黑狼，这在相关领域中早就不是什么秘密了。

只不过从门口众人的角度看去，接下去的一段时间内，始终有一个身影穿梭在数量骇人的异形足肢间。

虽然早就听说了七组组长很是喜欢身体力行，但其他成员看戏看得还是比想象中来得干脆。不过说到底，人家行动组内部的安排还轮不到其他人指手画脚。

目前异形所在的十八楼位置呈现出了意想不到的作战效果。单单交锋的片刻，就已经有成片的墙体在遭受巨大的物理伤害后，陆续被能量波动震开。轰然碎裂的墙面纷纷坍塌，在整片高楼周围震落了一片厚重的尘土。

沉思宁身为宁城研究院的 E 组组长，虽然去过很多“事故”现场进行勘查，却还是第一次亲眼目睹这么壮观的消查场景。

他下意识屏息之后，又暗暗地咽了口口水：“顶级 TS 的杀伤力，这么强劲的吗？”

他以前也不是没有见过 TS 动手，可是按照视觉效果上的震撼程度，那些人十个加起来都抵不上眼前宿封舟一个来得惊心动魄。

这精神体怕不是黑狼，更像同是犬科的阿拉斯加吧？这完全就是徒手拆家啊。

旁边的现场负责人听到沉思宁的话，也有些感慨，道：“要不怎么说宿疯子是十个行动组里顶级的人形武器呢？单从他调到七组以来，处理过的‘事故’就数不胜数，更别说当时还在地窟那会儿……咳，不管怎么说，幸好今天他在附近，要不然啊，我们麻烦恐怕更大了。”

说到这里，现场工作人员悬着的心也逐渐落了下来。

现场负责人的脸上也稍微有了些许释然的笑容，他暗暗地抹了把掌心，才发现自己的手里全是冷汗。

虽然地窟那边的岗哨部门有异形泄露的责任，可是如果真的在他的管辖地因为消查不利而出现意外事件，他就真的可以准备退位让贤了。

应奚泽就站在不远的地方。他像是没有听到两人的对话一样，视线始终平静地停留在高楼的方向。明明中间还隔了很远的一段距离，但是凭借着

TW 比常人要敏锐很多的五感，他依旧可以清晰地看到时不时在楼层中掠过的身影。

俨然一个大型的暴力拆卸现场，而那个高挑的身影无疑就是这一切的最主要来源。

应奚泽好看的眉心缓缓地拧起了几分。他可以感受到空气中带着一丝微妙的波动。这是属于 TS 的精神波波动。

这种波动无声地盘踞在他的身边，携带持有者本身的情绪，若隐若现地充斥着蠢蠢欲动的浮躁与撕扯感。

这种感觉淡得微乎其微。从其他人旁若无人的交谈状态来看，显然他们对此没有丝毫的察觉，这让应奚泽有些怀疑是自己的错觉。

毕竟七组里显然有一个很强势的高级 TW，只有精神力强度上对其他人存在着绝对压制，才可能在其他 TW 树立起来的精神屏障中建立新的防护层。这也让包括精神力在内的一切泄漏，都变成了几乎不可能发生的情况。

可即便如此，应奚泽依然非常肯定，他所感受到的那种压抑着的精神力，绝对真实存在。

大约过了半个小时，高楼内部的疯狂爆破才逐渐平息下来。精神屏障的消失如同释放出来的安全信号，现场众人紧绷的心弦终于彻底松了下来。

现场负责人雷厉风行地进行了迅速调配，随后，各相关部门也在第一时间赶去现场进行事后处理。

这幢高楼显然是异形体最主要的据点。

刚走进大门，扑面而来的浓烈腐臭味让一些经验不多的工作人员俯身干呕了起来。其他人虽然脸色也难免有些煞白，但他们依旧强撑着继续往里面走去。

而随后，他们看到的画面无疑更加触目惊心。也是这个时候，他们才终于知道小区里的人都去了哪里。

不止是过道内，整个楼道口都横七竖八地躺着姿势各异的尸体，有些至少还保留了最基础的人形，而有些显然已经发生了异变。从脖子往下，连同手脚都有了明显节肢化的趋势，但是依旧不能避免他们成为异形生物口中的餐食的命运。

这些暂且还能称之为人的生物周围包裹着绿色的黏液，身上的衣服都已经斑驳，皮肤上呈现的甲状异变稍微阻拦了腐蚀的速度，还没有异变的部位则完全软化，以一种非常诡异的形状深深地凹陷了进去，就像是被什么特质的化学试剂现场溶解了一般。

现场过分诡异的场景，用惨绝人寰来形容都不为过。

有些工龄较低、心理承受能力偏弱的新人，吐到最后几乎什么东西都呕不出来了，只能强撑，在心理防线彻底瓦解之前，濒临崩溃地跑了出去。

场面不可避免地混乱了一阵，宿封舟的漫不经心的声音成为了唯一的背景音，在整个环境里显得有些格格不入："想法？我就是过来协助处理'事故'的，还能有什么想法？至于这玩意儿为什么可以悄无声息地到市区来，我觉得你们更应该去问问陈山地窟的守卫岗哨，而不是跑来问我们这些自愿牺牲大好假期，选择无偿投入到守卫人民当中的前线干部。通常这种临时加班的情况，可都是要支付双倍工资的。"

宿封舟嘴里叼着一根不知道从什么地方摸出来的薄荷烟，烟头上的火星随着说话的动作上下起伏着。

单从他眉目间的表情看起来，对于这位负责现场记录的工作人员，他显然感到不太满意。

工作人员询问的话语本就有些结巴，这个时候被这样深邃的眼眸扫过，整个背脊一片凉透。

一哆嗦，他手里的笔差点跟着掉到地上："您、您说得对，但是刚才毕竟只有您在现场，这具体情况我也不方便去问别人啊……"

说话间，他不得不将求助的视线投向了旁边的慎文彦。

慎文彦对这个坚守岗位的年轻小伙子抱以同情，但是另一方面，他也很清楚这个时候还不太冷静的宿封舟确实不好惹。

可他这个人偏偏又很容易心软，到底还是清了清嗓子，适时地帮忙周旋了一句："老大，您看人家小年轻做这工作也不容易，干刚才那票的时候是个什么手感，要不还是简单说说？"

"手感？能有什么手感？"宿封舟眼睛微微眯起了几分，像是在回忆，"真要说，今天这玩意儿的皮确实比往常碰到的那些要硬上很多，我这刀都差点砍不动它。肢干倒是挺多，也不知道是怎么长的，一来就有七八根，拆起来稍微有点趣味。特别是最后一刀插进去的那种感觉，啧，果然还是这种绝望挣扎的状态才最能让人感到心情愉悦。你们说，是不是？"

慎文彦习惯性地捧场："那当然！您说得那可太对了！"

宿封舟显然对这个回答非常满意，眉眼间充满着享受的笑意。

搁在旁边的刀子上面还沾有黏稠的液体，他垂眸扫了一眼，眼中还带有一丝对刚才的作战意犹未尽的感觉。

还未被收回精神图景[①]中的黑狼无声地伏在宿封舟的脚边，它此时似乎感受到了主人的兴奋，抬眸目光森然地看了过来。

宿封舟意味不明的笑落入记录人员的眼中，他深深地吸了口气，尽量让自己的语调保持平稳："除了这些，您还有什么想要说的吗？"

"没了，我从来不是喜欢多说话的人。"

宿封舟直勾勾地看着记录人员。他微微凑近，猩红的烟头几乎从对方的脸上擦过。记录人员甚至可以清晰地看到那双眼底翻涌的期待。眼角还未消退的猩红异常清晰。

宿封舟低沉的声音沙哑得像是呓语："或者说，如果这个小区里还藏了其他有趣的东西可以让我继续娱乐一下，或许我还能帮你们更深入地挖掘挖掘。当然，正主毕竟已经被解决了，如果能够有其他异变发生的话……"

"老大，你先调整一下情绪！老大你控制一下！"慎文彦眼看着宿封舟整个人险些要撞到对方身上，慌忙间将他一把拉到旁边，一边拍着他的背一边安抚，"这里该处理的玩意儿刚才已经被您解决掉了，刚才该热身也热身过了，咱们就适当地收收心，先把状态好好调整过来，您看行吗？"

宿封舟抬头瞥了慎文彦一眼，深邃的眼底仿佛有什么难以掩藏的情绪蠢蠢欲动地想要翻涌，然后随着他深吸进去的一口烟，终于被无形的意志力强制按捺下去。

一片沉寂当中，宿封舟轻轻地抖了抖烟头。火星散落脚边，瞬间彻底熄灭。

"嗯，今天就这样吧。"

他懒散地垂了垂眸，抱着身子在墙边缓缓地闭上了眼睛，听着周围人来人往的脚步声，没再说话。

应奚泽经过的时候，留意到有不少同事下意识地在往进行笔录的方向瞟去。难得见到传闻中的七组组长，大家免不得多打量两眼这种传说中的人物。

只有应奚泽，随着研究院的人一起进来之后，就目不斜视地来到了就近

① 精神图景：在本书设定的未来世界中，特指体质特殊人群所拥有的精神世界。

区域。他始终记得自己来这里的唯一任务，那就是进行样本采集。

刚经历过激战的现场一片狼藉，放眼看去，根据尸体的密度初步估算，可以推测出全小区的人都已经在这里了。

被感染的生物体往往会在潜意识中收到来自主体的暗示。这些人显然也是遵从了召唤，本能地聚集到这里，无声无息间彻底献出了自己的生命。

其中有一部分人是在异变过程中活生生被腐蚀而亡。而有些人甚至已经进入了异形主体的口中，却因为刚才宿封舟激烈的打斗，从异形主体身上的囊状部位中掉落，整个身体上还包裹着黏稠的绿色液体，在浓烈的腐蚀效果下，几乎已经没有了人形。

这次出任务的研究院成员基本上都已经身经百战。除了实习生闻任有些身体不适脸色发白地跑了出去，虞清漪跟着去进行安抚，其他人几乎都是径直地避开了这些人状的东西，直奔他们的采样目标。

虽然“事故”现场身亡的普通群众大多也发生了异变，但是根据以往的实验经验来看，这些不完全异变的存在显然不适合测试研究。而他们需要带回去的样本，主要还是得取自异形生物的本体。

周围遍布的那些零落残肢显然是最好的选择。

负责处理现场的后勤部门人员来来去去，尽量避开了研究院众人的活动范围。再旁边，是严阵以待的消查部成员。他们持枪站在旁边观察着现场的一切，虽然没有动，但是所有人都知道这些人在这里是为了什么。

没有人会希望消查部的成员在这里履行他们的职责。

明明没有人说话，来来去去的脚步声落在五感极度敏感状态下的 TS 耳中，依旧足以让他们感到由内而外的烦躁。

宿封舟再睁开眼睛的时候，神态已经恢复了沉静。

他掐灭手中的烟刚要转身离开，视线无意中瞥过什么，微微停顿了一下。

从这个角度，年轻男人的背影看起来高高瘦瘦。昏沉的暮色落下，远处斑驳的星光在他的身边染上了一层很薄的轮廓，虽然看不清他具体的模样，只是在这片宁静的背景当中有一种说不出来的苍白感。

慎文彦留意到宿封舟的视线，低低地笑了一声，脱口介绍：“应奚泽，研究院 E 组出了名的冰山。不是我说，老大，这人可真的不好惹！之前不知道多少人想接近他，都被拒在门外了。不过老大您要是想认识的话，我倒是可以托人再打听打听。”

宿封舟挑了挑眉，答非所问：“哦，研究院的。”后面的话没有说下去。

可是这简简单单的一句，足以让慎文彦适时地闭了嘴。

别看每次“事故”现场总会有消查部跟研究院的相关人员同框出镜，可实际上，这两个部门说到底走的还是完全不同的路子。

既然谁也不信服谁，自然也各自不对付。

特别是顶部的领导层，单是对目前这种危机局面之下的未来规划，就好几次在集体会议上险些大打出手。

宿封舟也没再说什么。刚才那无意中的一眼，让他隐约间产生了一丝非常微妙的感觉。片刻的走神，令他的脚步稍微停顿了一下。

也就在这个时候，传来了“事故”处理现场的第一声枪响。

宿封舟并没有因此回头，反倒是重新迈开了往外走去的脚步。剩下的一切，已经跟他没什么关系了。

而这声枪响却像一个极度危险的信号，划破了“事故”现场原本沉寂的氛围。

紧接着就是，第二声，然后第三声……整整连续五枪。

当其他人朝着那个方向看过去的时候，只看到了颓然倒地的几个身影，以及消查部人员重新将枪械收回囊中的冷漠动作。

被现场击毙的几人都穿着后勤部门的防护制服，濒临死亡的恐惧，让他们在本能中惊恐地睁大了眼睛。有部分足肢撕裂了他们身上的血肉，从体内密集地伸出，但也随着宿主的死亡而迅速地流失了生命，不甘心地挣扎几下后彻底没了动静。

异化感染的出现比想象中还要来得猝不及防，也给现场增添了几分压抑。

有几个研究院的科研人员距离较近，反应倒还迅速，非常果断地给自己多套了几件防护装备，然后将那几截还不死心，在几具尸体旁边扭曲挣扎的足肢小心翼翼地装进了隔离箱。

突然改变的环境让足肢本能地躁动了起来，将器皿的侧壁敲击出一阵阵尖锐的声响。可是利用特殊材料制成的容器，自然不能让它这么轻易摆脱。

这样带着敲击感的画面落入眼中，让几个科研人员的眉目间增添了几分兴奋。谁也没想到，这几截从异形主体身上脱离的部位还有活性。这显然是那几位后勤人员发生异变的重要感染来源，一旦带回研究院，将会是非常珍贵的实验样本。

有人忍不住发出了低低的感慨声："这次可终于搞到活的样本了……"

这样的话在此时此刻的场景中说显然不太合适，特别是后勤部门投来的视线中，已经充满了压抑的不满情绪。

应奚泽站在研究院的几人中间，自然也受到了其他人的情感波动，但神态依旧不为所动。

有时候各家研究院的科研人员不受待见也是有原因的。即便成立至今，研究院的所有成果已经逐步地成为了人类对抗异形过程中最为重要的守卫武器，可是不论在任何时期，都永远撕不去这些人身上的"冷血"的标签。

当然，这些科研狂魔似乎根本不在意旁人的眼光。

组长沉思宁拍了拍手，适时地拉回了众人的注意："现场很可能还存在着其他的活性残骸，大家都做好防护措施，小心一点。"

说话间，被击毙的几位异化者已经被后勤部门的其他同事一言不发地拖到了旁边。跟小区里那些群众尸体堆积在一起。

等所有的一切处理完毕之后，现场的尸体将会统一进行无害化消亡处理。

虞清漪刚安慰完组里的实习生回来，恰好就目睹了这一幕，整个人的心情显然不算太好。她将披落在肩膀的大波浪卷发利落地绑起，低低地叹了口气："真的是，每一次都会出意外。"

是的，在全球各地的每一次"事故"现场，没有任何人能够保证不出意外。而且真要跟更为惨烈的地区比起来，今天他们所面对的这些甚至都不配被称为一场意外。

减员，对于所有频繁出入"事故"现场的人来说，简直可以称得上习以为常。踏入这里的时候，每个人几乎已经做好了随时躺在尸体堆里的思想准备。

相嘉言作为应奚泽的助理，已经在第一时间拿来了崭新的防护设备。将这些东西用在目前的基础防护服之上，可以起到更加安全的保护作用。

相嘉言将手里的配件递到应奚泽手中，听到虞清漪的抱怨，无声地笑了一下："我们的虞美人什么时候也开始悲天悯人起来了？"

虞清漪瞪了他一眼："真以为我是冷血？我这叫有感而发。"

相嘉言不置可否："感触这种东西，本身就不该存在于我们身上。"

应奚泽听着两人拌嘴，垂眸看向相嘉言递来的防护设备，微微地拧了下眉心。他本想说自己不需要这些，抬头的瞬间余光从虞清漪的身后扫过。

"小心。"

虞清漪甚至没来得及反应，就已经被应奚泽一把往前面拽了过去，踉跄之下险些跌倒，等她错愕地回头，便见有什么东西突然从她刚才位置的不远处飞蹿过来。

应奚泽顺势往旁边偏身，那东西几乎是擦着他的手臂掠过。紧接着，便重重地跌落在了地上。

虞清漪意识到了那是什么后，脸色微微一白。

她死死地盯着还在地上扭动的东西，那根几乎还带着血肉的足肢并没有再次做出其他反应。在一阵抽搐后忽然像是一下子被抽离了所有的力气，骤然蜷缩出了一个非常诡异的形状。转眼间便以肉眼可见的速度迅速干瘪了下去。

刚才的偷袭就像是那玩意儿的回光返照似的，短短几秒钟的时间，就已经彻底死透在地上。所有的血肉彻底变成了绿色的浆体，犹如泄气的气球般扁平地瘫在地面。

相嘉言在突变下心头一跳，第一时间冲了上来："怎么样，没事吧？"

应奚泽的视线落在那段迅速枯竭的足肢上，平静地摇了摇头说："没事。"

虞清漪听到两人的对话刚松了一口气，余光掠过的时候，声音顿时又紧了起来："应工，你……流血了？"

同一时间，因为电梯损坏已经步行下了好几层楼的宿封舟突然停下了脚步。

跟在后头的慎文彦一不留神险些撞上，踉跄之下疑惑地问："老大，怎么了？"

宿封舟开口道："闻到了吗？"

慎文彦表情更加茫然："嗯？"

留意到对方疑惑的视线，宿封舟没有再多问。而是若有所思地回头朝着蜿蜒的楼梯看去，停顿片刻后，忽然大步流星地折返。

他很确信他闻到了一股很淡的血腥味，里面夹杂着浓烈的TW素的气息。

另一边，看到应奚泽白皙的手背上赫然多出的一道深邃的口子，现场所有人的脸色瞬间都难看了起来。特别是负责这块区域的消查部队员，一个个已经警惕地将手放到了腰部的枪上，一副蓄势待发的样子。

单从目前已知的研究结果来看，人类所有的异化感染都是不可逆的。为了避免发生曾经出现过的惨剧，消查部出行动时接到命令，进入到异化流程的人类要第一时间原地击毙。

不论是何身份。

这样剑拔弩张的氛围让相嘉言皱起了眉，开口说道："没有发生异化感染，都这么紧张干吗？"

但很显然，他单方面的抗议并没有被消查组的成员们接纳。

在四面聚集的视线当中，应奚泽从相嘉言的手上接过应急的纸巾，波澜不惊地擦掉手腕上的血迹，将不算深的口子悄然藏回袖口中。

随后他才抬眼扫过在场的众人，用手里的另一块纸巾在身侧的窗口那破损的玻璃口上轻轻擦过："我只是不小心撞上了这里。"

所有人朝应奚泽的手里看去，果然看到了从玻璃上擦拭下来的斑驳血痕。在场的科研人员们稍稍松了口气。

虞清漪也心有余悸地拍了拍胸脯："还好，还好……你吓死我们了。"

消查部的人员依然十分警惕，说："不管怎么样，先把检测仪戴上。"

应奚泽点了点头，从容地从对方手里接过检测异化程度的精密仪器，系在自己的手腕上。整个佩戴的过程显得相当配合。

末了，他抬头看向对方，不忘问一句："现在可以了吗？"

被这副眉眼扫过一眼，原本还公事公办的消查部人员莫名呼吸一滞，下意识地磕巴了一下："可、可以了。"

这样的态度，引得旁边的虞清漪几人一阵哄笑。消查部几人的脸色顿时有些不太好看。

这时旁边忽然有了其他动静。他们听到有人遥遥地哭喊着"我真的没有被感染"，几人交换了一下视线后，小队的负责人迅速分派了几个人过去查看情况。

其他人也顿时收敛了调侃的笑容，气氛顷刻间又沉了下来。

很显然，别的地方也有人遇到了这种异形残体的偷袭，只不过他们就未必有应奚泽跟虞清漪这样的好运了。

又是几声枪响，印证了他们的猜想。

"幸好刚才那破玩意儿只是垂死挣扎了一下，要不然可真吓人。"虞清漪想到刚才惊险的情景，心里依旧有些犯怵。

应奚泽没有接话，随便找了个角落的位置坐下休息。

留下的消查部成员依旧时刻留意着应奚泽的情况。

根据目前关于异化感染潜伏期的研究结果，人类身上的衍变周期十分短暂。只要在接下来的十分钟内检测仪器没有发出警报，就可以解除他潜在的威胁预警。

由远而近的脚步声吸引了众人的注意。

当看清楚来人的时候，消查部几人齐齐地背脊一直，出于本能地行了个军礼："宿队！"

宿封舟应了一声，视线转过一圈，最后停留在应奚泽手上的那个异化检测仪上。

停顿片刻后他抬头，意有所指地问："刚才，是有人受伤了吗？"

应奚泽对上他的视线，显然也不是很明白，这个素不相识的七组组长为什么在这么多人当中偏要挑他询问。不过他最终还是低低地"嗯"了一声。

好看的指尖朝着刚才动荡的方向轻描淡写地指了指，给了条明路："要找伤员的话，可以去那边看看。"

直到宿封舟带着七组的人员慰问过一圈之后，现场众人才恭敬无比地目送他们离开。

显然谁都想不明白，宿封舟这个消查部内出了名的大魔头，怎么突然之间善心大发开始关心起现场这些辅助人员的人身安全了。

实际上，这一点就连七组内部都百思不得其解。

车群在路上飞驰。

周围的道路已经全部封锁，一路驶去可谓是畅通无阻。但是开得再过洒脱，都无法掩盖为首的那辆车中明显低沉的气压。

慎文彦缩在后座上，视线瞥过副驾驶座上男人森冷的背影，默默地跟旁边的融云交换了一个视线。

在对方怂恿的神态下，他到底还是鼓起勇气来开了口："老大，你确定有闻到那什么的味道？或者说，你看会不会有可能是……因为你最近状态太过紧绷了？所以说，才会产生了那么一丢丢的错觉？"

对于 TS 和 TW 来说，TS 素[①]和 TW 素[②]可以归为一种类似于激素的存在。

所以当这两种激素达到相辅相成的状态时，身体的激素浓度也会随之变化。

---

① TS素：TS体质人群血液中的一种激素，可以被 TW人群通过血液安抚。

② TW素：TW体质人群血液中的一种激素，通过血液可以安抚 TS体质人群的精神需求。

结合今天宿封舟在看到应奚泽后产生的微妙变化，慎文彦下意识觉得，后续的一切古怪发展都是源自他。

毕竟宿封舟自身的情况确实太过严重，不仅始终无法找到可以对他进行精神安抚的TW，就连市面上确定不存在任何副作用的通用TW素都对他毫无作用。经过专家会诊之后，他被确诊为TS中非常罕见的“安抚免疫症”。

这人现在居然说遇到了具有明显安抚力的TW素气息，而且还是在没有任何人察觉的情况下，谁听了都很难相信。

更何况在这个月第三次出现精神力紊乱的状态下，宿封舟备受折磨却依旧能保持神志清醒，这完全归功于他自身极强的自制力。如果换成其他TS，恐怕早就已经进入失控状态。

很显然在最后一丝理智艰难维持平衡的状态下，出于求生本能臆想出一些根本不存在的救命稻草，也完全在情理之中。

七组的人为了解决宿封舟长期的精神力紊乱问题已经想过无数方法，结果都是无疾而终。虽然他们也很想拯救一下这位快被逼疯的男人，可也不忍看到自家队长被逼到极致后，开始产生幻觉。

惨，真不是一般的惨。

融云听着慎文彦的话，难免动了恻隐之心，说：“老大，最近几天反正也没什么活，要不找附近的检测站约个号，咱抽空过去看看？”

驾驶位上的小刘也跟着低低地附和了一句：“我也觉得云姐的提议挺好。”

所有人都很担心宿封舟会承受不住精神力的折磨而彻底疯掉。

这会儿，眼看着这人都开始出现幻觉，大家难免多了几分担心。

有时候，真的最怕战友们突然的关心。

宿封舟终于不得不睁开了半闭的眼睛。他的神态比起之前的紊乱状态明显要清晰了很多，但眼底的眸色依旧很是深邃，但语调非常笃定：“不是错觉。”

那瞬间他闻到的TW素气味太过清晰，让他体内全部的本能都开始蠢蠢欲动地叫嚣。

这是从未有过的。

虽然宿封舟时常会沉入半真实半虚幻的世界当中，但这一次他非常确定，这显然不是靠着单纯的幻想所产生的感觉。

至于最后为什么没能在现场找到他要的人，只会有两种可能，要么是那人已经完全异化后被击毙处理，要么就是在今天的“事故”现场，他遗漏了什么。

宿封舟自然更希望是后者。

“唉，老大。”慎文彦本来还想说些什么，被宿封舟从后视镜看来的视线扫过，顿时识趣地缩了缩脖子，话锋也跟着一转，“话说回来，我们应该还有几天的假期吧？您要不要看看，接下来准备怎么安排？”

话音刚落，车内几人的手机齐齐地振动了一下。

融云低头看了一眼接收到的最新消息，嘴角逐渐勾起讥诮的弧度：“陈山那边的地窟岗哨请求支援？亏防卫队还有脸开这个口，当年过河拆桥的时候，他们可不是现在这副嘴脸。”

“求人办事也得有个态度，这冷冰冰的一条通知算几个意思？我们接的可从来不是他们那边的指令，今天露了个头，就真当是可以随便使唤了？”慎文彦跟着冷哼一声后很快发现宿封舟一直没有说话，忍不住问，“老大，你不会真的打算过去帮忙吧？防卫队那些龟孙子捅出的娄子，还要我们过去帮忙擦屁股？”

“无所谓，正好我今天也发现了几个问题想要去地窟的现场看看，不过……”宿封舟的话说到这里轻飘飘地变了个调，关掉手机屏幕将手机在两指间随意地转了一圈，干脆利落地收进了口袋里，“兄弟们不是说想去享受假期吗？今晚就快快活活地玩上一场！等明天宿醉醒了之后养好精神，心情舒畅才好给防卫队那边一个精准回复，你们说是不是？”

“老大英明！”慎文彦顿时笑逐颜开，当即关了消息，打开微信在群里发了一条消息。

社会你慎哥：大家嗨起来！马上就订包厢，今晚老大请客，不醉不归啊！

七组的内部群顿时一片欢声笑语。

宿封舟没有理会口袋里持续振动的手机，而是将视线投向了窗外。

虽然是在愉快的假期期间，但只要一想到下午没找到想找的人，他总觉得有点笑不出来。

研究院返程的车上氛围一片压抑。

比起出发的时候，他们的人数明显少了两个。采样的过程中防护措施已经做得相当到位，但依旧挡不住这些无孔不入的异形怪物。而且异变一旦发生，消查部的人总会在第一时间完成击杀操作，根本拦都拦不住。

实习生闻任还是第一次这样直接面对同事的死亡，原本还努力克制着，等行驶到一半的时候终于忍不住啜泣了起来。

虞清漪拍了拍他的肩膀，低声安慰。

商务车逐渐驶入了市区，灯光穿透夜色，斑驳地落在窗上。

应奚泽坐在靠窗的位置，清冷好看的脸庞陷入了一片明暗交替的光影当中。

晚高峰早已结束，现在已经临近夜市开始的时间。不少地方摆出了各式各样的小吃摊点，人群熙熙攘攘很是热闹。

在这样和平融洽的氛围下，秋枫小区的“事故”仿佛发生在另一个世界。

可惜在迈过那条线的第一步开始，进入研究院的所有人就再也没有重新退回去的可能。

等回到研究院，绝大部分研究员的情绪已经重新调整了回来。安置好带回来的异形样本之后，大家都换下身上的防护服，换回便服后各自下班回家。

很多人都没有选择告诉自己的家属这个世界正在悄然地发生着什么，所以对于他们的配偶、子女而言，这不过是科研人员们又加班熬夜的一天而已。

至于殉职的两位同事，自然会有相关人员上门进行处理。

虞清漪换好衣服出来，已经恢复了平日里玫瑰般的模样。

她刚要刷卡下班，一抬头恰好看到从过道尽头走来的相嘉言，这才留意到应奚泽所在的实验室里依旧亮着灯光。

她的语气有些惊讶，道：“相助理，你们还不回去吗？都已经忙一天了，应工这是还要继续搞研究？这手上还有伤呢，不用这么拼吧！”

相嘉言闻言，匆匆的脚步停顿了一下，朝着虞清漪点了点头，有点勉强地扯了下嘴角：“嗯，应工对新的项目忽然有了想法，你也知道拦不住的。”

说完他径直进了应奚泽的实验室，关上门的瞬间，还不忘上了锁。

虞清漪看着紧闭的房门停顿了片刻。

虽然应奚泽在研究院除了“冰山”之外确实还有一个“工作狂魔”的称号，但是看着相嘉言这样的神态，他总觉得好像哪里不对。但是最后，她到底还是没有多问什么，刷过工作卡后转身离开了。

实验室里的人显然无暇顾及外面渐渐远去的脚步声。

相嘉言紧紧握着手里装满温水的杯子，定定地看着椅子上的男人，问道：“感觉怎么样了？”

实际上，在秋枫小区出现的那段足肢并不是回光返照。

它跟所有带回来的样本一样，具有很强的活性。在伤到应奚泽之前，确实是这样。

觊觎应奚泽，本身就是最大的错误。那段足肢就是因为贪图不该贪恋的人类基因，反倒被夺去全部的生命力。

作为极少数的知情人之一，相嘉言自然很清楚应奚泽确实不用担心发生异化感染。但这也并不代表着他不会受到任何影响。异形细胞会顺着伤口发生入侵，不过是片刻的时间。一个人类要在体内完成对异形细胞的全面消杀，是一个非常折磨的过程。

应奚泽以半伏的姿势趴在桌案上。听到相嘉言的询问，他并没有开口，只是缓缓地摇了摇头。

这样的角度可以看到他脖颈处露出的肌肤间，透着一抹没有血色的异样惨白。

极度的病态，又美得惊人。

潜伏期本就非常短暂，早在秋枫小区的时候，应奚泽体内的变化早已悄然发生。而此时，先前为了在同事们面前维持平静而做出的所有忍耐，也随着回到实验室的瞬间彻底瓦解。

所有的基因已经被入侵的异形细胞彻底调动起了活性，全身的血液在异形细胞的激发下，逐渐沸腾。浓烈的不适感带着强烈的燥热，让应奚泽在回屋后的片刻间就已经大汗淋漓。

男人沉重的呼吸持续地起伏着，衣衫紧贴在背上，一眼看去，整个人如同刚从水里捞上来的一样。

然而，应奚泽体内的“吞噬”仍在继续，和那些正常人类的孱弱不同，此时此刻，他体内的基因正在疯狂地吞噬着那些来自异形生物的外来细胞。

这种情况对应奚泽而言已经无比熟悉，可惜他依旧无法忽略整个过程所带来的煎熬。

相嘉言终于按捺不住想上前，却被精神屏障牢牢地挡在了外面。

在 TW 所创造的精神领域当中充斥着的，是随着体内不适所激发出来的浓烈混乱的精神波动。

相嘉言再抬头，看到了一条银白色的小蛇盘踞在应奚泽白净的脖颈间，它狭长的瞳冰冷地朝他看来，充满威胁地吐着信子。

这让相嘉言的瞳孔微微收缩了几分。

他在应奚泽身边那么多年，很清楚当应奚泽不受控制地将精神体从精神图景里面放出来，便已经意味着这次的“吞噬”过程十分艰难。

就当相嘉言下意识地想要穿过精神屏障时，应奚泽有些空洞的目光忽然朝他看了过来。

剧烈的折磨，让他那双眼的视野有些模糊。此时此刻，身为精神体的银蛇便成为了应奚泽的眼睛。

干燥的嘴唇缓缓地碰了一下，男人声音低哑地吐出了两个字：“出去。”

相嘉言的脚步落在原地，迟疑之下久久没有迈开。

应奚泽的声音再次响起，声线一如既往的好听，却是充满了淡漠，像是警告，也像是威胁：“不要忘记你的身份，相助理。”

相嘉言的背脊微微僵直，最终他眼帘微微垂落，将水杯放在桌面上，缓步退了出去。

随着整个实验室恢复了寂静，应奚泽疲惫地合上眼睛，缓缓地重新伏回了桌面上。

银蛇用舌尖轻轻地舐过主人额边流下的汗珠。它小心翼翼地蜷上，想要成为主人此时唯一的寄托。

冰凉的触感划过。应奚泽浓密的眼睫毛如垂死的蝶翅，微微地颤了颤。

虽然进行得有些艰难，但这次的“吞噬”很快就要完成了。

翌日。

应奚泽醒来的时候已经时近中午。

昨天晚上他整个人的状态不算太好，好在为了上下班方便所租的出租屋离研究院不算太远，熬过“吞噬”期后他就让相嘉言将他送了回去。

一回到房间，应奚泽就精疲力竭地睡了过去。这一睡就是十个小时。

应奚泽简单地洗漱之后推门走出，一抬头就看到了已经等候在楼梯口的相嘉言。

从上班到下班，每个时段他几乎都必然看到这个男人的影子，那么多年，也让他习惯了这样的如影随形。

只要没有发生“意外”，他们应该可以持久地保持这种互不干涉的协调状态。就仿佛没有看到这个人般，应奚泽目不斜视地从相嘉言跟前经过下了楼。

相嘉言的视线从一开始就停留在应奚泽的身上。

经过一夜，这位研究院最年轻的科研专家身上已经完全没有了昨晚的狼狈，除了眉眼间依旧难以抹去的倦意，以及周身萦绕着淡淡的清冷。

相嘉言本想说些什么，脑海中却浮现昨晚应奚泽的那句警告，只得表情一敛，他一言不发地跟了上去。

因为研究院自身的特殊性质，规定只要在职人员可以准时准点地提交实验数据，上下班的时间可以非常弹性。

秋枫小区的事让所有人都或多或少地有些心灵创伤，应奚泽在中午抵达研究院，比起昨天一起出勤的其他同事，竟然还不算来得晚的。

食堂里面人来人往，很是热闹。

应奚泽刚坐下不久，E 组的虞清漪和其他几个同事也端着餐盘坐了过来，大家都是昨天去过现场的人，趁着吃饭的间隙就讨论起了相关的话题。

“别说，那些人做事情还挺利索。秋枫小区的事才过了一个晚上，就直接见报了。”

“是挺快，不过掩饰用的话术确实多少有些老套了，什么大规模煤气爆炸，满打满算这都已经是今年的第四次了吧？虽说秋枫的确算是老小区，这样转移民众的关注点，多少有点此地无银三百两的味道了。”

“现在网上骂成这样，那些无辜的相关部门估计已经在拍桌骂人了。”

其实今天一大早，“秋枫小区大型煤气爆炸事故”的词条就已经登上了新闻榜首，很快引起了全网的关注。

如果可以的话，相关部门当然也不希望事件闹大，但这次毕竟牵扯到了整个小区的居民，很难完全瞒住。

想要在不引起恐慌的情况下悄无声息地将真相掩埋下去，无疑是个巨大的工程。

这边给“事故”披上最适合群众接受的外皮，另外一边，后勤部门的那些独立小组的 TW 们正焦头烂额地利用精神力给遇害者关系网内的人进行暗示洗脑，改写相关记忆，以确保万无一失。

同样是“事故”相关部门的研究院人员，只需要对带回的活性样本进行实验，反倒轻松了很多。

近几年来这种“事故”实在是太多了，接触多了，大家自然也逐渐习惯了。从一开始的局促不安，到现在的司空见惯。

聊到这里，虞清漪也给同事们分享了自己刚知道的情况：“今天我从沉组办公室路过的时候刚好听到他在打电话，看来是上面又在催我们实验进度。以前也没见他们那么着急，这让我感觉宁城最近不怎么太平。特别是陈山地窟那边的岗哨，也不知道是个什么情况，前不久刚调了不少人过去，昨天又突然申请了特牌令，这回连七组的人都给招了过去。”

昨天现场的震撼场面，直接让实习生闻任的偶像名单里又多了宿封舟的名字。

此时闻任看了过来：“七组？是昨天到现场的那个七组吗？”

虞清漪点头：“不然呢，你能找第二个七组出来？”

闻任缩了缩脖子。

“这不对吧，消查部的人不是只负责市区安全吗？我记得，地窟那里管事的可是防卫队的人。”王政暗暗地咽了下口水，“七组的那位宿队，当年从防卫队里出来的时候就闹得沸沸扬扬的。那会儿双方脸皮都已经完全撕破了，防卫队居然还能开口找他帮忙？别到时候反倒砸了场子。”

“你这格局就小了吧，要不怎么说宿队拿得起放得下呢。人家还真答应了，半个小时之前就已经带着七组的人到岗哨报到了。”说到这里，虞清漪有些唏嘘，“真男人啊！要不是我已经有贺哥了，看到这样的男人保不准都得动心。”

其他人跟着一阵调侃。

虞清漪美眸一转，丝毫不在意。她视线扫过旁边一直安静吃饭的应奚泽，嘴角忽然扯起了一抹意味深长的笑容，说道“话说起来，应工，你好像还是我们这里唯一跟宿队搭过话的呢。”

聊天的话题突兀地转移到了自己的身上，应奚泽疑惑地抬头看了过去，便见虞清漪眨了眨眼，突然问了起来：“你当时什么感觉？”

包括相嘉言在内的其他人也都跟着看了过来。

应奚泽微微地拧了下眉心，脑海中逐渐浮现出宿封舟当时朝自己看来的视线。很锐利，就像一匹饿狼在盯着自己的猎物。

他顿了顿，语调平淡地开了口：“这个人，太过锋芒毕露。”

这显然不是虞清漪所设想的答案。

愉快的午饭时间很快结束。吃完午饭的应奚泽回到自己的实验室里。

前几天在容器中进行的化学反应已经有了结果，他拿出册子记录下来后，神色平静地坐在桌前。他的视线停留在器皿中已经结成晶体的特殊物质上，思路却飘到了前一天的晚上。

应奚泽体内进行“吞噬”期间的所有感受，如复盘般一点一滴重新涌上脑海。不适的回忆让应奚泽的眉心微微拧起几分，笔尖轻轻在纸面上敲了敲。

随后便像以往一样，他将自身在整个过程中所能够捕捉到的所有细节，都毫无纰漏地记录下来。整整三四页纸，内容密密麻麻。

恰好在最后一笔落下的时候，手机铃声打破了房间的寂静。

应奚泽瞥过那串并没有存储的熟悉号码。

“喂？”“您好，应奚泽先生。”电话那头的女声动听且恭敬，“再过几天就是‘预约’的日子了。按照惯例提前对您进行提醒，请您安排好近段时间的工作计划，如有打扰非常抱歉。”

应奚泽回答：“知道了。”

“二十六号，应工又请假了？”这几天为了处理活性样本的事情，所有人都忙得焦头烂额，直到路过应奚泽实验室的时候看到紧闭的房门，王政才反应过来，“真的是每个月的这几天都必请假啊！”

说着，他看向同在茶水间的相嘉言，问道：“又是去进行身体检查吗？这么频繁，真的没有什么严重的问题？”

相嘉言轻轻搅拌着杯子里刚刚煮好的咖啡，朝王政笑了笑：“真的没事，例行检查而已。”

“什么例行检查，每次需要那么多天啊？”王政依旧觉得哪里不对，但是看相嘉言这副神态轻松的样子，好像也确实不是什么大事，最后挠了挠头丢下一句话，“总之如果真有什么困难需要帮忙，千万一定要记得开口，知道吗？”

相嘉言失笑：“真想多了。”

“当然，想多了是最好。”

目送王政离开，相嘉言搅拌咖啡的动作才稍稍停顿了一下。脸上和煦的笑容顷刻间荡然无存，他扫了一眼应奚泽紧闭的实验室大门，走回了自己的助理办公室。

从二十六号到二十九号，应奚泽这次一共请了三天假。

研究院里每个人都忙着手上的项目，时间悄无声息地过去。等应奚泽再次出现，已经是二十九号的晚上。

接到相嘉言电话的时候，他刚好穿过研究院正对面的十字路口：“嗯，我已经回来了，临时有个想法，就打算去实验室看看……不需要过来找我，等处理完了我就回去。就这么点时间，不会影响到你的任务安排。”

电话那边，相嘉言的声音听起来依旧有些犹豫：“可是你刚回来，这个状态就去实验室，会不会……”

话没说完，就被应奚泽冷漠无情地打断了：“当然，如果实在放心不下，相助理要跑这一趟我也不会拦着。”

电话那头一时没了声响。

过了片刻相嘉言才再次开口：“有哪里不舒服，记得随时联系我。”

“知道了。”

应奚泽挂断电话，抬头看了一眼研究院的铁栏杆，摸出工号牌在门禁上刷了一下。

“嘀——”大门应声打开。

值班室里的保安大哥忽然探出了脑袋，看到应奚泽时的表情宛若见到了亲人：“应工，来加班啊？正好，刚才来了一个消查部的人，说是有紧急的事情需要你们E组处理，非要赖在这里等人。我刚才还在打沉组长的电话，偏偏一直打不通，要不您辛苦一下帮忙看看？”

应奚泽问：“人在哪？”

保安大哥朝着实验室的方向指了指：“还在那里吹冷风呢。”

应奚泽顺着这个方向看了过去，随后微微顿了一下。

应该在一周前就前往陈山地窟的七组组长，此时正抱着身子靠在实验大楼的大门口。

一身黑衣，身形高挑。

深夜的寒气浓烈地笼在他周围，他像是完全融入了夜色之间，手上的火星依旧幽幽地燃着。他脚边掉落了一地的烟头，看起来已经等了很久。

TS的五感敏锐，宿封舟显然也留意到了门口的动静。他抬头看来的时候，恰好和应奚泽四目相对。

随后，应奚泽便看到了对方眼底逐渐浮上一抹耐人寻味的笑意。下一秒，对方已经大步流星地朝着他的方向走了过来。

实验大楼离研究院的大门并不算太远，宿封舟的身材比例近乎完美，大长腿迈开之后，脚下生风，没几步就走到了应奚泽跟前，自始至终他神态相当自然，说道：“应工，我们又见面了。”

应奚泽点了点头："宿队这么晚来研究院，是有什么事吗？"他说得礼貌且客气，也让整个仪态中增添了几分自然而然的疏远。

这让宿封舟不由得想起了当时慎文彦给出的形容——冰山。现在看还真是这么一回事，大概是这样观察人的神态太过露骨，宿封舟从应奚泽的眉目间捕捉到了一丝不悦。

他适时地收回了视线，道："不好意思，职业病，总是习惯去观察人。"

应奚泽淡淡地应了声："没事。"

宿封舟侧身朝后方指了指："从秋枫小区带回来的那些活性样本应该还在吧？今晚过来，主要是想找你们E组帮忙做个比对。"

应奚泽这才发现宿封舟刚才站着的地方还搁了一个封闭的黑色盒子，借着微薄的灯光，他一眼就认出这是他们平时取样用的容器。

他微微皱了皱眉，说："陈山地窟带来的？"

宿封舟笑着夸了一句："应工的消息看起来很灵通呢。"

按照规定，活性样本的运送细则非常烦琐，往往需要至少一支普通小队来护送，为的就是避免泄露危机。

以宿封舟的级别，由他单人护送的确没什么问题，可是从某种程度上来说，要指派这样一个人物纡尊降贵地跑这一趟，如果他本人不愿意的话，可比安排一整支防卫队小组来保驾护航要困难得多。

应奚泽听说过宿封舟跟防卫队的恩怨，也不明白这人怎么会愿意接这种跑腿的任务。但他也没多问，侧身绕过宿封舟来到实验室门口，刷卡开启了大门："跟我来。"

作为研究院里最年轻的科研专家，应奚泽拥有完全不低于各组组长的身份权限。他走在前面，一路开启层层的防护通道来到自己的专属实验室。

样本储藏室不便让其他人进入，应奚泽让宿封舟等在原地，自己去取秋枫小区的活性样本。

等他重新回到实验室的时候，手上已经戴好了防护手套，上面托着一个精致的器皿，显然已经提前完成了取样。

"稍等。"

应奚泽将宿封舟带来的黑色盒子同步打开，从中摘取了一部分细胞组织，在实验台上娴熟地操作了起来。

宿封舟始终抱着身子靠在桌边。器皿的碰撞声，成为了整个实验室里唯一的背景音。

宿封舟的视线起初还落在应奚泽操作娴熟的双手上，不知不觉间又开始打量起眼前人。他的目光最后停留在对方露出的那半截脖颈间。

过分白皙的肤色恍惚间透着隐约的透明感，微微衬出骨骼的轮廓，有种疏远感。

明明距离上次一面之缘才过了不到半个月，却感觉这人似乎又清瘦了一圈。

宿封舟的视线一如既往地充满着攻击性，在这样狭隘的空间里也毫不遮掩。

然而就在这种连七组成员都忍不住要冷汗直冒的注视下，应奚泽手上的操作依旧平稳，没有丝毫颤抖。直到一直没有打扰他的男人突然开口问了一句：“你的状态看起来似乎不太好，是生病了？”

应奚泽正好完成两部分对比细胞组织的最后连接。他将留存的部分一丝不苟地保留进无菌设备中，回头看来的时候，轻轻地扯了扯手上的防护手套，语调慢条斯理：“反应时间大概需要半个小时，到时候比对一下，就可以得出你们想知道的相似度结果。”

应奚泽回答的并不是宿封舟的问题。又或者说，这样的态度已经摆明了他不想回答对方那个突兀的提问。

重新调整过手套的宽松程度之后，应奚泽伸手指了指旁边堆满了资料的沙发说：“建议您把上面的东西挪开，至少还能坐着休息一会儿。”

宿封舟的眉目间闪过一丝错愕。应奚泽显然是觉察到了他全身已经处在很紧绷的疲惫状态当中。

而应奚泽已经收回视线，打开无菌储存柜，取出了里面的试剂：“我还有自己的事要做，就不招待你了。”

他的话冷漠得有些不近人情，几乎就差把“没空理你”四个字直接挂在脸上了。

宿封舟却是忍不住在心里低笑一声。他把沙发整理干净后真的坐了下来，拿起堆在上面的资料漫不经心地翻了翻。堆在沙发上的基本都是一些作废的数据记录，上面有不少内容被人用笔圈出，偶尔还标有一些详细的备注。

上面记录研究方向始终围绕着洞窟那些来历不明的异形体展开，其中出现的最多的字样无疑就是“实验失败”。这里能找到的最早数据记录时间甚至已经是两年之前，而最近的相关内容，还是在上周。

单从这样的时间跨度来看，这些科研人员的耐心程度显然不是宿封舟可以理解的。如果换成是他，在这样的地方日复一日地做实验，他待不满三天恐怕就得彻底发疯。

宿封舟已经有好几天没睡好了。准确来说，是体内翻滚躁动的精神力时刻撕扯着他的理智，让他根本没办法入睡。

那些薄荷烟其实是高层专门为他定制的情绪缓解配方。但成分当中毕竟没有 TS 在精神紊乱状态下最需要的 TW 素，用的次数多了，也就渐渐地开始失去了功效。

等这个最后的寄托都完全无效后，宿封舟估计自己离彻底发疯也不远了。

而此时也不知道是不是因为研究所的实验室环境确实静谧，他只在沙发上靠了一会儿，居然真的感到有些昏昏欲睡。

他眼帘微微垂下，视野也开始变得模糊，直到突然响起的手机铃声一把拽回了他逐渐混沌的思绪。

来电显示的备注是他们七组的成员——融云。

宿封舟看了一眼还在认真进行实验的应奚泽，从沙发上站了起来。他一边甩了甩头试图让自己稍微清醒一点，一边快步走出实验室才按下了接听键，言简意赅："说。"

融云的声音听起来显然有些不够平静："老大，你什么时候可以回来？"

宿封舟靠在门边，说话间，侧头看着实验室里的背影："这里应该快了，返回陈山那边的车程大概需要四个小时。什么情况？"

融云如实回答："是这样的，后勤小组刚刚清点了一下异化者的尸体数量，已经确认过好几次了，最后发现，少了一具。"

宿封舟的眉心拧了起来："清理过程中有什么遗漏的地方吗？"

"所有地方都找过了。最主要的问题是，您也知道这次作战的地方离洞口很近。"单从融云的语调来听，情况显然相当严峻，"根据所有监控录像的调查结果来看，很可能发生了'泄漏'。这边有些担心，恐怕需要采取一点措施。"

宿封舟脸上的表情未变，说道："知道了，我压缩下时间，尽可能三小时内抵达。"

融云担心道："路上小心。"

宿封舟挂断了电话，站在原地沉思了片刻，抬头看向应奚泽问："应工，大概还有多少时间可以出结果？"

然而他并没有得到想要的回应。

应奚泽依旧是背对着他站在实验台跟前，手上端正地拿着操作仪器，仿佛没有听到他的提问般，就连动作也微妙地停顿在那里。

宿封舟隐约间察觉到有什么不对，刚要迈步走去，便见视野中的身影突兀地晃了晃。

这仿佛一个信号，他心头微微一跳，几乎在第一时间一个箭步冲了过去。

应奚泽的脑海突然陷入一片空白，不过是一瞬而已。他闭了闭眼，本想撑过这段突然的眩晕，骤然脱力的感觉却让手中的刀片滑落，叮的一声切断了器皿中的菌丝。

仿佛瞬间被抽离了神志，他显然也无暇顾及那么多了。

应奚泽在浓烈的下坠感中下意识地伸手想要抓住些什么。眼见整个世界的平衡就要被打破，忽然有一只手从虚空中伸了出来，一把将他牢牢托住。身体深处渗起的寒意让应奚泽的嘴角微微地抖动了一下。他感到仿佛有一股无形的力量，在拽着他整个人直直坠入黑暗的地窖。

在他视线陷入黑暗的同时，那个紧紧托着他的手掌灼烧得惊人，像是烧起了一团火，将周围的黑暗一点一点重新照亮。

许久之后，应奚泽才觉得眩晕的感觉逐渐退去。背上湿透的冷汗很是明显，他从刚才眼前发黑的状态中重新抽离出来。

他涣散的视线重新聚焦，一时间有些恍惚。

他低低地喘了几口气，才发现自己几乎整个人倚靠在宿封舟身上。他顿了一下，不动声色地将人推开些许，然后向后将整个人的重量抵在桌子旁。他缓缓闭了闭眼，试图调整状态："谢谢。"

宿封舟垂眸看着跟前始终跟他保持着距离的男人，微拧眉心，他再次重复了一遍刚才没有得到回答的问题："你生病了。"

只不过，这次用的是肯定句。

片刻的调整，让应奚泽的状态已经逐渐恢复过来。只是嘴唇还是有些明显的微白，衬得他整个人像一件易碎的艺术品。

这次他并没有拒绝回答，说道："今天多抽了点血，可能稍微过度了，所以有些贫血。"

宿封舟见应奚泽走路的姿势还有些虚浮，仿佛没有觉察到对方冷冰冰的视线，伸手将他扶到了沙发上。

他随手倒了一杯热水递过去，垂眸看去，语调半真半假道："抽个血都能搞成贫血？应工，你这话很容易让人怀疑是去参加了什么违法的卖血活动。”

应奚泽伸手接过水杯，喝上两口温热的开水，脸上的血色也终于回来了些，说：“例行体检而已。”

宿封舟“哦”了一声，听起来随意至极：“所以是之前在秋枫小区受了伤，需要去专门做个检查？”

宿封舟虽表现得漫不经心，却是在这里等着套他的话。

应奚泽回想起当时宿封舟在秋枫小区现场去而复返，不知道为什么他对其他人是否受伤的事这么耿耿于怀。

他喝水的姿势微微停顿了一下，语调一如既往的平淡：“宿队想多了，只是老毛病。以前每个月也总要去体检一次，我们研究院的人都知道。”

宿封舟点了点头没再继续这个问题，也不知道信了没有。他的视线在实验室里转了一圈，最后停留在刚才进行到一半的实验器皿上。

留意到宿封舟看着的方向，应奚泽难得地接了一句：“已经损坏了，以后找时间再来一次。”很平静的语调，仿佛刚才的插曲之下，遭到破坏的并不是他花费了一个多月时间的心血。

宿封舟并不太懂科研人员的工作情怀，这会儿倒是有些感慨：“所以你这么晚了还要来这，就是为了敬业地去完成这个实验？难怪外面的人都对你们研究员充满了信任，毕竟这么积极地在寻求人类的求生之路。不像我们，成天就只知道杀人，人人喊打也不为过。”

消查部的现状大家也都清楚，虽然每次击杀的都是已经进入异化状态的感染者，但说到底在几分钟甚至几秒钟前大家还是同事、战友。他们眼睁睁地看着同伴血溅当场，是个人都很难接受，经历得多了，对于这些持枪的执行者自然也心怀芥蒂。

不过对于这些，应奚泽始终有自己的看法：“不管是研究院还是消查部，其实都一样。有的时候，杀人也是为了救人。”

宿封舟微微愣了一下，然后下一秒便见应奚泽朝他看了过来，嘴角是一抹叫人看不懂的弧度：“而且宿队，你又怎么知道救人，就不需要先杀人呢？”

就在这一瞬间，应奚泽整个人透着一股明显的疏离。跟平常的“冰山”状态不同，他明明就坐在跟前，却让人觉得仿佛跟这个人隔了一个世界。

宿封舟定定地看了他一会儿。他刚要说什么，远处的脚步声从走廊的尽头传来，片刻间来到了实验室门口。

随后E组组长沉思宁就一头冲了进来，一开口就是连番忏悔："抱歉啊宿队，之前在陪老婆看电影，关静音了没有注意！接到小李的电话就马上赶来了，没耽误您的要事吧？"

宿封舟回复道："没有。"

"还有三十秒反应结果就可以出来了。"应奚泽从沙发上站了起来，将水杯搁到了旁边，"沉组，既然你来了，那我就先回去了。"

沉思宁从保安那也听说了应奚泽来加班的事，这时候注意力转到他身上，顿时被他的脸色给吓了一跳："你也真是的！今天什么日子啊，状态这么差还来加班？小相急得都不知道给我发了多少消息了！快回去吧，剩下的我来处理就行。"

宿封舟下意识地想问小相是谁，便见应奚泽应了一声就转身离开了。

"好了，确实差不多了！"沉思宁走到无菌设备跟前看了看，热情招呼，"宿队，这边反应已经完成，我马上给您出结果。"

宿封舟将视线从门口收回："好。"

沉思宁小心翼翼地将反应器皿取出来，开始进行最后的比对操作。

等最后的结果出来后他本能地揉了揉眼睛，被吓了一跳："这两份样本的基因重合度为百分之九十五点六。宿队，你们这是拿什么东西做得比对？"

"这就不用问了。"

得到了答案，宿封舟也没有多待，留下一句话后将搁在沙发上的外套往身上一披，快步地走了出去。

片刻间，他的身影被深沉的夜色吞没。

2

宿封舟真的只用了三个小时就赶回了陈山地窟。

车灯打过去的瞬间可以看到一个站在夜风中的身影。

融云也不知道在那里等了多久，看到宿封舟下车的第一时间就迎了上去，一边带他往里面走一边介绍着目前的情况："所有被击毙的异变者已经整合完毕，研究总院那边的人想要带走，暂时被我们强行压下了。防卫队那些人是真孙子，辛苦过来给他们帮忙，现在发生泄漏后居然说什么一旦出了地窟就不是他们的事了，把慎文彦气得直接就跟他们动了手。”说话间，她打量了一下宿封舟的表情，“后面如果被举报的话，我们会自己承……”

“担”字还没出口，就被宿封舟果断地打断了：“打赢了没？”

融云哽了一下：“赢了。”

宿封舟点头：“那就好。”

根据融云的描述，防卫队驻扎陈山的第三十九支队已经被他们暂时打服，这个时候正遵从七组众人的要求在协助查看周围的路段监控。

但是两边剑拔弩张的氛围依旧没有消散。

当宿封舟推门走进的时候，明显可以感受到周围齐齐投来的视线。

他嘴角勾起一抹不屑的弧度，视若无睹地走到了防卫第三十九支队的队长王侃身后，拍了拍他的肩膀，若不是知道两人之间针锋相对的关系，光听语调像极了亲密朋友间的寒暄：“老王啊今天辛苦了。我不在这边，还得你帮忙照看这群小兔崽子。情况如何，监控录像查得怎么样了？”

小兔崽子之一慎文彦低低地嗤笑了一声。

王侃的嘴角跟着狠狠一抽。

宿封舟刚刚染着一身夜露进来，整个人仿佛笼罩着一层寒气，伴随着那漫不经心地揉捏他肩膀的动作，举手投足间透着一股浓烈的威胁。

王侃到底还是硬生生地把到了嘴边的咒骂咽了回去：“宿队客气了。都是友部，互相帮忙也是应该的。兄弟们正在查着呢，要不在旁边先坐会儿，等会儿有消息了第一时间通知您？这宁城距离这边说远不远，说近也不近，大晚上一来一回地要是把您折腾病了，七组的兄弟们恐怕得把我们防卫队给掀翻了。”

“话也不能这么说。”宿封舟语调微浮，“就我这身体素质，就算王队病死个好几回，估计我还是生龙活虎。”

王侃一时无言以对。

宿封舟最后到底还是挑了个位子坐了下来。防卫队的人齐刷刷地坐着，要他像个守卫一样站在后面，他们还真不配。

慎文彦凑了过来，语调委屈道：“老大，宁城这趟谁去不好，你好端端的为什么要接这种跑腿的活？你看这闹的，兄弟几个差点就被人家欺负了。”

宿封舟丝毫不吃他这套，讥诮地瞥了他一眼：“欺负？谁被欺负也轮不到你们。"

刚进门的时候他就已经快速地扫了一圈，虽然慎文彦嘴角确实破了一点皮，但是防卫队那些人被揍得可是肉眼可见的惨烈。

就像融云之前说的那样，很明显他们这帮兄弟打赢了。

融云给宿封舟递了一杯水。

她不像慎文彦那样毛毛躁躁，关注的重点也非常明确："所以研究院那边已经给出结果了吗？最后的比对情况怎么样？"

宿封舟回答："相似度百分之九十五点六。"

"这么高？"

刚围过来的七组其他人也面面相觑。

这次带去做比对的样本是前两天他们在地窟中采集到的，其他人不理解宿封舟怎么突然做起研究院的活了，对于他所说的异形身上的"熟悉感"也感到相当茫然。

入行到现在，他们击杀的异形没有上千也有几百，以人类的审美，确实很难找出这些丑陋怪物身上存在着什么相似或者不同。

这难免让人觉得，宿封舟突然的直觉有些不准。

可是，现在的结果证明他们队长的直觉确实是对的。

慎文彦没能反应过来，问道："所以是什么意思？昨天我们碰到的那群玩意儿，跟秋枫小区的那只还真有什么关系？"

融云深思道："按照之前的研究表明，通过'繁衍'产生的异形体最多只能保持百分之七十五左右的基因相似度。而要想达成百分之九十以上，只能来自雌性体的自我'分化'。"

慎文彦更愣了。

融云只能耐心解释："'繁衍'出来的个体不管怎么样，都存在着相对明显的个体差异。但是我们之前遇到的那批几乎都是同样的形态，而且跟秋枫小区那只基本上也属于同级别强度的A阶异形体。"

"所以你的意思是说这之间不存在'繁衍'关系，而只能是……"慎文彦终于有些听懂了，不由得暗暗地咽了一口口水，"不是吧，那些玩意儿已经够难搞了，结果在它们之上居然还存在着更高级的母体？"

其他人齐齐地陷入了沉默。

慎文彦在这种默认的态度下没忍住道："就那体型居然还只是子体形态，

那把它们分化出来的怪物得有多大？不搞几辆坦克车放在这里，真要跑出来，就我们几个完全拦不住啊！”

旁边的小刘弱弱地提醒道：“我们人类的这些普通型号的热武器，对这些怪物造不成致命性的杀伤效果。”

“拦不拦得住，到时候再看吧。”宿封舟下意识摸了摸自己的口袋，才想起来自己带在身边的薄荷烟在研究院的时候已经抽光了，他微微拧了下眉，“现在更主要的还是得尽快把那个‘泄漏’的异化者找回来。”

前有狼后有虎，让所有人的眉头顿时都拧巴成了结。

就在这个时候，防卫队那边终于有了发现：“有发现了！”

有异化者最早出现的那段视频是在晚上九点三十分，位置就在地窟往外不远处的高速路口。天色很暗，因为还没有发生完全性异变，来来往往的车辆根本没有太过注意，但毕竟那异化者身上还穿着防卫队的防护服，熟悉的人一眼就认了出来。

作为三十九支队的队长，此时王侃的脸色很是难看。之前他不愿意深查，就是担心上头会把责任全部甩到他们防卫队头上。如果能稍微晚点发现，面对已经完全异形化的防卫队感染成员，他们可以借着中间容易产生变故的由头，找借口给自己开脱。

可现在这段视频一出来，想摆脱追责显然是不可能的了。作为只负责管理地窟岗哨的防卫队之一，至少在这件事上，今天执勤的三十九支队已经注定不能置身事外了。

有第一段录像作为突破点，沿着这个方向往下摸索，很快在其他路口的摄像头画面中也有了发现。

王侃最先坐不住了，摸出手机来当场打了电话：“小孙等会儿我就把具体的时间点发给你，赶紧去联系通讯部的人，让他们趁着交通管理局那边还没注意，抓紧处理一下录像相关问题。记得一定要搞干净点，千万别让这些画面传出去，明白了吗？”

对话的声音充满了整个房间，其他人却是逐渐悄然无声。

随着一段接一段新的录像视频被发现，所有人的脸色也逐渐变得难看起来。

一片死一样的沉寂当中，不知道谁不确定地小声嘀咕了一句：“这个路线，再往前去的方向是……”

“宁城。”宿封舟此时的神情也非常凝重，今天晚上他在这条高架上面开车开了一个来回，周围的标志性景物还历历在目，最终语调不明地冷哼了一声，“但凡你们工作效率高上一点，我甚至都不需要往回跑上这一趟。”

王侃刚打完电话就听到这么一句，也跟着愣了一下。接着又骂骂咧咧地拿起手机拨通了宁城市长的私人电话。

或许这个异化者本身就是宁城人士，才受到了人类理智的牵引，又或者说是其他什么原因，但不管怎么样，谁也没有想到它居然会选择直奔市区。

这已经是足以拉响警报的顶级危机。事态瞬间严重了起来。

目前为止，宿封舟已经三十二个小时没有睡觉了，这让他干涩的眼角染上了一抹猩红。而此时他又没有停歇地从还没坐热的位置上站了起来，朝着七组的组员大手一挥，给出了果断的指令：“全体集合，跟我去宁城！”

“我说过了，不用再给我准备鸡汤。”整整喝了三天鸡汤之后，应奚泽终于表达出自己的不满。

他站在窗口看着最近宁城中不知为何突然频繁出现的警车，眉心紧拧，还不忘继续开口道：“相助理，如果你有煲汤的喜好，我可以跟上面申请调换合作者，让你去找一个自己喜欢的工作。”

“你最近的状态不太好，需要补充营养。”相嘉言说到这里停顿了一下，补充道，“这是院长给我的任务。”

“院长只是让你跟着我，而不是让你来当我的保姆，其实你连我的助理都不算是。”应奚泽显然是真的被这鸡汤给弄烦了，眉目间是比以往任何时候都要冰冷的寒意，“没必要把姿态做得太满，你我都很清楚，有朝一日你是要用腰间的那东西对着我的。”

相嘉言下意识地伸手往腰部摸去，冰冷的触感顺着指尖瞬间传遍了全身。就像应奚泽说的，枪膛中的子弹迟早会穿过他的头颅。

相嘉言金丝眼镜框下的神态有些恍惚，态度依旧坚决：“熬都熬好了，至少把这份喝了。”

有时候，应奚泽真的不太懂这位名义上的助理的那些奇怪的坚持。他刚想再说些什么，突兀的警笛声急促地落入耳中。

他朝窗外看去，便见有成片的人从不远处商业区的方向朝这边涌来，互相推搡着，不少人还频频地朝离开的方向看去。利用TW绝好的视觉，他可以看到那些人脸上有着不同的表情，有不满，有好奇，也有紧张。

应奚泽询问地朝相嘉言看去。

后者很快搜索了一下相关内容，找到了关键信息，说道："是德龙商业区那边。警方突然全面封锁了周围的路段，正在进行紧急疏散。目前对外的消息说是发现有犯罪嫌疑人出没，不过……你看看这个。"

应奚泽接过相嘉言递来的手机，视线停留在屏幕上的视频上。

视频中，他在媒体记者身后涌动的人群中，很清晰地捕捉到消查部人员身穿防护服的忙碌身影。

他的眼帘微微垂落："这可真有的忙了。"

相嘉言说："如果这次又是异形泄漏，陈山地窟岗哨驻扎的防卫队，估计也该换人了。"

应奚泽不置可否。他刚要将手机递交回去，余光无意中一瞥，视线顿住的同时瞳孔也疾速放大了几分，气血凝固，让他原本就白净的皮肤顷刻间褪尽了血色。

相嘉言的视线始落在应奚泽身上，察觉到对方不太对劲的状态，他快步走了过来说："怎么回事，又有不适反应吗？"

应奚泽微微抬了下手，用一个非常轻描淡写的动作拦下了对方的靠近，依旧直勾勾地看着手机画面没有动。

他将这段刚上传不久的现场报道视频来回播放了好几遍，连自己也没注意到嘴角不知什么时候浮起了一抹极度冰冷的弧度。

应奚泽很少有情绪外露的时候，但此时此刻某些记忆片段从他的脑海深处浮现，仿佛要拖着他彻底浸入极寒的深渊。

一个遥远的声音很轻地从他的耳边擦过，仿佛轮回无数次的梦魇："真以为逃得掉吗……等着吧，我迟早会创造属于我自己的规则，把你牢牢困死。"

直到窒息的感觉上涌，应奚泽才发觉自己居然连呼吸都忘了。

他接连深吸了好几口气才重新找回自己的感知，他没有去看相嘉言，而是直接从旁边的衣架上取了一件外套披在身上，快步往外走去。

身后有匆匆跟上的脚步声，相嘉言询问的声音在身后响起："这是要去哪里？"

应奚泽听到自己的回答："德龙商业区。"

德龙商业区周围已经严密布控，所有的路口都已经被封锁。

在警戒线的包围下，各个疏通口的位置都立起了一个门状的安检设备，原本在商业区内部的人需要从中通过，确定信号提示为绿色之后才被允许放行。

与此同时，由十几位 TW 合作竖立起的防护屏障，在片刻间已经将硕大的商业区包围了起来。在场的多为没有觉醒属性的普通群众，朝商业区放眼看去的时候，落入视野的只剩下一片空白的平地，看不到里面的具体情况。

虽然人们也知道警方是为了控制那个犯罪嫌疑人才设立的警戒，但在这样严阵以待的阵仗之下，还是让周围的氛围顿时凝重了起来。很多人企图留下来围观，但很快都会被驱逐出去。

井然有序的撤离场面中夹杂了不少哄闹声，这样的画面通过各个角度的摄像镜头，传递到商业区的监控中心。

这个监控中心已经被消查部的人完全接管，原来的工作人员全部被转移，此时房间里面等着的还有这次围剿任务的主要执行方七组。

目前整个商业区总体分成了五个区域，由专人负责仔细排查。

接到异化者进入德龙商业区的消息是在一个小时之前，在这么短的时间内可以做到这种程度，已经堪称奇迹。

这几天来七组一直在追缉异化者的动向，另一方面还要配合后勤部门对于陆续出现的受害者关系网进行处理，所有七组成员都进入了一种极度疲惫的状态当中。

而在整个过程里，承担最多的人无疑还是他们的组长。宿封舟从陈山地窟开始一直在连轴转，几乎就没有合眼的时间。

融云看了一眼深陷在沙发里的男人，问："宿队，你要不要趁着行动之前，稍微休息一会儿？"

"不用。"宿封舟想都没想就直接拒绝了，他指尖轻轻地在眉心的位置揉捏了两下，连续紧绷的状态让他的声音听起来有些沙哑，"赶紧把那玩意儿找出来，解决了大家一起收工。"

说话间他的视线无意间掠过满屏幕的监控画面，他忽然微妙地停顿了一下。

"宿队，在这里！"就在这时，终于有人在众多的监控视角中找到了那个已经异化得完全没有了人形的感染者。

“行动。”宿封舟不动声色地紧了紧随身佩戴的武器囊。

宿封舟片刻间组织好队伍之后，就带人大步流星地走出了监控中心的大门。

在宿封舟刚才留意的监控画面当中，可以看到那个正在跟消查部的工作人员进行交流的高挑身影。应奚泽手里拿着研究院的工牌，声调平稳地进行着介绍：“我们是宁城研究院 E 组的研究员，得知这边发生了‘事故’特地过来看看，或许能有机会采集一些有用的样本。”

管理这边路口的消查部队员年纪不大，刚刚被几个吵闹的大爷、大妈搞得有些头晕，这时候看着应奚泽还有些走神：“宁城研究院的？我们队长好像没说过有研究院的人要过来啊。”

应奚泽垂眸看他：“我们是自己来的，确实没来得及请示行动，这么赶主要也是为了能够第一时间进行样本采集。不好意思，会觉得太过打扰吗？”

“不，也不是。”年轻的消查部队员连忙解释，“二位稍等，我请示一下队长。”

应奚泽颇是配合道：“好的。”

几分钟后，年轻的消查部队员终于打完电话回来了。

“我们队长说了，二位可以在旁边的休息区休息一下。等七组处理完‘事故’之后，就派人来带你们前去现场取样。”

应奚泽的眉心不由得皱了皱：“七组？”

年轻的工作人员点点头：“对呀，这次全程是由七组的宿队在做调配安排，相信很快就可以顺利解决。总之两位就安心等着吧，看到那边的绿色临时棚了吗？里面就是休息区。我这里还有事要忙，就不送你们过去了。”

相嘉言开口：“没事我们自己去就行，谢谢了。”

“不客气。”

前往绿色临时棚的路上，应奚泽微微侧了侧眼，朝不远处的大型商业楼看了过去。

所有的人都已经得到了疏散，原本极度热闹的商业区呈现出了一种前所未有的寂静，反倒衬托出一种极度的诡异。

难怪最近两天宁城陆续出现了几起人口失踪事件，现在想来，恐怕就跟这次的“事故”有关。至于今天“事故”的处理过程顺不顺利，应奚泽不知道，但是此时对他来说，宿封舟的存在无疑是一个很大的麻烦。

从第一次接触到现在，他总感觉这个男人阴魂不散。

所有人都在忙着自己的事情，绿色临时棚里并没有其他人。

应奚泽把手里的工卡递给相嘉言，说："等会儿如果有人找我，记得帮忙周旋一下。"

相嘉言拧眉道："你要去哪？我跟你一起去。"

"不管要去哪，你跟我去的意义是什么？"应奚泽抬眸扫了他一眼，淡漠的神色间隐约有些戏谑，"相助理，那些异形对我构不成危险，对你，可就不一样了。我不是TS，也没有消查部那些人敏捷的身手，真出了事可留不出余力来保护你。"

相嘉言一时哽住。他眉目间的表情显然很是不甘，但实际上他自己也知道，应奚泽所说的话又的确是事实。

没等对方回复，应奚泽已经将手里的工牌直接往相嘉言手中一塞。随后他又从口袋中取出一双做实验用的防护手套，慢条斯理地套上自己清瘦的双手，紧了紧袖口。

应奚泽掀开帘子走出来，留下了最后一句话："等我回来。"

就像应奚泽之前观察的那样，整个商业区里已经几乎没有了人影。

这是最快速的处理方式，也能让"事故"的危害程度尽可能地降到最低。可即便如此，周围随处可见的监控无疑成了应奚泽此时最大的麻烦。毕竟他是私自进来的，多一事不如少一事。

在不确定监控室值班人员的情况时，应奚泽还是在最短的时间内规划出避开所有摄像头的最佳路线，悄无声息地避开监控镜头。

德龙商业区很大，仅凭那段视频中的一个背影，应奚泽不能确定目标是否还在这里。可但凡还有一丝的可能，就必须去找。

此时他要做的第一件事，自然是确定目标所在的位置。

应奚泽在一楼的安全通道口站定，缓缓闭上了眼睛。下一秒，属于TW的精神感知随着自身精神力的扩散瞬间炸开。

此时如果有其他人在场，必定会被这样的场面震撼。

想要在其他TW缔造的屏障中释放精神力，就需要以绝对的实力压制为前提。像现在这样，极大范围地释放精神感知，还要不被其他人察觉，应奚泽所展示出来的精神力强度几乎可以称为深不可测。

就连七组唯一的 TW 融云，都未必能做到这个程度。

精神触手在主人意识的驱动下就这样以前所未有的速度迅速往周围的空间蔓延，然后持续地一层一层地涌动着继续往外扩散。

德龙商业区周围的防护屏障是由十几个 TW 接力衔接完成，此时此刻，应奚泽仅凭一人的精神力就逐渐填满了整片区域。

过大的精神负荷，让应奚泽的额间不知不觉间渗起了一层薄汗，渐渐地顺着侧脸滑落，在下颌处汇聚成晶莹的一滴。

从一楼到顶层，短短的片刻之间，整个空间的每个角落已经完全存在于应奚泽的意识当中。他可以清晰地感受到那些在各个楼层中移动着的消查部工作人员的身影，感受到那只已经完全异化的感染者正在围剿下被逐渐逼向角落，还感受到在这一整片意识空间中，一个无比耀眼的存在。

就像是黑白空间中唯一的光源。

不同强弱的 TS 和 TW 在这种感知空间中的存在形态也有着明显的不同，宿封舟的精神体绝对强势，他的存在几乎无法忽视，同时也让周围的人显得黯淡无光。

就像之前应奚泽曾经给出过的评价，即便是在感知的世界当中，这个男人依旧如此锋芒毕露。

然而顶级 TS 也比其他人要来得更加敏感，应奚泽来这里有着自己的目的，他并不想去无故招惹宿封舟这个大麻烦。

为了避免距离太近被对方察觉，他眼见围剿异形的行动就要正式展开，他操控着精神触手悄无声息地避开宿封舟周围，随着他敏锐的觉察，开始集中精神力往更高层的区域进行探索。释放强大的精神力往往伴随着巨大的体力消耗，短短片刻的工夫应奚泽就已经大汗淋漓。

分神期间，他并没有留意到自己在收回精神触手的同时，身在二层的宿封舟仿佛有所觉察般忽然回头，朝着后方空荡的走廊看了过去。

一旁的慎文彦奇怪地问：“怎么了，老大？”

宿封舟眉目间也有些疑惑：“不知道，总感觉刚才好像有什么人在看我。”

慎文彦愣了一下，随即失笑道：“哪来的人？你别不是神经紧绷太久，开始产生错觉了吧？”

宿封舟很清楚这并不是错觉，他拧了下眉并没有解释，在慎文彦的背上拍了一巴掌，干脆利落道：“别开小差，行动了。”

在通力合作下，完全异化的感染者已经被逼到了三楼北面最边缘的角落。

这几天它在市区中蚕食过几个不幸的路人，异化之后的体型已经明显大了好几圈。此时随着围剿人员的包围，只要能够按照行动小队所引导的路线继续后撤，很快就可以完美收网。

然而就在路过某个路口的时候，一直都完全在控制中的异化体却仿佛被什么吸引，毫无预兆地忽然改变了方向。转身之后，朝着楼梯的方向就是一路狂奔。

谁也不知道这玩意儿为什么会突然发疯，但是因为移动速度实在太快，越来越多的人被迅速甩开，原本应该非常安逸的收网行动，顿时演变成一场猫捉老鼠的大戏。

宿封舟忍不住骂了一声，紧追不舍下还不忘调了一下队形，用力按住了腰部的武器囊。

与此同时，应奚泽刚刚推开顶楼天台的大门。

根据精神感知的指引，他在这里感受到了那个仿佛吸尽一切的黑洞。可是推门而出的那一瞬间，落入眼中的只有一片空阔的平台。

应奚泽的动作明显停顿了一下，他视线迅速朝周围转了一圈，然后快步走向了栏杆边缘。

他伸出手的瞬间，指尖不由得有些细微颤动，在极大的克制力之下才取下了上面贴着的纸条。

纸条破旧且满是褶皱，上面是不知道用什么工具歪歪扭扭地写着的几行字。

好久不见，请享受为你准备的精美礼物。

太过熟悉的字迹让应奚泽身上的凉意更浓了几分。

敏锐的五感让他瞬间感受到了黏稠的视线，他豁然抬头，却只捕捉到了对面大楼顶层转角处顷刻消失的身影。一如之前在视频中看到的那个画面。

应奚泽死死地将纸条攥在掌心，好不容易强行镇定下来，控制住全身涌起的剧烈颤抖。努力平复情绪之后，他将纸条塞进了口袋，这才神态平静地朝着脚步声逐渐逼近的方向抬头看了过去。

确定目标的存在，已经算是达到了他来这里的目的。至于对方所谓的“精美礼物”，他甚至无需细想也知道不会是什么美好的存在。

果然，随着一道诡异的影子出现在门口，那只失控的异形就嘶吼着朝他冲了过来。

过快的速度让应奚泽只来得及建立起一片防护屏障，这才惊险万分地避开了迎面而来的致命撕咬。

但巨大的冲击力将他重重地震倒在地上。应奚泽低低地“嘶”了一声。

原本就已经被极度消耗的体力，让他的视野不可避免地黑了一下。

那张纸条吸引了他太多注意力，以至于他根本没注意到被围剿的那个异化感染者竟然冲上了顶楼。

应奚泽用力地晃了晃脑袋，努力赶走脑海中的眩晕感。

再抬头时，正好迎上了一张唾液黏稠的血盆大口。可即便是在这样的紧要关头，他还有心情观察了一下这只异化体的具体形态。看着对方肩部周围异变出来的细小触手，他视线微微停顿了一下。

一眼即收，千钧一发之际，应奚泽只得再次立起精神屏障。他正要做出反应，一个身影忽然从天台的安全门冲出，抬腿干脆利落地扫倒了异化体的同时，果断地伸手抓住了他。

下一秒，应奚泽感到自己重重地撞了一下对方，随即被禁锢住。

宿封舟低哑的声音几乎贴着他耳边擦过：“回头再问你来这里做什么，希望应工到时候可以给我一个满意的解释。”

应奚泽来不及多想宿封舟是怎么畅通无阻地闯进他的精神屏障的，此时他把精神力一收，眼见异化体挣扎着起身之后又嘶吼着扑了上来，眼睛眨都没眨一下。

下一秒，宿封舟已经摸出了腰间的配枪连发了几枪。他仿佛没有留意到令人作呕的黏稠血浆在周围爆开，扯着应奚泽往旁边一带，以一个非常敏捷的姿势将他带到了安全通道口的墙边。

整个过程在一瞬间完成，应奚泽只能感受到偶尔擦过皮肤的空气。末了，他微微拧了下眉心：“疼。”

宿封舟原本还审视着应奚泽，闻言才留意到，自己不知不觉把他的手腕捏红了一圈。

他心里一边感慨这些科研人员的娇气，一边也意识到长期紧绷的状态已经让自己有些控制不住力量。

宿封舟眼帘垂落，直接松了手，抽出特殊金属刀递了过去："先拿着。"

应奚泽没有接，说："我有防身武器。"

宿封舟询问地看去，然后便看到被应奚泽握在手里的东西——一把大概水果刀大小的匕首。

宿封舟腹诽：这玩意儿能干什么，切菜吗？

应奚泽清晰地捕捉到对方眼里的嫌弃，并没有解释。

而此时，本该被一枪爆头的异化体突然又动了起来。

"待在这等我。"宿封舟快速地交代了一句，反正有他顶在前面，有没有武器防身也确实意义不大。

就在转身的瞬间，宿封舟听到应奚泽忽然开口提醒了一句："小心这个感染者。"

这句提醒在宿封舟听起来多此一举，男人的背影只是片刻停顿了一下，他的嘴角微微勾起几分，随即便迎着刚才被枪激怒的异化体，果断地冲了上去。

宿封舟常年跟异形作战，早就已经习惯了在惊险万分的环境当中寻求契机。枪击失效的情况也时常发生，这种时候就会需要贴身肉搏，而身体强度极高的 TS 在这样的局面当中，本身就拥有极大优势。从某方面来说，TS 群体自身就是对付异形最强大的人形武器。

整个交锋的过程瞬息万变，好几次完全失去理智的异化体眼见就要刺破宿封舟的皮肤，都被宿封舟惊险万分地堪堪闪过。

身经百战下宿封舟的本能被调动到了极致，但是与此同时，看似占尽优势的宿封舟却是越打越心惊。异形体不管遭到他怎样大强度的破坏，受损的部位总会逐渐地生出些许蠕动的软肉，以肉眼可见的速度迅速酝酿出新的躯体，将残损的伤口逐渐收拢。持续着破碎与修复的交替过程，仿佛拥有着生生不息的生命补给。

这是以前从未出现过的情况。

宿封舟脸色阴沉地微微活动了一下手腕关节，眼底却渐渐地浮起了几分无法遏制的兴奋情绪："啧，有点意思。"

照理说对于这种最低等级的初阶段异化生物，完成清理应该是轻而易举的事，而如今的事态有些超出预期，自然也比宿封舟之前的设想要来得有趣多了。

他本就处于几日没有入睡的极度疲惫状态，这个时候找到新的乐趣，所有的压制和努力顷刻间荡然无存。

那感觉就像是废旧的木板终于被上面沉重的落锤砸得支离破碎，体内涌动许久的精神力开始蠢蠢欲动起来。

既然那么喜欢反抗，那就好好享受一下垂死挣扎的感觉吧……

宿封舟想象到之后的血腥场面，精神波动炸开的瞬间就趋向癫狂。

所有的冲动一旦无法压制地彻底暴露，深压囚笼中的恶魔注定跟着悄然觉醒。连宿封舟自己都没有注意到，不知不觉间，他已经逐渐进入了堕落的状态中，一发不可收拾。

应奚泽的注意力从最初就停留在异化体身上，在看到它柔软再生的状态时，整个人周围的气场冷到了极点。随着交锋的持续进行，他也终于感受到了什么，抬眸向宿封舟的方向看了过去。

在宿封舟爆发般的输出状态下，异化体的修复速度已经逐渐追不上密集的损伤。一眼看去，这个画面难以用任何残暴的词汇形容。但是与此同时，更加让人感觉战栗的，是那个仿佛已经陷入屠戮快感中的身影。

TW 对于精神力波动方面向来极度敏锐，应奚泽瞬间就发现了宿封舟极度不对劲的精神状态。他稍微放出精神触手去感知了一下，便清晰地触碰到此时宿封舟精神波之间牵引着的无数纤细的丝线。

这些丝线密集地笼罩在周围，极度脆弱，伴随着血肉频繁炸裂的声音，在愈发兴奋的状态下随时可能断裂，又在某种无形的信念之下死死守住了最后的防线。

应奚泽根本不需要深入，就足以想象此时此刻，对方已经极度不稳定的精神图景恐怕早已处在随时崩塌的边缘。这种极度危险的情况自然不是一朝一夕就可以促成的。

这让应奚泽不由得想起了之前听说过的关于宿封舟的传闻，没想到切身感受之后才知道，这个男人比想象中疯得还要厉害。

更叫他惊讶的是，在这种情况下早就足以让数个 TS 陷入极限状态，宿封舟居然还能利用意志力强行拉扯，没让自己跨过最后的危险警戒线。

然而这个时候，应奚泽也无暇去顾及宿封舟这一路走来艰辛的心路历程了。虽然异化体看起来修复的速度已经变得非常缓慢，但依旧非常顽强地进行着再生。可就是这样近乎垂死挣扎的方式，极大程度地缓解了异化体在宿封舟绝对暴力碾压下的彻底瓦解。

应奚泽很清楚，在这种看似全面的压制当中，只要无法实现最致命的伤害就无法解决所有的危机。他正打算伺机而动，但楼梯口传来了密集的脚步声。

越来越近，越来越近……

很显然，如果想要彻底地解决这里的事，就没有额外的时间再留给他了。

应奚泽没有丝毫犹豫，将手里的匕首紧紧一握，朝着一人一怪缠斗的方向冲了过去。

宿封舟正沉浸在虐杀的快感当中，恍惚间听到动静，一抬头便看到了那个撞入眼中的身影，动作几乎是出于本能地停顿了一下。

然而下一秒，宿封舟仿佛看到了有一片精神领域在周围豁然展开。

应奚泽整个人撞上他的瞬间，属于 TS 的五感在 TW 的引导下全面关闭，隐约中，有一股无比强大的精神力量重重地撞入他的精神图景当中。

原本岌岌可危的荒芜世界中豁然炸开一片剧烈的光芒，顷刻间覆上他的视野，下一秒，将他吞进了一个完全陌生的世界。然后，他彻底堕了进去。

TW 想要强行干涉 TS 的精神世界，本身就需要付出一定代价。

应奚泽也没想到宿封舟的精神图景竟然会这么庞大，将人震晕的同时，自己也在反噬之下感到一阵天旋地转。他感到胸前一阵翻涌，嗓子间隐约泛起了一阵血腥气。

但是，已经近在咫尺的脚步声不容他浪费太多的时间。

应奚泽强撑着精神猛地一用力，用手上的匕首在自己的掌心划开了一道深长的口子。

这确实是他用来对付异形的武器，只不过并不是用来刺伤那些东西，而是为了保护自己。

血一滴一滴地溅落在地上。

下一秒，异化体凄惨的嘶叫声冲上云霄。

异化体的叫声直激心灵，让消查部赶来的其他人员顿时一阵疾奔，却在抵达门口的时候，不约而同地齐齐停下了脚步。

后面的人没来得及停下，猝不及防地一个接一个地相撞。根本没人来得及骂骂咧咧，全员都被眼前的画面彻底镇住了。

如果不是那些怪物的血色太过容易区分，单以此情此景来看，恐怕很容易让人误认为这是一个变态杀人狂制造的凶杀现场。

不久前还在声嘶力竭地发出惨叫的异化体，此时已经只剩下一片干瘪的外皮。仿佛就在短短的片刻间被抽干了血肉，只有痕迹斑驳的消查部队服，依稀可以辨识出这层皮囊的身份。

在这幅画面不远处的位置，应奚泽拿着匕首，脸色惨白地跌坐在地上。

他怀中，躺着的是双目紧闭的宿封舟。

应奚泽的血液从掌心划开的位置滴落，恰好落在宿封舟本已被深绿色染透的衣衫前，酿开一片血色。

七组组员从来没见过他们队长如此安详的样子，这样的画面仿佛让时间顷刻定格。

融云的嘴角随着沉底的心情微微一抖，但还是冷静地观察了一下应奚泽，确定对方看起来并没有任何异变的趋势，才停下伸手摸枪的动作。

旁边的慎文彦满是哭腔地推开众人，径直奔了过去：“老大你怎么了！老大你醒醒啊！只是一个异化体而已，老大，你为什么就不能等等我们呢！老大！”

一声比一声来得撕心裂肺，听得所有人心头一颤。

隐约间，人们免不得鼻尖有些发酸。

眼看慎文彦就要抵达跟前，应奚泽抬起一只手，掌心向外地朝他一拦，阻止对方后续的飞扑：“别担心，你们宿队应该只是睡着了而已。”

慎文彦已经到眼角的泪水豁然一滞：“嗯？”

他小心翼翼地将手伸到宿封舟的鼻息间探了探，直到感受到男人平缓宁静的呼吸才彻底地松了口气，回头朝自己的队友摆了摆手：“好像确实是睡着了。”

一句话让所有人悬着的心彻底落了下来。

融云这才有额外的心思去观察一下那显然已经没有了生机的异化体。她回头，问应奚泽：“你杀的？”

应奚泽看着其他人围上来，非常配合地戴上了异化检测仪。

在融云审视的视线下，他缓缓地摇了摇头：“可能是宿队在打斗的过程中击中了它某个要害，具体我也不清楚。刚才看到宿队突然晕厥，我只是本能地冲上来，还不小心被匕首划伤了……我当时太害怕了，根本没有思考能力。”

应奚泽此时的脸色几乎失尽了血色，完全一副受惊过度的样子。再配合着他的这张脸，让所有的说辞都显得极有说服力。

从现场情况来看，别说是重伤这只异形体，就算说宿封舟在昏睡前亲手把这玩意儿给虐死了，恐怕都有人信。

融云的视线在应奚泽身上停留片刻，确实看不出什么端倪，转身进行安排：“先让后勤部门的人过来一趟，赶紧清理一下现场。这里的画面绝对不能流出去，知道吗？”

后面的人当即反应了过来：“明白！”

融云点了点头：“别的等宿队醒了再说，其他人整理一下，准备先回去吧。”

说完，他看向了应奚泽：“应工，你也一起。”

应奚泽非常配合：“好。”

七组的人顿时涌了上来，七手八脚地就想把宿封舟抬起来。

然而已经处在睡死状态的宿封舟似乎很不满意这些人的动作，他忽然翻了个身，伸手抓过应奚泽的手，凑到他划破的掌心跟前，轻轻地闻了闻。

宿封舟这一觉睡得前所未有的深沉。

周围的所有声音都从他的世界中悄然远去，随着一片深沉的空间逐渐下坠，脑海中走马灯似的无数片段开始盘旋，最后豁然定格，暗无天日的地窟恍惚间出现在他面前，周围的人影匆匆忙忙，宛若无数次执勤前的例行筹备。

宿封舟恍惚间逐渐走入了那群忙碌的人群当中，不知道谁在他的肩膀上拍了一下，笑着调侃：“宿队，都说这次任务无比艰巨，等彻底拿下了，回来一定要记得请哥几个喝一杯！”

他听到自己的声音：“好啊，别说几杯了，三天三夜都请你们喝！”

其他人跟着齐齐笑了起来。

装甲车早就已经准备就绪，仿佛被什么力量牵引，宿封舟下意识地跟着人群一起上了车。一路上所有人都在畅想未来，气氛显得无比热烈。

他无数次地回头想要看清那些人的模样，却仿佛被一片黑幕盖住了眼睛，只能看到那些人一开一合的嘴。

在一片其乐融融的氛围中有人推了他一把，笑骂：“宿队，好好带你的路，老往我们兄弟几个这里瞅什么？”

宿封舟动了动嘴角，想让他们掉头回去，想说这次的任务让他一个人去执行，却发现自己根本发不出声音。就像是严格按照提前写好的剧本，装甲车在一个巨大的沟壑跟前停下。

所有队员仔细地检查着武器设备，训练有素地抓着固定绳索，一个接一个爬下了深沟。

宿封舟试图伸手拽住他们，眼前的画面却豁然一转。

所有嬉笑打闹荡然无存，取而代之的是盘踞在周围的密集硕大的触手。

迅速蔓延的感染在队伍中制造了极度的恐慌，几秒前还并肩作战的队友们，顷刻间就变成了吸血噬骨的怪物。

浓郁的血腥味刺激着他脑海中的每一寸神经，宿封舟可以清晰地感受到自己体内的血液开始逐渐燃烧沸腾，猩红的眼瞳里闪过无数的幻象。

思维彻底抽离之前，他举起了手中的冲锋枪，在这样如地狱般的场景中对准了自己的战友。

宿封舟听到了自己癫狂且兴奋的声音："一起毁灭吧……"

癫狂和理性的撕扯彻底将他拽过了狂化的边缘，墨绿和赤红的液体交缠在一起，那是人类与怪物融合在一起的屠戮狂欢。

再后面的事情，在一片血色的世界中他就完全记不清了。

宿封舟只知道等他再见到队友们的时候，是表彰墙上一排排黑白的照片。防卫 003 号支队全员，除了他，全军覆没。

至于这些人具体的死因，很快就被上面严令压制了下来。

但这依旧无法阻止那些传闻，所有人都说是他这位队长在发狂状态下虐杀了他的全部队员，包括那些根本没有被异化感染的队员。

他下意识想要挣扎，从心底深处泛起的恐慌让宿封舟控制不住地想要去抓住什么，然而完全黑暗的空间中只有一片虚无。

无数次试探性地伸手后的落空，总能让他绝望的感觉更深几分，当他想要放空自己彻底堕落的时候，恍惚中好像抓到了什么，像是最后的救命稻草，让他沸腾的血液逐渐地平息了下来。

宿封舟在精神图景当中，感受到了一种从未有过的指引。

TS 的精神世界早在常年的梦魇中一片狼藉。

瀚海间，原本巍峨的大陆无数次被震裂破碎后，只剩下了一片零碎斑驳的漂泊岛屿。

混乱的梦魇间，宿封舟的精神图景中出现了无数无形的线，牵扯着整个世界，发生着新一轮的崩坏。而此时此刻，所有的细线在无声间悄然收敛，他获得了一种前所未有的安定感，先前被激烈情绪所撕扯着的大面积崩坏状态也悄然定格。

情绪仍有残留，偶尔还有几处松动的土地剥落，顷刻间被海浪彻底吞没。

宿封舟精神图景全面崩塌的进程停止了。

突兀的手机铃声响起，仿佛一个划破天空的信号，直直地钻入了宿封舟的脑海当中。

所有被剥夺的五感顷刻间回笼，宿封舟的胸膛骤然一阵猛烈起伏，他在极度紧绷的状态下豁地起身，全身浸透的汗液在空气流动间激起的凉意，让他整个人打了一个激灵。

他原本浑浑噩噩的思绪顿时彻底地清醒过来。

持续的喘息之下，宿封舟整个人的神态显得有些惊魂不定。

相比起来，更加惊魂不定的无疑是正在周围忙碌的七组成员，他们几乎是齐齐地停下脚步，张大了瞳孔朝着这个方向看过来，生怕自家老大在不够清醒的状态下突然打人。

宿封舟用手掌扶着前额，狠狠地按了两下疼痛的太阳穴，努力驱逐掉梦魇带来的不适，他才终于看清了自己在哪——临时办公室里便于休息所搭建的简陋木板床。在这之前他还从来没有享受过，也是用过之后才知道这粗制滥造的玩意儿相当硌人。

“老大，你可终于醒了，你这都睡一天一夜了。”

宿封舟本来还有些恍惚，闻言眉心拧起，抬头朝慎文彦看了过去：“一天一夜？”

慎文彦点头：“对啊！说真的，我真好久没见你睡这么香了。难道这就是连续熬夜的副作用吗？在清理‘事故’现场都能够秒睡，这事还真的只服你！不过总算能够睡个安稳觉了，至少我们不用老担心您会不会猝死的问题。只不过啊，就是多少有些辛苦应工了。不是我说你，这回可真得好好谢谢人家。”

刚听到“秒睡”的时候，宿封舟有些怀疑自己是不是没醒，要不然也不至于听到慎文彦在那说梦话。听到后面，才疑惑地反问：“应奚泽？”

“对啊，我以前也不知道您的睡相居然这么不好。”慎文彦说话间一阵挤眉弄眼，“躺人家身上就躺人家身上了，还怎么都扯不走。想把您弄回来吧，您还非一直拉着人家应工不放。”

宿封舟一时无言以对。

“要知道就您那力气，能有几个受得住啊？”慎文彦完全没有留意到自家老大的神情，说到后来，感慨的语调里逐渐带上了几分敬佩，“也就应工脾气好，受过那么大的惊吓之后还愿意配合我们把您转移，整个过程中都没吭上一声。”

宿封舟有点艰难地找回了自己的声音：“‘事故’都处理好了？”

慎文彦回答：“现场倒是干净了，就是有几个受害人，后勤部门的人处理去了。”

宿封舟沉思片刻，问：“那应奚泽呢，他在哪里？”

慎文彦像是一早就在等着他问这句，一脸“我就知道”的表情朝他眨了眨眼：“放心吧，人安排在隔壁休息室了，您是要现在就过去看看吗？需不需要我送送您？”

“滚。”

慎文彦将他上下打量了一番，说：“不过，您真的不考虑换身衣服吗？这样过去可别吓到人家。”

宿封舟面无表情地起身就走，刚出门没走几步，他就转了个弯，走进储物室里找了一套新的衣服。

现在这身依旧是从“事故”现场回来时的那套行头，衣服上的血液已经干涸，肉眼可见的触目惊心。

虽然以现场的情况来看，应奚泽这种科研人员不至于真被吓到，但是宿封舟考虑到自身形象问题，还是简单地收拾了一下才重新出发。

刚才慎文彦所说的话在他脑海里转了几个来回。

宿封舟很清楚自己在那种极度暴躁的状态下，根本不可能发生“秒睡”这种荒唐的事情，可是每当他要回想当时到底发生了什么，又什么都想不起来。

隐约间他只记得自己逐渐狂化的状态，以及曾经捕捉到的，应奚泽朝他这边飞奔过来的身影。当时那人手里拿着那把玩具似的小刀，从那浅色的瞳孔里，他仿佛看到了自己在血浆当中几乎已经看不清模样的面容，再然后……

再然后，就整个世界都空白了。

其实宿封舟也不是没有怀疑过是不是应奚泽控制了他的精神世界，可是一想起这人虚弱的样子，实在很难接受这种可能性。别说是这种全方位五感的彻底操控，就算想要进入他的精神图景，就连七组里融云那样的顶级 TW 都很难做到。

宿封舟脚下的步子豁然地加快了几分。但是到了休息区房间门口，他又下意识慢了下来。一停顿，宿封舟就听到门缝中传来的对话。

里面有人。

先是应奚泽的声音："手续都处理好了吗？"

房间里的另一个男人开口："嗯，处理好了，等来人提保，我们就可以走了。"

应奚泽说："看来这次要麻烦老师了。"

"倒也不用这么想，冀老本来就准备来宁城找你，这次也不过是顺便而已。"屋子里的男人说到这里，突然转移了话题，"话说回来，今天的饭菜是不合胃口吗？还是哪里不舒服，怎么只吃了那么点？"

应奚泽的声音有些不悦："相助理，说了很多次了，你并不需要这么无微不至。"

宿封舟的眉心稍稍一拧，推门走了进去。

里面的人齐齐看了过来。

宿封舟的视线先是落在了应奚泽的脸上，观察了一下对方的状态，然后缓缓地看了一眼旁边戴着金丝框眼镜的斯文男人，语调散漫地开了口："应工是准备要走了吗？看来我运气不错，醒得正是时候。"

应奚泽不轻不重地接了话："我还以为宿队至少能再多睡一会儿。"

宿封舟的语气不自觉地稍微缓和了一些："我这样突然'睡着'，没吓到应工吧？"

"是有点惊吓。"应奚泽露出了些许心有余悸的表情，"还好那异化者已经没有了力气，要不然当时真不知道怎么办才好。"

宿封舟定定地看着应奚泽的眼睛，说："要让您一个科研专家在前线解决这样的怪物，也确实有些太难为您了。"

应奚泽由衷地回答："还好我们运气不错。"

"但是，我并不觉得这是运气不错就可以解决的事情。"宿封舟说话间下意识地就要向前，旁边的相嘉言同一时间敏锐地拦到了他跟前。

这样的反应速度对于一位科研助理来说显然有些奇怪，宿封舟微微地眯了眯眼："让开。"

相嘉言客气地说道："不好意思，现在应工的身体状态还没有恢复，我需要……"

不等说完，宿封舟已经冷笑了一声，打断道："同样都是处理'事故'的相关部门，我难道还能对你们应工做什么？"

相嘉言难得浮起了锐利的神色，寸步不让道："这我就不知道了。"

剑拔弩张间，床上的人终于缓缓开口："没关系相助理，宿队不过是想找我了解一下情况。"

相嘉言看了宿封舟一眼，但是出于对应奚泽无条件地服从，不太情愿地退到了旁边。

应奚泽想了想，似乎在很认真地回答之前的问题："当时我非常害怕，很多细节已经记不清了。如果宿队非要问清楚情况，以我慌乱当中的观察，恐怕只能告诉你，我们的运气确实不错。"

说完之后他平静地抬头看去，眉目间是很淡却没有太多情绪的笑意："另外，不论怎么说我也安全地把您交到了七队手上，就算不准备道谢，也不应该是这样咄咄逼人的态度吧？"

宿封舟开口道："谢谢。"

他停顿了一下，又补了两个字："抱歉。"

应奚泽笑道："不客气。"

言语间虽然没有明说，但实际上两人都很清楚这句"抱歉"是指什么。

周围的氛围有那么一瞬陷入了几分微妙，但很快宿封舟继续问了一句："那么请允许我再问最后一个问题。应工，你现在可以告诉我，那天你到底去天台做什么吗？"

此时宿封舟站在床边，双手插着口袋，看着靠在床垫上的应奚泽，以一种居高临下的审视姿态。

应奚泽只是平静地回视，仿佛很难理解对方这个问题，他说道："首先，我并不知道异化者会出现在那里。其次，我本来只是想去找消查部外围的人了解一些事情，但是德龙商业区实在太大了，我对方位向来不太敏感，不知不觉就迷了路。"

宿封舟微微眯了眼，说："所以这话的意思是说，您这位研究精英其实是一个标准的路痴，因为迷路的关系，一通乱找之下就到了商场顶楼，然后又很不凑巧地遭到了异化者的袭击？”

应奚泽点头："路痴这件事情研究院的同事都知道，或者你也可以问相助理。”

相嘉言说："我可以证明。”

宿封舟的嘴角微微地抽动了一下："我看起来像是很好糊弄的白痴吗？”

应奚泽神态无奈："如果宿队不相信的话，我也没有办法。”

应奚泽已经懒得去想其他的说辞去应付这位难缠的七组组长。因为他很清楚，从另一个角度来说，对方也同样不能拿他怎么样。就算宿封舟潜意识中存在一些奇妙的质疑，但是这种主观的揣测确实会从各种角度制造出奇怪的感觉，却并不足以支持这个男人对他采取任何措施。

毕竟，他也不是什么犯人。

所以这个时候，应奚泽并没有真的想要得到宿封舟一个妥协的答复，反而是将双手交织在身前，神态平静地对上了那双眼睛。

“那么宿队，你现在算是在审问我吗？”

对视在无声中持续着。许久没有人说话。

“当然不是。”最后，还是宿封舟率先收回了视线，“感谢您的配合，作为与消查部门有合作关系的友方人员，在办理完相关手续之后您就可以回去了。”

应奚泽微微地露出了笑容，还是那平淡的三个字："不客气。”

“老大，你真的不打算送人家回去吗？”慎文彦终于忍不住问。

宿封舟双手抱着身子，视线许久地停留在不远处的工作台前，眼里落入忙碌的人影，却是答非所问："你知道那位老先生是谁吗？”

一楼的行政大厅里面来来去去的都是各地来办业务的人员。

消查部对外也不过是普通的行动组织，办公区域里来来往往的除了忙于公务的 TS 和 TW，自然也有不少普通群众。

站在那里写表格的老人一头斑驳的白发，鼻梁上挂着黑色框的眼镜，斯斯文文，慈眉善目。放在那些来往的人群当中，看起来也不过是一个比较有教养的老人。

慎文彦看了很久都没有看出什么端倪，问："是谁啊？来领应工回去，应该是研究院的人吧？”

“确实是研究院的，不过不是我们宁城的人物。”宿封舟停留许久的视线这时候淡淡收回，眼眸缓缓落下，意味深长地轻笑了一声，“这位可是研究总院的冀院长。”

“冀院长？”慎文彦愣了一下，等反应过来之后差点咬掉了自己的舌头，连说话都不由得磕巴了，“冀、冀松？”

宿封舟啧了一声，语调悠长：“这样的人物居然亲自来我们这里保一位分部的科研人员离开，你不觉得很有意思吗？”

慎文彦瞅着自家队长，一副欲言又止的样子。

有没有意思他不知道，但是看老大这副样子，倒是觉得他对那位所谓的“科研人员”很有兴趣。

不过，冀松这个身份的人能够突然出现在宁城，也确实很让人意外。

众所周知，当年异形危机刚出现的时候，最早发现问题的正是冀松所带领的科研团队。他们通过基因取样提出了关于外来物种入侵的设想，因为没有任何理论依据，当时还险些以扰乱治安的罪名被集体下狱。直到后面发生的种种“事故”全都证明着，冀松所提出的理论是正确的。

连续的“事故”发生之后，冀松被上层领导毕恭毕敬地迎出了监管区，但毕竟年事已高，还是在那段时期落下了病根。可后来，他还是非常积极地带领团队投入关于对抗异形的作战武器研发当中，一直奋斗至今。

那会儿的条件跟现在完全不能比，在作战过程中完全没有任何参考与依据。尤其是在普通枪炮武器很难造成伤害效果的情况下，面对毫无预兆冒出来的异形，所有作战过程完全可以称得上是一摸黑。当年的先烈们为了守住和平，只能凭借着自己的血肉，生生地阻拦外来异种入侵的步伐。

无数人丧生异形之手，无数人被感染击杀，又有无数人前赴后继。

冀松就是在这样毫无基础的背景下，带着一众科研人员经过数不清的日夜，甚至在期间还发生了极度惨烈的实验事故，最终才得以推出了针对异形的一系列新型武器。

回溯那段历史，就算说是由这支团队的支持才逐渐挽回人类作战的劣势，都不为过。

事实就是，自从那个关键的截点之后，人类和地窟神秘势力之间的博弈才逐渐步入正轨。而且即便是在十余年后的现在，不管是消查部门还是地窟岗哨防卫队，前线人员手上所使用的武器很大一部分依旧延续着当年的研发成果。

因为研发期间的工作强度过分巨大，当年的蓝晶科研团队中有不少的科研人员都因为劳累过度而猝死在工作台上。另外还有一些，则是在现场样本采集与协助期间不幸牺牲。

如今仅存的三名研究人员已经成为了研究院的领军人物，至于冀松，则是一直坐镇研究总院，以院长的身份进行着全范围的调控。

毋庸置疑，这段危机结束之后，这位老人注定会被永恒地记入历史。而此刻他毫无预兆地来到了宁城，而且刚落脚的第一件事，就是赶来保一位年轻的科研人员，很难让人不联想更多。

宿封舟打量的视线可以说是丝毫没有遮掩，应奚泽远远地站在大厅中央就清晰地感觉到对方的视线。

几次接触下来，他也已经发现这位七组组长确实不是一个好应付的角色，只能说抛开那有些过分旺盛的好奇心，幸亏他们之间并不存在立场上的冲突问题，要不然恐怕会更加麻烦。

整个流程非常顺利，应奚泽始终没有朝宿封舟的方向多看一眼。直到他走出这扇大门，落在背上的视线才终于彻底阻断。

一辆丝毫不起眼的私家车已经等候在不远处。几个人陆续上了车。

相嘉言自觉地坐到了副驾驶的位置，应奚泽则是跟着冀松一起坐在后面。

等车子缓缓启动，他才开口叫了一声："老师。"

冀松眉刚从总部飞来落地不久，目间还有些疲态。

抛开这个时代压在他肩上的重任，单看那慈善的眉眼，他也不过是一个无比和蔼的老人。这样的年纪，本该在家里平静地颐养天年。

冀松打量了一眼应奚泽，低低地叹了口气："瘦了。"

应奚泽没有回答。

自从母亲去世之后，他就被送到了冀松的身边，和昔日的亡母一样叫这位资深学者为"老师"。虽然在很多人看来，冀松对他一路的扶持无疑充满了知遇之恩，他自己却很清楚，他和这位至高无上的大人物之间更多的不过是合作关系。

或许听起来确实有些冷血，不管是不是出于对母亲那件事的自责，冀松这几年来对应奚泽确实不错。可是自从那件事发生之后，他的经历就逐渐摆脱了正常的人类生活，也不可避免地让他感受到自身人类情感的逐渐缺失。

不过，他本人倒是不觉得这样有什么不好。

车厢内一时间安静下来。

应奚泽想了想还是说了一句："专门跑这一趟，麻烦您了。"

冀松也习惯了应奚泽冷淡的态度，笑了笑说："不麻烦，本来我来宁城就是为了找你，倒是省了我再去跟研究院的那些人应酬。"说到这里他的语调微微一沉，嘴角的弧度也跟着收敛了起来，"所以，你这次见到零号了？"

一个许久没有听人提起的称呼忽然擦过耳边，连应奚泽都没有注意到自己身边的气息跟着豁然一沉。

在他不自觉地散发的精神威压之下，私家车因为司机手上控制不住的颤抖而隐约一震。车辆突兀的晃动让应奚泽回过神来，不动声色地收敛起了精神力："不算见到，但可以确定是他。"

应奚泽伸手，从口袋里摸出了那张已经皱成一团的纸条。递去的时候他的嘴角充满了讥诮的弧度："字还是一如既往的丑。"

冀松接过，整个手难免有些颤抖，脸色已经完全沉了下来。

"上次的爆炸……他果然没有死。"

"没死，但应该伤得挺重。要不然也不至于这么久才重新露面，更不至于气急败坏地着急找我算账。"应奚泽侧眸看向窗外，斑驳的景色落入浅色的瞳孔当中，冷漠的神态高深莫测，耳边的发丝柔软地擦过脸颊。

如果仔细观察就可以发现，他的发色比起几年前已经明显淡了很多，甚至有种隐约的透明感。

相嘉言坐在副驾驶上听着两人的对话。看着后视镜中的应奚泽，他本想说什么，然而顿了顿嘴角，到底还是把后面的话咽了下去。

"所以说，这次陈山地窟发生的异化体泄漏事件，就是他特意为你安排的'礼物'？"微妙的停顿后，冀松皱了皱眉，"他总喜欢做这种毫无意义的事。"

"他怕我，不敢过分接近，当然也只敢使用这种幼稚的方式。而且在他看来，这些或许并不是毫无意义。"

应奚泽缓缓靠向后座，眼底的神色随着外面飞逝的景色有些游离。

"老师，'量变引起质变'的道理当初还是你教给我的。不管是否受到感染，他只是想找机会进行尝试而已。零号不过是跟相助理一样在等待同样的时机，当我承受不住基因过载之后，迟早会彻底爆发的。"

后面的话缓缓地悬浮在不大的空间当中，宛若平静的呓语。

"唯一不同的是，我们把那天定义为'结束'，而他则定义为'重生'。所以真要说起来，最后能否彻底打破他的妄想，相助理的工作才是真正的任重道远，不是吗？”

应奚泽的话一个字一个字落入相嘉言的耳中，他的指尖已经随着紧握的拳头嵌入掌心。他深知所谓的工作内容是什么，脸色一片惨白下难得对应奚泽的话没有做出任何回复。

冀松扫了副驾驶座一眼，打破了这份沉寂：“你也别太担心，你的情况跟零号毕竟不同。想要通过多次感染攻击的方式让你过载，只能说他的想法还是太过天真，我们绝对不会容许这种事情发生的。”

如果真这么笃定，这么多年他的身边也不至于始终跟着一个相嘉言了。

应奚泽的嘴角勾起一个很淡的弧度，看破不道破：“或许吧。”

冀松的语调像极了在聊家常：“另外，那天的异化体已经被你解决了，不过那个七组组长这次算是做了件好事。真好奇他是怎么办到的，让现场残留了不少破碎的触手组织。现在收集到的些许样本已经送去了研究院，正好可以进一步地进行观察，你有空跟我一起过去看看。”

“嗯。”应奚泽心不在焉地应着，所有的注意力都放在了窗外来来往往的车辆和嬉笑打闹的人们。

前几天德龙商业区的突发事件，已经在妥善的处理之后逐渐淡出了民众的记忆，商场重新开业，生意兴隆。所有被异化体沾染的痕迹都被清理干净，没有留下任何痕迹，就像那天所发生的一切真的不过是警方捉拿犯罪嫌疑人的临时行动而已。

但是，这样的粉饰太平又到底还能持续多久呢？

应奚泽在有些刺目的阳光下微微地眯了眯眼。

其实，他这位德高望重的老师还是说错了一点。零号可从来都不是一个“天真”的存在。

冀松的到来，让宁城研究院上下的面貌焕然一新。

对于很多科研人员来说，冀松的存在无异于至高无上的神祇，年轻一辈中的很多人是在他的事迹熏陶下才决心投身科研当中。结果好端端的一个迎接仪式，一度发展成一个大型的偶像见面会现场。在冀松出入的整个过程当中，几乎是应奚泽伴随左右，这让诸位同事不由得想起了当年应奚泽刚来他们研究院时的那段传闻。

毕竟应奚泽年纪轻轻就空降大任，直接成为了他们宁城研究院最年轻的科研专家，依稀间还记得当时私底下沸沸扬扬的那套说辞——据说这位年轻的应工上头有着一位不得了的大人物，力压分区研究院的领导给他安插岗位，愣是没人敢说一个“不”字。

虽然所有传闻早就已经在应奚泽展露身手后销声匿迹，但是在现在这个时候再去回想，众人这才猛然惊觉，所谓罩着应奚泽的那个大人物，居然是冀松！

E组组长沉思宁抱着保温杯站在旁边，听到组员们越说越离谱的议论，终于忍不住开了口：“也别猜得太扯了啊！人家应奚泽怎么可能是冀院长的私生子呢，八卦得再过火，也得遵循一下年龄逻辑吧？”

“也对，冀院长的年纪都够当应工爷爷了。”实习生闻任挠了挠头，朝自家组长看了过去，“沉组，听这话，您是不是知道点什么啊？”

周围的视线齐刷刷地落了过来，让沉思宁喝水的动作豁然一顿，差点呛到。

他对上组员们充满好奇的眼睛，低低地咳了一下：“其实也不是什么不能说的事，就是当年看应工自己没想提的意思，我也就没有多话。这么说吧，应工会被冀院长收容，主要是因为他的母亲。”

“逢女士本来是蓝晶科研团队里面的一位骨干人员，可惜在十几年前的那场研发事故当中不幸牺牲了。应工那时候虽然还小，但已经是名声在外的天才，冀院长大概是出于惜才吧，再加上对逢女士这位得意门生的怜惜，就把他带在了身边。”

“逢女士……”虞清漪语调逐渐震惊，“该不会是逢嫣女士吧？”

沉思宁笑了笑，算是默认。

周围一下子安静下来。

逢嫣这个名字，科研圈里的人大多都听过。当年就是这位伟大的女性跟冀松院长一起提出了针对异形的武器思路，为接下来的研发思路提供了一个非常明确的方向。但是很可惜的是，就在即将完成最后研发的成果时却发生了非常严重的实验事故，逢嫣不幸牺牲。

再后来，科研专家们沿着她遗留下来的科研资料进一步研究，才有了如今这样辉煌的成果。谁都没有想到，心心念念的崇拜者亲属居然一直都在他们身边！

眼看着一群人都是一副按捺不住的神态，沉思宁的嘴角不由得狠狠地抽搐了一下："自己知道就行了，可别到处乱说。应工什么脾气，不用我提醒你们了吧？"

所有人频频点头，并整齐划一地做了一个给嘴巴拉上拉链的动作："放心吧组长，我们有分寸！"

应奚泽本来就没有刻意隐瞒自己身世的意思，又或者说，对于这些无关紧要的事情他从来没有放在心上。

反正现在冀松来到了宁城，关于他和母亲的关系迟早都是会被翻出来的。

随着德龙商业区的"事故"泄漏得到妥善处理，冀松所提起的那些触手样本也被送进实验大楼的隔离储藏室里保存了起来。

接下来应奚泽几乎跟冀松一起住在了实验室里，主要的工作内容，是对这些新的样本进行活性分析处理。

因为不方便让更多的人牵涉进来，后续的相关内容全部由他们两人亲自完成。

高密度的异化细胞体存在着太多的变数，从而需要进行一系列分支繁多的烦琐公式计算。考虑到冀松年迈的问题，应奚泽为了加快进度，主动接过了绝大部分的任务，接连好几天吃住都在实验室里。如果换成其他人恐怕早就已经忙得焦头烂额，而应奚泽从进入这个门到离开，就连迈开的步伐都没有改变一丝频率。

冀松听到动静的时候是在进入实验室后的第五天凌晨，这段时日他几乎每天都只能眯上两个小时，虽然已经比应奚泽多了很多休息时间，但是对于一个老年人来说，这样的作息确实显得不太好。

对比应奚泽那神态如常的样子，冀松那双眼睛周围已经有了明显的黑眼圈，等看到对方脸上平静的表情，他顿时明白了过来，跟着精神一振："出结果了？"

应奚泽点了点头，将手里的数据报告递了过去。

眼见着冀松在翻看过程中神色越来越沉，他直接汇报了一下最后的结论："跟三年前相比，他的细胞活性增加了百分之三百。"

其他人或许不明白这个数字的含义，冀松却是非常清楚。

看到报告的最后一项时，他常年稳定操控精密实验设备的手不可避免地开始出现颤抖："他进化得太快了。"

"整整三年时间，可不是白躲那么久的。"应奚泽低头看了一眼时间，"实验室里我已经收拾干净了，所有的残留样本也已经进行了消杀。我该去睡觉了，老师你也回住所休息吧。”

比起冀松的态度，应奚泽从头到尾的平静反应仿佛刚刚结束了一场再平常不过的实验。

他慢条斯理地摘下防护手套，露出了在昏暗空间里显得有些苍白的手指，刚要转身便听到冀松开口叫了一声：“奚泽。”

应奚泽回头，投去了询问的视线。

冀松就这样直勾勾地看着他，平日里从容笃定的眸底翻涌着一些应奚泽看不懂的情绪。

似乎许久才酝酿好了语言，冀松缓声问：“你会，永远站在人类这边吗？”

应奚泽微微地拧了下眉。

老实说他从来没有认真考虑过这个问题，而且在这之前，他也从来没想过自己需要去考虑这些。

太远的事情总是会存在很多变数。

所有的停顿不过在短短的片刻，应奚泽朝着他这位受人尊敬的老师露出了很淡的笑容：“大概，会吧。”

应奚泽来到研究院的员工休息室时，外面的天色微亮，但这并不影响他倒头就睡。当时他在德龙商业区强行用精神力震晕了宿封舟，至今还留有清晰的余感。

对于一名 TW 来说，过分强硬地闯入一名 TS 的精神图景，确实不是一件好事。更何况接连几天不眠不休，让应奚泽在脱离紧绷的实验状态之后，也感到了一种发自深处的疲惫。

不过仔细想想，如果当时没有宿封舟追来，虽然他也能解决那个异化者，但恐怕他无法做到像那天那么干脆。最后的结果，很大概率还是会造成伤口上的接触感染。这样的话，回来之后不可避免地又得经历一次“吞噬”的过程了。

量变引起质变。应奚泽虽然并不清楚自己的界限在哪儿，不过对他本人而言他也没有受虐倾向，确实并不喜欢“吞噬”那样煎熬的过程。

这样看来倒还得感谢一下这位阴魂不散的七组组长。

所以作为回馈，他选择为对方送上一场久违的安稳好眠。不得不感慨一句，以宿封舟的熬夜频率，他居然还没有过劳猝死，从某方面来说也算是人类医学史上一大奇迹。

头沾上枕头后，应奚泽迷迷糊糊间有些不负责任地这么想。

这一觉睡得不错。

当然，如果没有突兀响起的铃声，应奚泽应该还能再睡上一会儿。

当相嘉言敲门走入房门的时候，应奚泽已经整齐地穿好了衣服，问道："怎么回事？"

"陈山地窟那边发来了一份视频，院长让我们去集合。"

应奚泽抬眼看去："视频？"

相嘉言欲言又止，顿了一下才道："您过去看看就知道了。"

应奚泽到的时候，今天在职的研究院全员已经集合在会议室里。

冀松显然也是被刚刚叫醒的，连续几天的高强度训练，让老人仿佛一下子又老了十几岁。

现场所有人的表情都非常凝重。

负责投影的工作人员朝院长投以询问的眼神，得到答复后，才开始播放几分钟前刚刚收到的视频资料。

画面刚开场，一张血盆大口吞噬人头的刺激画面直接引起了一阵惊呼。

紧接着视野豁然拉开，可以感受到拍摄者在拼命狂奔。

周围诡异的声音此起彼伏，一时间竟分不清是呼啸的风声还是怪物的嘶吼。

而整个过程中，最分明的是随时随地笼罩在周围的咀嚼声。

至于这个过程中给这些怪物带来最大快感的，无疑来自活物的濒死挣扎。

"咔嚓，咔嚓……"很绝望的声音，像是从地狱深处传上来的信号。每一个声响都仿佛冰冷的锤子敲击在会议室众人的心头。

频繁摆动的画面当中，只能远远地看到几个人形的身影被一点点撕裂。

明明隔着一个遥远的镜头，所有人却感到自己的鼻息间，仿佛也弥漫上了一层很浓重的、令人作呕的血腥气息。

拍摄者的声音断断续续地传来。

"报告总部，S0012 号支队……全员覆没……"

"坐标点陈山地窟 411，9968……重复，S0012 号支队全员覆没……"

"失败原因……A25 号批次武器，伤害失效……"

最后一个字吞没在尖锐的叫声当中。

一阵猛然的震动之下，整个镜头彻底暗下。

所有人最后看到的画面，是一张布满狰狞獠牙的怪物的脸。

直到视频结束，整个现场依旧沉浸在死一般的寂静当中。

“A25”批次正是各区研究院努力研发的A型号最高精武器，正式投入与地窟生物的作战满打满算才不过三年而已，而如今却被告知伤害失效。

这对所有的科研人员来说，无疑是一个极大的打击。

宁城研究院的院长自然也能理解同志们的心情，他先是朝冀松询问地看去，在对方的回应下，将话筒放在了自己面前：“具体的情况大家也已经看到了，可以说是相当的严峻。”

“刚才我已经联系了陈山地窟的岗哨部门，他们的意思是希望我们可以尽快安排支援，更好地进行样本采集，以确保在第一时间积极投入到新型武器的研发当中。

“时间紧迫，任务重大，这里采取自主报名的模式。等会议结束后，有意向前往陈山地窟的可以去张工那边进行登记。

“重申，这项工作无疑非常危险，还请各位慎重考虑。”

会议结束，整个会场却许久没有人动。

视频中的画面实在太过震撼，足以击溃人类脆弱心灵的最后一道防线。

可即便如此，半小时后办公室里依旧陆续出现了报名者。这些人绝大部分是在研究院里工作了十来年的老科研员，因为长期投入科研事业没有成家，算得上是没有后顾之忧。

冀松站在门口的位置，向每一位走进来的报名者致敬，原本有些佝偻的背脊在此时挺得笔直，直到他看到应奚泽出现在他眼前。

冀松的呼吸微微一滞，伸出的手顺势将应奚泽一抓，就将他带到走廊外头。

他定定地看着自己一路扶持的年轻人，眉心紧拧：“你去陈山地窟做什么？”

“老师，你难道还看不出来吗？”应奚泽平静地对上冀松的眼睛，嘴角是非常凉薄的弧度，“他是在逼我出来。”

就在刚才触目惊心的视频画面里，他敏锐地捕捉到那些怪物身上蠕动的软肉。

那些怪物伤口处挣扎着想要重生的触手，无疑是一个很明显的信号，它们仿佛迫不及待地想要缠上他，拖着他一起坠入深渊。

零号本就具有极强的再生能力，如今又有了百分之三百的细胞活性。

虽然不知道他到底想做什么，但是有他站在幕后，A25 系列武器伤害会失效似乎也完全在意料之中。

“三年了。”应奚泽垂了垂眼，“既然他不怕死，也是时候该见见了。”

短短三天时间，从各地集结过来的各式车辆陆续驶入陈山地窟岗哨区。

A25 系列武器全面失效的问题无疑引起了上面的极大关注，除了临近市区的消查部门的精英人员，以及隔壁地窟的防卫支援团队之外，就连当下身在国外执行任务的三组和九组也已经在赶来的路上。

各方聚集，这让陈山地窟前所未有地热闹。

因为七组这段时间一直都在这片区域活动，他们便毫无疑问地成为第一批抵达现场的人员。

外面来来往往的脚步声刺激着 TS 无比敏锐的听觉，让原本认真捣鼓电脑的宿封舟觉得太阳穴一阵猛烈地跳动。

他终于还是忍不住地叫了一声：“慎文彦，刚才叫你把门关上，没听到吗！”

“老大您自己就不能回头看一下吗？这门早就关了，连窗户都给您关得严严实实。您这五感实在太敏锐，咱也没什么办法啊，是不是？”慎文彦相当委屈，玩手机的动作停顿了一下，提议道，“或者我找融云讨几个隔音耳塞过来？前阵子他们在网购平台上买了不少，效果吹得天上有地下无的，要不试试？”

“算了，就这样吧。”宿封舟揉了揉太阳穴，努力把自己的注意力集中起来。

自从那天昏睡之后，这段时间精神图景始终保持在一种诡异的平衡当中，这让原本时刻处在失控边缘的宿封舟状态平稳了不少。总体来说算是好事，可是这依旧不能让宿封舟抹去脑海中那种很诡异且微妙的感觉。

在那种高度紧张的状态下，自己怎么可能会突然睡着？他的脑海中依稀有一个声音在告诉他，背后的真相一定跟当时唯一在场的应奚泽有关。

他想找出来。

远远地又是一阵尖锐的轮胎摩擦声，车辆驶近的过程中，随着坑坑洼洼的地面造成了隐约的颠簸。所有碰触的声音仿佛被放大了无数倍，清晰地落入宿封舟耳中。

他努力地摒除了一切杂念，保持着非常快速的频率查看着页面上的资料，好不容易定下心来，只听一直在那玩手机的慎文彦突然大叫了一声："老大！"

近距离的声波冲击把宿封舟震得心头一跳，他忍不住磨了磨牙："一惊一乍的做什么！着急投胎吗？"

慎文彦在这样明显不算友好的氛围中缩了缩脑袋："那个老大有两件事。第一件，您之前想要关于应工的资料，我托朋友帮忙拿到了，已经放在门卫处了，我一会儿就过去取。"

他瞥了宿封舟一眼，接着说："然后第二件，今天安排来这边的第三批人员刚刚抵达了，里面就有……那个谁。"

"哪个谁？"宿封舟在模棱两可的话里没回过神来，抬头时正好看见慎文彦朝着他的方向挤眉弄眼的模样，"有话直说，抽什么风？"

慎文彦连连咳嗽了几声："就是有，您页面上正看着的那位。"

结合上面下达的计划，这几天他光顾着做深入的背景了解了，现在电脑屏幕上面显示的正是应奚泽刚刚来到宁城研究院时拍摄的照片。

比起现在，当年初来乍到的应奚泽显得稚嫩很多。虽然照片上他依旧是那副冷冰冰的神态，在面对镜头时，他至少还懂得露出一抹很淡的微笑。

听慎文彦这么一说，刚刚还一直把注意力放在资料上的宿封舟，终于把视线往照片上挪了挪。

也不知道在想什么，他忽然有些走神。

慎文彦等了许久见宿封舟依旧没动，委婉地提醒："科研院那些人来的时候每个都是大包小包的，想来是带了不少的实验设备。那些东西重得很，来的人又大多都是手无缚鸡之力的 TW 和普通人，您看我们是不是……"

宿封舟神态疑惑，道："防卫队那些负责接待的人没去帮忙吗？"

他记得他们七组全员抵达的时候，虽然两边素来不合，但表面功夫上可一点都没落下，总不至于轮到研究院就当起了甩手掌柜。

慎文彦被哽了一下，努力让自己表达得更加清楚一点："防卫队那些人笨手笨脚的，万一不小心弄坏了那些昂贵的顶尖仪器，那多糟心啊。他们哪能有我们干活利落，老大您说是不是？"

说着他作势往门口挪了挪，远远地朝外头投去视线，就差把毕生演技全用上了："别说，应工的东西还挺多。我去给应工帮忙去，怎么样，老大您去不去？"

“要去你自己……”最后的“去”字，随着宿封舟无意间看去的视线停顿在了嘴边。

宿封舟眉心微微拧了起来，随手点下保存后将笔记本电脑一关，一副纡尊降贵的做派：“也行吧，反正没什么别的事，都是同事。”

“好嘞！”慎文彦一边往外走去一边问，“那份关于应工的资料还要吗？要不您去帮忙，我先跑一趟去拿回来？”

宿封舟说：“去拿，回头放我桌上。”

因为这次来陈山地窟带有别的目的，应奚泽带来的实验设备确实不少。

他向来不喜欢做那些体力活，能有人愿意过来帮忙搬运本该是件好事，当然，这一切的前提是，如果那些人不是时不时想跟他套近乎的话。

相嘉言刚搬了一批东西上楼。没有人留在应奚泽身边帮忙拦截，这让他的眉心不由得越拧越紧。

眼见想要过来帮忙的同事们被防卫队的人不动声色地挤在了外围，应奚泽缓缓地捏了捏指尖。

他正考虑着要不要采取一些便于集体合作的非暴力手段，一个轻飘飘的声音就从楼梯口传了过来：“防卫队的哥几个今天挺闲啊？”

宿封舟基本没带太多的语调，但也足以让几秒前还看着应奚泽面露笑意的防卫队几人脸色跟着一凝。被这个煞星突然间打了声招呼，凭队内跟七组那微妙的不和谐关系，所有人都觉得这不会是什么好事。

防卫队几人顿时也明白了过来，连连赔笑：“宿队，熟人啊？”

“是啊，熟人，特别熟。”宿封舟说话的时候始终留意着应奚泽的反应，一直到了跟前，用习惯的姿势居高临下地看着他，嘴角浮起了一抹意味深长的弧度，“应工，你说是不是？”

应奚泽一米八的身高，在正常的场合怎么都算得上是高挑，可是在宿封舟跟前，矮了半个头。

闻言他微微地抬了下眼帘，看在对方帮他解除了麻烦的分上，并没有计较，温和道：“宿队，我们又见面了。”

宿封舟挑了下眉，觉得这样的语调听起来有些耳熟，过了一会儿才记起来当时去研究院送样本的那天晚上，自己就是这么打招呼的。

只能说不愧是科研人员，记得就是清楚。

宿封舟缓缓地朝旁边瞥了一眼，本来还愣在那里的防卫队众人似乎这才回神，干笑两声后顿时一哄而散。

宿封舟垂眸扫过应奚泽周围一众大大小小的箱子，道："这么多，搬家还是旅游？"

应奚泽对话里的调侃置若罔闻，弯腰就要去拎旁边那只相对较小的黑色行李箱，视野中忽然落入了一只手，将他重新按了回去。

"行了，这种脏活累活不适合你们这样的科研精英做，还是放着我来。"

应奚泽顿了一下。

宿封舟回头的时候捕捉到了应奚泽一瞬间的走神，道："您是不是该告诉我一下房间号？"

应奚泽片刻间便恢复了一贯淡淡的表情，说道："C512。"

宿封舟愣了一下，旋即笑出声来："应老师，邻居啊。"

对于自己会被安排在宿封舟隔壁的事情，应奚泽也感到有些匪夷所思。

不过更让他沉思的是宿封舟刚才的称呼。他叫他什么？应老师？

也不是有什么问题，就是"老师"这个称呼一旦配合着宿封舟这样的语调，似乎哪里有些不对。

相嘉言看到宿封舟的时候也愣了下，不过对于不让应奚泽动手这件事情，两位 TS 倒是站在了同一战线。

半个小时后，应奚泽悠哉地坐在宿封舟的房间里喝茶。他主要的任务，就是看着外面两个人影来回地忙碌。

"老大，我回……"慎文彦进门的时候没注意，等看清楚里面坐着的那个人时，很努力地控制住自己惊讶的表情，"应工，是你啊。"

他们家老大这种对环境和气味有特殊执念的男人，有朝一日居然会让别人进屋？

宿封舟虽然在隔壁摆弄设备，听力却是好得惊人，遥遥地就喊了一句："你拿个东西那么久，还不过来帮忙？"

"就来，就来！"慎文彦应着，却没有着急动身，抱着手里的文件夹直勾勾地对上应奚泽看来的视线，忽然觉得自己手里的东西有些烫手，只能尽量保持冷静地多问了一句，"老大，需要我帮你放在哪儿？"

宿封舟语调很不耐烦："随便放桌子上，马上过来！"

慎文彦瞥了一眼就坐在桌前的应奚泽，微微地咽下口水："您确定，放桌子上？"

“让你放就放，怎么那么多屁话！”

隔了一个房间的一声吼，让慎文彦条件反射地把手里的资料往桌子上一扔。当即一个箭步就飞奔了过去。

应奚泽手里还抱着保温杯，坐在那里的姿势没有半点变动。

看慎文彦有些紧张的态度，这份文件夹里大抵是七组内部的重要资料，他并不对它感到好奇。

但是慎文彦因为被宿封舟这么一吼，走得有些匆忙。就在他跑出房间的时候，被扔到桌面上的文件夹没能落稳，滑落在地上。

“哗啦啦——”里面的照片齐刷刷地散了一地。

应奚泽原本也不是一个好奇心旺盛的人，但这个时候就算不想看，也全部看到了。

他喝水的动作微微顿住。

“怎么回事，什么东西掉了？”宿封舟的五感确实敏锐，只是这么细小的动静，他已经瞬间就从隔壁房间冲了过来。

刚一进门，宿封舟正好看到应奚泽在捡地上的照片。微微俯身的姿势，闻声抬头的动作，让他下颌漂亮的弧度愈发分明。而在那清清冷冷的视线中，分明带了几分询问。

散落的照片凌乱地铺开了一地，每张照片上的人都是不同着装，不同的角度，却跟房间里的男人有着同样冷淡的表情。

应奚泽曾经出现在各种媒体上面的照片，跟眼前面容立体的真人逐渐重叠，让宿封舟一时间有些错觉，感觉像有无数个应奚泽在同时看着自己。

这让他整个人陷入了瞬间的卡壳。

应奚泽眉梢微挑，说道：“宿队的喜好，还挺别致？”要笑不笑的语调，像极了审问一个活脱脱的变态。

面对极高危场都不曾眨过一下眼睛的七组组长，在此时此刻却莫名地磕巴了一下：“那个……你听我解释。”

应奚泽缓缓地靠在椅背上，修长的食指交叉在身前，一副“我就安静地听你狡辩”的神态，说：“嗯，您请说。”

宿封舟嘴巴张开又闭上，一时无言。

慎文彦，我杀了你！

3

宿封舟其实很不喜欢这样的感觉。明明他才是居高临下的那个，却在应奚泽的注视下成了一个卑微受审的人。这是自从他在地窟防卫队扬名以来从没有过的待遇。

宿封舟觉得自己必须扳回一局。

原本的说辞忽然一顿，瞬间到嘴边转了一个弯儿，用当初应奚泽对付他的那招奉还："不对吧应工？虽然我要这些照片有自己的用处，但我好像并不是你的犯人。七组自己的事情，也没有跟你解释的必要吧？"

宿封舟就等着应奚泽再多问一句，然后继续顺着他的话往下说。毕竟这件事真要追究起来，他也不过是秉公办事而已。

根据前几天上面的指示，消查部几个小组后续会各自指派一位科研专家随行。他们七组也算是有头有脸的部门，要招人进来自然需要提前考核一番，宿封舟也知道自己有些以权谋私，但是借着这个机会收集一些应奚泽的资料，本就是无可厚非的事。

最多也就是他收集资料的方向有那么一丝不对。

然而宿封舟怎么也没想到，当他故意说了那么一句之后，应奚泽居然没有反驳："嗯，确实不需要跟我解释。"

那张清冷漂亮的脸上，就差清楚地写上"我对你没兴趣"这几个大字了。

应奚泽语调平淡："只是还请宿队以后处理干净一点，要搞独家私藏这种事，最好还是不要叫当事人看到为好。"

慎文彦早就已经感受到了队长周身的冷气压，正抱着脑袋蹑手蹑脚地想穿过走廊逃跑，冷不丁听到应奚泽的回应，整个人顿时愣在了那里。

应奚泽这样宽宏大量的姿态，让慎文彦感受到了一丝的生机，结果他朝宿封舟那边看去，却见自家队长的脸色明显比之前更加低沉了。

应奚泽随手捡起脚边的那几张照片搁在桌面上，没有去管其他的，站起身来缓步往外走去。

原本这件事情应该到此为止，结果两人擦身而过的时候，宿封舟忽然伸手抓住了他的手臂，几乎是从牙缝里挤出了一句话："谁说这是独家私藏了？我只是在执行公事！"

应奚泽抬眸从对方的脸上扫过，从善如流："嗯明白，不用跟我解释。"

宿封舟本想再说什么，依稀间有一种无形的熟悉感让他本能地吸了吸鼻尖。

此时，应奚泽冰凉的指尖轻轻在宿封舟的手背上拍了一下，随后将手臂抽了出来，礼貌得体地点了点头："谢谢您帮忙搬运设备，如果没其他事的话我就先回去了。"说完，他见宿封舟依旧保持着半横在自己前方的姿势，似笑非笑地抬了下眼，"嗯？宿队。"

这样微微挑起的尾音仿佛带着无形的钩子，快速地扯回了宿封舟的神思。

下一秒，宿封舟竟然本能地往后面挪了一步。反应之迅速，完全到了连本人都觉得匪夷所思的地步。

等应奚泽走后，直到隔壁房间的门被轻轻关上，整个屋里依旧充斥在一片诡异的寂静当中。

慎文彦因好奇心停步下听了一会儿，这个时候终于也意识到不妙。但是再想跑，显然已经来不及了。没等他迈开脚步，就已经被宿封舟拎着衣领拖进了房间。

嘭的一声，慎文彦绝望地看着房门被重重关上。

地上散落的照片相当壮观。但这时候他显然已经无心去关注照片上的内容了。

宿封舟已经点上了用于平稳情绪他薄荷烟，缓缓道："文彦啊……"

开口的语调越是和蔼可亲，越是让人感觉背脊发凉。

慎文彦认命地闭上了眼："嗯……"

宿封舟猛吸了一口，吐出的缭绕烟雾在房间里散开。

他慢吞吞地抖了抖手上的烟灰，说："你那弄资料的朋友，挺能找啊？之前倒是忘了多问你一句，他以前是做什么的？"

慎文彦默默埋低了头，回道："没记错的话……好像是私家侦探……"

"哦……"宿封舟应的这句相当的意味深长，他随即又抽了一口，继续问，"那现在呢？"

"狗仔。"说出这个答案的时候，慎文彦就感觉自己估计真的离死不远了，也不知道现在去写遗书是不是还来得及。

果不其然，紧接着他听到宿封舟阴森地笑了一声："难怪了，搞点资料都搞得这么有个性。"

慎文彦小心翼翼地应了一声："嗯……"

团队集结得很快，短短几天，除了身在国外的两支行动组之外，基本上已经全员抵达。

为了在接下来的时间里更好地执行任务，地窟岗哨部门很快发布了关于整合分组的执行方案。每个小组由五名以上的作战人员加上一名后勤队员和一名科研人员组成，基本上七到十人为一个单位，便于正式行动过程中的任务分配与开展。

应奚泽站在一众科研专家团队当中，高挑的身材让他成为无比醒目的存在。

这让宿封舟无意中看向那个方向的时候，总能一眼就看到应奚泽。极好的视力让他清晰地捕捉到那人的五官间轮廓。

宿封舟不由得联想到自然界里的某些生物，外面是魅惑人心的表象，一旦采取行动，往往是一击致命。漂亮的东西，通常有毒。

宿封舟低低地啧了一声。明明就住在隔壁，自从那天之后，他跟应奚泽仿佛就再没有过任何交集。

他眼前落入一张纸，是融云递来的登记表格。大概是看不惯宿封舟一个人在这里发呆，融云这位副组长终于忍不住提醒："老大，关于具体补充的随队科研人员，请尽快确定人选。"

跟其他临时小组不同，七组成立至今，人员安排已经非常完备，就缺一个科研岗位而已。

这也是之前宿封舟考虑应奚泽的原因。

宿封舟伸手接过，带着厚茧的指尖在这张纸上捏了捏。

过了许久，宿封舟似乎终于下了决定。然而当他再抬头时，恰好看到应奚泽接过别人的人员登记表，相当干脆地签了名。

从各种角度看他都晚了一步。

宿封舟动作停顿了片刻，随后在融云疑惑的视线下清了清嗓子，走向科研团队另一侧的大波浪卷美女。

这位也是他在宁城研究团队里见过的熟面孔。

虞清漪之所以会来这里，主要是来找在防卫队的男朋友贺季的。

结果对方非但不领情，前一天晚上还把她凶了一顿，这会儿她正在气头上，突然接到七组的入队邀请，多少有些蒙。

不过再一想贺季昨天那恼人的态度，虞清漪思考过后还是很快地做出了决定："也行吧。"

宿封舟心中无语，怎么感觉他们七组的邀请让人非常勉强呢？

应奚泽签完名字的时候刚好看到宿封舟把邀请发给了他的同事，他稍微感到有些惊讶。

毕竟从那天在宿舍的表现来看，这样大费周章地对他进行背景调查，虽然用的是他并不理解的角度，但怎么看都让人觉得那是在为这次的分组做准备。

不过现在这样也好。毕竟从应奚泽的角度来看，七组确实不适合合作，正好省了他去找拒绝的借口。

应奚泽加入的队伍编码为 F33365。

其实过来邀请他的队伍有很多，他最后之所以会选择这支，并不是因为队员过分优秀，反而是因为队伍里所有人的实力都中规中矩。

越是普通的队伍，队长就越是缺乏主见。显然这更符合他的需求。

应奚泽的手机隐约振动了一下，打开是相嘉言发来的消息——注意安全。

虽然相嘉言是个 TS，但因为他并不是战斗类型的工种，再加上是个无法单独执行科研任务的普通助理，在地窟行动期间并没有明显的职能，他也就没有继续留在应奚泽的身边。

全部分组完成之后，很快完成了系统归档。

秉着"行动是提升默契的最佳训练方式"的原则，当天下午所有新成立的队伍就接到了他们的第一个演习任务。

每队负责一个探索点，在地窟的外围区域展开独立探查。

像陈山这样的地窟，在全球各地还有好多个。这些神秘空间的连接口仿佛一夜之间突然出现，谁也不知道到底来自哪里。

顾名思义，这些地窟从表面上看起来就像一个深邃的普通山洞。可是进入后会发现里面是一个和地球表面完全不同的全新世界，而在这个新世界里藏匿着的，就是那些血腥残暴的异形怪物。

几年来，探索地窟的工作从来没有停止过，可是那背后的世界仿佛无边无际，从来没有工作人员顺利地勘测到它的底端。

他们得到的唯一情报是，越往里面那些怪物就越是密集，也越发凶残。

地窟由防卫队的岗哨进行二十四小时的监管，最靠近窟口的区域基本上已经被清理干净，可以说没什么风险系数，那里也是这次演习任务的主要活动位置。

所有队伍的主要任务，就是在自己负责的区域中仔细搜查是否有遗漏下来的细胞样本。

即便如此，这也算是现场很多人距离真实地窟最近的一次。

出发的时候，很多队伍都笼罩在一种无比紧张的氛围中。

从下午一点半的时候开始陆续出发，等到第一支队伍完成搜查返回，就已经是临近晚上六点。外面的天色渐渐暗下，一直到晚上九点多的时候，出来的队伍已经过半。

这次主要是为了新队磨合而安排的演习任务，对于七组等几支资深固定队伍显然意义不大，自然也不需要他们参与其中。

宿封舟坐在露天的空地中央乘凉，冷飕飕的寒风直往他的衣领里钻，他却依旧是一副施施然的样子，似乎浑然不觉。

好不容易留下一条命的慎文彦，在看到自己小组的人员名单时不太理解。

他反复看了看时间，到底还是将生死置之度外地多问了一句："老大，只有两支队伍还没出来，您真的不打算去接一下应工吗？"

宿封舟眼皮都没多抬一下，道："又不是我的组员，接他干吗？"

慎文彦一时竟无言以对。他刚要说什么，遥遥地便见地窟门口又出来一支队伍。

负责清点人数的工作人员简单扫了一眼，语气惊讶道："你们怎么少了一个人？"

队长的表情更加蒙，说："嗯？应工有一些发现让我们先走，怎么，这是还没有出来吗？"

工作人员不可置信道："虽然这片区域相对安全，你们也不应该让一个科研人员单独行动吧？"

"他真的还没出来？"队长语气震惊，"不对吧，三个多小时之前我们就分开了，他说他自己会回来的。那个地点距离门口近得很，等我们一圈查完，回来路上也没看到他。要不是已经回了岗哨，这人还能去哪？"

"可能是摸索到了什么新的线索，所以一不小心迷路了？不过也不用太过担心，窟口周围向来非常安全，可能就是被什么事耽误了。”工作人员安慰了一句，伸手摸出对讲机，“稍等，我联系下岗哨，看看等会儿能不能申请到防卫小队进去帮忙找人。”

话音未落，一直等在门口的相嘉言已经脸色难看地开了口：“我进去看看。”

工作人员脸色为难道：“您是？没有通行证的话，可不能进去。”

慎文彦眼见着相嘉言就要跟工作人员起争执，对宿封舟说：“宿队，这意思是他们把应工弄丢了？”

“咣当”一声，椅子随着宿封舟起身的动作翻落在了地上。

下一秒，原本还好整以暇地端坐着的宿封舟已经大步流星地走了过去。他周身低沉的气压把门口几人震得一蒙。

宿封舟如每次行动般简单利落地紧了紧袖口，掌心落在相嘉言的肩膀上不着痕迹地用力，将人按了回去：“你一个非战斗工种的 TS 进去有什么用？留在这等，我去找人。”

一片昏暗的环境当中，可以隐约看到一个移动的修长人影。

外界之所以说地窟的后面是个全新世界，并非没有道理。广袤无垠的天际间没有任何星辰，也没有太阳的东升西落，几乎二十四小时保持着一种昏沉压抑的环境。

只有很暗很暗的光线从那片混沌当中透出，成为怪物们可以仰仗的唯一光源。

沉闷、压抑的环境足以随时将人逼疯。

距离地窟外围边缘不远的地方，涌动着一条水流昏黄的河。不知源头，也不知道去处。

这样的河存在于每个地窟当中，仿佛一个具体的分界线，不深，只是一个将地窟内部与外面的人类世界隔绝的符号。

虽然没有任何依据，但是曾经见过的人总是有一种很强烈的预感——如果有朝一日那些异形怪物跨过了这条河流，那将会是真正的世界末日。

若那天来临，地窟洞口所设立的那些岗哨，就将成为守卫人类的第一条防线。

应奚泽不知道世界各地的其他地窟是如何命名的，他只知道这里称之为

"忘川"。

这条"忘川"的对面，就是随时可能会断送人类未来的"鬼门关"。

此时，他正沿着这条湍急的河流缓步走着，腰部有一个红点已经疯狂闪烁了很久。

虽然他在这个完全不同的空间里无法接受外界的信号，但是地窟内部的地标设备已经研发得非常完善，此时正在拼命地提醒着他已经偏离了这次演习任务目标区域的主要路线。

应奚泽置若罔闻，状似闲庭信步闲游地往前走着，时不时地将视线投向"忘川"对面。

虽然只是一河之隔，形态诡异的嶙峋植被已经显示出一个截然不同的森然世界。

所幸靠近边缘的异形生物早就已经被防卫队基本清除，减轻了这种阴暗环境带来的危机感。

应奚泽会做出跟 F33365 小队分开的选择，主要是因为随身检测灯无意中发现的荧光反应，是非常微弱的莹绿色。

如果没有应奚泽随身携带的这个专项检测设备，其他人根本就无法察觉。

这样微弱的发光点，随着往前寻觅，就这样忽密忽疏地有整整一路。

安排得太过谨慎且细腻，应奚泽甚至可以想象出对方在布置过程中的小心仔细。

起初应奚泽只认为这是对方故意引诱见面的把戏，可直到这样一路走来，渐渐地他也意识到，以零号这种敏感多疑的性格，绝对不会冒险在距离人类岗哨过近的地方跟他接触。

现在的所作所为，或许只是想要让他看看，他这几年生活的到底是个什么样的世界，还夹杂着试探和控诉。

地窟里面没有信号，没有时间，除了一直提醒他回归路线的提示灯之外，应奚泽甚至不知道自己到底走了多久。

终于，沿着"忘川"的微弱光标发生了变化。应奚泽转了三十度，再逐步前行，他看到了一片凌乱的石碓。

这附近显然在早年间经历过战斗，用手电筒打过灯光看去，可以清晰地看到周围成片干涸的血液。

有异形生物的，也有不知道哪批防卫队队员的。

深绿色和猩红色诡异地交缠。

应奚泽稍稍侧了侧眼，角落里堆放着几具骸骨。

这些本该属于人类的残骸，全身上下的骨架都弯曲出了诡异的形状。头颅的位置已经被子弹穿透，想象得出当时那人因为发生异变而被同行的队友开枪击杀的绝望。

应奚泽的视线划过，最后停留在一块痕迹斑驳的岩石上。点点聚拢的荧光反应，最终齐齐地汇聚在这个同样的方向。

他在原地稍稍停顿，迈步走了过去。

岩石上面的那层灰很厚。如果不是土质跟周围有细微的不同，在不仔细观察的状态下确实很难引起别人的注意。

应奚泽不小心踩到了旁边的骸骨，“咔嚓”一声响，相当清脆。

他仿佛丝毫没有觉察，从口袋里摸出防护手套后慢条斯理地戴上。

随后，他才轻轻地拍掉了上面的灰，寻找到旁边一处凸起的痕迹，隐隐地一个用力。石块剥落激起的滚滚灰尘让应奚泽低低地咳了两声。

他稍微眯了眯眼，抬眸看去。

在两块岩石的缝隙当中，夹了一根外观破旧的针管，这个针管对于很多科研人员都不陌生，是好多年前就已经停用的型号。唯一醒目的是针管的末端染了一块已经干涸的墨绿色，跟周围地面上的异形血液交相辉映，像是一个醒目的信号，森冷地刺激着视线。

应奚泽瞳孔几乎是下意识地扩大，略感脱力下险些跌坐下去。

伴随着一股子从骨子深处渗出来的凉意，眼前那个狭窄缝隙仿佛无形中扩大了无数倍，逐渐地形成一个幽闭的空间。

白刷刷的墙壁压抑地笼罩在周围。而他此时此刻的脸色，却是比这一切更加煞白。

恍惚间有什么从应奚泽的记忆深处涌出。

针管落地的声音中间交杂着惊呼声，迷迷糊糊间他仿佛被恐慌的人群簇拥着，一路推去，一路推去……最后进入了一个更加森白的房间。

明亮的灯光打在失焦的双眼上。

“以后只有我们走的才是同样的路，多好……”

尖锐的笑声忽远忽近，无数的仪器导管将他缠绕。

有一种无形的力量在拖着他的身子无尽地下坠着，持续下坠……直到浓烈的窒息感泛上，应奚泽狠狠地闭了闭眼，猛吸几口气，才终于将自己从全身冰寒的游离状态中抽离出来。

他努力地平复了一下自己激烈起伏的胸膛，尽可能不颤抖地伸手将针管放入了口袋当中。

他就这样无声地在原地站了许久，才感觉自己终于慢慢找回了身体的温度。

比起突然的回忆所带来的不适，应奚泽更清楚自己必须尽快回到正常状态。

虽然当时他离队的时候是在进地窟后不久，但是随着这一路走来，距离大门的位置已经越来越远。根据设备上的坐标提示，要想在没有交通设备的情况下返回岗哨，无疑需要不少体力。

余悸之下，他的每一下呼吸在寂静的环境里都显得格外清晰。在口袋深处，应奚泽紧捏着试管的手因为过分的用力有些微微发白。过了许久之后再次松开，前一秒还存在着的颤意已经荡然无存。

应奚泽的意识已经从之前堕落的精神状态中抽离，也是直到这个时候他才留意到，手电筒不知道什么时候已经跌落在地上摔坏了，天际昏昏沉沉的光成为了周围唯一的光影。

失去明亮的光源，对于身在地窟里的普通人类来说无疑是一件非常棘手的事情。好在这里虽然没有非常明媚的光源，但昏昏暗暗的环境下，倒还没有糟糕到伸手不见五指的地步。

应奚泽弯腰去捡地上的手电筒，在细微的声响下，他的动作微妙地停顿了一下。

就在他后侧不远的位置，似乎有隐约的脚步声。细微地，一点一点地靠近。

应奚泽垂了垂眼，仿佛什么都没有觉察般保持捡的姿势，左手则是在无声中握住了口袋里的匕首。

后面的东西更近了。

毫无预兆地，他抽出手的同时刀刃划出，直勾勾地刺了过去。

然而并没有血肉划裂的触感。随着一个人影闪过，应奚泽回神的时候，手腕已经被人牢牢抓住。

一个要笑不笑的声音从咫尺传来：“应老师，没想到身手还不赖。”

应奚泽呼吸微重：“宿封舟？”

宿封舟的视线意有所指地落在匕首上：“千里迢迢进来地窟找你，白加班，这就是表示感谢的态度？”

应奚泽没有说话。

他本就刚刚调整过来状态，这个时候基本上是强行顶着一口气在发力，等看清楚跟前那人五官的轮廓后，不知怎么全身的力气豁然没了。

宿封舟找了应奚泽一路，本想多调侃这位喜欢惹麻烦的科研专家两句，结果后面的话没来得及出口，便见前一秒还在反击的身影忽然间一矮，他心头一紧，顿时眼疾手快地一把将人扶住："怎么回事，还好吧？"

应奚泽想说"还不是被你吓的"，但是嘴角动了动，到底还是没有说话。

隔了片刻，他轻轻伸手将宿封舟推开了，道："找人就找人，不知道先打个灯？"

本该冷冰冰的语调，听起来竟然有几分示弱，可能连应奚泽也没注意到。

宿封舟整个人明显地愣了一下，才开口回答："以前在地窟行动多了，对里面的光线强度比较适应，从来就没带过手电筒。"

应奚泽这才想起宿封舟以前是防卫队的。不过他倒也不是真的想要得到答案，缓了一下后就想要推开宿封舟，结果被男人不由分说地重新拽住。

"行了，大科研专家，您就好好地待着，由我护送您回去就行了。"宿封舟说着，牢牢扶住应奚泽，"我开了巡逻车，就停在不远的地方，马上就到。"

应奚泽也想躲开，但是他一个文弱的 TW 怎么也比不过宿封舟这种顶级 TS 的力气。而且这一回，他也不可能再用精神力把他直接震晕。他并不觉得自己有足够的体力多拖一个人回去。

全身的疲惫感已经非常明晰，应奚泽到底还是选择了妥协。

一路返回，周围一片寂静。

隔了许久，应奚泽忽然问了一句："你是怎么找到我的？"

"脚印。"宿封舟架了个人，气息却没有受到半点影响，对于寻找的过程回答得很是轻描淡写，"运气不错，沿着你们小队的任务拟定路线开了没一会儿，我就发现了你的脚印。"

"哦。"

没人再说话，周围再次安静。

应奚泽本来就不是一个喜欢多话的人，何况这个时候他确实已经感到太累了，不管是从身体上，还是心理上。

随着思绪逐渐模糊，他下意识地想：不是说车停得不远吗？怎么还没到……

抵达巡逻车前，宿封舟的视线在那张明显比平常白上几分的脸上停留了许久，他微微皱了皱眉，才收回了视线。

应奚泽有些意识不清醒，宿封舟没有直接把人丢上后座，而是扶着对方轻手轻脚地安置在后座上。

宿封舟确实难得这样小心做事，动作有些笨拙。就在抽手的时候无意中碰到了什么东西，是从应奚泽口袋里掉了出来的。

他弯腰捡起，发现是一支老旧的针管。宿封舟的视线扫过上面已经被磨损得有些模糊的批次编号——SE77780。

他若有所思地看了应奚泽一眼，将针管重新放回应奚泽的口袋，然后脱下了身上的外套给熟睡的人披上。

巡逻车激起一片尘土，朝着地窟门口飞驰而去。

巡逻车的车门被“咣”地打开。

“应老师别睡了，我们已经到……”宿封舟的话语随着探头进去的动作豁然顿住，“怎么回事，做噩梦了？”

应奚泽保持着骤然起身的姿势，直勾勾地对上了男人的视线。但是这一瞬间他整个眼神显然有些失焦，双唇微启，肩膀随着呼吸缓缓地浮动着，发色本就较浅的鬓角间还留有汗痕。

车门打开，顶部的照明灯也已经自动亮了起来。光从顶部的角度打下，将应奚泽的脸色衬托得透着一股子病态的白。

但是短短的片刻间，他就回过神来，微微垂了下眼帘，收回视线，才发现自己的身上盖了一件外套，他问道：“你的？”

宿封舟可以确定应奚泽刚才的状态很不对劲，与其说是做了噩梦，更像是陷入了梦魇。

他挑了下眉，应得漫不经心：“护送你们这种身娇体弱的科研专家回来，要是没照顾好，一不小心感冒了，这罪名我可承担不起。”

应奚泽没应声。他从车上下来，本想把手里的外套还给宿封舟，结果垂眸一瞥，视线顿住了。

宿封舟见应奚泽仿佛突然卡壳，不明所以地凑过来看了一眼，才发现应奚泽这一路也不知到底梦到了什么，是真的出了一身的冷汗，以至于外套边缘都有了细微被浸湿的感觉。

这让他不由得多瞥了一眼这人有些缺乏血色的嘴唇，安慰了一句：“没关系，我没洁癖。”

应奚泽并没有接受他的好意，道：“我有。”

应奚泽刚好看到快步迎上来的相嘉言，随手一扔，将外套扔到了自家助理手上，对宿封舟说：“今天的事谢谢了，衣服我洗干净后还你。”

宿封舟原本要伸手去接的动作停顿了片刻才收回，说道：“也不用太感谢，有空请我吃顿饭就行。”

话没说完，应奚泽已经带着相嘉言走了。

今天进行演习任务的所有小队已经悉数返回。周围原本人头攒动的地方也空荡一片。

相嘉言手里莫名其妙地多了一件宿封舟的衣服，也不方便多问，跟着应奚泽一路回了房间才担心地开口说道：“您状态很不好，是遇到什么不好的事情了吗？”

“没什么。”

应奚泽显然并不想多提具体过程，他看了一眼目前已经临近凌晨的时间，稍微的犹豫一下，到底还是打开了笔记本电脑。过了一会儿，随着视频电话的接通，冀松的身影出现在屏幕上。

A25 系列武器的失效确实给研究院带来了很大的压力，从灯火通明的背景就不难看出，这位年迈的科研专家依旧奋斗在自己的岗位上。

冀松显然也时刻关注着陈山地窟的情况，看到应奚泽不太好看的脸色，眉心就已经拧了起来：“今天你们已经开始演习任务了？怎么在这个时间找我，有什么新的发现？”

应奚泽没有说话。他将口袋里的针管摸出，放在了镜头跟前。

冀松一开始显然并没有反应过来，但也不过是片刻的疑惑，之后脸色顿时沉下。紧接着他整个人努力地往前贴近，似乎想要看得更清楚一些。

“这是……当年的针管？你在哪找到的？不对……你今天见到他了，是他给你的？”

应奚泽此时此刻已经恢复了状态，有条不紊地回答：“是他给我的。但我没有见到他，只是在他的引导下去了一个地方。”

“真的是在他那里……难怪当年没在现场找到，居然一直被他藏起来了。”冀松深深地吸了口气，努力平复了一下心情，“所以他想表达什么？将还残留在上面的初始样本亲手送到我们面前，是真的认为我们拿他没办法，借此来对我们研究院进行挑衅吗？”

“不是挑衅。”应奚泽缓缓地闭了闭眼，嘴角却是没什么温度的弧度，“只是想要宣示根本就不存在的主权。”

拖他进入深渊的是他，意图让他彻底沦陷的也是他。

奈何无论再怎么步步为营，他唯一疏漏的还是他应奚泽。

看似同样的一条路，每个人都有不同的选择。他们注定分道扬镳。

应奚泽再睁开眼时，朝着冀松笑了笑，已经稍微恢复了些许人类特有的温存：“老师，这东西，明天我就让相助理给您送过去。”

“唉不是，老大，你这半夜三更不睡觉又瞎折腾什么呢？”

今天是慎文彦负责执勤，原本在这样还算安稳的夜晚，他打算玩玩手机游戏等换班，结果宿封舟一从地窟出来就把他叫了过去，他整个人很蒙：“怎么回事，被骂了？需要兄弟怎么做，求安慰？”

“骂你个大头鬼！”宿封舟拿起桌子上的笔记本扔到慎文彦的怀里，努力回想了一下那串编号，“SE77780，给我查查这是哪个批次的医用注射针管。”

慎文彦跟着宿封舟艰苦奋战惯了，嘴上虽抱怨着，身体却是本能地已经遵从了指令。

他几乎是条件反射地完成了开机，直到界面点开他才想起来多问一句：“医用注射针管？您突然查这个做什么？难道这趟还真有了新收获，你跟应工都已经晋升到可以互相帮忙完成工作的良好关系了？”

“跟他没关系，我自己查的。”

宿封舟也不知道为什么，脑海中不时浮现出应奚泽脸色发白的样子。

别看应奚泽那么身材高挑，轻得完全不成样子，要不是一早就知道他是养尊处优的科研专家，他实在怀疑这人被谁虐待成了营养不良。

虽然没有证据，可直觉让宿封舟觉得，今天应奚泽这样反常的反应很可能就跟他口袋里的这支针管有关。而且上面所残留着的痕迹，不管怎么看，都像是已经干涸的异形的血。

宿封舟没再跟慎文彦多说什么，自己同步打开了桌子上的台式电脑，登录内部资料系统后，在搜索栏里输入了应奚泽的名字。

很快，之前就已经翻看过无数次的内部档案跳了出来。

宿封舟又非常迅速地点开研究总院的相关信息看了起来。

“找到了！”半小时后，慎文彦把笔记本电脑递到了宿封舟的跟前，“老大，这应该就是您要查的那批医用针管了，是十年前的批次。”

说到这里，他低低地啧了声：“说起来也巧，这个批次刚好送去了研究总院。而且刚好在那年发生了重大的研发事故，就连相同型号的医用针管都没再生产过，全国上下的研究院也开始使用现在常用的最新型号了。”

“十年前，研究院，研发事故……”

宿封舟的视线停留在电脑屏幕上，指腹轻轻地摸了摸唇角，他忽然想到什么，快速地敲击了一下鼠标。

那年项目主要负责人的照片出现在了电脑屏幕上——一个年轻且漂亮的女人。

仔细观察，在精明干练的眉目间，可以看到一抹熟悉的影子，她就是科研总院第一届总责研发专家逢嫆，也是应奚泽关系资料上清晰记录在案的母亲，在十年前的研发事故当中确认牺牲。

十年前的那批针管为什么会突然出现在应奚泽的手上？如果那正是当年送入研究院的那批，又为什么会沾染异形的血液？要是说应奚泽今天反常的状态真的是因为这支针管，这跟当年研发事故又是否存有联系？

所有无形的线似乎都整齐地指向一个地方，可是错综复杂得又有些让人摸不到头绪。

所以，十年前在研究总院里面到底发生过什么？

“老大……老大？”

宿封舟在慎文彦远远近近的声音中猛然回神，因为沉思太深，这才从双手抱头的思考动作中抬眸看去：“什么事？”

“你要是真对当年的研发事故好奇，回头可以喊融云他们一起帮忙看看。”慎文彦小心地端详着宿封舟的神态，试探地问，“时间确实不早了，您这几天好不容易睡眠不错，把状态调整过来了，可别前功尽弃。我感觉您现在已经有点过度兴奋，要不今天还是先到这里，好好休息一下吧？”

宿封舟拧眉道：“你哪里看出我兴奋了？”

慎文彦看着宿封舟隐约有些发红的眼角，弱弱地指了指旁边：“不兴奋吗？”

宿封舟拧起了眉心，顺着慎文彦所指的方向看去，所有反驳的话语全部卡在了嘴边。

不知什么时候出来的黑狼正端端正正地坐在墙边，对上宿封舟的视线后，朝着它的主人“嗷呜”地嚎叫了一声，身后那条尾巴摇得甚是欢脱。

TS在情绪起伏过大的情况下，确实会发生无法控制住自己精神体的情况。

可是在现在这种非战斗的普通场景下，宿封舟居然没能控制住让精神体从精神图景里跑了出来，这是以往任何时候都没有发生过的事情。

怎么每天平稳的状态，反而让他的精神状态更不稳定了呢？

翌日，应奚泽先将洗干净的外套挂在了宿封舟的门把手上，之后去跟自己的队伍集合。

趁着三组和九组从国外往回赶的时间，他们这些新成立的临时小队又进行了好几次的演习任务。

昨天晚上的事情显然也把F33365的队长给吓到了。他再看到应奚泽的时候忍不住就想说上两句，可是等他看到这样平静的应奚泽后，到嘴边的话也就只剩下了六个字：“以后跟紧我们。”

应奚泽点头道：“好。”

有了第一次的经验，这些临时队伍的主要演习区域从最外围的安全地段，开始稍微往内部推进了一些。那些作战能力相对较强的队伍顶在前面，应奚泽所在的这种经验薄弱的队伍则是在后方进行协助支援。

按照这样的部署他们前前后后又进入了地窟三次，在里面所滞留的用时分别是六小时、十二小时和十六小时。

时间逐渐拉长，说明大家也逐渐适应。

直到第四次进入地窟，整支团队简单地摸索了一下罹难的S0012号支队走过的前部分路线，接下来就等待正式任务展开了。

这期间他们倒是带回了不少组织样本，可惜没有从中检测到所需要的最终细胞目标。

A25系列武器失效无疑是非常严重的情况，只有尽快地带回相应的样本，才能更快地投入新武器的研发当中。

第四次下地窟，也是正式行动前的最后一次任务。这一回所有的团队在里面一共待了整整二十四个小时。

长期处在昏暗的环境当中，出来的时候所有人的状态都是肉眼可见的疲惫。

应奚泽再次见到阳光的时候微微眯了眯眼，等渐渐习惯，才发现窟口外面的广场上多了二十余人，从那些人身上穿着的不同制服款式来看，大抵可以看出他们分别属于两支队伍。

应奚泽听到队长在旁边低低地感慨了一声：“三组和九组的人终于到了。”

众所周知，消查部内部“七”这个数字以上的组别主要负责的都是超危级“事故”的处理。跟三组成员们穿着的普通消查部工作服相比起来，九组款式独特的赤红色制服显然相当醒目。

只不过这个时候更吸引关注的，无疑是现场那堪称剑拔弩张的氛围。虽然没有任何人说话，但是大家感受得到这里曾经出现过针锋相对的画面。

在一片寂静当中，让刚从地窟里面出来的众人感受到了一种前所未有的压抑。而这份压抑的来源，无疑是七组跟九组的两位组长。

宿封舟跟徐雪风不和的事早就已经不是什么秘密，但是从此情此景来看，岂止是不和，简直就是水火不容。

要不是当初的召集公告上明确说明了八组跟十组的人有要事无法支援，实在让人怀疑上头是故意把这两人安排在一起行动的，以便他们在任务过程中看准时机干掉对方。

没人敢吭声，都在小声议论。

应奚泽抬了抬眼，发现宿封舟今天依旧穿了他送回去的那件领口有小破洞的制服外套。没记错的话，对方已经连续穿着这身衣服三天了。

他就这样以跷着二郎腿姿势嚣张地坐在椅子上。周围的地面上已经散落了一片密集的烟头，跟嘴上叼着的那根交相辉映。

在宿封舟的身后，是依次站开的七组组员。与其说他们是在待命，不如说他们像极了地痞流氓在聚众看场子。

宿封舟仿佛隐约间察觉到了什么，忽然朝应奚泽这边抬头看了过来。

应奚泽这才留意到他的脸色确实沉得有些吓人，两人视线接触了一下他就不动声色地挪开了，跟着队伍在后勤人员的安排下去更换防护服，并依次去进行感染情况的检测。

按照规定，只要去过“忘川”对面的区域，所有人都必须进行完整的检查流程。毕竟将感染带到外界的风险，谁都承担不起。

检测塔里的空间非常空旷，所有人分别在四个窗口跟前排好了队伍，依次佩戴上了检测仪器，然后在等候区里等待观察期过去。

虽然任务期间并没有人受伤，但是对于感染这种未知情况的下意识恐惧，还是让氛围显得有些紧张。没有人说话，检测仪器也保持着平静。

当观察期就要结束的时候，忽然有脚步声从门口传来。紧接着，有几个人从外面推门而入。

九组组长徐雪风肩披外套，手里拿着刚刚收到的登记表格，进来的时候微微侧着头，还在跟身边岗哨部门的接待人员说话："确定必须配置科研人员吗？地窟里面是什么情况你们应该比我更清楚，到时候要真出了意外，我可不保证兄弟们还有余力去保护其他人。照我说，与其带个累赘的科研人员，倒不如由我们自己来搞定收集细胞样本的任务。"

接待人员显然也是被逼问了一路，连连擦汗："徐队，这是上面明确下达的指令。这次任务需要提取的样本情况比较特殊，就是担心作战部门无法掌握关键的取样部位，才需要研究院进行配合。您就放心吧，科研人员跟后勤人员到时候也是以留守后方为主，保证不会拖你们后腿的。"

两人说话间已经到了等候区的门口。

徐雪风随意地翻了翻手里的资料，说："但是看这情况，我们就晚到了两三天，科研部门的同志们好像都已经分组完毕了，还有剩余吗？"

接待人员连连赔笑："上面说了，你们消查部的特别小组跟防卫队的首席支队都是这次行动的主要力量，在人员安排这块，只要是你们看中的，一概优先配合。"

徐雪风在心里不屑地冷笑了一下，手里的名单也不再看，"啪"的一声合上。

他将视线投向了等候区里的众人，语调跟着一扬："怎么样，明天就要正式下地窟了，有哪位研究院的同志愿意跟我们九组一起去前线行动的吗？"

两人刚才的对话丝毫没有遮掩，这个时候徐雪风又故意把"前线"两个字咬得很重，一时间谁都没有吭声。

徐雪风对外的形象虽然没有宿封舟那么疯魔，但也绝对足够杀伐果断，犀利的视线一扫，基本上接触到的人本能地就想闪避。

他就这样缓缓地一路环视，直到看到角落，才触碰到一道没有回避他的视线。不止没有回避，平平淡淡的态度下，甚至丝毫没放在心上。

徐雪风停顿了一下，伸手点了点，话是对旁边的工作人员说的："既然没有人主动报名，那就他吧。"

接待人员忙道："哦哦哦，应工，应奚泽，您想要他是吧？"

徐雪风道："对。"

应奚泽也没想到这事居然最后落到了自己的身上，但也没有无条件配合的意思，抢在接待人员之前先表达了自己态度："不好意思，我拒绝。"

大庭广众之下被直接驳回，徐雪风有些丢了面子。但毕竟也不过是随便点的人，徐雪风倒也不恼，眯了眯眼问："为什么？"

应奚泽面色无波道："我喜欢现在队里的氛围。"

借口这种东西，只要想找，到处都是。

坐在旁边的F33365队长一时无语，印象里这位冷冰冰的科研专家自进队后，开口说过的话那可是一只手都数得过来，没想到内心居然这么有团队精神。

徐雪风显然并不相信应奚泽的鬼话，他似乎对这种睁眼说瞎话的人有了一丝兴趣："我们九组的氛围向来是消查部里最好的。而且岗哨部的这位同志不也说过了吗，上面已经交代了，关于所有人员的调配，还是要以我们九组的意愿为主。如果今天我说就想要你，你又打算怎么样呢？"

应奚泽皱了皱眉，不等他说什么，一个低沉的声音已经率先响起："单从意愿上来说的话，优先级最高的恐怕也未必是你们九组吧？"

当那个身影从门外闪入的时候，众人隐约间感到外面无形的战场仿佛搬到了室内。

徐雪风看向宿封舟，语气意有所指："你可真是什么事情都想插上一手。"

"不巧，我们队的科研人员向我申请去跟自家的男朋友团聚，我这么通情达理，向来不做坏人姻缘的事。所以，也刚好需要补一位新的科研人员进来。"宿封舟要笑不笑地扯了下嘴角，从语气到神态都毫无遮掩地充满了攻击性，"我跟应老师接触过几次，直觉认为他确实是我们队最心仪的人选。实在不好意思徐队，恐怕要讲个先来后到。"

应奚泽记得七组原定的科研人员是虞清漪，他回头看去，便见同事遥遥地用口形无声地说了两个字："真的。"

他微微地揉了下太阳穴。直觉告诉他，今天这事大抵是过不去了。

不过有一点徐雪风并没有说错，跟着他们那种一级队伍，最大的优势就是可以上前线。这几天下地窟的过程中，他已经简单地探查过了地窟的边缘地带，并没有任何收获。所以从某种角度来看，或许他确实需要一些可以深入的机会。

应奚泽做出决定不过是短短片刻之间。

仿佛没有感受到周围剑拔弩张的氛围一般，他淡淡地破坏了两人的对峙："宿队确实想要我加入很久了，既然他开了这个口，我也实在不好意思拒绝。"

徐雪风显然很想享受一把从宿封舟手里抢人的快感，闻言拧起了眉："你刚才不是说，很喜欢原来的队伍氛围吗？"

"嗯，我确实喜欢队里的氛围。"应奚泽的回答礼貌且客气，"不过从之前的接触来看，我还挺喜欢宿队长这个人的。"

徐雪风开口："有人能喜欢宿封舟这种做派，还真是让人吃惊。"

应奚泽微微一笑："感谢理解。"

从应奚泽表态的那句话起，宿封舟脸上阴戾的表情就有些微妙的变化，仿佛有了那么片刻的愣神。

应奚泽已经在观察期结束后解下检测仪器，送到了工作人员的手里。

离开的时候他从宿封舟身边经过，轻轻地搭了一下对方的肩膀："宿队，明天任务见。"

宿封舟一时结巴道："啊，好。"

直到人走后过了好半晌，宿封舟才回过神来。

他直接无视徐雪风探究的视线，径直转向旁边岗哨部门的工作人员，也是轻轻拍肩的姿势，对人说："总之就是这么一回事，记得上传新的分组情况。"

应奚泽想得其实很简单，总之一切都以取回目标样本为目标。

当天晚上他就收到了关于队伍调配的短信通知。

应奚泽整理好正式行动所需的一系列设备之后，又将匕首端端正正地放入口袋当中。

随着夜深，岗哨住宿区的灯陆续熄灭。所有人在确保足够的休息时间，调整完毕状态之后，于翌日傍晚时分，完成正式集合。

来来往往的人群在紧急地进行最后部署，一片忙碌中更增添了几分紧张的气氛。

应奚泽穿戴好特定的防护制服，在密集的车群中找到了七组队伍后方的空间车。通常情况下战斗工种会被安排在阵容的最前方和边缘区域，中间是辅助作战员，再后面才是科研和后勤人员。

不过因为已经被调到了宿封舟所在的七组，应奚泽所搭乘的车辆比起那些普通的外围队伍来说，其实已经算是无限趋向前线了。

应奚泽打开车门的时候，里面驾驶位上坐了一个二十岁出头、麦芽色皮肤的小伙子。

对方稍微愣了一下，然后就热情地介绍了一下自己："应工你好，我是七组负责后勤的卓宇。"

"你好。"

应奚泽上车后，留意到对方在副驾驶座上还放了一把配置精良的狙击枪。

卓宇通过后视镜捕捉到他的视线，解释道："啊这个也是我的……要知道我们七组跟普通队伍还是不一样，别看我是个后勤人员，可实际上也需要在后方随时观察。如果一不小心有人员发生感染的话，可能就会需要我……咳咳咳，这么说应该能明白吧？"

应奚泽点了点头："清场。"

大概是因为他的态度实在过分平静，卓宇没忍住又多看了他两眼。

就在这时，刚关上的车门突然从外面拉开。

看清楚探头进来的那个人，卓宇背脊一直："老大！"

宿封舟淡淡地应了一声，看向旁边的应奚泽，两人视线接触后，他问："都准备好了吗？"

应奚泽答："嗯。"

宿封舟忙里偷闲过来看上一眼，此时感受到对方神态中的平静才再次开口："五十米内的车辆间还能保持基本的通讯功能，作战期间我不确定可以保持清醒，具体有什么突发情况，如果我没办法做出回应的话……可以让卓宇联系融云。"

应奚泽留意到对方眼角有点不太正常的猩红，像是无声的克制，顿了下，说："好。"

宿封舟张了张嘴，到底没再多说："行了，出发，下地窟。"

车门再次关上。

应奚泽通过车窗，遥遥地可以看到宿封舟直接上了最前面的作战指挥车。随着最前方的车辆陆续启动，整个车队也缓缓地跟上。一辆接一辆，队伍陆续融入了地窟昏暗的环境中。

外面的月光和灯光在进入洞口的瞬间彻底切断，车队齐齐打开远光灯，成为整片昏暗环境中最壮观的光源。

"忘川"本就不深，车辆行过的时候大约漫过了小半个车身。等周围的水声平息，车内的摇晃也逐渐平稳了下来。

周围诡异狰狞的植被形态开始落入眼中。企图接近外围区域的异形早就已经被清理干净，但是这片充满死寂的地方显然并不是此行的目的地。

接下来是否能够顺利地展开全新系列的武器研发，就看这次任务是否能顺利带回所需的特定样本了。集结了那么多的精英，携带了那么多的设备，他们的目标地点只有一个——陈山地窟。

每个人坚定的态度间还有着一些忐忑，没有人知道，自己是否还能活着回来。

不知不觉间，整个车队已经行驶了很久。

在那支罹难防卫队所留下的影像资料当中，所谓的地标或许不过是一串极为简单的数字，但真踏上这条征途，才发现原来这条路是这样的漫长。

人类对于这个地窟世界的了解还是太少了。漫无边际的昏暗似乎是这里唯一的基调，谁也不知道在这里的最深处蕴藏着什么。

有时候，未知本身就是最大的恐惧。

按照预估，他们至少需要走上三天三夜。

空间车上一共就两个人。应奚泽从上车开始就很安静，这显然是他一贯的作风，但即便如此，也耐不住驾驶座上那位兼职狙击手的后勤队员的热情似火。

卓宇这个小伙子的性格跟他麦芽色的健康肌肤一样阳光四溢，话匣子一打开更是滔滔不绝："应工，您别看我们老大平常一副凶神恶煞的样子，实际上他不发病的时候对我们可好了！"

"两年前我在执行任务的时候差点翻车，要不是有老大力排众议回头救我，我这条小命早就丢在那里了！从那天起我就认定我这条命就是我们老大的！

"现在七组的兄弟总共就那么几个，大家都是刀尖上舔血拿命换来的交情，回头您这两天有空的话也可以多跟我们其他组员接触接触，大家都是很热情的人。"

应奚泽嘴角淡淡扬起："像你一样热情？"

"啊，我果然还是太聒噪了吧？"卓宇大概也捕捉到了应奚泽字里行间的意思，脸上有些发热，"不过要说话痨程度，其实我一直觉得慎哥要比我强上一点。"

应奚泽思索了一下，从记忆的角落里捕捉到了一个时常出现在宿封舟身边的人影，说："是叫慎文彦吗？好像是挺吵的。"

卓宇找到了同盟显然非常开心，接道："对吧，原来您也认识慎哥啊！我就说要说嘴碎的程度，我绝对连他的零头都比不上，结果上次他还非要说自己是个安静的美男子，您说气不气！”

应奚泽隐约带笑地应了一声：“嗯，气人。”

说实话，他的人生中真的很难遇到像卓宇或者宿封舟那个小跟班慎文彦那样性格明显外向的人。

回顾很多年，应奚泽只觉得自己的生活里充满了严丝合缝的规律，包括身边的人、要做的事，以及那些自己想要完成的目标。不管是研究院的同事还是相嘉言这个助理，长期身处学术领域的人类，非常容易给自己设定一个严格的小圈子，然后在这个圈子里进行计划中的事情。

而这些事情，往往都需要绝对的冷静和沉稳。

卓宇显然也捕捉到了应奚泽语调里的笑意，整个人也跟着快乐了起来。

趁着开车无聊，他们继续有一搭没一搭地闲聊。

应奚泽缓缓地将视线投向了窗外，偶尔也会配合地应上两句。

队伍继续往深处走，整个车队行驶的过程中偶尔陷入了停顿。他们开始遇到一些大大小小的麻烦，而这些麻烦最主要的来源自然是那些地窟生物。

地窟里的环境昏暗且潮湿，这赋予了周围的植被一个独特的近乎微妙的生存环境。

行驶的过程中，沉重的风不时地拍打着车窗。偶尔有形态诡异的蝇虫飞过，四个闪烁着荧光的翅膀扑扇着，在风间摇摇欲坠。长在顶部的三个口器狰狞地撑开，零零散散地聚在一起，埋没在了车群的尾气当中。经常还会有蠕动的藤蔓从周围匍匐而出，小心翼翼地意图接近，又被疾驰的轮胎无情地碾爆。

在几年的地窟探究过程中人们早就已经发现，这个陌生世界里面的部分植物已经发生了明显的异变，而这种更加活跃的生态表现，对于人类而言显然并不是一个好的征兆。

应奚泽没有开窗，可即便隔着玻璃，他依旧可以感受到外界充满着腐朽的味道。这种气息随着他们愈发深入地窟而逐渐变得明显。

那些生性凶残的异形生物在目前的认知中，基本上只拥有了掠食的本性，在它们自己的地窟世界当中，它们同样很喜欢自相残杀的戏码。

单是这一路行来，他们在路边就时不时地会发现一两具仍沾染着血肉的骸骨。不知道抛在路边多久了，周围围满了以腐肉为食的飞虫。

车队随着前面头部的指挥车而陆续停了下来。

这已经是这一路行来的第五次了，所有人也逐渐开始习惯这样的节奏。应奚泽所在的空间车距离最前方并不远，从这个角度可以遥遥地看到最前方的车群中下来的几个身影。

宿封舟的身影在这些穿行的人群当中显得格外醒目，随后便见他快速整顿队伍后，非常迅速地朝着一个方向奔了过去。

“前方遇到异形潮，请第一时间进行支援……注意……前方遇到异形潮，请第一时间进行支援……非作战人员请原地待命……重复，非作战人员请原地待命……”

通信车在车群当中不住地调整着信号距离，各个车辆内部的通信器里，开始断断续续地传来发令员的声音。

后方车辆其他队伍的作战人员在接到指令后陆续下车。一行人绕过停留的空间车，齐齐赶去前方的作战部门进行支援。

伴随着通信频道里时不时响起的刺耳电流，周遭有着一种微妙的紧张感。这并不是他们进入地窟后遇到的第一次异形潮，但是在这之前，全部是由顶在最前方的三支顶级作战小队完成清理。

准确来说，这是先头部队首次发出支援申请。毫无疑问，这次异形潮的规模比起之前显然浩大很多。

大概是从后视镜中留意到应奚泽在看窗外，卓宇笑着安慰：“应工，您也别担心，这种小场面我们老大随随便便就可以搞定了。”

应奚泽本来想说自己没有担心，但话到嘴边忽然想到什么，饶有兴致地微微调整了一下语气说：“就这么相信你们宿队？”

卓宇一个年轻小伙子直接在原地表现出盲目崇拜：“那是！就算隔壁九组全军覆没了，我们老大也可以单枪匹马手撕放人！”

说完还不忘很有求生欲地补充了一句：“当然，我也没有诅咒其他人的意思。”

平时吵闹归吵闹，当真面对人类生存的重大事件时，这些前线的可爱战士们相当有原则性。

应奚泽莞尔，然而后面的话却被接连的枪响打断了。他朝着声音传来的方向看去，由 TW 竖立起的层层光柱径直地冲上云霄，就这样成片地穿透那昏暗的天际，化为成片展开的精神屏障。

地窟当中不方便使用通讯设备，在整体作战过程中，TW 的精神柱往往会成为最便捷的信号来源。

应奚泽观察了一下这些光柱的汇聚范围，简单地推断下就可以初步确定，他们这次撞上的应该是 C 类程度的异形潮了。如果放在平时，至少需要一整支完整的独立防卫队来进行处理。

从第一声枪响开始，周围的寂静就已经被完全打破。

远处暗淡的天际也逐渐地被浓烈的火光感染。这种高明度的光线对于地窟生物来说显然过分突兀。窗外无数的飞虫朝着截然相反的方向成群结队地飞舞，形成了匆匆逃离的微小团队，仿佛他们这些无故闯入的人类才是彻头彻尾的入侵者。

应奚泽的半张脸在火光的映衬下忽明忽暗，他缓缓伸出指尖，轻轻地摸了摸车窗。隔着玻璃，外面有一块隐约的痕迹，那是漫无目的的飞虫仓皇间撞上后残留的血浆。

卓宇回头的时候看到的就是这样一幅画面。

明明是昏暗压抑的环境，依旧让他不由得呼吸一滞，隔了许久他到底还是忍不住问："应工，您应该是第一次来陈山地窟吧？"

应奚泽抬眸看去，道："是，怎么了？"

"那您胆子是真大，看起来是真的一点都不怕。"卓宇挠了挠头，语气里多了一丝的感慨，"我还记得第一次跟老大去执行任务，那会儿还是在城市郊区，我一个人留在车里都吓了个半死。但凡我能有您这一半的心理素质，怎么也不至于被死死地按在后勤岗位上，等调岗至少都得一年后了！"

应奚泽笑了笑，神色有点浅，经卓宇这么一说他才想起，"害怕"这两个字好像已经很久没有出现在他的世界里了。

真要追溯起来，大概是从他人生的轨迹被彻底改变的那天开始，他便不再害怕。有一点必须承认，他早就已经跟很多人走上了完全不同的道路。而这条路很有可能，需要他一个人安静地继续走下去。

巨大的轰鸣声遥遥响起，然后周围彻底陷入了沉寂当中。

应奚泽的瞳孔里似乎残留了些许陨灭的火光，他很淡也很沉地看向了那些光束逐渐暗下的方向。

"结束了。"他说。

卓宇愣了一下才反应过来应奚泽所说的是什么。

然而宁静也不过只保持了片刻，零星的枪声很快再次响起。只不过，这一次对很多人而言意义非凡，比起之前的躁动也更加地直击人心，就连一直笑呵呵的卓宇也微微沉了脸色。

所有人都清楚，如果说之前是在清剿异形，那么现在就是在清理“异类”。

用所有研究院科研人员都耳熟能详的一句话说就是：“一旦进入到异化，那就不再是一个人类。”

未知的异种，只有被抹杀的命运。

等第二次枪响彻底停止，前方的作战人员也开始陆续返回。

车队没有重新出发。

简单的指挥会议之后，通讯车开始忙碌地下达第一个安营指令，依旧是信号微弱下断断续续地充满了杂音的刺耳播报：“请后勤人员前去整顿现场……请后勤人员……前去整顿现场……其他人全体下车，今日行程到此结束……我们将在此地度过一夜……重复，请后勤人员……”

应奚泽推门下车，陆陆续续有接到指令的后勤人员从他身边匆匆跑过。

卓宇这位七组的专属后勤人员并不需要参与这种基础任务，仿佛没听到播报般跷着二郎腿在驾驶座上擦着他的狙击枪。动作轻缓又温柔，脸上没有半点之前的笑意，仿佛可以借此忽略刚才那些枪声带来的不悦。

应奚泽不得不承认宿封舟的安排是对的，像卓宇这样子的软心肠，确实并不适合七组这种刀尖舔血的生活，远离作战中心的后勤已经是最合适的位置。

应奚泽久久地站在风口。

虽然距离作战地点还很远，风中隐约带来的血腥味依旧让他忍不住皱了皱眉。具体的伤亡情况还在清点，很快就可以统计出这次异形潮抗击过程中的牺牲人数。

应奚泽稍稍地紧了紧自己的领口，不想在这种过分空旷的区域中继续多待。

他正想另外找个地方，无意中一抬眸，恰好捕捉到了不远处的那个身影。也不知是不是有意在跟其他人拉开距离，宿封舟就这样独自一人蹲坐在硕大空地中的岩石上。

经过刚才的激战，他身上还沾染着墨绿色的黏稠血液。防护手套脱下后就这样被随意地扔到脚边，宿封舟手里捏着一根薄荷烟，吞云吐雾间整个人微微模糊了视野，仿佛可以借此驱散一些身上残留的血腥气。

刚才的那些枪声不知道有多少是他亲手操作的，配枪随意地插在腰间，被旁边的金属刀刃鞘衬托得愈发森然。

应奚泽难得有那么一瞬的走神，然而TS的敏锐让宿封舟很快就感受到了这份淡淡的打量，他抬头看去，和应奚泽来不及收回的视线相交，两人顿时四目相对。

虽然是这么昏暗的光线，应奚泽依旧留意到这个男人的眉眼似乎比进入地窟之前多了几分的猩红。就像是旁边的那匹黑狼，全身上下都散发着阴戾的危险气息。

这让应奚泽想起了两人在“事故”现场第一次见面时的情景。

他迈开脚步，穿过来往的忙碌人群，朝宿封舟的方向走了过来。

有那么一瞬，应奚泽仿佛看到对方捏着烟头的手指微妙地停顿了一下。宿封舟就这样眼睁睁地看着应奚泽走到他的跟前。

“我没……”

到嘴边的“事”字没有出口，应奚泽已经垂眸看向了他身边的精神体：“狗不错。”

宿封舟嘴角微微一抽：“不是狗，它是黑狼。”

应奚泽不置可否：“纯红色的眼睛，长得挺别致。”

黑狼下意识地就要开始摇尾巴，被宿封舟扫过去的一眼强行镇住。

随后他若有所思地摸了摸自己的眼角，脸上忽然浮起了一抹微妙的弧度：“怎么，喜欢吗？”

应奚泽终于将视线挪到了宿封舟的身上，温吞地打量了一圈，说：“据我所知，人类眼睛长期猩红是一种病，如果宿队有需求的话，出去后我可以帮忙联系一下学医的朋友，让他给你配上一些日常用药。”

“哦？”宿封舟不怒反笑，“我还以为应老师这种科研专家应该样样精通。”

应奚泽听出了他语气中的揶揄，还以一笑：“所有医疗相关的设备中，我最熟悉的大概就是拆解组织部位用的解剖刀了，宿队要试试？”

宿封舟似笑非笑地将脸往他跟前送了送，说：“从哪里试？”

应奚泽没再回答，微微侧身不疾不徐地从宿封舟的身边绕过，然后在旁边的黑狼跟前蹲了下来。

精神体的身上也感染了刚刚作战过程中残留下来的血腥气，但是在看到应奚泽靠近的时候就已经开始友好地吐了吐舌头，一时间忘记了宿封舟刚才警告的视线，本能地摇起了尾巴。随着频率越来越快，尾巴都要摇成一副螺旋桨了。

宿封舟忍了忍，到底还是没有去教训这只表现得颇为吃里爬外的黑狼。

应奚泽伸出好看的手指轻轻揉了揉狼头上的毛，宿封舟他下意识地用宽大的手掌按住自己的前额，在与精神体的链接中产生了微妙的感触，他缓缓垂了垂眸。

也是在这个时候，宿封舟余光处有一条银白色的小蛇从应奚泽的脖颈后方探出，朝着黑狼的方向轻轻地吐了吐信子，表现得好奇又警惕。

这是他第一次见到应奚泽的精神体。

这种看起来情感淡漠的冷血动物，竟然让人觉得有一些可爱。

然而思绪也不过只是这样短暂地浮起了一瞬，宿封舟逐渐将头垂低，将烟送到嘴里狠狠地猛吸了一口。

也不知道是不是太久没有接触带毛生物的缘故，应奚泽揉弄起黑狼的下巴，一副饶有兴致的样子。

宿封舟摸了摸自己的下颌，下意识地觉得这些带有冷静剂成分的薄荷烟，对他而言似乎越来越失去了效果。

周围时不时有忙碌的人经过。频繁有探究的视线落在两人之间，也夹杂着很多的惊讶，但朝这个方向靠近的始终只有身在画面中的应奚泽一个。

所有人都知道，刚刚品尝过战斗快感的宿封舟本身就十分危险。

刚才跟异形作战的凶残画面也还历历在目，即便大家对宿封舟严守前线的勇猛非常感激，却也避免不了对他产生抗拒与警惕。但凡看过他作战风格的人，恐怕都会被那种近乎癫狂的状态所震慑，足以让所有亲眼见过的人对他望而生畏。

宿封舟显然也习惯了所有人对他的这种态度，所以才故意挑选了一片跟其他人拉开距离的空地。其他各个小队的作战人员也本能地跟他保持距离，如果不是应奚泽突然对毛茸茸的黑狼产生兴趣，他这样独自蹲坐着的画面看起来无疑相当的孤独。

孤独，其实是结束作战后的宿封舟最常见的姿态。

正因如此，手持消毒清洁设备的慎文彦才想着要去给自家老大送温暖。

结果遥遥一眼看到的却是完全不同于他想象的画面，让他忍不住在旁边人的手臂上拧了一把："疼不疼？"

小刘倒吸了一口冷气，在飞来横祸下眼泪直流："慎哥你又发什么疯？"

"我也觉得自己疯了。"慎文彦久久地看着原本高冷的黑狼摇得风生水起的大尾巴，又用力地揉了揉眼睛，"或者说是我还没睡醒吗，我怎么感觉老大的狼好像变成狗了？"

小刘愣了一下才反应过来慎文彦指的是什么，过分震惊下同样十分震惊："出大事了！老大这不会是被感染异化了吧！"

他正要转身去叫人，被慎文彦一把拽了回来，一副过来人的语气说："行了，老大那哪里是被异化了，明明就是进化了。"

小刘愣住："啥进化？"

小刘还想追问，远处的脚步声转移了他们的注意。

前去清理现场异化者的后勤人员已全部返回。

各队以最快的时间进行了伤亡汇总，统计结果很快公开，在这一次异形潮抵御中，现场牺牲三人，异化感染后死的有十人，总计占了全队人数的十分之一，这无疑是一个非常可怕的比例。

宿封舟留意到应奚泽朝着堆砌异化者尸体的方向看去，回想起刚才激烈的场面，他缓缓地抖了抖烟头，说："怎么，觉得残忍吗？"

应奚泽摇头："不，只是觉得可怜。"

宿封舟倒是没想到应奚泽会这样回答，微微错愕了一下，他勾了勾嘴角："倒也没错，明明都已经顺利抵御了异形潮，却因为运气不好遭到感染，最后还是死在这。不仅可怜，还可悲。"

说完，他似乎又觉得讽刺，低低地笑了一声。

宿封舟拍了下大腿从蹲坐的姿势站了起来，本以为这个话题可以就此结束，却听应奚泽又缓缓地开了口："不，我并没有觉得他们可怜。对于遭到感染的异化者来说，在失去理性之前得到解脱或许才是最大的成全，体面地死去好过彻底迷失自我。"

宿封舟愣了："那你说的是……"

"活人。"应奚泽回眸，对上了他的视线，"比起那些死去的人，有时候活着的人或许才更可怜。不是每个人都可以承受朝同类开枪所带来的心理压力，死人已经一无所知，只有活人还需要在那些不堪的记忆中，去艰难地寻求生存。"

他微微一顿，反问道："难道，不是吗？"

宿封舟片刻间似乎有些走神，然后便挪开眼去。

地上的烟头被踩灭在脚底下，他没有再继续这个话题，说道："马上就要发饭了，回去休息吧。"

车队携带的生存物资数量有限，在不清楚具体时间的地窟当中，只能借助坐标仪器显示的位置来预估他们的行程。

如果没有意外的话，这大概会是他们抵达目的地前唯一的休息时间。

吃过工作人员送来的盒饭，就算是简单地补充过了营养。应奚泽跟其他人一样选择留在车里。从窗户往外面看去，地窟这样昏暗压抑的环境似乎很适合于入眠。

远远地，可以看到来来去去的身影。考虑到体力等各方面问题，这份执勤的工作主要由七组跟九组的人员负责。

宿封舟以身作则，应奚泽时不时可以看到高挑的身影在余光中闪过。进入地窟后应奚泽才发现，宿封舟这位七组的组长似乎比他想象中更加忙碌。

有敲击的声音传来，车窗跟前突然间出现了一张紧贴的人脸。不得不说，放在这样的环境当中有些吓人。

应奚泽平静地观察后终于认出了来人，他摇下了车窗："虞工，有事吗？"

虞清漪从各方面来看都满足"热辣玫瑰"的标准，但此时此刻她眉眼间的表情看起来有些萎靡，显然状态不是很好。

她直勾勾地看着应奚泽，语气诚恳道："抱歉打扰了，但是可以跟我说说话吗？"

卓宇本来在驾驶座上打盹，此时通过后视镜看来，他非常识趣地将盖在身上的外套一掀，说："你们聊你们聊，我刚好去外面透透气。"

说完他将车门一开，一溜烟地跑了。

虞清漪看起来有些失魂落魄，甚至连道谢的话都忘记说了。这副样子，显然并不符合她平日里八面玲珑的人设。

应奚泽扫了一眼虞清漪的脸色。他打开车门，往里面挪进半个身子，给她留出了位置。

车门再次关上，封闭的空间稍微带来了些许安全感。

虞清漪稍微平复了一下情绪，开口道："应工，很抱歉在休息时间来打扰你。但是我现在真的有些乱，在这里除了你，我真的不知道还可以找谁了。"

应奚泽表现得很有耐心，轻声说："没关系，你说。"

虞清漪用力地揉了一把头发，从语气到表情都充满了迷茫："或许贺哥说的是对的，我并不应该任性地来陈山岗哨找他……以前在外面并不知道这里的具体情况，而现在，我发现我根本不能接受他每天都处在这样危险的环境当中。"

"身为科研人员的职责告诉我一切都是为了人类，但我真的很害怕失去他……我刚才看到贺哥安全回来的第一反应居然是让他带我离开这里，我突然怕了。

"我知道'害怕'这种情绪的出现，对于必须具有信仰的科研人员来说是非常致命的，可是我……可是我真的控制不住自己的想法。一想到贺哥随时可能变成那些冷冰冰的，甚至没有人形的尸体，跟我解剖过无数次的组织结构一样，我就……我就……"

虞清漪所有的话说得断断续续，或许连她自己也不是很清楚要表达什么。

随着声音越来越低，虞清漪将整张脸都埋进了手里："我是不是真的，非常的，自私……"

包括应奚泽在内，宁城研究院的所有同事都知道虞清漪的男朋友叫贺季，身在防卫队中，在这次任务的先锋队伍中。而这次虞清漪选择义无反顾地参与这次行动，很大一部分原因是跟她的这个男朋友有关。

应奚泽调进七组之后，虞清漪也如愿以偿地进了贺季所在的小队。

而就在刚刚那份牺牲人员的统计名单中，有三个人都是来自于贺季所在的队伍。也难怪虞清漪心有余悸，贺季没有成为那三人中的一员确实称得上是死里逃生。

整个车内渐渐被女人啜泣的声音填满。

人类有的时候真的很脆弱，应奚泽这样想着，却又并不觉得这有什么值得苛责的。

恐惧是每一个人与生俱来的，包括自私与懦弱，异形相关领域的工作者中，每天都有无数人像此时的虞清漪这样面临崩溃，也有无数人义无反顾地渴望加入这支英雄队列当中。

地窟的这种环境很容易将在外界时忽略的压抑情感扩大无数倍，就像虞清漪平常是个雷厉风行的女强人，此时此刻却脆弱得像一个手足无措的孩子一样。

应奚泽本身就不是一个懂得安慰的人，他很清楚虞清漪这个时候找他或许只是需要一个发泄口，最后他只是安慰地拍了拍女人的肩膀，说道："不用着急，等出去之后，再去寻找答案吧。"

虞清漪颤抖的肩膀微微一顿。

应奚泽说的是很有效的一句话，却又相当的残忍。没有人不应该拥有崩溃的情绪，比起过早地在这里陷入焦虑，不如先考虑一下要怎么完成任务后活着离开。

卓宇回来的时候刚好遇到下车的虞清漪。

他坐上驾驶座的时候，也感到非常好奇，问道："应工，你到底跟那位大美女说了什么？厉害啊，之前明明还那么崩溃，被你安慰过后，我都从她脸上看出了视死如归。"

应奚泽语气平淡道："没有安慰，只是建议她先面对现实。"

饱受毒打的卓宇忍不住咋舌，感慨地摇了摇头："现实？那可真是个特别残酷的东西，我们这些人啊，最不待见的就是现实了。"

说着他将外套重新披在身上，话锋一转："对了应工，我刚去找老大打听了一下，估计我们最多也就只能再停留三个小时。反正老大他们肯定是没法休息了，但是我感觉自己还能抢救一下，所以您最好也赶紧睡吧，省得到地方后没精神。"

应奚泽点头道："好。"

卓宇在入睡之前忽然想起了一个有意思的事，说："对了，这次行动目的地的地名代号也已经定好了……"

应奚泽已经闭上了眼睛，迷迷糊糊间他听到了卓宇的声音，仿佛很轻地绕在耳边。

"他们叫它'埋骨地'，总觉得不是一个吉利的名字。"

无比漫长的征途期间，车队又接连遇到了三四次大大小小的异形潮。减员情况也从最初的十分之一激增到了八分之三。

身后经历过的道路已经被昏暗的光线所笼罩，车辆最后停留在了距离目标地点一千米外的位置。车上的人陆续下来在正中央的空地集合，听着统计人员进行汇报："全体工种总计伤亡四十八人，战亡十五人，异化感染击毙三十三人。其中科研人员三人，后勤人员五人，其余皆为作战工种。"

比起直接战死，遭到异化感染所带来的伤亡显然更加惨重。

冷冰冰的数字在一片寂静中落入众人耳中，一张张疲惫的脸上均因为逐渐麻木而没有过多的表情。

悲伤、恐惧这些奢侈的情绪在这一路已经被逐渐消磨殆尽，如今对他们而言需要完成的事只有一件，那就是顺利地将足够的组织样本带回岗哨。

负责这次行动的总指挥，是防卫队特地从高等岗哨调配过来的第三总队队长池德海。

大概是觉察到了现场的氛围，他笑着拍了拍手试图给大伙鼓劲："都打起点精神来！我们已经顺利抵达目的地附近，只要能够取到足够的组织，就可以回家去了！"

"明白！"队伍里传来整齐的附和。

听起来有些强颜欢笑，但此情此景下并没有人会计较太多。即便是故作镇定所顶起来的士气，也比没有要强上一些。

"各队注意保护好科研人员。"这是池德海下达的最后一项指令。

其实从某方面来说，科研团队才是这次行动的核心力量。

如果没有提前进行现场核实，即便他们通过这次行动带回去的异形组织再多，不是有效样本也没有任何意义。

下一秒，应奚泽就看到七组的人齐齐地聚了过来。

不知道是不是错觉，他总觉得其他那几个成员看向他的眼神，有种说不出来的热情。

"我们队伍等会儿需要在最前面开道，提防遭到新的异形群袭击。"宿封舟看着应奚泽，进行安排，"等会儿你就跟卓宇留在第二队列，确保安全后我会给你们发送信号，届时再安排取样工作。"

他这时候说话的语调非常官方，也没了平日里那种揶揄调侃的讨人厌的样子。

宿封舟说完见应奚泽点头后依旧定定地看着他，又问："还有其他问题？"

四目相对之下，应奚泽更加清晰地看到了宿封舟瞳孔里密集的血丝。想了想，还是多提醒了一句："宿队，你的状态有点不太对。"

一句话，让七组成员原本落在应奚泽身上的视线齐刷刷地投向了宿封舟。

宿封舟感受到队友们眼神中的忧心忡忡，说："我现在很好。"淡淡的语调，仿佛没有什么值得担心的地方。

"那就好。"应奚泽并没有坚持自己的观点。

“出发了。”宿封舟说完朝组员们挥了挥手，朝着不远处已经等得有些不耐烦的九组集合点走了过去。

留在原地的卓宇打量了一下应奚泽目送宿封舟离开的视线，凑到旁边小声开口：“应工你放心，还有我在，我一定会好好保护你的。”

应奚泽闻言才收回了视线。他看向那张年轻阳光的脸，眼底难得浮现一抹笑意：“怎么保护，用你的狙击枪吗？”

卓宇挠了挠头，相当实诚道：“狙击枪怕是不太行，那些怪物压根就不吃子弹。但是既然已经答应了老大要保护您，那我肯定会说到做到，就算豁出这条小命也一定要完成任务！”

应奚泽的眉目间闪过一抹惊讶，但很快被不动声色地盖了下去。

他看着这个比他还小三四岁的小伙子，无声地笑了一下：“你还年轻，先保护好自己。”

一千米是一个相对合适的距离。毕竟他们还需要依靠这些交通工具返程，这样可以合理地避免一些损毁率。

部分人员在车辆停靠点放哨，先行部队开始出发之后，后面的队伍也陆陆续续地跟上。

应奚泽跟卓宇身为先行部队的尾巴，被第二梯队的成员簇拥在中间。

队伍逐渐临近目的地，现场的情况也被一点点看清。所有人的脸色都不免愈发地难看起来。

一片昏黄的环境当中，最为清晰的是那些散落在周围的苍白骸骨。

原本那段视频资料里的画面已经足够触目惊心，没想到抵达之后，现场的惨烈程度有过之而无不及。

埋骨地，或者说，完完全全的就是一个乱葬岗。

“这里到底发生了什么……”在齐刷刷的吸气声中，有人忍不住地喃喃，连他自己都没发现声音里抑制不住的颤抖。

越往里走，越可以看到凌乱的骸骨，半个月的时间裸露在表面的腐肉已经有些酸臭。飞虫蚕食过半的骨架上，可以清晰地看到那剩下的半个是属于人类的。

在这样昏暗的环境下，稍不留神就可能踩上凌乱地堆叠着的肢干。柔软微具弹性的触感仿佛从脚底瞬间传遍全身，即便是那些身经百战的前线工作者，都忍不住频频干呕。

卓宇自始至终寸步不离地守在应奚泽身边，拽着衣袖的手指跟他的声音一样隐隐发紧："这到底死了多少人啊？"

"四十六个人。"应奚泽回想了一下自己所看到的关于罹难事故的资料，缓缓地伸手赶去了围绕在周围的飞虫，视线停留在扭曲的骨骼上，"现在看来，其中恐怕有近三分之二的人死于异化感染。"

他的声音很轻，听不出来是在陈述事实还是带有悲哀情绪："看样子，那些异形似乎并不接受这种所谓异化后新增的'同类'。这些异化者并没能避开被蚕食的命运。"

卓宇觉得周围忽然间凉飕飕的，他下意识地紧了紧衣领。

应奚泽已经打开了工具箱，戴上防护手套后，取出了里面的取样设备。

旁边，其他研究人员也已经尽快调整心情，陆续投入到工作当中。但因为过大的心理冲击，他们拿着工具的手依旧忍不住地微微颤抖。

忙忙碌碌的身影成为压抑环境中最明显的动态。然而无比仔细的搜查之后，却并没有得到他们想要的收获。

现场遗留的残骸基本上都来自于罹难的防卫队队员，偶尔可以发现一些斩断的异形足肢，但经历了这么多天已经彻底干涸。

异形体细胞在脱离本体之后会很快地失去活性，腐化分解的速度甚至是普通人体细胞的五到六倍。正是因为这样惊人的脆弱，从某种角度来说为取样工作增加了巨大难度。

"所有异形细胞基本上已经进入干涸阶段的末期，不具备作为样本的活性标准。"

"怀疑期间有多次异形群经过，现场的组织部位几乎遭到大面积分食。"

"不行啊，没一个能用的！"

"报告，3号点区域周围已经检查完毕，并没有找到任何活性样本。"

"报告，4号点也没有发现。"

"报告，6号点……"

陆陆续续的消息传来，让总指挥紧拧的眉心中隐约多了几分急躁。

这次行动空手而归将会意味着什么，所有人都心知肚明。

如果没能以最快的效率研发出应对武器，一旦对杀伤性武器免疫的大面积异形潮全面爆发，人类便只剩下坐以待毙的命运。这无疑是毁灭性的灾难。

然而随着时间一分一秒的推移，始终没有进展表明了他们收获活性样本的可能性愈发渺茫。

池德海回头看向站在他身侧的两位消查部组长。

徐雪风轻轻地扯了扯缠在手掌上的战用绷带，蜷曲的手指缓缓地握成拳。

他抬眸对上池德海的视线也没有多说什么，摆了摆手，朝不远处的九组成员招呼："抓紧协助取样！"

另一边，宿封舟也早就已经带着队伍大步流星地朝着第二梯队的方向走了过去。

应奚泽取样的过程相当专注。他仔细地用小刀削去上面的腐肉，露出内部光洁的囊状组织，细化切割的过程中需要避免结构受损，最后还需要在留存的微小部位中辨别它是否具备样本资质。

眼下，已经是他数不清第几次丢弃无效样本了。

明明每个动作看起来都无比的慢条斯理，可应奚泽完成检测的组织数量却依旧是所有人里最多的。

看得出来，这位科研专家确实颇有强迫症，所有割离的组织被端端正正地摆放在相应的位置，过分工整，以至于在这种手忙脚乱的环境里透着一股子说不出的诡异感。

宿封舟给组员们分派完任务，再走过去的时候看到的就是这样的一幅情景，他忍不住吐问道："应老师，你是来这里摆摊的吗？"

应奚泽拿刀的动作微微停顿了一下，抬头看去，锋利的刀尖恰好对着宿封舟的方向，开口是一如既往的冷冰冰："你很闲？"

宿封舟忍不住低低地笑了一声："现在的话，是有点。"

他垂眸扫了一眼对方眉目中明显的疲态，也知道这几天高强度的赶路过程对这种娇生惯养的科研人员来说有些苛刻，他弯了弯大长腿俯身蹲了下去，说："或者，要不要我让卓宇带你回车上休息一会儿？这里我来接班就行，毕竟刀工这方面我向来不错，切异形的时候通常也很有手感，你简单教我一下，保证等你睡醒回来，我可以把各组织给你分得明明白白。"

态度听起来倒是相当诚恳，奈何应奚泽并不打算领情，回道："就你这眼睛红得连兔子都要自愧不如的状态，比起切组织，我更相信你是打算切自己。"

"真别小瞧我，没试过怎么知道呢？"像是直接被激起了胜负欲，话音未落，宿封舟就已经伸出了手。

应奚泽实在抢不过这种一言不合就开动的 TS，一不小心就被挤到了旁边，他忍了忍到底还是无语地问："你自己怎么不去睡？"

宿封舟头也没抬，回答得相当漫不经心："我去睡了，谁来保护你们？"

应奚泽没再说话。

他也没有真的回车队，只是在旁边垂眸看着宿封舟像模像样的操作，偶尔忍不住纠正两句。

宿封舟在这方面还真有点天赋，而且也不知道是不是打打杀杀久了所以特别喜欢这种体验生活的内容，他还做得一副饶有兴致的样子。

应奚泽看着宿封舟完完整整地将一块异形组织处理完毕，正考虑要不要夸上一句，有什么细微的声音落入耳中，让他豁然朝着远处看了过去。

同一时间宿封舟也已经无比敏锐地抬起了头。

两人的动作近乎同步，原本平静的神态也已经荡然无存。

仿佛为了回应他们的感知，在周围放哨的人员已经遥遥地发出了呼喊："一级戒备！一级戒备！有异形出现！至少B类的异形潮！全员戒备！"

B类是他们这次任务中遇到的最大规模的异形潮，已经是非常高强度的灾难类型了。

可换个角度来看，这样的发展也意味着另外一种可能。如果这群异形正好是罹难防卫队遇到的那一批，或许可以借此打破无法取得有效样本的僵局。

抛开生死，取样才是这次行动最主要的目的。

至于能否回去，在决定要进地窟深处的那一刻起，就已经注定是听天由命。

所有人在紧张的情绪当中屏息凝神，往那个方向望去，可以看到本就昏沉的环境当中，隐隐约约陆续浮动的诡异身影，越来越多，越来越密……像是层层涌来的海潮，带着压抑逼近的脚步声，逐渐地填满了整片的视野。

这是令人悚然、战栗，宛若黄昏初现的逢魔时刻。

枪声已经在最前沿响起，血的味道豁然发散。周围顿时一片混乱。

宿封舟已经放下手里的取样工具，站起身的时候下意识朝应奚泽看去，对方刚好也看着他，在这样混乱的场景当中，整个世界似乎微妙地安静了一瞬。

已经有怪物扎入了人群，森然的獠牙开启了灾难的序幕。

"你待在这里别动，我去了。"宿封舟紧了紧腰部的特殊金属刀，然而刚转身，手腕却被人一把抓住。

宿封舟询问地回头，却见应奚泽并没有看他。他遥远的视线直勾勾地停留在那些几乎要逼到近前的异形怪物身上，瞳孔中仿佛也被这些狰狞的身影填满。

也不知道应奚泽在片刻间想到了什么，他的脸色已经有些隐约发白。

“一定要注意去斩断那些触手所在的细胞组织。”恰好一阵风过，他颊边色泽极浅的发丝跟着微微飞扬，徐缓的语调却是字字清晰，“不然，会无限重生。”

人类队伍顷刻间被冲散得七零八落，好在几个主力队伍都身经百战，努力之下非常勉强地暂时维持住了局面。

片刻间的交火中，大家也终于意识到了 A25 系列武器失效的最关键原因。

“这不是失效的问题，所有的伤口居然还能慢慢愈合？这要怎么打？”慎文彦眼看着异形潮直接撞入人群，七手八脚地应对着，就差原地飙出男高音，“融云！融副队，救命！防御罩，快给我精神防御罩，我要顶不住了！”

“叫什么，再嘴碎直接扔你出去喂怪兽。”融云嘴上不耐烦地说着，来自 TW 的精神力屏障在几米之外豁然立起，稳稳地挡住了新一轮的异形潮进攻。

她迅速朝周围瞥了一眼，眉心紧拧：“你们真的不觉得，这里的异形看起来很眼熟吗？”

慎文彦脑子显然没转过来，道：“不都是那丑不拉几的样子？”

旁边的小刘提醒了一句：“秋枫小区。”

慎文彦愣了一下，道：“这么一说还真是……不过也不对啊，那次遇到的玩意儿明明没有这么难搞，老大直接徒手搞定了。”

融云沉思片刻，道：“所以我才觉得有可能是进化了。”

每个人的脸色都跟着一沉。

人类还没能及时研发出绝对有效的武器，而异形却偏偏在这个时候发生了进化，这绝对不是一件好事。

慎文彦干笑两声，说：“记得你们当时好像说还有什么母体，不会这次被我们幸运地遇上了吧？”

没有人再吭声。大家显然不是很想理会这个乌鸦嘴。

这次异形潮爆发得过分突然。前方大批量异形径直地撞入人群之后，顷刻间就已经将防御的阵形撕出一道口子。

现场的 TW 们在第一时间立起了精神屏障，放眼看去鳞次栉比，却也只能起到短暂的缓冲作用，依旧无法改变眼下一片混乱的战局。

即便是身经百战的七组组员，在武器完全无效的状态下一时间也显得有些无计可施，更别说其他的普通作战人员了。

在这种生死存亡的关头，短短几秒钟的恍惚就足以让这些人成为怪物口中的餐食。甚至于在死亡来临前几秒的时间，很多人都还没反应过来到底发生了什么。

整个地面随着大范围异形潮的逼近发出了隐约的震动。

跟这样过分庞大的异形数量相比，这支前两天行程途中就已经发生过减员情况的人类部队，无疑显得无比卑微渺小。更何况在这附近的其他地方，还可能有其他异形。

生命在这样的环境中显得尤为脆弱。

明明不过几十米的距离，宿封舟一路杀回队列中时，所有的防护服上基本已经被黏稠的绿色血液沾满。如果不是制服有防水效果，血液早就已经彻底浸透紧贴在他的身上了。

几米外有一只异形张牙舞爪地意图偷袭，被黑狼死死咬住了脖颈，充满兽性地扑倒在地，凶猛地进行着撕扯。

在强烈的腥味刺激下，宿封舟那双本就弥漫着血丝的眼睛已经完全染上了猩红。

然而此时，七组的组员们已无暇顾及队长的状态了，震惊地看着前一秒穷凶极恶的异形被宿封舟一刀砍倒在地上，满脸不可置信。

在TS巨大的力量之下，刀口从异形的肩膀部位直切而下，在地面上瘫作了一团肉泥，并没有想象中的自我修复发生，扭动之后彻底没了动静。

要不是手上全是恶心的血液，慎文彦甚至忍不住想要伸手去揉一揉自己的眼睛，惊道："老大，这玩意儿是被你弄死了？"

宿封舟的舌尖狠狠地顶了顶前颌的犬牙："全部人员分两组，融云做好防御掩护。那些没用的破枪全部收一收，把你们练家伙用的冷兵器全部亮出来，仔细看清楚那些玩意儿的肩膀和关节部位，仔细着点，像章鱼爪一样的黏糊触手都看到了吗？所有人传下去，这些恶心的东西全盯准了砍！"

其他人闻言愣了愣。

如果不仔细去看，还真没有留意到那些异形身上蠕动的细小触手。

这样的东西出现在僵硬的关节部位，就像是硬生生拼接上的一样，看上去说不出的违和，偏偏又和谐地诡异共生。如果不是很清楚这些异形体的低等智商，实在怀疑它们是不是在人类看不到的地方偷偷进行了生物体实验。

慎文彦手起刀落地顺利消灭了两只，顿时喜上眉梢："同志们，亲测有效！"

其他人也不耽搁，顿时齐刷刷地开始行动。

关于异形弱点部位的信息传达得非常迅速，枪支全部收拢起来之后，现场仿佛成了贴身肉搏的动作大片现场。

简单直接，又凶残至极。

原本艰难的局势逐渐平稳，可随后重新开始倾斜。毕竟，这批异形潮的数量实在太多了。

宿封舟手上拿着定制的特殊金属刀，一马当先地冲入了异形群中。虽然非常不合时宜，但是这种充满杀戮的场面对他而言，无疑是极度享受的。

撕裂的手感，低哑的怒喊，绝望的挣扎……

这一切真的是，极度让他沉迷。刺得他脑海当中那个威胁的信号反复开始敲击。

宿封舟再次抢下一位险些丧生异形口中的研究人员，强行控制住自己逐渐有些失控的理智，他将人往旁边一推，声音嘶哑道："往车队方向走，跟着大部队一起撤离，快！"

从他手指所指着的方向，可以看到其他人的身影。

非战斗工种的人员在这样的情景中毫无还手之力，正在有组织地进行撤离。

宿封舟看着研究人员惊慌失措地往后飞奔，余光扫过远处那个人群。

他狠狠地在嘴角咬出一抹血腥，借此来稳住自己已经有些危险的紊乱波动。接连斩倒两只异形之后，他随便朝周围瞥了一眼，迅速前往下一个地点进行支援。

九组顶在最前线的位置，应对的异形数量相当惊人。

徐雪风整个人也显得有些狼狈，余光瞥见撞进战局当中的宿封舟，并没有多说什么。

七组跟九组的组长确实很少有这种并肩作战的时候，原本有些狼狈的局面，在两位顶级 TS 无声的配合中逐渐稳定了下来。

终于得到了片刻的喘息，徐雪风抹了一把脸上恶心的血，想起刚才传来的击杀情报，到底还是多问了一句："这些东西的弱点，你怎么知道的？"

宿封舟抬着猩红的眸扫了他一眼，语气暴躁："关你屁事。"

徐雪风冷笑："死性不改。"

"彼此彼此。"

两人几乎同步转身就走。短暂合作的联盟瞬间瓦解。

整个异形潮的牵制过程非常艰难，但是在所有人的努力下，整个局面至少保持住了一种相对的平衡。

得到救援的目标已经被全部送回了后方。遥遥地，可以看到 TW 的精神光束在车队停靠点的方向竖起，这也终于让顶在前线的众人狠狠松了口气。

然而偶尔响起的枪声，依旧不时地撕扯着众人紧绷的理智。除了无法估计的异形数量，眼下最大的隐患无疑是在战斗中不断发生的异化感染。

慎文彦狠狠地砍断了异形长有触手的前肢部位，又泄愤似的胡砍了一通。确定对方已经没有任何生命迹象，才一脸恨铁不成钢地朝跌坐在地上的队友看去。

“小刘，你进我们七组的时间也不短了，早就喊你要多练身手，怎么就不听呢？现在什么情况？一动不动的，别是给吓腿软了吧？”

慎文彦调侃的语气听起来显然是有意要活跃周围气氛。如果放在平常，还能听到小刘反驳两句，然而这会儿却没有得到半点回应。

慎文彦终于从队友微微抖动的双肩当中看出了什么不对，问道：“你怎么回事？真有什么事赶紧跟哥说……”

然而他还没迈开脚步，就被对方直接喊住了：“别过来！”

直到小刘缓缓地抬起头，慎文彦看清楚了他手里拿着的配枪，才终于意识到了什么，尾音不由得有些微微发抖：“小刘，你……”

那张平时英气焕发的脸上已经被泪水彻底覆盖，握枪的手仿佛一个特定的符号，在不知不觉间发生了诡异地扭曲。

他双手紧紧地拽着枪柄，仿佛握住了最后的支柱，枪口则是以一个过度用力的状态紧紧地抵着自己下颌的位置。

小刘的声音有些哽咽：“对不起慎哥……我怕是……我……”

身体内所有细胞的迅速变动让他脸上的表情逐渐有些扭曲，整个瞳孔更是以肉眼可见的速度在往外迅速凸起。

按在扳机上的手指微微颤抖，此时此刻的每一秒对他来说，仿佛都是一个世纪。

然而枪声到底还是没有响起。

浓烈的泪水当中，小刘恳求的语气里充满了绝望的哭腔：“我没办法……真的，没办法做到……你能帮帮我吗……求求你慎哥，帮我，杀了我。”

慎文彦狠狠地吸了几口气。眼前的画面让他脑海一片混沌，没办法瞬间做出反应。

突兀的枪响毫无预兆地从他耳边擦过。慎文彦甚至可以感受到子弹掠过时擦在脸颊上的凛冽风声。

鲜红的血在眼前瞬间爆开，小刘的身子在短暂摇晃过后重重栽倒在了地上。

这时候他才终于可以看到小刘背上那道狰狞的伤口。原本蠢蠢欲动从里面挣扎而出的丑陋节肢，此时随着宿主的死亡，逐渐没有了动静。

慎文彦缓缓地回头，恰好看到了宿封舟将配枪收回了枪套。

“老大……”

“还有恶战，别走神。”宿封舟叼在嘴边的薄荷烟已经被咬得几乎完全变了形，他仿佛只是把它当一个毫无用处的精神寄托。

平平淡淡的语气之下，他随手摸了摸特殊金属刀的刀柄。垂落的发丝盖住了脸上的表情，单从平静的语调里基本上听不出太多的情绪。全身森然癫狂的状态，让他的模样像极了刚从地狱里走出来的修罗。

七组成立至今来来去去也有过不少减员，慎文彦这时才想起，宿封舟似乎每次都会抢在第一时间解决被感染异化的组员。

他们的老大，从来没有让他们任何一个人用手里的配枪对准过自己的战友。

远处突然响起的轰鸣声瞬间扯住了所有人的注意。

宿封舟也抬眼看去。

后方车队方向的 TW 光柱彻底消失的瞬间，他脸上的表情也终于稍稍地出现了一丝改变。

远远近近的声音落入耳中，好不容易稳定一些的场面再次乱成一团。

“不好了！迅速支援后方！车队停靠点方向也遭到了异形群的攻击！”

【庄生梦】

4

周围的异形群还没有完全散去，但也隐约有了朝着车队停靠点方向靠近的趋势。如果没有意外的话，那里应该有它们的母体。小型的异形朝着母体靠拢，听取指挥，算得上是这个物种的本能。

一边要顶着异形潮的随时袭击，一边要迅速地往车队停靠点的方向靠拢，让这一千米的移动过程显得相当艰难。

宿封舟随手又接连砍翻几只怪物，在飞溅的血液中他连眼睛都没多眨一下，问道："科研团队那边什么情况？"

融云随时随地在利用自己的精神屏障为战友们争取移动机会，她如实汇报刚收到的情报，脸色也是前所未有的难看："已经有人看到异形母体确实在那个方向，根据描述，如果没意外的话，应该就是我们当初结合秋枫小区情况猜测的那一只。"

她停顿了一下，多说了一句："停靠点那边……恐怕有点不太乐观。"

这样的形容，基本上属于需要做出取舍的情况了。

宿封舟的脚步加快了几分，道："联系一下总指挥，让他迅速派人进行支援。除了研究人员和后勤人员之外，我们全部的交通工具和生存物资也都留在停靠点，一旦全面损坏，谁都别想从这鬼地方回去！"

"是！"

越往车队停靠点逼近，落在鼻息间的血气就越浓郁。和那些令人作呕的异形血不同，人类的血液带着一种新鲜的味道，层层叠叠地浮现在空中，让心惊的感觉愈发分明。

很快，开始陆续有尸体落入眼中。

留在后方的基本上都是手无缚鸡之力的科研人员和后勤人员，在这样一个兔子群里突然蹿入一群饿狼所带来的后果可想而知。

到最后宿封舟连砍杀异形的操作都快到了一刀毙命，几乎是完全不愿意多浪费半秒时间地一路狂奔。终于他径直地撞入了停靠区域，等看清楚现场的情况后，他只觉得心脏豁然停顿了一瞬。

宿封舟很少有这种脑海短路的情况，但是刚才一路吊着的那口气太过紧绷，等瞬间崩开的时候才感到有些短暂的缺氧。

身边的慎文彦已经先一步问出了声："这什么情况啊卓宇？那些异形群呢？还有那只异形母体呢？说好的三米多高，哪去了？"

从周围触目惊心的场面看得出来，确实刚刚经历过一场劫难，眼前这幅相对和平的景象，无疑已经比想象中的惨烈画面要好上太多了。他们丝毫没有见到之前情报中所说的那些异形群，放眼望去只见被血染透的地面上满是残肢。

除了在紧张地清理现场的后勤部门之外，还有不少身穿白色防护服的科研人员正顶着苍白的脸，努力在控制情绪，进行地面上零碎组织样本的现场采集。

战后的触目惊心和短暂沉寂中的满目疮痍，格格不入又相互依存。

宿封舟迅速地环顾一圈，并没有在那些白色制服的人群中看到那个熟悉的身影。

他再看向抱着狙击枪依旧有些发呆的卓宇，接连深吸了几口气，才让语调听起来不至于过分的气急败坏："让你把人保护好了，应奚泽人呢？"

卓宇显然还没缓过神来，这个时候听到宿封舟的声音，才终于有些心有余悸地开了口："应工救了我们……他刚才……老大对不起，我应该保护好应工的，对不起……"

宿封舟心里"咯噔"了一下。虽然他努力地控制着自己的情绪，可每个字依旧仿佛是从牙缝里挤出的一样："所以，他人呢？"

"我也不知道发生了什么……太快，就刚刚，那片荆棘里伸出来的藤蔓，不对，是怪物的触手！直接把应工团团卷住，然后直接就给拖走了。"刚才所见的画面显然太过匪夷所思，卓宇现在回想起来还觉得有些很难接受，"我真的不知道到底发生了什么，就看着应工被拖走后那只巨大的异形母体看起来很生气。然后就带着所有的异形体，全部跟着一起走了。”

慎文彦看卓宇这孩子确实吓得不轻，一通话听得云里雾里。

他想了想觉得还是应该等人稍微冷静一点再仔细询问，贴心地给他拍着后背顺气，却被宿封舟过分冰冷的声音给吓得手上一抖，拍得卓宇也跟着一阵咳嗽。

短短一句话低沉得让人感到如坠冰窖：“他被带往哪个方向了？”

卓宇后背一挺，几乎是本能地指向了侧面那片茂密的荆棘林：“那……那边。”

时间倒推到十分钟之前。

爆发来得毫无预兆，车队停靠点随着突然出现的异形群而彻底陷入了混乱。

应奚泽在第一时间被卓宇拉到了相对安全的坐标，被死死地护在他身后。

因为距离过近，他可以很清楚地感受到跟前这个年轻人的紧张，但是在这样无比危机的关头，他依旧将他的安全放在了首位。

周围一时间被绝望的呼喊和哭声填满。

现场留下的那几个战斗工种人员显然无法抵抗这样庞大的异形群，当眼看着那近三米高的异形母体出现在视野中时，过分巨大的体形差距，让整个世界仿佛都只剩下了沉重的呼吸声和苍白突兀的心跳。

“应工你听我说。”卓宇很努力地让自己的声音听起来足够冷静，将手里的车钥匙送到了应奚泽的手上，“你应该认识我们车辆的牌号，等会儿我会尽可能地给你制造机会，到时候你就直接往车上跑，千万不要回头。上车之后，左上二排的显示屏上可以看到我们一路以来的行驶路线，只要按照系统指引的方向走，就……就有机会回到陈山岗哨。这样说，能明白吗？”

应奚泽一直以来表现出来的睿智和沉稳，特别是面对眼下的情况依旧是那副泰山崩于前而色不变的稳健，让卓宇坚信自己的计划可行。

然而下一秒，他却看到对方缓缓地摇了摇头：“不明白。”

卓宇努力地带着应奚泽东奔西跑地躲避着异形的袭击，在这样逐渐压缩的生存环境下，他的压力几乎到了极点：“有什么不明白的，我给您再说一遍？”

应奚泽问得非常直接：“我不明白的是，为什么你不自己走。只要不管我，你应该完全可以安全地离开这里。”

卓宇惊险无比地替应奚泽挡下了异形飞扑而来的血盆大口，非常艰难地将这张獠牙作呕的脸用力踢开，抓住短暂的机会拉着应奚泽继续一路狂奔：“我答应要保护您的，怎么可能自己走？”

这样的回答基本上是脱口而出，可以称得上完全没有经过大脑。

但也因为这样过分的简单，反倒让应奚泽也难得地愣了下神。

答应了就要做到。

在面对生死之前，这个明明没有任何逻辑问题的因果，却让人感到心情微妙了起来。

越来越多的异形往后方冲击，现场仿佛成为了它们的饕餮盛宴。朝着两人方向围扑过来的也就更多了。

身在七组的卓宇虽然也是战斗类型工种，但是要他在保护应奚泽的同时应对这些前赴后继的怪物，他逐渐也开始体力不支。

原先敏锐的身手多少变得有些迟钝，他狠狠地吐了一口口腔中的血水，头也没回地对应奚泽说：“准备吧，等会儿我把这玩意儿弄开，您就往车那边跑！”

剧烈起伏的胸膛配合着这样的语气和神态，可能连他自己都没意识到他此刻有多像英勇就义前的特写。

卓宇精妙地躲开第一只异形之后，不可避免地被第二只直接扑倒在了地上。

他死死地用手撑住了那只准备朝他胸前刺下的前肢，旁边的精神体金钱豹奋力地拦住了其他两只异形的靠近，一切都显得非常艰难。

即便到了此刻，他也提防着周围的情况。最后看准时机后，他狠狠地磨了磨牙：“应工，跑！”

然而并没有想象中的脚步声传来。

应奚泽沉默地摸出了口袋中的金属匕首，非但没有离开，反而眼疾手快地往自己的掌心划上一刀。在卓宇体力不支的瞬间，应奚泽拽着他用力往旁边一拖，迎面上前两步，朝着异形胸口的方向就狠狠地扎了上去。

卓宇被拖了个天旋地转。

他反应过来的时候，只看见那只异形锋利的前肢在吃痛之下就要狠狠地朝着应奚泽挥去，不由得失声大叫：“应工，小心！”

血腥画面并没有发生。

随着应奚泽微微偏头避开的动作，异形那锋利如刀的前肢突然间诡异地剧烈颤抖了起来。

异形胸口处的伤口仿佛给它带来了巨大的痛苦，几声尖锐的嘶吼之后，随之而来的是一阵痉挛和扭曲。随后它就仿佛顷刻间失去了所有生命般，再无挣扎地倒在了地上。整个躯干以肉眼可见的速度迅速干涸萎缩，最后只剩下了一片干瘪的空壳。

过分诡异的画面下，卓宇忍不住狠狠地吸了一口气，便见应奚泽已经拿着那把匕首，朝着旁边的另一只异形干脆利落地劈了过去。

这让卓宇整个人彻底傻眼。

就在几分钟之前，他对应奚泽的印象还是斯文冷静的科研专家，没想到这样的人在面对异形的时候，却表现出了连他都完全比不上的冷静果敢。

而随着压迫到跟前的异形逐渐倒下，应奚泽手中的那把小小匕首，却表现出了绝无仅有的杀伤能力，再加上 TW 随时可以自主竖立的防御屏障，让他整个击杀过程中的表现有着一种说不出来的从容气质。

解决掉了第四只异形后，应奚泽的呼吸已经有些微喘。

他稍微地平复了一下胸膛的起伏，从口袋里摸出纸巾轻轻地擦去掌心依旧渗出的血液，然后又一丝不苟地抚去了刀柄处沾上的异形血浆。他捡起跌落在旁边的狙击枪，随手抛到卓宇的手上："拿好了，记得随时注意队伍里的异化情况。"

一握上枪柄，卓宇的整个手顿时恢复了绝对稳健的状态。

他看向应奚泽："应工，我……你……"

应奚泽并没有取笑他这会儿连话都不会说的窘态，垂眸揉了揉有些酸胀的纤细手腕，说："拿着你的枪，离我远点。"

卓宇脑子又空白了一瞬，像个白痴一样张着嘴："啊？"

然而很快，地面上的震动让他终于意识到发生了什么——那只三米高的异形母体正在朝他们这边过来。

卓宇的第一反应是拉着应奚泽跑，一抬头却对上了应奚泽警告的神态，他对他说道："还想活命的话，就离我远点。"

卓宇的双脚微微地颤抖了一下。

他上一次感到这样巨大的压迫感还是在宿封舟的身上，而此时此刻，眼前的这位科研专家却让他感受到了一种同样的不容抗拒。

但是，他依旧没有离开。直到应奚泽似乎很是无奈地低低叹了口气，最终给出了妥协："找个合适的地方，用狙击枪掩护我。放心，我不会有事的。"

灾难面前，这样的话语似乎显得无说服力，可是卓宇确实从应奚泽的神态中看到了一股笃定。

他迅速地朝周围看了一圈，锁定绝佳的狙击点后飞速跑了过去。

应奚泽平静地站在原地，还不忘慢条斯理地拍了拍外衣上沾染的灰尘。

异形母体终于停在了他的跟前。

面对高达三米的庞然大物，应奚泽的身影瞬间被衬托得无比渺小。

应奚泽防护衣上溅染的异形血浆显然激起了母体的愤怒。它长满倒尖刺的前肢高高举起，朝着这个不知天高地厚的人类重重地劈了下去。

卓宇始终不知道应奚泽到底要做什么，可是眼见他这样站在原地毫无举措的样子，一瞬间忽然怀疑前面的说辞只是对方故意骗自己离开。

可是现在显然已经来不及后悔了。

卓宇强行按捺住心跳，在第一时间架起了狙击枪。

几枪连发之下，密密麻麻的子弹精准地落在了异形母体的前肢上。然而，这样微小的杀伤力看起来什么都改变不了。

朝着应奚泽落去的前肢甚至没有半点停滞，眼看就要把人活生生地劈成两半。

卓宇下意识地更加拼命地按下扳机。

就在同一时间，有一连串密集的黑影从旁边的荆棘丛中呼啸而出，瞬间填满了整片视野，以一种近乎诡异的速度笼上了应奚泽的身侧。

应奚泽垂落的眼帘里没有半点多余的情绪。只是一动不动地，任由那些不知从哪里冒出来的触手，铺天盖地地形成了包围在他身边的巨大牢笼。

一滴一滴黏稠的血液顺着触手溅落地面，缓缓地酿开一片。

异形母体这样毫无保留地劈落，最终只在众多触手上端的地方砍开一个微小的口子。

异形母体显然对这样的情况感到非常不满。

周围肆意掠食的众多小异形们，也在它这样的反应当中齐齐地朝这边看了过来，渐渐地呈现出了聚拢的趋势。

应奚泽却仿佛丝毫没有觉察到愈发危急的局面，只是缓缓转头，视线平稳地看向了那片深不见底的荆棘丛。

"呵……"

隐约的风声当中，应奚泽似乎听到一声很低的轻笑。

下一秒，包围在身边的“牢笼”顷刻瓦解。

一股巨大的力量笼上，他被缠绕的触手拖进了荆棘深处。应奚泽在周身的触手包围下，顺着巨大力量被迅速地往后方拖去。

肢体接触的时候，他可以感受到那些触手表面所传来的冰凉触感。

荆棘丛昏暗的影子层层叠叠地落在身边，他的脸忽明忽暗。

应奚泽缓缓地眯了眯眼睛。大概也知道自己即将面对的是什么，他不动声色地握紧了手里的小刀。

直到这样漫长的拖拽过程彻底停下，周围的触手缓缓蜷起，以一个极度轻柔的动作搀着应奚泽，让他平稳地站稳了身子，才豁然从两边抽回。

一片昏暗当中，应奚泽清晰地看到了不远处的那个身影。

当身边盘踞着的那些令人作呕的触手完全收回，精致西装下的身材高挑修长，就连皮鞋的鞋面都被擦拭得一尘不染。如果抛开那双被瞳孔完全吞没眼白的眼睛，恐怕任何一个人都会以为这是一位事业有成的商务人士。

墨镜被提前摘下来别在了一旁，像是面对应奚泽的到来而提前做出的礼貌迎接。

零号裂开的嘴角几乎一直延伸到了耳边，是一个过分诡异的弧度。

“越不是人的怪物，往往越想把自己打扮得像个人……”

女人遥远的声音恍惚间从脑海中掠过，仿佛尽在耳边。

应奚泽死死地盯着这个永生不会忘记的身影，连自己都没有意识到他的身体下意识有些微微颤抖。这让他握着刀柄的手更加用力了几分。

抛开所有礼貌问候的话语，零号的语调里充满了疑惑：“为什么在刚才那种时间选择站出来，这不像你，又或者说，你是在故意用这种方式来逼我出来？”

一路尾随的异形母体本以为终于找到了机会，正要伺机行动，又被突然探出的触手拦截在了离应奚泽几步远的位置。

这让异形母体显得更加急躁，但是它看起来又对跟前的这个比它体型小小的“人类”充满了畏惧，蠢蠢欲动，却只能按捺不前。

其中一根触手缓缓地停留在应奚泽脸颊咫尺的距离，隔空滑落了一个好看的弧度，仿佛久别的情人般充满了恋恋不舍。

“你就这么确定我不会让那些东西伤害你吗，阿泽？”

整片荆棘丛中遍布的全是非人类的气息，应奚泽感到自己背脊的冷汗早就已经浸透了衣衫。

他抬了抬眼，看着这个跟记忆中一样的似人非人的身影，嘴角的弧度极冷："会还是不会，现在难道不是最好的答案吗？"

"好像，你是对的。"零号歪着头想了想，脸上的笑容更加明显，"虽然你对我永远都是那么狠心，可我就是忍不住想要无条件地去原谅你。"

他定定地看着应奚泽，神态间逐渐添上了几分诚恳："你还愿意来这里看我，我真的很高兴。但既然我感受到了你的良苦用心，当然就更加不应该辜负了，你说，是不是？"

眼看着跟前的触手在主人的授意下接近，应奚泽已经在身边顷刻立起了成片的防御屏障，牢牢挡住。

"我以为经过之前的事后，你至少应该会有些自知之明了，零号。"

简简单单的一句像是触碰到了零号的逆鳞，让零号原本还算温柔的表情突然扭曲，整个声调也豁然拔高了几分，似乎这是一件非常严重的事情："你为什么要像他们一样叫我？不，你不能像他们这样叫我……你明知道的，阿泽，我最喜欢听你叫我小墨……这才是我的名字！"

零号愤怒的情绪让周围成片的触手突然发起攻击，应奚泽可以感受到周围的屏障愈发的吃力，他的脸色也不可避免地有些发白，只有语气是一如既往的冷漠无情，简简单单的三个字落在周围："你不配。"

"不配，三年前见面的那次，你也是这么跟我说的……可是没关系，我不会记恨你，你只是因为还不懂得我的良苦用心而已。毕竟只要你愿意留下，就会知道我才是对的。"

豁然聚拢的触手从四面八方压笼，零号的声音里也带着隐约的颤抖，逐渐浮起的尾音带着诡异的笑意："阿泽，你迟早会知道的，这个人类世界早就已经没有任何存在的意义了。从招惹这群怪物的那一刻起，最后的结果只有两种——要么共生，要么毁灭。"

话音未落，应奚泽手中的小刀毫无预兆地挥出。

森然的刀刃在空中划过狰狞的光色，咫尺的触手尖端被砍断，随即零号又扭曲着长出了一团新的软肉。

他盯着零号因为吃痛皱起的眉心，眉目间一片凉薄："很抱歉，如果你这副人不人鬼不鬼的样子就是所谓的共生，我宁可选择毁灭。"

周围微妙地寂静了一瞬，零号的声音听起来有些难受："你真的忘记我们以前的样子了吗？"

应奚泽垂了垂眸。

他确实还记得第一次见祁墨时，他站在人群中显得格外瘦小的样子。

当时上千个异化感染者中，只有不及千分之一的人及时接种了延缓剂。而要再从中收获到成效，缓解异化状态而没被当场击杀的，最终就只剩下不到十个人。

这些人想要摆脱迟早发生异化的最终宿命，以志愿者的身份来到了研究所，接受尚在研发阶段的异化治疗项目。

因为年纪相仿，应奚泽每次去母亲的研究所时，总会记得给祁墨带一些有意思的东西，有时候是个打发时间的玩具，有时候是新鲜出炉的慕斯蛋糕。只不过谁也没想到，在这样柔软的善意之下，却是一个东郭先生与狼的故事。

成片的记忆忽然间涌入脑海，让应奚泽有了片刻的晃神。

他听到零号带笑的声音传来，远远近近地像是诅咒："不过都没关系，反正……以后，你也不会再是原来那个你了。"

应奚泽的神态跟着一沉，眼见零号周围的触手完全立了起来，他整个嘴角也跟着压低了几分道："放弃吧，你留不住我的。"

零号温柔地笑着："好不容易才能见到你，不试试怎么知道呢？"

TS 和 TW 的伤口恢复能力比普通人要强上很多，先前在车队停靠点切割的伤口已经逐渐愈合。应奚泽紧了紧手中的小刀，留意着零号的举动，随时准备着给自己再来一刀，在刀刃上再淬点致命的血。

就在这个时候，远处忽然响起了一声狼嚎。

下一秒，一大一小两个身影直接闯入了视野当中。

应奚泽完全没看清来人是怎么冲过来的。等回神的时候，黑狼尖锐的獠牙已经死死地将一根触手扑倒在地，进行着狰狞的撕扯。而另一边，随着宿封舟那迎面而来的接连几刀，原本在他跟前咫尺的嚣张的软肉，顷刻间就被切成了几段，在地面上来回蠕动。

比起眼前血肉模糊的画面中挣扎重生的那些肉条，更刺激神经的是与来人同时抵达的，弥漫在周围让人作呕的浓烈血气。

应奚泽抬眸，只看到宿封舟整个人仿佛在血浆里染泡过的背影，肩膀伴随着呼吸剧烈起伏着，足以想象出这人是从怎样的环境中一路厮杀才抵达的这里。

零号刚才所有的注意力都落在应奚泽的身上，丝毫没想到有人会在这样的情景下追来，他视线久久地停留在宿封舟的身上，眯了眯眼睛，说："我见过你。"

宿封舟却丝毫没有理会他的意思，只是看着人模人样却长了一身触手的零号，语调低哑地问道："这什么鬼东西？"

应奚泽在这里见到宿封舟，心情有些复杂，比起回答这个问题，他选择了开口提醒："你不该来这里，现在走应该还来得及。"

"就是来找你的，不带着你一起回去，我没事跑这来干吗？又不是吃饱了撑的。"宿封舟活动了一下握着刀柄的手腕，微微侧了侧眼，看向了不远处那高达三米的庞然大物，非但没有丝毫畏惧的意思，语调间还带着隐隐的兴奋，"哦，这就是传说中的母体吗？"

没等应奚泽回答，他又多问了一句："如果把这玩意儿弄回去，实验的样本应该就够了吧？"

应奚泽觉得自己大概也有些疯了，居然真的顺着宿封舟的提问思考了一下，回答道："应该吧。"

但是他明显更清楚两人的处境，他深吸了一口气，伸手掰过宿封舟的脸，强迫那人朝自己的方向看过来。

感受到 TS 周围明显随时处在失控边缘的躁动精神力，应奚泽拧着眉心，非常客观地评价道："宿封舟，你现在的状态非常不对，最后跟你说一次，你该走了。"

这大概就是宿封舟一直没有看向应奚泽的原因。

他此时整个人的状态就像一只随时会自行毁灭的炸弹。

宿封舟似乎在这样猝不及防的对视中愣了下神，然后那双充满浮躁的眼底似乎隐约间闪过了一抹微妙的神色。

他的鼻尖缓缓一动，然后微微低头，不动声色地凑到了应奚泽的掌心。他非常谨慎又认真地闻了闻。

宿封舟再抬头看来的时候，眉目间显然添了几分狂热："找到了，我要的TW 素的味道。"

过分诡异的发展下，即便是应奚泽，那常年冷漠的表情中也微妙地出现了一丝变化。这瞬间他非常怀疑，跟前的这个男人根本没有在听他到底说了什么。

直到一声森冷的笑声响起，零号的脸色沉到极点道：“原来，这就是你不愿意离开人类的原因吗？”

应奚泽恨不得把宿封舟原地震晕，他脸色紧绷地冷声回复：“不是。”

然而最后一个字的尾音还没落下，便听宿封舟也要笑不笑地开了口：“怎么，关你什么事？”

虽然他完全没有弄清楚应奚泽跟零号之间的关系，头痛欲裂下几乎本能给出的挑衅回应，却充分发挥了精准激怒他人的天赋。

周围的触手齐齐地朝着宿封舟的方向铺天盖地地涌去。

零号病态的笑声像是诅咒：“找死！”

没等应奚泽开口，宿封舟已经朝着那群耀武扬威的触手冲了过去，临走的时候不忘留下一句话：“在这等我回来。”

应奚泽开口：“你不能再乱来了，先回来。”

他下意识地想要上前，却被零号拖到了身边：“待着别动，不然我可不能保证不会伤到你。”

应奚泽皱了皱眉。远远看去，便见转眼之间，宿封舟已经直接在触手堆里砍出了一条血路，成段跌落在地上的组织像是刚刚身体脱节的蚯蚓，依旧在持续地进行着扭曲的挣扎。

但很显然，这样猛烈的爆发并没能给宿封舟带来绝对的优势。短短几秒钟的时间，那些被斩断的切面上已经迅速地长出了新的软肉，层层叠叠地继续朝他压了上去。

不断地割裂，不断地再生，仿佛无穷无尽的重复，改变的只有空气中随着四溅的浆液逐渐浓郁的恶心气味，衬托得整个场面愈发诡异。

属于 TS 的精神波动，逐渐地烦躁起来。

这种仿佛无穷无尽的砍杀过程，分明在拽着宿封舟朝着逐渐失控的危险边缘飞奔而去。

就在这个时候，应奚泽听到零号在他的耳边低低地笑了一声：“呵，还挺难缠。”

话音刚落，应奚泽从中捕捉到了一丝不耐烦。有什么从脑海中一闪而过，他顿时也明白了过来嘲宿封舟喊道：“宿封舟，小心那只异形！”

应奚泽看到宿封舟本能地朝他这边看过来，然而视线触碰到的瞬间，心反而豁然一沉。宿封舟混乱且没有焦点的瞳孔当中，更多的是在这种情景当中享受的强烈快感。

他显然也留意到了旁边迅速靠近的巨型母体，跃跃欲试地舔了舔干燥的唇角，道："都这么着急送死吗？有点意思。"

话音刚落，挥起的金属刀在跟前肢的碰撞下激起一阵尖锐的摩擦声。

巨大的体型差距所带来的力量差距并没有出现，宿封舟在面对异形母体的时候表现得相当干脆利落，甚至于在过分猛烈的进攻下，他第一时间就把那叫嚣着的怪物逼得连翻后撤，顷刻间气急败坏地开始召唤其他的小异形。

四面八方逐渐聚拢的异形体，将宿封舟的身影层层吞没，可即便如此，也依旧没有占到半点优势。

应奚泽定定地看着那个方向，可看着地上逐渐堆积的异形尸体，不安的预感也愈发强烈。

宿封舟的作战状态，很显然已经在这种强行压制的环境下，被迫调到了极致。TS 的所有精神力强度表现在自身的身体状态下，这种长时间的紧绷，对任何 TS 而言都不会是一件好事。

当弓弦绷得最紧的时候，往往也是最容易彻底断裂的时候。

"怎么，担心吗？"缠绕的触手上忽然一个用力，应奚泽被彻底带到了零号的跟前。

梦魇般的声音几乎是从他的耳边擦过，带着很浅的笑意："人类总是要对自己没有自知之明的举动付出代价。又愚蠢又脆弱，你说，这样的人类到底有什么值得你留恋的？"

视野中，周围刚刚被宿封舟斩断的触手悄无声息地已经重新生长了出来。光滑且尖锐，直勾勾地朝着宿封舟跟异形母体交战的身影，蓄势待发。

"有一点我得承认，真没想到居然连拉克特都没办法压制住这个 TS。"零号看着眼前过分血腥的画面，却是一副饶有兴致的样子，"不过，他的极限大概也就只有这样了吧？就算我愿意看在你那么担心的分上不跟他计较，你觉得以他的这个状态还能回得去吗？"

比起最初的时候，此时此刻属于 TS 的极度浮躁的精神波动已经愈发汹涌。

很显然，跟异形母体缠斗的过程中，这种最大化的战斗状态，使得他原本就支离破碎的能力更加无法维持稳定。

再生部位在第一时间被砍落之后，所有的重生节奏被全面喊停，异形母体的肢干零乱地被斩落在周围，浓密的绿色血液染透了整片地面。

而比起这些，眉眼逐渐被彻底染绿的男人嘴角还浮现着愉悦的笑意，这让他的样子比之前那三米多高的怪物看起来更加让人生畏。就仿佛是体内血液燃烧最为外露的写照，这让应奚泽不由得回想起自己之前窥探到的宿封舟精神图景中的那个短暂画面。

荒芜，斑驳，极度脆弱。

看着宿封舟此时面对异形群不断地刀起刀落，这一瞬间，应奚泽忽然有这么一种感觉，如果再不及时把这人拽回来，恐怕就将再也没有机会了。

他下意识地往前迈开一步，便感觉到有什么尖锐的东西紧紧地抵上了胸口。

触手尖端的部位就仿佛锋利的刀子，零号的声音已经再次冷了下来："别想去救他。"

缓缓的一阵风过，应奚泽耳边的发丝微微地飘起了几分。

视野尽头，异形母体庞大的身躯已经以一种极难想象的姿势扭曲在了地面上，在极度残暴的虐杀手法下彻底没了声息。

而旁边的男人却仿佛丝毫没有觉察到战役已经结束，还在不断地挥刀落下。

斩断的节肢发出刺耳的"咔嚓"声。每溅开一滴血浆，仿佛都要拖着他愈发堕落。

"你真觉得，自己拦得住我吗？"

很淡的一句话，甚至可以称得上是凉薄至极，让零号终于再次恼怒："被我感染的滋味，你想再试试？"

话音未落，应奚泽仿佛丝毫没有留意到对方的威胁，已经面无表情地豁然迈开了脚步。

甲状触手尖锐的顶端随着这样的动作而深深嵌入了他的防护服中。

猩红的血液从中流出的同时，所有接触到的触手部位仿佛遭到了什么极度可怕的腐蚀剂，以肉眼可见的速度迅速地干瘪萎靡。甚至来不及挣扎，就已经松软地只剩下了滴落在地面上的一团浆状软体。

尾处的软肉本能地进行着挣扎，却丝毫没有像之前被宿封舟斩断的那些部位般再次生长出新的软肉。它们光秃秃的，参差不齐，因为腐蚀过程中的剧烈痛楚而在微微颤抖。

这样的情景让其他触手本能地往后缩去。

零号的眼底满是不可置信。

也只是这么一瞬的工夫，周围竖立起来的精神屏障已经精准地拦截在了中间。

应奚泽丝毫没有理会胸口逐渐染出的血液，已经借着这个机会，朝着宿封舟的方向冲了过去。

整个颓败的异形母体在宿封舟的手里已经一片模糊，他仿佛还沉浸在享受的过程当中，但是伴随着风中逐渐浓郁的血香，他下意识地抬头看了过来。

宿封舟没能完全混乱的脑子反应了过来，只见那个忽然间逼近的身影伸出了双手，缓缓地捂上了他的两只耳朵，然后就在一股并不算有多强势的力量下被迫与一双眼睛对上。

“听我的，关闭五感。”

TW 的声音似乎从很遥远的时空飘来，利用某个独特的衔接点构建起了与内部世界连接的桥梁，在脑海中完成了毋庸置疑的信号。

所有的浮躁和暴力冲动像是顷刻间被全部抽离，原本随时可能将理智撕扯拽裂的混乱感在一种非常微妙的力量下，也逐渐被悄然遏制。

什么也听不见，什么也看不见，甚至没有任何触感。但是有一种说不出来的温柔，让宿封舟感到自己浑浑噩噩之下仿佛沉入了一个无比让人温暖的怀抱当中。

整个世界的血色在缓缓散去，逐渐化为极度平和的空白。

应奚泽在第一时间帮宿封舟封闭了五感之后，强行撞入对方精神世界让他损耗了不少的体力。

胸前的血已经逐渐染透了衣衫，额前的冷汗也一滴滴地落入土壤当中。

应奚泽缓缓地深吸几口气，才控制住脑海中涌上的眩晕感。

接连几次遇到宿封舟的奇怪反应已经让他认识到了什么，他轻轻地用指尖沾了点血抹上了宿封舟的额头，果然感到 TS 原本还在本能颤抖的身子肉眼可见地安稳了下来。

他看了一眼似乎也逐渐变得安静的黑狼，缓缓地呼出了一口气。

他伸出手去，想要去抽旁边沾满了血气的特殊金属刀，结果一个用力，险些让自己摔倒。应奚泽看宿封舟用的时候明明轻松得很，没想到这把刀居然这么重。

然而面对逐渐逼近的零号，他也无暇顾及这么多了。

应奚泽确定宿封舟暂时非常听话地保持了冷静后，他抬头看向虽然长了人形，却因为暴怒的情绪而在身后拖了成片触手的怪物。

它们密密麻麻地涌动在周围，一如主人极端的情绪。

“如你所愿，今天我已经来见过你了。”应奚泽的眉目间却是一片平静，“那么接下去，是暂时相安无事地各回各家，还是就在这个地方同归于尽，你选一个。”

零号显然依旧不愿意接受这个现实，脸上再没有之前的笑意，整个表情满是飘忽：“你居然真的愿意为人类做到这个地步。”

应奚泽并不想在这个问题上继续纠结，催促道：“我只有一分钟的耐心给你选择。”

零号的脸上终于有了明显的怒意，问道：“我为什么要选？”

就在这个时候，远远的有成片脚步声传来，让整个氛围瞬间微妙了起来。

应奚泽低笑了一声：“看起来，你现在已经没的选了。”

零号看向早就已经没了气息的那具巨型尸骸，顿时也意识到随着母体的阵亡，周围的那些小异形们恐怕也已经彻底瓦解了。他视线定定地落在应奚泽胸前被染透的衣衫上，意有所指：“没关系，反正我们之间又靠近了一步。”

仿佛丝毫没有听到周围逐渐逼近的脚步声，他低低的语调像是恶劣的诅咒：“放弃吧阿泽，你很快就会发现我才是对的，所谓的X计划本身就是一个巨大的笑话……”

应奚泽看着那张脸上的嘴角重新浮起，逐渐咧开了一个诡异的弧度。他忽然间有些恍惚，有一个危险的信号在脑海中重重地敲击一下，他下意识地顺着零号的视线看去，在一片昏暗中捕捉到了一只飞虫，扑腾着翅膀，颤抖地朝着一个或许是窟口的方向努力飞去。

“你以为，被感染的就只有人类吗？”

整片海面上的狂风暴雨逐渐停歇，崩塌的岛屿回归了暂时的宁静。很平缓的风从水面上吹过，在这片长久处在极端天气下的精神图景世界里露出了久违的阳光。

“老大！你终于醒了，老大！”

“副队你快来，老大醒了！”

“太好了，就说异化指标一切正常，肯定没有被感染吧。”

“呜呜呜，老大，你可真吓死我们了！”

远远近近的声音突然从无声的空间中传来，让宿封舟有些不适地用力揉了揉太阳穴。

缓缓睁开眼睛的时候，他首先看到的是周围雪白的墙面，以及几乎近在咫尺的位置上，包围着的大大小小的脸。

昏迷前狂热的作战状态还历历在目，宿封舟几乎出于本能地对着最近的那张脸，直接伸手一拳打了过去。

一声惨叫。

五分钟后，慎文彦捂着肿起来的半只眼睛，带着委屈兮兮的哭腔控诉：“老大，亏我还这么关心你，你为什么要这么对我！”

宿封舟意识到了这里不再是地窟里面，而是医院的病房。他强忍着因为神经长期过度紧绷而导致的剧烈头疼，听完融云在旁边简明扼要的介绍之后，大概也知道了自己昏睡的这段时间里发生了什么。

应该是因为异形母体被击杀的缘故，那些小异形们失去了指引也跟着一哄而散。大部队来找他跟应奚泽，顺利将他们带回的同时，还在现场提取到了足够的活性样本。

而现在，是顺利完成任务返回外面世界的第三天了。

他整整昏睡了五天五夜。

因为长期没有进食，整个嗓子几乎是干裂的疼，但宿封舟还是非常艰难地挤出了一句话：“应奚泽呢？”

其他人显然没想到他会问的第一件事居然是这个，周围伴随队长苏醒而刚刚活跃些许的氛围，在这瞬间又几分微妙了起来。

这让宿封舟有些不好的预感。

他下意识地就要起身，但是因为没能适应全身脱力的感觉，又重新重重地跌了回去。吓得周围的人顿时手忙脚乱地又围了过来。

“放心吧老大，从地窟出来的当天晚上，应工就被冀院长派来的人给接走了，肯定出不了什么问题的。”慎文彦直接就是一通解释，“兄弟们几个就是觉得当时那个叫相嘉言的助理态度叫人有些不爽，也不是什么大事。”

宿封舟整个头晕得厉害，闻言拧了拧眉，问：“相嘉言？”

“对啊，我们辛辛苦苦把人送出来，一句谢谢都不说也就算了，还一副兴师问罪的样子，跟谁欠他的一样。”慎文彦越想越觉得来气，忍不住地撇了撇嘴，“我看这个助理才是问题最大的那个，应工明显已经身体很不舒服了，也不留人在医疗部那边休息，非要连夜带他回市区，到底谁折腾谁啊？”

宿封舟问：“应奚泽身体不舒服？”

慎文彦一时间有点跟不上宿封舟在他话语中捕捉的重点，回答道：“放心吧老大，应工受伤的部位在第一时间就处理过了，应该是被旁边的荆棘划破的，没有被感染。就是这段时间累的，有点发烧。”

宿封舟重复道：“有点发烧？”

慎文彦干脆全部招了：“高烧，回来岗哨的时候已经上四十度了。所以我这不是说，起码应该让应工先好好休息一下的，毕竟岗哨这边也有顶级的治疗团队，那副急哄哄的样子，好像我们的医疗精英能把人治死一样。”

宿封舟微微垂了垂眼帘，下意识地舔了舔唇角。

虽然在全身过分亢奋的状态下，他的整个脑子并不是很清楚，但是隐约间，他依稀还记得当时有个身影朝他走来的样子。

那人胸前染开了整片的红，是血的味道。

然后他的五感随着来人走到近前，顷刻关闭。就像是有一只很沉稳的手，无比坚定地将他从彻底堕入悬崖的边缘里拖了回来。

看着慎文彦很是着急地朝他挤眉弄眼的样子，宿封舟大概也能猜到他被人找到的时候，现场会是怎样惨烈。这种情况一旦暴露出去，很可能会让上面重新评定他的危险等级，最严重的处理，就是会像当时清理他出防卫队时那样，将他从七组除名。

而从现在一切静好的样子来看，现场的那些情况都被掩藏了下来。

防卫队愿意卖这个面子倒还说得过去，就是不知道为什么，当时一起出任务的徐雪风居然也默认了现在这种相安无事的处理结果。

不过他现在最需要考虑的，显然并不是这些。

“我没事了，办理出院吧。”宿封舟没再追问他昏迷后的事，直接将手上打着点滴的针管一拔，掀开被子就坐了起来。

下床的时候忽然涌上一阵眩晕，微微一晃的身子被周围的组员们一拥而上齐齐地扶住。

融云显然对宿封舟这样着急的举动有点不太理解，道：“后面暂时没有需要我们去执行的任务，带出来的所有组织样本也已经顺利送达了最近的研究院进行收存，您有足够的时间遵从医嘱，留在这里进行调理。”

“跟别人没关系，我就是不想待了。”宿封舟很迅速地调整了一下自己的状态，再落地的时候步伐已经相当稳健，他从旁边抽过一件外套披在肩膀上，侧头看向慎文彦，“这次任务的通讯名单有保存吧，发我一份。”

“好。”慎文彦应着，便见宿封舟已经头也不回地走出了病房大门，忍不住问，“老大你这是着急去哪？你这状态可不方便开车，我陪你一起去啊！”

他刚要迈开的脚步，被宿封舟头也没回地一个手势阻止了：“处理点私事，别瞎掺和。”

直到那个身影风风火火地消失在了楼梯口，慎文彦还保持着震惊得嘴巴张大的样子：“老大他，什么时候都有‘私事’了？”

其他组员也都是一脸茫然。

慎文彦直愣愣地站了一会儿，后知后觉地又嘟囔了一句：“可这也太急了，就算是要处理私事，至少也该先换一件衣服吧？”

宿封舟一路走到医院大门口，才发现自己还穿着住院部的病号服。他无视不远处保安投来的试探性眼神，快速翻了翻慎文彦发给他的通讯方式，拨了一个号码。

然而应奚泽的电话并没有开机。

宿封舟停顿片刻，只能又从中找出另一个人的号码拨了过去。

这一回，对面很快传来了相嘉言的声音：“喂？”

宿封舟瞬间就捕捉到了这一声极淡语调中的疲惫，紧张之下眉心也跟着拧了起来：“相助理你好，我是宿封舟。”

电话那头陷入了长久的沉默。

相嘉言似乎用很大的理智才调整好情绪，说：“宿队，有事？”

直面照来的阳光让他眼前有些发晕，宿封舟眯了眯眼，找了附近的柱子侧身靠上，说道：“是这样的，我刚才想要联系应工，但是打他的电话一直没人接听。所以想问一下，你们现在在一起吗？”

“应工被冀老接去调养了，我没有跟他们在一起。”相嘉言的回答非常中规中矩，“应工的手机在这次任务期间坏了，我还没有来得及帮他补办，所以可能暂时不好联系。宿队是有什么重要的事需要找应工吗？我可以帮忙转达。”

“倒也没什么特别重要的事，就是有东西落在应工那了。”宿封舟敏锐地捕捉了一下相嘉言的语调，就如慎文彦描述的那样，对方对于这次行动的结果的确怨念很深。

最让宿封舟在意的，还是相嘉言字里行间表露出来的一种难以揣摩的复杂情绪，这让他有些不太确定应奚泽现在的具体情况。

他只能继续试探性地问："方便说一下应工是在哪调理吗？我可以直接去找他。"

相嘉言说："不好意思宿队，没有冀院长的授意，我恐怕不方便透露，如果着急的话，建议您直接联系冀老本人。"

宿封舟也没纠缠，说道："明白了，打扰。"

"不客气。"

通话结束。

宿封舟沉思片刻，到底还是觉得有哪里不太对劲，越想越觉得放心不下，他把手机往外衣口袋里面一塞，在路边拦了一辆出租车。

司机看着他一身病号服，不由得多看了两眼，问："去哪？"

宿封舟精准地报出了研究院的地址："康普区陆川路 24 号。"

司机愣了一下，说："这条路我怎么没有听过？"

宿封舟也跟着愣了一下，问："这里不是宁城？"

司机开口道："您要不要看看现在是在哪家医院门口？"

宿封舟微微侧头，看了眼"平城市第三人民医院"这几个大字，终于意识过来自己大概是昏睡太久有些傻了，他只好说："那您把我送到最近的车站吧。"

司机并没有着急出发，而是多问了一句："这位先生，方便问下您是刚从哪个科室的住院部出来的吗？"

宿封舟随口回答："骨科吧，怎么了？"

司机意味深长地"哦"了一声，说："没事，只要不是精神科的就好。"

宿封舟一时无语。

另外那边，相嘉言结束电话后依旧久久地站在走廊角落，一时间不太确定要不要把宿封舟着急找人的事情告诉冀松。

直到有人路过的时候客气地叫了他几声"相助理"才回过神来，回道："啊，你们好。"

其他人显然也知道相嘉言的担心，关切地提议道："相助理，你都已经好几天没合眼了，要不还是去隔壁的休息室稍微睡上一会儿？”

“不用了，我还是等着吧。”

相嘉言微微侧头，视线通过厚重的特制玻璃，落在房内床上的那人身上。

那人全身接满设备连接线，唯一还算让人释然的，大概就是仪器上面相对平稳的数据指标了。

虽然一直高烧不退，但至少最让人担心的突破异化指数的情况并没有发生。

相嘉言直愣愣地看着，不由得有些走神。

恍惚间他仿佛看到垂落在床边的指尖微微地动了一下，心头也跟着狠狠一跳。

周围忽然沸腾起来的人声证明了这并不是他的错觉。

“醒了！快去告诉冀院长，壹号醒了！”

远远近近的人影忽然忙碌了起来。

相嘉言蓦然回神，也慌忙地随着人声的方向快步走了过去。

意识逐渐回笼，当应奚泽留意到周围的环境时，稍微有些愣神，不过他很快便反应过来自己是在哪里。

他垂眸看了一眼身上连接着的数据管，他感到身边盘踞的小银蛇轻轻地用舌尖舔了舔他的皮肤。

不一会儿，他看到冀松在一群人的簇拥下神色焦急地走了进来。

应奚泽原本想说什么，但是突然涌上的眩晕感令他又昏昏沉沉地睡了过去。

依稀间，他可以感受到周围又是一片混乱。

接下去的两天时间里，应奚泽基本上都在昏睡。

等他全身的热度彻底退去，最煎熬的时段顺利度过，整个状态才算正式调整了过来。

他可以感受到这一回着实把冀松吓坏了，他几乎不眠不休地陪着，直到应奚泽终于可以顺利下床才算彻底松了口气，语调里还是有些自我责备：“我就知道当时不应该让你跟着一起去，还好最后没事，要不然会是什么后果，实在不敢想象。”

应奚泽已经没再躺在病床上，而是坐在了旁边的桌子上喝粥。

宽大的衣服落在身上让他整个人显得格外单薄，他早就不是第一次经历这样的“吞噬期”，没太多的情绪波动，只是陈述了一个事实：“如果我没去，这一回很可能全军覆没。”

冀松沉默。他知道这也是事实。

他顿了一下，问应奚泽：“接下去准备做什么？”

应奚泽投去询问的目光，不答反问：“这个月的日子差不多了，X 实验？”

冀松说：“你现在的状态不太合适，正好现在大家都忙着处理陈山地窟那边带回来的组织样本，我已经通知他们取消这个月的实验计划了。”

应奚泽点了点头，表现得相当随遇而安：“那我吃完午饭就回去了。”

冀松也知道应奚泽其实并不是很喜欢待在这里，点头道：“也好，让嘉言送你。”

应奚泽说：“不用了，我自己回去。”

冀松也没坚持，反复确定了应奚泽的检测数据已经恢复稳定，便将所有的数据资料储存了起来。途中他接到了隔壁部门打来的电话，简单地交代了两句之后就风风火火地带着其他人离开了。

应奚泽目送自己这位永远都在操劳奔波的老师离开，慢条斯理地咽下了嘴巴里的最后一口粥。

房门打开，一个穿着研究制服的年轻小姑娘探头探脑地走了进来。

小姑娘对上应奚泽的视线后脸上微微一热，声音也不免有些结巴：“先生，这是给您准备的衣服。”

应奚泽垂眸看着她手里托着的折叠整齐的服装，缓缓地勾了勾没有什么温度的嘴角，微沉的语气里充满了严谨：“谢谢，不过以后记住，在这里请叫我‘壹号’。”

相嘉言来的时候，恰好看到小姑娘捂着脸离开的背影。

他在门口驻足片刻，往屋内的人看去：“你好像吓到她了。”

应奚泽不置可否，微白的脸色让他整个人的气质显得更加的不近人情：“X 研究室里的一切都不带到外界，这是刚开始成立的时候就定好的规矩。”

相嘉言对上他的视线，道：“您是对的。”

应奚泽拿起搁在床头的衣服站了起来，说：“没其他事的话，我就先回去了。”

应奚泽并没有让相嘉言送他。出门之后找了一个相对繁华的路口，打了

一辆出租车。

阳光在皮肤上留下了余温。

车子出发之后，他靠在后座上缓缓地闭上了眼睛。

这些天在昏迷期间，光是熬过比以往任何一次都要来得剧烈的“吞噬期”，就已经消耗了他极大的体力。但是与之相比更加煎熬的还是那种出于本能的恐惧，那是面对零号基因的下意识排斥，整整几天的睡梦当中，他仿佛昏昏沉沉地始终堕落在同一个梦境当中，挤压在脑海深处的回忆一次又一次地盘旋，不论怎么挣扎都无济于事。

“先生，我们到了。”出租车司机的声音拉回了应奚泽的思绪。

他抬头看了一眼路边那幢熟悉的住宿楼，快速地完成了路费支付。

大概是因为他的状态看起来实在不算太好，出租车司机忍不住多问了一句：“自己可以上去吗，需不需要我送送您？”

应奚泽回答：“谢谢，不用了。”

出租屋在一处老式小区里，里面甚至没有电梯。

这对一位刚刚高烧转醒不久的人来说，显然不算太友好。

应奚泽虽然拒绝了别人的帮忙，但是光靠他自己走上五楼，还是不可避免地有些微喘。

眼看着迈上最后一级台阶，他刚要伸手去摸钥匙，视线落过转角处的那个身影时不由得诧异地顿住了：“宿队？你怎么……”

后面的话没说完，前一刻还蹲坐在他房间门口的宿封舟已经快步到了他的跟前。

宿封舟手上一个用力，直接将人一把拽了过去：“别站在楼梯边，小心摔下去。”

应奚泽愣了下神，这才后知后觉地反应过来，大概是自己现在这副弱柳扶风的样子看起来过分摇摇欲坠了。

他抬眸看去，还是问完了刚才的话：“你怎么在这里？”

宿封舟在宁城研究院并没有找到应奚泽，软硬兼施地才弄到了他出租屋的地址。

他已经在门口连着蹲了几天，突然听到应奚泽这么一问也才反应过来，一时间居然感到有些不知道怎么回答，开口道：“就，来看看你。”

应奚泽审视的视线从宿封舟的脸上掠过，平日里嚣张肆意的男人此时竟言辞闪烁，一片淡漠的眼底忍不住浮起了一抹笑意。

他将钥匙插入孔中转了两圈，推门走进的时候稍稍侧了侧身子："进来坐吧。"

宿封舟迈步跟上。

两人一前一后地进了房间，整个过程自然得有些过分，又非常默契地并没有开口提及地窟里面发生的事情。

应奚泽的住处比宿封舟想象中要简洁很多。甚至除了最基础的住宿设备之外，没有太多额外的生活气息，就连桌子上面也只是盖了一张桌布，而没有任何多余的摆设。

不过宿封舟的注意力显然也并没有放在这些东西上面。

从见到应奚泽的第一眼起，他就在悄然地打量着对方的状态。

看得出来应奚泽精神并没有他想象中的差，但也确实好不到哪去，基本上算是放在医院门口稍微咳上两声，就能够被扶着去挂急诊的程度。也就一段时间没见的工夫，总觉得他又瘦了不少，最重要的是他当时隐约记得的那胸口显得颇为严重的伤势……

在宿封舟数不清第几次地朝他胸口看去之后，应奚泽终于直勾勾地对上了他的视线，说道："宿队，我胸前是有什么吗？"

宿封舟清了清嗓子，也算坦诚道："我就是想着，你当时伤得还挺重的。"

应奚泽说："是伤得不轻，所以在老师那里多住了几天。"

"那现在……"

应奚泽挑了挑眉梢没有回答，但从表情看仿佛是在反问：你自己难道看不到吗？

宿封舟找了个舒适的姿势坐在沙发上，说："我承认，你目前的状态看起来确实还算不错，但是也绝对没好到可以让你自己一个人到处乱跑的地步。相嘉言平时不都是跟你寸步不离的吗，怎么这个时候反而不见人了？"

"是我不让他跟着的。"应奚泽看着跟前这个似乎一时半会儿不会走的人，拧了拧眉心，到底还是直白地问，"宿队说想来看看我，现在人已经看到了，还有什么事吗？"

"本来应该已经没事了，不过刚刚我又改变了主意。"宿封舟坐着的姿势微微前倾，"所以，介意我在这里住上几天吗？睡沙发就好。"

没等应奚泽到嘴边的"介意"说出口，他已经快速地继续说："我不是相嘉言，比起一味地听你的话，更多的应该是相信自己的判断。至少现在在我看来，并不放心让你一个人单独住在这里。”

宿封舟懒洋洋地抬了抬眼，继续说：“为了感谢您对这次任务所有执行人员的救命之恩，有些话我并没有对任何人说起，但是你我应该都心知肚明，当时弄伤你的其实并不是周围的那些荆棘吧……应老师，我不知道你为什么没有在遭到感染后发生异化，但是有一点可以肯定，你跟那个控制触手的怪物，彼此认识。”

这些话语说得非常漫不经心，又带了一贯以来的强横语气。

而整个过程，宿封舟一直留意着应奚泽的神态变化。

但很可惜的是，对方的眼底依旧保持着那份自始至终的淡漠。就像是对于他的这个发现，丝毫不觉得奇怪似的。

隔了许久应奚泽才开口，是一个几乎等同于默认的态度：“所以，宿队是打算要去揭发我吗？”

“如果要揭发的话，也不需要等到现在了。”宿封舟说，“我的要求很简单，就是让我在你这里住上几天，确定你确实安稳度过了异化危机，到时候不用你赶我也会自己离开。当然，如果实在不愿意收留我的话，大概也就只能在门口打个地铺了。”

虽然是老小区，但是住户来来往往之间如果看到他家门口躺了一个大男人，依旧是一个诡异的谈资。

应奚泽一时间真的琢磨不透宿封舟的想法，直接问道：“你到底想要做什么？”

宿封舟态度坦白，直言道：“其实我在醒来的第一时间，没有选择将知道的情况如实上报，从某种角度上来说已经违背了我的准则。不过从目前的情况来看，冀院长大概也是知道这个‘秘密’的，至于具体情况，你们大概率不会回答，我也不想深究，但现在唯一明确的是，直觉告诉我不能留你一个人在这里，这大概就是我想做的事。”

应奚泽嘴角浮起一抹讥诮：“所以，你是要代替相嘉言监控我吗？”

宿封舟感到一瞬惊讶，但很快他否定道：“不，我只是想要照顾你。”

在应奚泽的注视下，他清了清嗓子补了一句：“也可以理解成，为地窟里的救命之恩表达感谢。”

应奚泽说：“我觉得更像是恩将仇报，我不需要照顾。”

宿封舟注视着应奚泽没什么波动的表情，眉梢微微挑起："是这样吗？"

周围微妙地安静了一瞬。

最后在两人无声的对峙中，应奚泽做出了妥协："只能睡沙发。"

宿封舟会做菜这种事情，应奚泽是完全没有想到的。

这几天晚上应奚泽其实都睡得不算太好，一闭上眼睛总是有层层繁复的梦魇笼罩上来，那个他不是很喜欢再看到的身影总是挥之不去。以至于迷迷糊糊间他推开房间的门走出，一时之间完全忘记了现在家里还有另外一个人。

许久不用的厨房里冒着层层的热气，让本来没太多人气的出租屋里一下子似乎也温暖了起来。

应奚泽保持着站在门口的姿势没有动，直到厨房里的男人敏锐地捕捉到外面的动静后探头看了出来，比起主人略微僵硬的姿势，他的态度相当自然："你醒了，洗漱一下准备吃饭吧。我看时间也差不多了，干脆就把早饭和午饭一起做了，不嫌弃吧？"

应奚泽哽了一下："不嫌弃。"

他本来还想说什么，意识过来之后，低头看了一眼自己身上穿着的那套格外居家的睡衣，沉默片刻后又重新关上了房间门。

宿封舟看着紧闭的房门，嘴角微微扯起了几分。

大概过了半个小时，应奚泽才重新从房间里走出来。

身上的居家睡衣已经换了下来，取而代之的是和平常一样一丝不苟的严谨着装，就连袖口都非常细致地卷成了一致的角度，让整个人由内而外地透着质感。

其实从某种程度上来说，这样穿有些过分正式。

宿封舟忍不住多看了两眼，开了口："你平常在家都这么穿？"

"当然不是，只是在需要的时候注意一下着装礼仪。"应奚泽往自己的嘴巴里送了口菜，咀嚼了两下后客观地给出评价，"手艺不错，如果什么时候不在消查部混了，退休后可以考虑去做个厨师。"

宿封舟对这样的表扬接受得毫无思想负担："谢谢中肯的建议，可惜应该不会有那么一天。"

应奚泽语调很淡，说的话却是相当直接："虽然我不知道为什么这次的情况没有被如实上报，不过恕我直言，宿队，以你现在这种精神图景随时可能崩塌的危险状态，被强制退出消查部应该是迟早的事。毕竟各地地窟的情况本身已经相当不稳定了，如果行动小组内部还有这么一颗更不稳定的‘定时炸弹’，一旦在出任务期间爆发，谁也承担不了这个责任，你觉得呢？”

“我觉得，你说得很对。”宿封舟自始至终没太多波澜地听完了这段话，这才抬头，定定地朝应奚泽看过去，没有直接回答反而抛出了一个问题，“所以为了不需要由谁来承担不必要的意外责任，你要不要考虑一下加入我们七组？”

“这就是你这样死皮赖脸地想要留下的真实目的？”

应奚泽对于宿封舟的提议丝毫不感到意外，或者说，就在他当时选择出手将这人从失控边缘拉回的时候，就应该想到了这种可能。

他将筷子平静地放在了桌面上，几乎没有太多的犹豫，回答：“不好意思，我的回答是拒绝。”

“其实我们七组的待遇一直都很好，基本底薪加上业绩提成，五险一金也按最高标准缴纳，绝对比你在宁城研究院要有前途得多。如果是担心研究进度方面的问题，可以准许你外围办公。平常都留在宁城也没有关系，只需要在我的精神力感觉稳定不住的时候，适当地帮忙稳定一下就好。”

宿封舟的这套说辞显然也准备了很久，从头到尾甚至没有太多磕绊。至于具体的内容，可以说是充满了诚意。

但应奚泽依旧是之前的那个回复：“抱歉，我拒绝。”

宿封舟只能低低地嗤笑了一声：“跟我设想得一样，就知道你不会答应。”

应奚泽的拒绝从某种角度来说也是他本人并没有太多选择的余地，但闻言他还是拧了拧眉，神态仿佛是在无声地问：那你还来我这里浪费时间？

“有一点你还是说错了，入职邀请只是顺便提出的，来找你还真只是单纯地认为这几天有必要跟你待在一起看看，没有什么额外目的。直觉，懂吗？”

宿封舟用食指点了点自己脑袋的位置，说完后他仿佛没有留意到应奚泽片刻间的愣神，很自然地起身将碗拿了过来：“吃挺快啊，我给你再来一碗。”

应奚泽没来得及回应，宿封舟已经端着他的碗走进了厨房。

说实话，有时候他确实很不懂某些单细胞生物所谓的那些直觉。直到听到敲门的声音，应奚泽才发现自己的思绪不知不觉间居然也跟着宿封舟一起跑歪了。

他沉默了几秒，最后选择起身去开门。

这种日子来找他，应奚泽本以为会是来收房租的房东，没想到打开门后看到的是相嘉言。

不过对方显然比他更加愣神：“你在吃饭？”

应奚泽顿了一下，道：“嗯，有事吗？”

“倒是没什么事，就想看看……”相嘉言后面的话戛然而止，视线掠过应奚泽的身边，定定地落在了他的后方。

一层阴影笼上的时候应奚泽也已经意识到发生了什么。

他感觉到有人站在了他的身后，也不知道宿封舟是什么时候从厨房里出来的，但是不可否认，这个男人的反应速度总能快得让他感到吃惊。

头顶上的声音响起，散漫又带着一些攻击性：“相助理，好久不见。”

相嘉言的瞳孔微微地睁大了几分，显然也留意到了宿封舟一身过分休闲的便服。

他看了看宿封舟，又看向应奚泽的方向：“你们这是……”

宿封舟笑了笑：“就是这几天没什么事，一起住上几天。”

应奚泽总觉得宿封舟像是在故意搞事，不过他到底还是没有多解释什么。以他和相嘉言的关系，也确实没有解释的必要。

周围的氛围随着宿封舟的话，彻底陷入了一片诡异的沉默。

最后还是应奚泽没有耐心地开了口，依旧是刚才的那个问题：“有事吗？”

“就是想来看看您的状态。”相嘉言脸上的表情对于情感丰富的人类来说都显得有些过分复杂，话语里充满了试探，“毕竟之前任务的事情还没处理完毕，宿队留在您这里是不是会有些不太方便？”

宿封舟眉梢微挑。

不过这次应奚泽早一步开了口：“没什么不方便，当时地窟里面宿队就在现场，我的情况他也已经有所了解。具体是否遭到感染而产生异化的趋势，由他这位七组组长亲自监控，从某个方面来说刚好能让你们更放心，不是吗？”

相嘉言整个背脊微微挺直了些许。最后还是在应奚泽的注视下往后退了一步，说：“是这样没错，那我就先回去了。”

应奚泽点了点头，也没再多说什么，重新关上了房门。

转身的时候才留意到宿封舟还站在原来的位置上没有动，一个没留神险些撞上。

应奚泽看到宿封舟此时脸上的表情。嘴角分明浮起的弧度充满了一股子不知道从哪里产生的愉快感，居然是在笑。

应奚泽问："笑什么？"

"以前我总觉得你太拒人于千里之外。"宿封舟答非所问，看着应奚泽那张冷峻的脸上浮现出了一丝可以称之为疑惑的表情，才慢悠悠地笑出声来，"现在对比之下才发现，其实你对我算是相当不错了。"

"哪来的错觉？"

"或许吧。"宿封舟回头看了眼餐桌，"继续吃饭？"

这个提议应奚泽倒没有拒绝。

有一点必须承认，宿封舟所做的饭菜确实还挺合他的胃口。

相比应奚泽的细嚼慢咽，宿封舟那种仿佛争分夺秒般的吃饭状态让他一早就吃完了饭，坐在饭桌旁边玩起了手机。

没有人说话，只有偶尔点开的视频里公放出来的声音。

饭菜的香味在口腔中散开，一时间让应奚泽稍微有些恍惚。

也不知道从什么时候开始，他的世界里好像已经很久没有这种平静且浓郁的生活气息了。他本以为刚才相嘉言的出现可以让宿封舟捕捉到很多更深层的秘密，然而这个男人从刚才到现在，自始至终都没有多问过半句。仿佛他根本就不觉得好奇。

宿封舟的手机收到信息后，隐约振动了几下。

应奚泽本来并没有放在心上，直到最后一口饭送入口中，再抬头时留意到了宿封舟微沉的脸色，他问道："怎么了？"

宿封舟抬头对上他的视线，将手机递过去给他看："平城那边发生了新的'事故'。"

应奚泽伸手接过，随便翻了翻。内容发布者是七组内部群里的一个组员，根据简洁的内容阐述来看，已经由当地的消查部普通小队处理完毕。

不过这够不上重大"事故"的程度，对于身经百战的七组成员来说可能最多也就是个茶余饭后的谈资。

但是等全部看完之后，应奚泽也留意到了其中的关键，问道："陈山地窟外围附近的异形应该已经被清理完毕了吧？"

"够敏锐啊。"宿封舟微微往后，靠在了椅背上，"何止是外围附近，就我们这次任务的完成力度，就算直接开了大门，这个月都不可能会有异形从里面跑出来。所以你觉得，这次'事故'的发生是不是很有意思？总不能是十万八千里外的其他地窟搞出来的事吧？”

应奚泽垂了垂眼帘，淡淡地给出总结：“感染源不明。”

“整体来说目前的项目推进得还算不错，如果顺利的话，第一批X型号的武器很快就可以投入到使用当中，唯一的问题还是产出的数量。所以你现在最主要的任务就是好好地调理身体，如果没有意外的话，下个月会有一场硬仗。”

冀松的声音从手机的另外那端传来，应奚泽以一个相对闲适的姿态进行着通话，视线落在不远处的男人身上，他神态平静道：“明白，所以现在平城的情况怎么样了？”

冀松想了想说：“这两天陆续有小型‘事故’发生，消查部门的反应很快，处理得也非常迅速。但是这几次造成‘事故’的都是异化者，具体引起感染的异形体还没有发现，依旧是一个很大的隐患。”

应奚泽停顿片刻，到底还是直接询问：“您有没有想过，或许那个异形并不存在？”

冀松显然愣了一下：“你这话是什么意思？”

应奚泽说：“听零号的意思，被感染的或许并不止人类。”

手机那头陷入了长久的沉默，冀松显然也意识到这个假设的可怕性，再开口的时候语调已经彻底沉了下来：“如果真是这样，那将迎来真正的末日。”

应奚泽轻声道：“这就需要麻烦您安排人好好进行检测了。”

通话结束，他抬头看向那个毫不掩饰自己视线的男人，道：“你是有什么问题吗？”

“有。”宿封舟靠在沙发上散漫地笑了笑，“有时我在想，你到底算是真的太过冷静，还是只是过分冷漠。”

应奚泽不置可否：“你想怎么理解都行。”

他看了一眼正在播放当地新闻的电视屏幕，对于因为宿封舟在家才难得使用的家电并没有太大兴趣，问：“看了几天的新闻，有得出什么新的结论吗？”

宿封舟翻了翻手里的本子，说：“这几个小型‘事故’的发生地点都在平城的南明区，算是距离陈山地窟最近的居民区位置，根据报道来看，基本上都是在第一时间进行处理的，所以基本上都在闹大之前被控制住了。根据收集到的所有情报来看，这些异化者被感染之前互相之间并没有关系，也没有任何交集，最多也就是在行动路线上可能会有所重复，但从异化感染发生的几个时间点上又看不出任何规律。”

他“啪”地一下合上了本子，总结道：“所以最后的结论就是，完全没有追踪线索。”

应奚泽心累地捏了捏眉心：“你只需要说最后一句话就好。”

“那可不行，不说明具体推理过程，显得我像是在故意浪费你家电视机的电费似的。”宿封舟说着，眼见应奚泽取下了衣架上的外套，问，“准备去哪？”

应奚泽已经将外套披在了身上：“我让相助理替我收集了一些平城异化者的细胞样本，应该已经到研究院了，我过去看看。”

话音刚落，宿封舟便从沙发上站了起来，应奚泽开门的动作微微一顿。

他询问的话语还没有出口，宿封舟已经搭着他的肩膀自然地往外走去：“正好这几天关在家里太闷了，我陪你去溜达溜达。”

应奚泽皱眉：“实验室不许闲杂人等进入。”

宿封舟笑了笑：“你也可以不把我当成外人。”

这是应奚泽去陈山地窟执行任务以来，第一次踏入宁城研究院的大门。

当时那批支援任务的志愿者中，最终平安归来的只剩下了五个人，其中，还有两个人因为心理创伤而选择递交了辞呈。

因此当应奚泽在研究院里再看到虞清漪的时候，有些意外。

毕竟在地窟里的时候虞清漪的情绪就明显地已经濒临崩溃的状态，而且在这次任务的烈士名单中，他还清楚地看到了她的男友贺季的名字。

他本以为在这样重大的打击之下，她很可能会一蹶不振，没想到她非但没有选择退出科研前线，反而还在第一时间回归到日常的工作当中，唯一的变化大概是每个人明显都清瘦了很多。

应奚泽的身后跟了一个宿封舟，这让来来往往的研究员们都忍不住频频投来视线。

倒是虞清漪在看到他们之后，并没有太多的意外，跟宿封舟打了声招呼后看向了应奚泽：“你跟相助理要的样本已经放在储存库里了，2235号冰柜，密码是老编号，随时可以去取。”

说完之后她大概留意到了应奚泽打量她的目光，脸上露出了一抹没什么

温度的笑 :“也不用这么看着我，我只是想明白了而已。软弱和逃避是没有用的，贺哥他既然已经到这步，与其自欺欺人地假装什么都不知道去恢复所谓平静的生活，倒不如用自己的方法，奋斗到最后一步。总是需要有人顶在最前面的，对吧？”

应奚泽想了想，虽然并不觉得这话有哪里不对，还是多问了一句 :“不怕了？”

虞清漪摇了摇头，自嘲道 :“怕。”

直到虞清漪离开，宿封舟看向那个背影消失的方向，由衷道 :“这美女还挺有个性的。”

应奚泽说 :“刚丧夫，喜欢可以去追。”

宿封舟迅速收回视线 :“很可惜，我不喜欢她这款的。”

去储存库取样本的一路，宿封舟始终寸步不离地跟在应奚泽后头，一直到进入实验室之后，他非常自然地拉了把椅子坐在应奚泽旁边。

留意到应奚泽朝他看过来，他很自觉地做了个噤声的表情，表示自己会保持绝对安静。

应奚泽张了张嘴，到底还是没有开口赶人。

相嘉言跟了他那么多年，对于这种基本的样本要求向来把握得非常精准。

这批组织样本总计八份，分别来自平城发现的四名异化者，取的正是活性程度较高的几个部位。他为了确保精神力高度集中，应奚泽事先将精神体小银蛇从精神图景当中放了出来。

在实验台上认真操作期间，并没有发现小银蛇好奇地朝旁边的男人凑了过去。宿封舟对于这种主动接近也有些受宠若惊，缓缓伸手，便见银蛇爬上了他的手臂。

宿封舟便一动不动地任由它在自己的身上游走，心痒之下又不敢有太多的动作，生怕惊扰到这可爱的小东西。

应奚泽非常快速地完成了组织的前期处理，等待培养的过程当中一回头，正好看到自己的精神体蹲在宿封舟肩膀上跟他四目相对的画面。他视线停留片刻，刚要说些什么，便看到宿封舟忽然缓缓地伸出手来，没等他明白过来用意，对方就敏捷无比地在小银蛇的脖子上轻轻地捏了一把。

同样的触感通过与精神体的独特链接，作用在他的脖颈上。

宿封舟炽热的指尖仿佛烧着一团火，作用在应奚泽常年有些体温偏低的脖颈上，感觉异常分明。应奚泽背脊几乎是下意识地挺得笔直，他快速迈步走了过去。

宿封舟还没来得及为摸到了小银蛇而感到愉悦，就已经被连推带赶地直接“请”出了实验室。

“啪”的一声，实验室的大门关得相当干脆利落。声音之清脆，引得周围路过的人朝这边纷纷投来了视线。

完整的实验过程相当漫长。

等应奚泽拿到最后的数据报告时才想起来，自己赶宿封舟出去的时候似乎忘记把出租屋的钥匙给他了。他正考虑要不要打个电话过去，推门走出的时候才发现宿封舟居然哪都没去，不知道他从什么地方拖了一把椅子过来，直接坐在门口就这样等到了晚上。

宿封舟仿佛丝毫没有觉察周围同事们投来的好奇目光，他从容地从椅子上站起来，活动了下筋骨就接过应奚泽手上的实验报告，随便翻了翻，可惜没有看懂，问道：“结果是什么，感染程度严重吗？”

应奚泽摇了摇头：“刚好相反，所有样本呈现出来的都是非常低级的细胞异化。”

根据以往的情况来看，异化程度越高的感染者和感染源，所表现出来的攻击性往往也就越强。

现在这种检验结果应该算是一件好事，但是看着应奚泽的神态，宿封舟觉得没那么简单，又问：“所以现在的问题出在哪里？”

应奚泽定定地看着他，说道：“确实是非常低级的细胞异化，但是每个样本的异化方向都完全不同。”

宿封舟拧眉：“所以说，这四个人是被不同的异形感染的？”

“这还是最乐观的情况。就这怕是自身细胞发生的自主性异化的结果，这就说明，有其他异化感染已经在我们不知道的地方悄然发生了。”应奚泽顿了顿，接着说，“但不管怎么样，宿队，恐怕这回需要去联系感染防控部了。”

“乐观点说如果真的有大事情发生，至少还算得上有个心理准备。”宿封舟下意识地捏了捏口袋里的烟盒，长叹一口气，“果然，美好的假期生活往往结束得非常迅速。”

5

宿封舟当天就返回了平城。

七组的工作效率向来非常迅速，晚上的时候包括宁城在内的附近几个城市的研究院都接到了新的指令，由感染防控部下发，开始针对近期采集到的血液库进行大规模筛查。

毫无疑问，工作量大到惊人。

但是早就已经习惯了突发状况的研究员们很快进入了状态，在当地医院的配合下，检测工作很快地进入了正轨。

后方的科研人员们进入了极度忙碌的节奏当中，前线的消查部门也没有闲着。

上面显然也意识到宿封舟所反映的情况的严重性，第一时间加大了平城各区的监控力度。不过幸亏他们反应及时，就在他们全部进入部署阶段的第一时间，其他几个地区出现了新异化者，分别出自平城的几个不同区域。

这些异化者的出现没有任何征兆，也没有任何规律可言，这为接下来各部门的工作增加了很大难度。这样一来，研究院这边大批量检测的最终结果，无疑成为了最受关注的重要突破点。

冀松原本来宁城有一半是出于私人原因，现在在这种复杂的局面之下，直接选择暂时留了下来。有这样一位权威专家坐镇，对于所有工作人员来说也算有了一颗定心丸，各方面的工作进行得顺利了很多。

应奚泽这几天干脆没有再回出租屋，直接住在了研究院里，跟同事们一起进行大批量的血液样本检测。

宁城距离平城虽然不算太远，但是目前来看整体情况还算平稳，至少在这几天送来的血液当中并没有发现细胞异常。

相比起来，平城那边的局面确实逐渐紧张。

从刚开始有两起小型“事故”发生之后，后面又陆陆续续地有新增，前一天的区域性“事故”数量明显再次增加了好多。这让平城政府不得不向周围城市申请援助，特别是消查部这种前线部门，陆陆续续地已经分批去了好几拨。

为了尽快地完成全城筛查，研究院也很快组织了人员过去增援。应奚泽原本就需要去找冀松，直接选择报了名，顺便搭一趟顺风车。

同时出现在报名名单上的，还有之前一起跟他进过地窟的虞清漪。

两人接连两次请缨出战，让研究院里的同事们不由得充满了敬佩。应奚泽对此并没有解释太多，临出发前他找时间回了趟出租屋收拾行李。

应奚泽整理完毕准备出门的时候，刚好碰到了来收租的房东。

租他这套屋子的是一位年纪六七十岁的老人，据说儿女常年在外打工，特地弄了套房给他出租，也算是确保他有稳定的收入。

老房东每天没事就喜欢去外面散步，傍晚时分跟小区里的阿姨们跳跳广场舞，身体还算硬朗。

他知道应奚泽不喜欢吵闹，也非常明理地从来不打扰，也就每个月收租的时候见上一面。收到转账之后，老房东满意地把手机放回口袋，视线掠过应奚泽手里拖着的行李箱，朝他笑了笑："小应啊，这是要出门啊？"

应奚泽说："嗯，去平城出差几天。"

"平城？那地方最近好像不太太平。"老房东显然没少看新闻报道，对当地附近的情况可以说是了如指掌，"又是车祸又是闹失踪的，你也别怪我啰嗦，一定要注意保护好自己，知道吗？"

像老房东这种普通群众，得到的消息往往都是政府加工后的新闻内容。

大概也是因为平城这几天异化者出现的数量实在太多，官方实在找不出太多的说辞，干脆编了一出连环失踪案出来，结果反而引起了全国上下的强烈关注，也不知道算不算是弄巧成拙。

应奚泽平常其实很少接收到别人的好意，或许是因为老房东的儿女都在外面，虽然见面次数不多，但每次老人总会把他当成自己孩子一样多关心上两句，让他下意识地对这位老人抱以了和善的态度。

他这个时候微微勾了勾嘴角，露出了一抹还算温柔的笑容："知道了，我会注意安全的。"

"行了，快去吧，别误了车。"老房东朝他笑了笑，双手背在身后，慢悠悠地回屋去了。他自己的房子就在应奚泽的楼下。

当天下午，增援平城的所有人员在研究员门口集合，陆续登上了大巴车。

跟上次前往地窟不同，这次的工作内容在后方的血液样本检测项目上，危险系数几乎可以忽略不计，这让整体的氛围显得活跃很多。

应奚泽坐在位置上，身体随着大巴车的行驶偶尔微微一晃，视线停留在手机屏幕上的对话内容上。

这几天跟宿封舟进行对话，是他了解前线第一手资料的主要途径。

宿封舟：昨天新增的异化者有三例，分别在平阳区、朝明区、孔陆区，基本上算是在平城完全不同的三个方向。

应奚泽：组织样本进行检测了吗，有没有明显的同方向异化反应？

宿封舟：这方面我不是非常了解，只能说根据我看到的检测单，应该跟你上次进行的实验会是同个反应。

宿封舟：所以，这说明状况不算太好，是吧？

应奚泽：恐怕不止不算太好，而是非常糟糕。

宿封舟：这边的情况我尽量留意一下，有新发展会跟你说，晚点我从他们那里拿检测单拍个照，发你看看。

应奚泽：不用了，到时候我自己看。

宿封舟：嗯？

应奚泽：我报名了支援任务，已经在去平城的路上了，应该马上就下高速收费口。

宿封舟：你怎么什么事情都要凑热闹？如果不是认识你，恐怕我真以为你是一个热忱的理想青年。

应奚泽：我先忙了。

宿封舟：等等，你看看附近有没有地方下车，现在回去还来得及。

应奚泽扫过一眼消息最后的内容，动了动指尖，正在考虑还要不要进行回复，只是片刻的犹豫，手机就已经响了起来。

他看着来电显示的名字默默地按下了接听键："还有什么事吗？"

宿封舟的声音从电话那头传了过来，是跟最后那条消息一模一样的内容："你赶紧看看附近有没有地方下车，先别进平城。"

应奚泽看了一眼车外："恐怕晚了，我们刚刚才下高速路口。"

宿封舟骂了一声："完蛋。"

应奚泽捕捉到了他话语中的微妙，拧了拧眉："怎么了？"

宿封舟深深地叹了口气："只能说你们来得真是时候，平城政府刚刚结束会议，决定下达封城指令。虽然我觉得你应该可以说服司机马上掉头，但是以一级戒备的传播速度，就算你们原地返回，恐怕也已经来不及了。”

仿佛为了证明他所说的话一般，成片的警车鸣着警笛呼啸而至。

一阵阵尖锐的刹车声响起的同时，大巴车刚刚经过的高速路口全面切换到了禁止通行的模式，身穿警服的警务人员积极地开始维持现场彻底陷入混乱的秩序。

进入平城市区的道路暂时还算通顺，搭上进城末班车的研究员们一时间也有些愣神，顿时在不太好的预感之下纷纷议论了起来。

应奚泽听着其他人对话中的猜测，问宿封舟：“到底怎么回事？”

“你还真是一点都不感到惊慌啊。”宿封舟低低地“啧”了一声，语调里有些无奈，“不过都已经这样了，也没什么办法。总之大概情况就是隔壁城里刚发现了一名异化者，从行动轨迹来看，已经确定是从平城这边过去的，现在做出这种决定，也是为了更好地控制范围，尽可能地确保在影响度最小的情况下解决根源。”

应奚泽想了想说：“如果真能解决就好了。”

“解决不了就凉拌，也没其他办法。”宿封舟那边似乎有人叫他，临挂电话前他多问了一句，“你们研究院安排在哪个酒店落脚？我这里忙完了过去找你。”

应奚泽说：“龙兰明珠。”

“到时候联系。”

通话结束，应奚泽收起手机后将视线投向了车窗外。从这个角度看去，刚好可以看到收费站的方向，TW 的精神屏障无声间已经巍峨地竖立了起来。

其实并不只有进出城收费站的方向。很快，接二连三的精神屏障从各个不同的方向出现，直直地升入空中。

非常有可能平城里所有的 TW 都已经被召集了起来，此时由无数人接力缔造的巨型防护屏障正在逐步完成，一点一点地延伸到制高点，直到彻底形成一个巨大的半球状器皿，将平城这座城市牢牢地覆盖其中。

“平城封城”的词条直接蹿上了新闻热搜第一。

而只有身在其中的人才知道，很显然这次所谓的封城要封住的不只是人，还有在平城这片区域当中的所有生物。

如果不是逼不得已，谁也不愿意做出这样的决定。很显然，现在的情况确实已经相当糟糕了。

不，或许还可以更糟糕一点。看着那层被防护屏障覆盖的天际，应奚泽平静地这样想着。

所有的支援人员在安排好的酒店里入住，但是负责接待的工作人员一直没有过来，显然是因为封城的消息太过突然，让很多部门都没周转过来。

应奚泽留在酒店的房间里看宿封舟发给他的最后一条消息。

很显然在这种人手严重不足的情况下，七组这种队伍不可避免地被征召过去当了临时工，这会儿估计正忙得焦头烂额。

然而眼下最麻烦的情况却并不是那些毫无规律地出现的异化者们，而是一些不知事态严重性的普通群众。

从他们酒店周围的情况来看，这样的做法显然已经引起了极大的恐慌，原本还在家里或者公司里的人们陆续地出了大楼。从窗户往下看去，街道各处都密密麻麻地站满了人。或是激烈地讨论着，或是不满地表达着抗议，每个人的脸上都充满了疑惑和不安，即便交通部门已经派出全员来维护秩序，整个交通状况也不可避免地陷入了一片混乱。

应奚泽靠在窗边一边看着外面一团乱麻般的情况，一边给冀松拨去电话，并没有人接，他只好转而打给了相嘉言。

然而这一次，电话那头直接就只剩下了忙音。

应奚泽微微愣了一下，这才意识到平城估计已经开启了全面的信号屏蔽体系，除非有特殊的对外通讯通道，不然信号强度只够在城市内部进行联系。

也就在这个时候，他的手机隐约振动了一下。

他点开一看，是由平城政府出面向全体群众发送的短信消息。

因特殊性质病毒出现，平城暂时做出封城决定。目前城内水电充足，食物储备齐全，平时上班出行均不受影响，请勿过分紧张。

近几日城内各区会分别安排检测地点，请大家自行选择地点进行检测，排除危险警报后就将结束封禁。本次检测无须自费，感谢配合。

特别提示，近段时间城内飞虫过多，请大家尽量做好防护措施，小心蚊虫叮咬。

紧接着后面又接连收到了几条消息，内容是平城各地区检测点的位置。

应奚泽的注意力久久地停留在收到的第二条短信上，隐隐约约之间，他越发确信了自己之前不好的预感。

这一切真的像宿封舟说的那样，只是因为隔壁城市也出现了新的异化者吗？还是说，新的异化感染渠道真的出现了？

但不管怎么说，有一点可以肯定，前段时间平城取自各大医院的血液样本当中，肯定有一些别的问题。

支援团队这边也很快收到了任务通知。

应奚泽下楼去酒店大堂集合的时候，已经陆续抵达了不少人，等全员到齐后大家一起出发前往最近的检测地点进行援助。

因为外面的交通基本上已经一片混乱，所有人都采用步行的方式。但是在街道上的人实在是太多，这一路也走得相当艰难。

这个时候他们才更能深切地感受到来自普通群众内心的慌张，和外界切断联系之后的不确定感让大家在互联网时代仿佛失去了最后的寄托，短短地走过一段路，就可以听到各种言语断断续续地落入耳中，有迷茫、有唾骂、有愤怒……仿佛藏尽了人间百态，撞击着支撑心灵平衡的那根支柱。

在这样混乱的场面当中，遥遥的警笛声显得格外清晰。

应奚泽顺着那个方向看去，视野尽头掠过一排黑色车群的轮廓。

看到七组这些老朋友们出现在这里，他忽然感到有些不安，然后下一秒，他果然听到前方不远处的人群传来了一阵尖叫。之前还在路边宣泄自己情绪的人们突然间躁动了起来，前面的人流开始混乱地朝着支援团队的方向涌了过来。

应奚泽眼见虞清漪不小心要被撞倒，眼疾手快地搀了一把，但他也跟其他人一样，险些被这些疯狂涌来的人群直接冲走。

“又有异化者了。”

前排不知道有谁突然间说了一句，让原本就已经被冲散的队伍微妙地沉默了一瞬。

但也只是这么短短片刻的犹豫，所有人已经不约而同地做出了决定。他们两三个地聚在一起努力顶着人群的冲撞，朝着“事故”发生的方向逆行而上。

虞清漪在刚才的冲撞下不小心崴到了脚，应奚泽本来想问她要不要先回酒店休息，但是见她态度坚定的样子就没有多说什么。

等他们一起靠近“事故”发生地的时候，远远地终于看清了那个异化者的样子。

这个异化者很显然是刚刚发生的异变，整个人还残留些人类的样子，只是脸上的一对眼睛显得有些过大，几乎占据了四分之三脸庞的面积，而最引人注目的无疑是他身后扑扇着的那对薄薄的透明翅膀，配合着已经变得无比尖锐的前肢，看起来像一只被放大了无数倍的蝇虫。

短短的时间内，周围已经全部清场，一些堵在路上的车主早就弃车逃跑，让整个场面显得相当安静。

宁城的研究支援团队抵达的时候，现场维护秩序的消查部人员第一反应是想将他们遣离，等队伍负责人说明身份之后再三确认，才允许他们留下，等待“事故”解决后进行现场的活性取样。

应奚泽的视线落在那个异化者身边跌落的双肩包上。

包面已经被尖锐的前肢划破，里面的登山设备凌乱地露出了一角，可以想象就在几分钟之前，这位年轻人原本还满心欢喜地在准备外出的路上。

这次的“事故”反应已经相当速度，不用回头也可以感受到后方立起的防御屏障，负责调整群众记忆的TW们显然也在这片区域附近展开工作。面对这种异化程度不算太高的低级异化者，普通的消查部门成员们处理得也算是驾轻就熟。

应奚泽站在人群当中，看着围上来的消查部成员们迅速地完成了异化者的击杀，抬头朝着更远处的方向看了过去。

果然没过一会儿，他遥遥地便看到几个七组成员朝这边走了过来，手上拿着的是还未来得及收回来的作战武器，这些特殊金属的锋利刀刃上还沾染着蓝绿色的血液。

“这是……”虞清漪显然也意识到了什么。

应奚泽看着不远处在跟消查部那位负责人进行工作交接的宿封舟，淡淡地接下了她后面的话：“这里的异化者并不只有这么一个。”

周围彻底恢复了安静，拦在他们面前的后勤部人员依旧没有选择放行。

过了一会儿，通信器里隐约接收到了新的指令。

“啊啊，好的，明白，我这就跟他们说。”后勤部人员应着，看向了研究团队的负责人，“那个现在的情况可能会有些复杂，除了取样的事情之外，可能还需要各位帮忙进行一下异化检测。”他顿了一下，补充道，“刚才这片区域里的所有人都需要进行检测，包括我们所有人。”

这位小哥的情商倒是相当高，“我们”这个词不止涵盖了现场的消查和后勤两大部门，还非常自然地暗示着连带研究团队也需要进行内部排查。

给所有没有穿防护服的工作人员进行检测之后，研究团队也配合地进行了内测。

等他们来到指定地点之后，才发现刚刚慌忙逃窜的所有群众已经被强制聚集在了附近的一个广场上，一张张脸上依旧是充满了惶恐的表情。

周围已经很迅速地搭建起了临时检测站点。从这样熟练的程度来看，平城面对即将发生的情况确实已经尽可能地做了最万全的准备。

但是比起这些，最让人意外的还是这次选择的检测方式——提取血液。

这种早就已经被淘汰的最费时费力的检测方式，在这个时候却被重新推了出来。能来支援平城的都是研究精英，到了这个分上，结合之前的种种情况，多少都已经有了一些猜测。

原本已经非常完善的检测仪器，或许已经再次失去了该有的功能。

在这种人心惶惶的场合中，TW 对于情绪方面的安抚起到了相当重要的作用。

在各方配合下，现场的检测工作开始陆续展开。

虞清漪跟应奚泽分到了一组，他们已经快速地将采集到的第一份血液放到了器皿中进行检验，她回头时留意到应奚泽似乎有些愣神地站在原地，不由得开口叫了一声：“应工？”

应奚泽仿佛这才回神，视线从拿着的针管上收回，深吸了一口气后稳定住情绪。他闭了闭眼，刚想投入工作，手上忽然一空，针管毫无预兆地被人从后方抽走了。

然后就听到了宿封舟的声音：“你做检测就好，采血这种事情我来帮忙。”

他的语气显得相当自然，应奚泽稍稍愣了下神，再抬头看去的时候，男人高挑的身影已经拦在了他的跟前。

宿封舟显然也是第一次做这种服务性质的工作，他从来没有像现在这样故作温柔地跟别人说话，在面对群众时尽可能地保持着嘴角友善的弧度：“别害怕同志，一点都不疼，相信我，马上就好。”

应奚泽看了一眼检测台前的小姑娘，显然她是好不容易才做好的思想准备，这个时候被宿封舟这样皮笑肉不笑地一眼扫过，整个人忽然之间抖得更厉害了。

不得不说“术业有专攻”这句话确实是很有根据。

平时在第一阵线杀伐果断的“宿疯子”，到了检测台跟前也摆脱不了被嫌弃的命运。

“这位同志，你到底会不会抽血啊？”

这已经是宿封舟数不清第几次遭到群众的怀疑了。

不过他心态好，在这样的质问下面不改色心不跳：“这不就是因为不太会，所以才需要多练吗？一回生二回熟，你看我这一针扎得，是不是比你前面那个精准多了？”

一时半会儿居然叫人说不出半点打击的话来，仿佛只要开口反驳，就是在打击某位上进青年的进取心。

等再一次取完一批血样给应奚泽送去，宿封舟凑到设备跟前瞥了一眼，才终于有时间搭上两句话：“你们不在酒店里面好好待着，在外面瞎跑什么？这片区域正常来说有专门的人员负责，现在活直接被你们揽了，倒是省得他们派人来了。”

应奚泽手上的操作没停，说道：“本来就是过来支援的，哪里有需要就在哪里帮忙，都一样。”

“你倒是心态很好，不过还是需要多注意一点。”宿封舟啧了一声，看了一眼旁边同样在认真操作的虞清漪，表面上的笑意也跟着稍稍沉了下去，“虽然现在进了平城也确实已经出不去了，但这里的情况可能要比你们想象得复杂很多。刚才的情况你也都看到了，这种突然出现的异化者每天都在增加，而且出现的频率越来越高，说不定下一个就在你的身边。”

应奚泽终于抬头瞥了他一眼：“现在在我身边的人就是你，所以宿队，按你的意思，我们是不是应该离远点？”

“我不一样。”宿封舟挑了挑眉，“我可以保护你。”

虞清漪看了过来，漫不经心地凑了一嘴：“宿队，你就只准备保护应工吗？”

宿封舟一视同仁：“你也一起保护。”

虞清漪这才满意。

应奚泽没有继续这个话题，拿着手里新出来的检测报告，眉心缓缓地拧了起来，仿佛自语般喃喃：“也不知道医院那边的普查结果是不是也是这个比例。”

宿封舟虽然不知道后方检测部门的具体工作情况，但是前线出任务逐渐加强的频率让他对现在的情况有着更直观的认识。

对于应奚泽的感慨他丝毫不觉得惊讶，说：“你现在知道我说的并不是危言耸听了？”

“但是越是这种时候，就越是需要有人顶在前面。”虞清漪说话间，将已经清空的采样收集器递回到宿封舟的手上，“宿队，可以继续采集下一批了，谢谢。”

应奚泽淡淡接了一句：“辛苦了。”

宿封舟道：“你们还真是使唤得相当顺手。”

应奚泽没再说什么。

但话音落下的瞬间，宿封舟的余光瞥见了应奚泽嘴角似有轻微浮起的弧度。他挑了挑眉，重新开始了兼职的血液采集工作。

随着检测有条不紊地进行，检测报告出来之后，现场的所有人被分成了两个部分。

虽然现场各个部门都没有表达什么，但是被单独提取出来的那部分人已经明显地感受到了不安，眼看着另外那批人在工作人员的带领下前往由 TW 守卫着的出口，一种强烈的惶恐情绪开始不可避免地蔓延。

不止是消查部门的人员，就连研究院这边的研究员，看着一份份检测报告出来的时候脸色都不算太好。

很明显，血液样本中有异样的人数比刚开始预估得要多太多了。按这样的比例，几乎已经达到了百分之五。一个非常可怕的数字。

考虑到现场还有其他普通群众，消查部门并没有当场进行处理，而是分批地将这些血液异常的人员单独带往另外的区域。

整个过程中所有人员都处在戒备状态当中，确保一旦发现新的异化反应，可以第一时间采取措施。在各个部门的努力下，等待检测的人数迅速减少。

眼见着这片区域内的小型“事故”即将得到暂时性的缓解，突如其来的枪声打破了平静的表象。众人刚刚才松下的一口气顿时又提了起来，还没来得及离开的人群再次接连发出了几声尖叫。

被留下的那批人本就心情压抑，此时终于随着第一个异化者的出现轰然坍塌。

最先出现反抗反应的是跟随消查部人员前往隔离点的那群人。

恐慌的情绪一旦开始蔓延就极度迅速，混乱之下，出于求生本能，陆续有人开始朝着出口的方向狂奔过去。

出口处的 TW 正在为准备离开的普通群众清理记忆，原本井然有序的队伍随着额外人员的闯入顿时陷入了混乱当中。毕竟之前异化者造成的心理阴影巨大，被带走的那批人对于普通人来说已经是异类般的存在，那批人所过之处瞬间产生了此起彼伏的尖叫声。

然而这依旧不是场面最为失控的时候，就在刚刚逃散开去的那群人当中，又开始有新的异化者出现了。

同一时间，刚刚停歇了片刻的枪声也响起。

因为已经完全混在一处，人群中陆续倒下的身影直接将所有人的恐惧情绪推向了最高点。

根据之前的检测条例，单纯血液样本异常的情况并不能作为否认人类身份的依据，这也使得消查部门在维持秩序时有些艰难。

新的异化者的出现成为了打开某种契机的信号，前不久还一片平静的检测广场顿时化为了大型逃离现场。逃的逃，哭的哭，过分惊慌之下尖叫更是不绝于耳。

而此时应奚泽却处在整个现场中最为安全的地方。他微微抬了抬头，眼前是高高笼罩下来的背影。

在混乱爆发的第一时间，宿封舟几乎是本能地将他一把拽了过去，挡在了身后。从摸枪到开火的操作几乎是一气呵成。

应奚泽看着溅开的绿色血液沾染上了宿封舟的防护服，脸上情绪不明。

这个时候，大概所有人脑海中的第一个念头都是“瞒不住了”。

受惊之下的人群几乎是漫无目的地朝四周散去，却被周围提前竖立起来的防御屏障牢牢地阻拦在原地。

在场的绝大部分还是普通人，根本看不到 TW 的精神罩，只能惊讶地发现自己无论如何都找不到出去的路，恐慌一度再次加剧。

应奚泽站在宿封舟的背后，就这样平静地看着这个男人无声地扣动扳机。每一声枪响，都代表着一个异化者的倒下。

看得出来，宿封舟对这样的操作早就习以为常。他握着手枪的姿势端正笔直，线条分明，只要没有陷入紊乱状态期间的暴躁情绪，他整个人看起来一丝不苟。直到应奚泽清楚地看到宿封舟的喉结隐约滚动了一下。

他沉默片刻，走上去轻轻地拉了下对方的衣角，转移了宿封舟的注意力："其他人也能解决，你可以休息一下了。"

宿封舟明显有一瞬的愣神，然后他眉梢微挑，将配枪收了起来。

周围的枪响还在继续，不过距离他们明显要遥远了很多。

"觉得残忍吗？"宿封舟问。

应奚泽摇了摇头："不这么做，才是对活着的人最大的残忍。"

动乱的现场整整持续了一个多小时，才逐渐地重新平静了下来。

剩下的群众显然都心有余悸，脸色惨白，几乎麻木地服从消查部门的安排。

排查工作重新进行了一次。只不过比起最初，这种十几米一具尸体的画面，有些冲击视觉。

全部清理之后，剩下的群众人数明显少了很多。

这一次的重复检测结束之后，跟第一轮的结果进行比较，充分证明了血液基因的异常确实与异变有着非常紧密的联系。

当然，也有剩下一部分血液存疑却还未发生异变的人员，被迅速地完成了转移。

"这很糟糕。"带领支援团队的负责人脸色不由得有些凝重，"普通异形袭击后的受伤感染，基本上都是在十分钟之内就会发生，但是从这次的血液采集情况来看，这一批异变发生的潜伏时间明显比之前要长了很多。半个小时、一个小时，甚至可能更久。这意味着，以前利用检测仪器进行的隔离区观察模式也将被全面推翻，这样一来，无疑会对各大部门的工作造成很大的影响。"

他没有浪费时间，当即联系了平城研究院，将现场的情况进行了转述。

现场确定血液正常的人们在后勤部门的带领下朝着门口的方向靠拢。在离开之前，所有人都需要接受特殊部门的 TW 们进行记忆消除。

刚才在应奚泽他们这边经历过血液检测的人们也排到了队伍当中。他对其中几个还有些印象，只不过比起第一次检测时还算能强颜欢笑的样子，现在他们的脸上已经都只剩下浓烈的苍白。

这大概就是这个时代迟早会被笼罩的颜色。

应奚泽有些走神，忽然感到身上一重，回头看去才发现宿封舟将自己的外套脱下来披在了自己的身上。

宿封舟似乎感受到了他询问的眼神，说："看你好像有点冷。"

应奚泽愣了一下，本想问宿封舟是从哪里看出他觉得冷的，低头看去，才发现自己的手不知不觉间居然有些微微抖动。

他没有反驳，稍微拢了拢外套。

宿封舟的身材比他要高大一些，体格更是健硕很多，这让整件外套披在他肩上的时候似乎足够将他整个人都包在其中。不可否认，他确实有一种久违的温暖的感觉，如果没有外面沾染上的绿色血浆，整个画面可能会显得更好一些。

宿封舟抬头朝着远处的方向看过去，说："哦，该轮到我们做检测了。"

无关群众已经在安排下顺利撤离，剩下的全是一些积极工作的相关部门成员。

由于过分残酷的事实已经证明了先前的异化检测仪器没有了实用性，所有人员在离开之前也不得不参与到这种最古老的采血检测模式当中。

应奚泽还没有行动的想法，就已经被宿封舟直接拉着走了过去。

两人一前一后地排在队列当中，看起来一副相当配合工作的模样。

排在他们前面的是后勤部门的两个人，等待检测的过程中他们不时地进行着对话。

"这次'事故'的涉及范围也太广了，今天晚上估计又要熬夜加班了。"

"熬呗，能有什么办法，也只能熬啊！主要是这段时间的加班实在是多了一点，我能想的借口都已经用过了一遍，今晚不知道该怎么回去跟老婆和孩子说了。"

"有什么不知道的，就直说加班不行吗？"

"恐怕不太行，上周连着七天全说的加班，家里直接怀疑我是不是外面有人了。"

"同情你。不过往好了想，这次也算是顺便进行过排查了，有异化趋势的人员全部排查清楚了，短期内应该可以安稳一段时间。"

"我也是这么想的，就刚才这么一搞，总应该干净了吧？"

仿佛是为了回答他的话，前面不远的位置传来一声枪响。

排队的人员一个个身经百战，虽然没有像刚才那拨群众陷入混乱当中，但是整个队列依旧豁然散开了。

应奚泽眼看着后勤部那两人的脸色"唰"地一下全白了。

很显然，就连他们这些相关部门的工作人员中，也开始出现了异化者。

检测工作又开始进行，这一回，前面的两个后勤人员也没有再像刚才那样谈笑风生了。

事实证明，在未知恐惧来到身边的时候，没有任何一个人能置身事外。

前头的宿封舟忽然回头看过来："放心吧，刚才采集样本的时候都是我离那些人更近一点，就算要感染也是我先被感染，别怕。"

应奚泽真是好久没听到有人跟他说"别怕"两个字了，原本没什么表情的眉目间反倒泛起了隐约的笑意，反问："那你怕不怕？"

"我？"宿封舟仿佛真的认真想了想，"干我们这行的，要么被感染，要么直接战死，本来就是最正常的归宿。"

说到这里他稍微停顿了一下，朝着应奚泽缓缓地眨了下眼："所以如果真的有那么一天，我唯一的想法大概是，让你们这些老熟人都尽量离我远点。免得到时候死的样子太难看，还要沾你们一身的血。"

这话说得有些不够正经，但应奚泽并没有接话，而是轻飘飘地否定这个要求："要不要离远点，大概得看到时候的心情。"

宿封舟也没强求："行吧。"

给别人做检测和跟自己参加检测的感觉显然完全不同。一个是作为审判的那方，一个是等待着自己的审判结果。

血液样本采集结束之后，检测结果陆续出来了。虽然比例远没有之前普通群众的采样结果那么高，但也陆续地有现场的工作人员被带往隔离区。

应奚泽拿到自己的检查报告之后随便瞥了一眼，毫无意外，一切正常。他将报告随手折了折放入口袋，余光掠过宿封舟手上的检测单子，对方才不动声色地收回。到这个时候，这一整天的折腾也算终于告一段落。

然而等应奚泽回头看去的时候，却发现虞清漪拿着报告单，一动不动地站在检测桌跟前。不知道过了多久，她才朝着应奚泽的方向看过来。

依旧是那张明艳靓丽的脸庞，虽然在男友战死之后少了很多的灵动，但依旧让人不得不承认她是一个绝对漂亮的女人。

应奚泽看到了虞清漪脸上诡异的白，她匆匆地跟已经围上来的消查部成员们说了些什么，在对方还在迟疑的时候，她第一时间朝他的方向奔了过来。

这样的动作一下子惹起了周围人的反应，一群人齐刷刷地冲过来，在虞清漪靠近应奚泽的第一时间控制住了她。

整个过程当中，被虞清漪捏在手里的检测单飘落在了地上，也让应奚泽清楚地看到了上面的结果。

他的视线停顿了片刻，才重新抬头看向虞清漪，口吻一如既往的冷静：“虞工，是还有什么需要帮忙的吗？”

虞清漪被这么多人拦截没办法再前进一步，更何况应奚泽跟前还挡了一个宿封舟。大概是出于恐惧，她整个人依旧处在微微的颤抖当中，可是说出来的话语显然是在很努力地维持冷静。

“应工，你知道X计划吧？”她问。

没等应奚泽回应，她已经继续说下去：“有机会联系到冀老的话，麻烦帮忙转达一下，如果到那时候我还没有发生异变，只要还有一丝利用价值，我自愿成为新的志愿者。”

其他人并不清楚这番话语中的含义，更不清楚所谓的“X计划”到底是什么。

但是当“志愿者”这个久违的词语落入耳中时，应奚泽的身子不可避免地晃了一下，直到宿封舟伸手拖住了他的手臂，他才留意到自己那一瞬间的失神。

他没有去看宿封舟，他跟虞清漪四目相对，说出一个字：“好。”

那一瞬间，他看到女人脸上露出了由衷的微笑：“谢谢。”

“请在这里签下您的名字。”他们离开的时候，出口处的工作人员如是说。

应奚泽快速地看了一眼，是一份不知道从哪里弄来的人员名单。上面除了从宁城过来进行支援的研究员的名字，还包括了其他各个工作部门的所有人员的名字，有些名字已经用红笔打上叉，在场的所有人都知道这意味着什么。

单从比例来看，研究员血液异常的情况明显要比那些普通群众低很多，但是应奚泽在看到研究员名单上已经被打上叉的三四个名字时，还是忍不住拧了拧眉。

他们从宁城过来满打满算也不过半天的时间，这样短时间内的移动路线也非常简单，难道他们是进入这片广场后感染的吗？

应奚泽龙飞凤舞地写下了自己的名字。他的字很好看，就像他本人给人的印象，清秀之间又仿佛带着几分特立独行。

宿封舟跟在他后面也签上了名字，之后他们一起离开了防护区。

两人一前一后地朝着酒店的方向走了一段路，应奚泽才回头看去问道："你去哪？"

宿封舟说："暂时还不知道。"

留意到应奚泽盯着他的视线，他低低地笑了一声："真不知道，最近几天都是哪里需要支援就去哪里，没有呼叫的时候自由活动。"

"你的车不要了？"应奚泽问。

他记得前面看到宿封舟的时候，七组直接开了一批车来。

"所有感染区内的物品在带离之前都需要进行消查处理，我反正懒得在那等，慎文彦他们会帮忙搞定的。"宿封舟说着，意味深长地扫了应奚泽一眼，"所以现在好像确实没什么地方能去，你要不要考虑收留一下我？"

应奚泽没有正面回答，说道："酒店里应该有钟点房。"

宿封舟摸了摸口袋，示意道："手机和证件都没带。"

应奚泽其实怀疑这人是故意这样死皮赖脸，但是没有什么证据，只是扫了一眼宿封舟的身边，提醒道："你的狼溜出来了。"

自从两人出了感染区之后，宿封舟的精神体黑狼就已经摇着尾巴跟了他们一路。

还好周围已经被清过场了，而且普通群众也看不到 TS 的精神体，要不然估计又是一个大型围观现场。

宿封舟闻言只是疲惫地拧了拧眉心，坦言："有些累了，关不住它，溜着吧。"

他声音有些沉，看得出来确实很累。

应奚泽也不知道想到了什么，鬼使神差地问："又几天没睡了？"

宿封舟认真地数了数，说："还行，也就四五天吧。"

应奚泽上下看了他几眼，话语中听不出来是揶揄还是陈述："挺能熬，倒是还没失控。"

"最近处理的都是一些小玩意儿，还没到失控的分上。"宿封舟扯了下嘴角，自然而然地搭上了应奚泽的肩膀，换上了商量的语气，"所以才想借应老师你的酒店房间用用，沙发就好，再不眯上一会儿，说不定下个任务就完了，到时候还得需要你特地跑一趟帮忙。"

应奚泽本想说跟他无关，但是伸手不打笑脸人，看着宿封舟这样的态度，到底还是说道：“只能借沙发。”说完，还补了一句，“但在这之前，需要给我那些我想要的资料。”

宿封舟开口：“没问题，一会儿就让慎文彦发过来。”

应奚泽看着他这样过分干脆的态度，忽然间有些后悔，特别是旁边的黑狼明显把尾巴摇得更欢乐了，总觉得在这笔交易上自己吃了不知名的亏。

不过宿封舟倒还算守诺，进房间之后在第一时间就给慎文彦打了电话。

那头的慎文彦显然还在感染区里等着领车，冷不丁听宿封舟说完还有些愣神：“啊？老大，你现在要这些东西做什么？”

宿封舟舒舒服服地躺在沙发上，两条大长腿闲适地上下晃着：“问那么多干吗？让你发来就赶紧的，我做事是不是还需要向你汇报？”

慎文彦连连赔笑：“当然不用当然不用，之前就已经打包好了，这就给您发过去。”

挂断电话之后，宿封舟的手机隐约振动了两下。

他随便点了点，然后就把所有的压缩文档发给了应奚泽，说道：“我们七组主要进行的是前线工作，能弄到的资料也就这些了，你先看看，还有哪方面需要的，我再让慎文彦去搞。”

应奚泽点下了接收，不轻不重地给了句评价：“倒是挺配合。”

宿封舟笑道：“配合你，应该的。”

应奚泽缓缓地眨了下眼，没再说话，而是将文件包解压之后，将里面的资料一份一份地开始查看。

宿封舟说是来借地方休息，但实际上一直躺在沙发上跟组员们时不时地发着消息安排工作。终于结束了工作群里的对话，他抬头朝应奚泽看去，一眼就留意到了对方显然已经紧拧到极点的眉心，他问道：“是哪里有问题吗？”

“恐怕哪里都有问题。”应奚泽缓缓地呼了口气，“听起来答非所问，这段时间平城内部的那些小飞虫跟往年相比，似乎有些太多了。”

宿封舟稍稍一愣，道：“你的意思是，这些虫子是异化感染的主要来源？不能够吧？”

“目前只是我个人的猜测，具体结果还得问我的老师。不过如果连我都已经看出来了，专家团那边肯定也已经发现了端倪。”应奚泽垂眸看着自己的手机，停留片刻之后恰好看到了来电显示弹出，他用余光扫了宿封舟一眼，并没有走开，“安静一点，我先接个电话。”

宿封舟的嘴角浮起，整个人深深地埋在了沙发里，黑狼在旁边大大地打了个哈欠，在沙发旁边蜷缩成了一团开始打盹。

随着应奚泽按下接通键，冀松的声音从电话那头传了过来："实在不好意思，之前一直在忙，现在才有时间回你电话。"

"没事。"应奚泽站在落地窗前，感受外面阳光照在身上的绵薄的暖意，问得却是非常直接，"现在城里的情况怎么样了？"

"有点糟糕，异化者增加的速度多得有些惊人，而且潜伏期的时间也在不断变化。如果像之前的十分钟之内发作也就算了，根据血液样本采集到的情况来看，最久的异化者几乎是在血液发生变化后的一周才产生明显的变异，这让不确定性又增加了很多。"冀松说完沉默了许久，对应奚泽并没有任何的隐瞒，"目前主要怀疑是有大范围的虫媒传播，现在刚刚下达了灭虫任务，希望一切还能来得及。要不然按照这种情况下去，如果消查工作进行得不够充分的话，最坏的结果，可能需要我们做好屠城的打算。"

TS 的五感比正常人要敏锐很多，这样的通话内容显然只字不差地落入房中另外那人的耳中。当说到屠城的时候，应奚泽本以为宿封舟会有些反应，结果他连朝他这边多看上一眼都没有，仿佛在短短几分钟内就真的在沙发上睡着了。

又或者说，对七组组长这种身份的人来说，是否屠城也不过是消查数量多少的区别而已。

应奚泽想了想，问："所以有哪里需要我帮忙吗？"

"确实需要你找时间来一趟平城研究院。"冀松说，"今天刚捕捉到了部分变异飞虫，正在进行进一步的研究，需要你的配合。"

有宿封舟在场，应奚泽并没有询问具体的"配合"内容，应了一声"也好"，直接转移了话题："另外我正好也有事找您。"

冀松问："什么事？"

应奚泽说："我的一位同事检测出来血液异常，刚刚被消查部门的人带去隔离区了。我最后跟她见面的时候她还没有发生明显的异化反应，她本人的意愿是如果情况合适的话，希望可以申请成为新的志愿者。"

冀松那边略微地沉默了片刻，说："这事，见面详谈吧。"

"好。"

结束通话，应奚泽拿起搁在旁边的外套。他刚一转身，便见之前还仿佛完全睡死过去的宿封舟，已经从沙发上站了起来。

四目相对的瞬间，应奚泽觉得这个男人好像想要将他看透。

下一秒，他听到宿封舟问："我怎么感觉，你对那什么志愿者的事好像非常熟悉？"

应奚泽脸上的表情没有丝毫变化："你感觉错了。"

宿封舟的视线定定地落在应奚泽那张平静的脸上，意图从中捕捉蛛丝马迹，但最后只是徒劳。

片刻之后，他将黑狼收回了精神图景之中，也简单地整理了一下衣衫。

他随手触碰着手机屏幕，发出了几条消息后，他站起了身说："所以现在是要去平城研究院吗？我送你。"

似乎预料到对方要说什么，宿封舟说完又不轻不重地接了一句，将应奚泽要脱口回绝的话直接堵了回去："外面交通到处受阻，你打不到车的。"

应奚泽并没有着急回答，点开打车软件后翻了翻周围的路况，确定宿封舟说的都是事实后，他接受了当下这种别无选择的情况："那就麻烦宿队了。"

宿封舟笑了一声："不麻烦，就当是钟点房的房费了。"

有宿封舟在，安排事情确实方便了很多。

特别通道一经开启，七组的自用车辆很快就被提了出来。

目前平城内的各处交通几乎都设有岗哨，因为像刚才广场那样的爆发区域实在过多，让这样到处受阻的交通引起了群众的强烈不满。于是宿封舟车上的七组字样就成为了万能的通行证，在各个已经清空人群的区域一路疾驰，也让两人深切地感受到了此时城内所经历着的巨大动荡。

如果只是从他们所经过之处的情况来看，城内爆发的比例确实已经到了一个足以击溃平衡的临界点。

只能说幸好当时在第一时间选择了封城，要不然这样的情况一旦暴露开去，恐怕整个社会都将陷入混乱当中。

应奚泽平静地看着车窗外，昔日繁华无比的地段此时只剩下了一片狼藉。

毫无疑问，末日到来的那一天更近了。

宿封舟担任着司机的角色，他通过后视镜打量了一下应奚泽的神态，客观地评价道："有时候真觉得你这个人很奇怪。"

应奚泽收回视线，看向宿封舟的背影，并没有否认："是吗？"

宿封舟想了想说："每次一旦发生需要支援的情况，永远都冲得比谁都快，可明明又是一个对任何事物都情感淡漠的人。在我见过的所有援助人员里，包括你们院的那个美女，或多或少都能感受到，他们内心身为顶尖科研专家想拯救人类的信仰，但是到了你的身上，总感觉你更像是一个旁观者。而且，是一个永远愿意站在第一阵线亲身感受的旁观者。”

应奚泽难得地多问了一句：“那这样是好，还是不好？”

“这个问题我还真没办法回答，毕竟我自己是一个典型的主观主义者，认定主观能动性存在的重要意义。如果一切选择都是由本人意愿决定的，那本身就有其存在的价值。”宿封舟笑了笑，补充了一句，“相反的，如果不是你自主愿意去做的事，那才需要去评价好坏。”

应奚泽给听乐了：“想不到宿队还是一位哲学爱好者。”

“我更乐意听别人形容我是过分自我的偏执狂。”宿封舟说着，纠正道，“没有人的时候，你其实可以直接喊我的名字。”

应奚泽微微停顿了一下，那三个字酝酿了几圈才说出口：“宿封舟？”

宿封舟心情不错地低笑了一声：“嗯，这么叫就挺好。”

平城的研究院跟宁城研究院团队落脚的酒店，在城市的两个角落，就算道路畅通也起码要两个小时的路途，更何况现在这样乱七八糟的交通状况。

应奚泽这一天忙得没有停过，疲惫感上来到底还是在车上睡了一觉。

等他醒来的时候，天色已经暗下，也不知道车子是什么时候停下的，他的视线落在窗外面的环境上，依稀感觉是在某个停车场。

至于原本应该在驾驶座上的宿封舟，这个时候正靠在车外面抽着常年携带的薄荷烟。

虽然没有多问，应奚泽大抵也能猜到这种烟草的主要功效。

车门推开的声音很快引起了宿封舟的注意，他随手将抽完最后一口的烟掐灭，回头看过来：“睡醒了？”

应奚泽问：“到了多久？”

宿封舟说：“还好，也就过了半个小时。”

“为什么不叫醒我？”

宿封舟态度坦诚道：“看你睡得太沉，不太好意思打扰。”

应奚泽忍了忍，到底没有再多说什么。

他摸出手机来给冀松发了条消息，很快收到了对方的回复，然后他对宿封舟说：“那我先去找老师了，辛苦了。”

“不辛苦。”宿封舟非常顺手地替应奚泽关上车门，并没有重新上车的意思，“刚好冀院长也有事找我，一起。”

应奚泽实在有些怀疑这人是不是属狼皮膏药的。

大概是从他的神态间捕捉到了他内心的想法，宿封舟将手机消息翻出来，递到应奚泽的跟前，说：“没骗你，刚才在车上的时候收到的通知。”

应奚泽扫了一眼，确实是由冀松发来的消息，顿了一下，道：“那走吧。”

冀松显然已经跟通道入口处的工作人员打过了招呼，应奚泽带着宿封舟抵达的时候只是报了下名字，并没有任何人阻拦。

接待室里空空荡荡的，只有老者一人的身影。

冀松显然刚刚一直在实验室里忙碌，身上还穿着工作时专用的防护服。

看到两人同时进来的时候冀松愣了一下，打过招呼之后朝宿封舟看过去：“宿队，没想到你这么快就到了。”

宿封舟意味深长地用余光扫了应奚泽一眼，并没有揭穿自己刚刚担任的司机身份，说道：“刚好来这附近有事。”

“也好，不过可能得稍微等一会儿了。”冀松说，“我需要先跟应工说一些事。”

宿封舟找了个沙发坐下来，做了一个“请”的姿势。

冀松看向应奚泽：“我带你去实验室看看。”

应奚泽回应道：“好。”

两人暂时留下宿封舟，走出行政大楼后往更里面的那幢楼房走去。

冀松在路上不忘记进行一下简单地说明：“之前电话里提到的那些异变虫类已经经过了分析，可以确定是跟陈山地窟那边有关。虽然异化程度远比不过那些完整的异形体，但是最麻烦的一点就在于虫媒传播这种感染途径，几乎是防不胜防。灭虫工作虽然在尽可能地进行，但是面对时长难以把控的潜伏期，不断地进行血液检测似乎是目前我们可以用来应对的唯一方法。”

应奚泽说：“工作强度太大，这样下去，崩盘怕是迟早的事。”

“这也是我们目前最担心的事情。强行切断与外界的联系本来就是逼不得已，如果在这个月内找不到更好的解决渠道，最坏的情况，恐怕就只能像我之前说的那样了。”冀松深深地叹了口气，神情里有说不出的疲惫。

应奚泽说：“既然找我过来，应该是已经有了应对的想法了吧？”

应奚泽的态度过分平静，导致冀松做好铺垫之后，一时间竟然险些没能接上话来。

“也是没有办法，本来打算两三年后再进行的事情，如今恐怕也只能提前了。”说到这里，冀松低低地清了清嗓子，声音下意识地变轻，“准备了那么久的 X 计划，需要全面启动了。”

应奚泽抬头看了看天。浓重的夜色当中，原本还有些许斑驳的繁星，在城市上方全部笼罩着的精神屏障覆盖下，光芒也暗淡了很多。

“我都可以。”应奚泽这么回答。

过分冷静，仿佛冀松所说的 X 计划跟他自身没有任何关系似的。

有一点宿封舟确实没有说错，或许从很久之前开始，他这个注定要成为局中人的角色，却始终习惯性地将自己视为一个旁观者。

大抵是感受到了对话过程中的尴尬，冀松在得到应奚泽的回答后果断地转移了话题：“至于你提到的那位同事，我已经让人去了解过情况了。虽然血液取样确实发现了异常，但是整体的状态变化还算稳定，到时候我们确实需要一位配合实验的志愿者，如果她可以继续保持住现在的状态，应该刚好可以胜任。”

应奚泽点了点头：“挺好的。”

这并不是应奚泽第一次看到那种外形古怪的变异虫类。虽然这种东西虽然在地窟当中随处可见，却并不应该出现在像这样的城市里。

晶莹的翅膀透着隐约的荧光，脸上往周围扩散的三个口器，透着说不出来的诡异感。

用来禁锢它们的笼子里没有摆放任何的植物，这让这些飞虫看起来显得相当暴躁，急切无比地朝着透明器皿的壁上撞去。

就在这个时候，上方的空间打开，工作人员往里面投放了一块腐肉。

这些飞虫闻着气味瞬间聚拢了过来，密集地攀附在上面那层，整块厚重的肉以肉眼可见的速度迅速地干瘪了下去，很快就被蚕食得一干二净，只剩下了残留的那快软骨，昭示着它曾经的存在。

“很明显它们喜欢腐朽的东西，不管是肉还是鱼，从失去生命特性后的第三天开始，都可以成为他们最爱的食物。”冀松远远地看着，向身边的应奚泽进行介绍，“但是这些变异飞虫对于熟食却是没有丝毫兴趣，这让它们在城市内部的生存空间受到了非常明显的挤压。也不知道是不是出于生存的本能，它们似乎知道自己具有概率性地感染生物的能力，这让它们在缺乏食物期间会选择性地对附近出现的人类进行叮咬，这也是目前我们推测出来的引起大面积感染的最主要原因。”

“驱虫措施使用过了吗？”应奚泽问。

“能试的全都试了，普通的驱虫试剂对这些变异飞虫没有任何作用。”冀松回答，“但是昨天晚上我们刚刚研制出了一种新型喷雾，目前来看还算具有不错的效果，已经在第一时间投入到了大规模的生产当中，等出厂之后就会给各区域的负责团队送去，希望能够至少保持一个短时间内的稳定。”

说到这里，他微微停顿了一下，继续说：“不过，已经发现有血液异常状态的群众数量实在是太多了，再加上潜伏期的长度具有太大的不确定性，在还没发现明显变异状态的情况下，要怎么对这些人进行处理，恐怕才是目前最大的问题。”

应奚泽想了想，问：“这些人目前都被安排在什么地方？”

冀松说：“独立设置了隔离区，这已经是目前能做出的最好安排了。但是因为不断地有异变发生，现场击毙这种操作已经引起了很大的隐患，很多人在过分惶恐的状态下已经濒临崩溃，而这些人往往又会成为下一批的异化者。按照这样的恶性循环下去，大面积地爆发恐怕也不过是早晚的问题。”

应奚泽在第一时间想到的人是虞清漪，也不知道她现在被带到了什么地方。

只是片刻的走神，他将视线从那些乱窜的飞虫上面收了回来。

应奚泽走后，冀松才去找了宿封舟。

应奚泽并不知道老师找这位七组组长是为了什么事，但也没有多问，直接回到安排下来的独立宿舍休息。

根据冀松的安排，正式开始项目的时间是在第二天下午。

也不知道是不是因为在车上已经睡过一觉的缘故，那天晚上等他睡着的时候，已经几乎晨曦微露。

这次的项目跟以往一样采取的是完全保密的形式，但是和原先的情况又有些不同。

应奚泽发现早先在宁城独立实验室里的工作人员有不少被冀松带来了平城，他进入储备间后发现，来来去去的人虽然他都叫不出工号名字，倒都是一些还算熟悉的面孔。

看到应奚泽走进去，路过的一位研究员停下脚步，定定地看着他张了张口，一时间似乎不知道应该怎么称呼。

应奚泽在这样询问的视线下才发现这也算是一个问题，这也算是X计划的衍生，但毕竟不是在独立实验室这样的封闭环境里。考虑到接下来他估计避免不了跟其他同事们接触，他想了想说："叫我应工就好。"

对方朝他露出了笑容："应工，早。"

"早。"

准备工作大概是从前一天晚上就开始的，一直通宵准备到了这个时间段，研究员们已经将需要的试剂做了充足的提取。

冀松看起来也没睡多长时间，匆匆赶来之后带着应奚泽进入了无菌室里，最后进行询问："那我们开始了？"

应奚泽点了点头，缓缓地卷起袖子，露出纤瘦白皙的手臂。

他像是做足准备般深深地吸了口气，没再去看，将视线投向了旁边的墙面，由冀松将深褐色的提取素缓缓地注入了他的体内。大概十毫升左右的量。

提取素来自变异飞虫的体内，并经过了很大程度的压缩，浓度无疑已经高了很多，但是以应奚泽自身的体质来看，这对他很大概率构不成太大的影响。

冀松观察了一下应奚泽的状态，示意旁边的工作人员随时进行记录，并不忘提醒道："我们先做半个小时的观察，如果没有明显的感觉，再进行第二针。"

"好。"应奚泽倒是非常习惯这样的节奏，扫了一眼无菌室内空荡的摆设，走到里面唯一的床边坐下。

目送冀松离开之后，他摸出手机翻看了起来。

这里接收不到平城以外的任何信号，倒是没有影响城内支援群里的对话消息。

前来支援的研究员当中陆续有人也被发现了血液异常的状况，这部分人在群里的昵称背后都被做出了醒目的备注，这让剩下的人有些慌张。不过在冀松的安排之下，所有的灭虫工作已经在第一时间布置了下去，同时也力所能及地尽量派发了大批量的全身防护设备，整体来看，目前的异化增长情况算是得到了明显的控制。

不过控制归控制，已经检测出来血液异常的那部分人群要如何处理，才是目前最大的问题。据说这些人目前被单独带去了一个临时建的隔离区里，只要暂时没有发生明显的异化趋势，还没有采取过分直接的“解决”手段。

应奚泽翻看消息的过程中，半个小时的时间很快过去。

应奚泽如预料中的没有任何异样的感觉，甚至不需要进行血液检测，直接注射了第二针。

就这样半个小时又半个小时地过去，等注射到第五针的时候，终于有了一丝反应趋势。

“目前体温三十八点五度，其余指标全部正常，血液待检。”忘记是第几次测试记录之后，工作人员在记录单上如是登记，询问地看向应奚泽，“应工，你要不要先睡一会儿？”

应奚泽说：“不急，先把第六针一起打了。”

工作人员神态惊讶道：“可是冀院长说过注射频率是半小时一次，只要发生反应趋势即刻停止。”

“具体情况我本人比老师更清楚。”应奚泽的呼吸里也带着温润的水汽，定定地看着对方，神态坚定，“过低的剂量只会前功尽弃，明白吗？”

工作人员其实并不是很明白，但是在应奚泽的坚持之下，到底还是听从他的要求补打了一针。

随着作用的加强，应奚泽可以感到体内的燥热更加明显了起来。

他感到脑子昏沉，没有再理会工作人员，转身躺在了床上。

接下去的时间，基本上是在不定期的血液采集过程中度过的。

就如冀松说的，这次感染源的作用远没有异形体本身来得霸道。这种温水煮青蛙的模式对普通人来说或许是一线生机，但是对于现在的应奚泽，可未必是一件好事。

他的身体从来没有面对过这么弱不禁风的入侵基因，“吞噬”的过程相当迅速，余热引起之后顷刻消退，然后过了片刻又随着蔓延的异化基因再次涌起，一波接一波地显得相当难熬。

在不断的取样过程中，终于在应奚泽的血液当中提取到了足以对抗虫媒感染的成分。

得到这份报告的时候，冀松激动得双手都在隐约颤抖，但是考虑到具体药剂研发所需要的时间，多少还是有些担忧，对应奚泽说：“最近三四天的时间内很可能还需要注射加强针保持你的状态，你看……”

应奚泽因为持续的高热，身上不可避免地充满了薄汗。

他深吸了口气从床上站起来，用纸巾轻轻地在前额抹了一把，直接跳过冀松的问题：“这次的感染源太弱了，估计每六个小时需要进行一次稳固，到时候记得让人准时来找我就行。研发过程中需要采集新的血液样本可以随时联系我，其他时间我应该都会留在宿舍里，没其他事的话，我就先回去了。”

他的脸色比来的时候明显要白了很多，但是除此之外并没有太过明显的病态。

冀松见应奚泽要走，开口叫住了他：“对了，相助理还留在宁城，所以我找了个新的保护者，这段时间会留在你的身边。”

应奚泽当然知道这个“保护”的意思是什么，习以为常地并没有拒绝，随口应了一句：“嗯，人在哪？”

冀松看了眼手机，说：“刚好到门外了，我让他进来。”

说着，他微微地笑了笑：“正好，你们其实也都认识。”

说到认识，应奚泽忽然意识到了什么，原本淡然的表情微微有瞬间的僵硬，然后就听到一个声音从门外传了过来：“冀院长，我来报到了。”

话音未落，熟悉的身影就已经出现在了门边。

随着应奚泽抬头看去的视线，两人豁然间四目相对。

6

也不知道冀松是怎么跟宿封舟说的，但很显然，他并没有想到自己需要“保护”的对象就是应奚泽。

有一种微妙的氛围在对视的两人之间蔓延开，就连冀松都很快察觉到了其中的异样。

然而不等他说话，应奚泽已经先一步开了口：“老师，可以换一个人吗？”

这是应奚泽第一次对冀松做出的安排提出反对，在这之前他几乎对所有需要的操作都无条件地配合，要说是完全没放心上也不为过。

他这突然的反应也确实让冀松一下子有些摸不着头脑，问：“为什么？我看你们两人之前的接触，相处还算融洽。”

为什么？

其实连应奚泽一时之间也回答不了这个问题，只是有一种前所未有的排斥感，让他不希望宿封舟接触到关于他在那方面的更多事情。

他沉默片刻，选择不直接回答，又问了一次：“所以，可以换吗？”

“抱歉，以目前平城内部有限的条件来看，宿队是最合适的人选。”冀松的视线在两人之间游走片刻，见宿封舟从进门之后就一言不发的样子，一下子也有些不确定了，只能试探性地说道，“如果你们两人之间有发生过什么不愉快的事，在目前这样过分紧张的局面下，希望可以暂时冰释前嫌。”

“没有前嫌，我跟应老师相处得也一直非常愉快。”宿封舟终于开了口，只是说话的时候始终定定地看着应奚泽，神态说不出来是审视还是探究，“冀院长，尽管把人放心地交给我就好，这几天我会全方面地确保他的安全。”

“那就好。”冀松听到宿封舟这样说也松了口气，似乎生怕应奚泽再说一些拒绝的话，当即找了个离开的借口，“那么我去跟进一下第一批血样的检测情况，先走一步了。”

冀松走后，两人依旧站在无菌室的门口。

宿封舟其实从进来后就一直留意着应奚泽的状态，在这样说不出缘由的对峙当中，到底还是先一步服了软开口道：“我先送你回去休息？”

应奚泽也终于收回了视线，回道：“嗯。”

宿封舟本来非常自然地想要伸手来扶，却被应奚泽避开了。

两人就这样一前一后地往宿舍的方向走去。

大楼里到处都是来来去去的人影，不时有人朝着两人的方向看来，但是在这种争分夺秒的时刻，每个人的身上都有着自己的使命与任务，没有人在别的事物身上浪费太多的时间。

等他们出了大楼，周围的人声才安静了下来，偶尔有风从耳边掠过，一整天的忙碌之后，外面已经完全昏暗下来。

应奚泽感到身上一重，是宿封舟把外套披在了他的身上。

他低低地说了一声“谢谢”，依旧没有回头，就连两人之间保持着的距离都没有半点改变。说实话，他是真的没想到会在这种情景下跟宿封舟见面。

也不知道冀松在这之前是怎么跟宿封舟介绍的这次所谓的“保护”任务，而此时此刻他思考最多的是，对于X计划和对于他作为实验体的身份，这个男人到底知道多少。

可实际上就算冀松只透露了部分内容，以宿封舟的经验与见识，在刚才见到他的第一时间，结合之前在广场以及在地窟当中发生的种种，估计他已经有了猜测。

全身的热度让应奚泽整个人晕得有些厉害，一路走回去，他不知不觉间迷迷糊糊地就想了很多。等回神的时候，他们已经到了临时宿舍的门口。

为了让他有足够的休息时间，冀松特别安排了一个独立的房间给他们住，跟其他员工的住处明显地区分开来，让他们不至于受到过多打扰。

而今天随着宿封舟这个保护者的到来，房间里的摆设显然重新进行了调整，在前一夜睡觉的那张床旁边，额外摆放了一张新的床铺，床单和被褥都整整齐齐。

应奚泽之前一直在想着别的很远的事情，这个时候才意识过来，这种情景似乎有些似曾相识。

应奚泽站在门口一直没动，宿封舟倒是采取了行动。他忽然间伸手托着应奚泽的手臂，直接将人送到了房间里的床边，然后他转身快速地烧上一壶水，平静的语气里充满了很多让人读不太懂的情绪："不能吃多余退烧药物的话，多喝热水总应该没事吧？"

"嗯，应该。"应奚泽嘴上应着，有些混沌的脑海中却难免有些走神。

他依稀间记得，相嘉言跟在他身边的时候，也总是会事无巨细地想要照顾他的饮食起居，现在换成了宿封舟这个临时工，他居然做起了完全不符合他形象的烧热水工作，就仿佛这个岗位本身就带有一种奇怪的属性。

宿封舟烧完热水之后倒在杯子里，又用卫生间里的冷水浸泡了一会儿杯壁，稍微调凉了一些，等出来的时候才发现应奚泽好像始终在留意着他的动作，他步子微微停顿了一下才将水送到他跟前说："试试水温？"

应奚泽喝了一口，说："刚好，谢谢。"

宿封舟没再说话。

整个喝水的过程显得特别漫长。

终于，应奚泽没有持续这种表面上的平静，抬头看了过去："你就没什么想问的吗？"

"有，很多。"宿封舟的回答比他想象中要直白得多，但是他说完之后又停顿了许久，才再次开口，"我记得之前虞工有提过什么 X 计划，昨天冀院长找我的时候，也猜到了这次要监视的人大概跟这个计划有关。但是不管怎么样，没想到居然还是一位老熟人。”

应奚泽不置可否地勾了勾嘴角：“我们这边一般把这个称之为‘保护’。”

宿封舟并没有接话，而是问：“所以相嘉言一直跟在你的身边，也是因为这个？”

应奚泽说：“可以理解。”

宿封舟说不上来现在是什么心情，但是他感到自己处在一种前所未有的压迫感当中，最后他深深地吸了口气：“现在也跟他没什么关系了。既然冀院长将你交托给了我，那么在离开平城之前，我会保护你。”

应奚泽要笑不笑地挑了下眼帘，道：“保护？”

“是的，保护，不是监视。”宿封舟说完之后仿佛完全没有留意到应奚泽那一瞬的愣神，非常自然地将水杯接了过来，“至于其他的，等这里的事情解决之后，我们再好好聊聊。”

宿封舟用另外一只空着的手在应奚泽的额前贴了贴，不动声色地将刚才那部分对话揭了过去：“这段时间里，你的体温会一直这么高吗？”

应奚泽感受着额前被触碰的那只手背，默默地收回视线，道：“不清楚，或许吧。”

“长期发热很容易烧坏脑子，到时候堂堂的科研专家变成大傻子可就不好了。”宿封舟若有所思地说了一句，并不准备给应奚泽抗议的机会，将杯子搁在桌子上后转身朝门外走去，“我去弄些小孩子用来冷敷的那种退热贴，很快回来，你先睡会儿。”

应奚泽根本没来得及阻拦，便见男人雷厉风行地关上了房门。

他在床边一动不动地坐了一会儿，低低地嘟囔了一句：“你才变成傻子。”

后来的时间里，应奚泽一直都没有睡好。

虽然他的身体早就已经陷入了持久的疲惫中，但是全身内部仿佛有无数条神经在经历着频繁的拉扯，让他每次闭上眼睛就会感受到一种浓烈的剥离感。

这种感觉虽然说不上好受，但也确实比以前被异形正面感染的程度要轻上很多。

宿封舟带回来的退热贴数量很多。也不知道在这种人心惶惶的时候他上哪里弄来这么多儿童用品。退热贴凉凉地覆盖在应奚泽的额前，成为他温热状态下唯一的舒缓点。

应奚泽到底还是选择将精神体放了出来，这种共同承担的状态让他整个人可以稍微舒服一些。结果让他没想到的是，宿封舟居然有样学样地也放出了黑狼。

不过这两个看起来脾气不太好的精神体倒是非常投缘，银蛇直接将黑狼的茸毛当成了舒服的小窝，盘踞在狼背上的时候整个身子几乎都陷了进去，偶尔可以看到些许斑驳的银色鳞片露出，大有安营扎寨的意思。

黑狼也表现出了难得的包容性，背上多了条小蛇，就连走路的姿势都端正工整了起来，一副生怕把小家伙摔掉在地上的模样。

应奚泽大概有二十几个小时没有好好睡了，半眯着眼睛靠在枕头上走神，突然听到宿封舟说："这两个精神体看起来还挺投缘的。"

持续的高热让应奚泽整个人有些晕乎，闻声几乎是下意识地应了一声"嗯"，结果尾音落下的时候留意到宿封舟的眉目间带上了一丝意味深长的神态，他稍稍愣了一下，也意识过来，所谓的精神体"投缘"，某种意义上也代表了两位主人的契合。

宿封舟伸手取下了他额前的退热贴，手脚麻利地又换上了一片新的，嘴角这才勾起了几分隐约的弧度："这么紧张做什么？"

应奚泽顿了下，说："你其实可以稍微睡上一会儿。"

他自己睡不着，宿封舟从来到他这边之后也一直陪着没有睡觉。

加上他们支援团队来到宁城之前，这人就已经处在持续待命状态，满打满算，这人至少比他少睡了一两天。

虽然宿封舟的眼睛还没有明显发红的前兆，但是他也犯不上坚守这种宛若熬鹰的状态。

"不用，我不困。"宿封舟这么回答，换完退热贴后他又重新坐了回去，半垂着眼开始玩手机，话则是对应奚泽说的，"不论什么时候，我的原则都是把任务摆放在第一位。而现在，你就是我的任务。"

应奚泽缓缓地闭上了眼睛，不再说话。这种难熬的状态下当然是睡不着的，在迷迷糊糊之间，他感到仿佛有人轻轻地替他掖了掖被角。

宿封舟看着应奚泽在那装睡，也没有说破。视线在那张比前几天明显泛白的脸上停留了片刻，看向了角落里摆放着的保温盒。

这人不止睡眠不好，就连食欲都不尽如人意。但是又总是让人感觉，应奚泽似乎早就习以为常。可是又是什么样的经历，能够让人对这种煎熬状态习以为常呢？

从正式接到任务开始，宿封舟就觉得有一种说不出来的感觉。他伸手轻轻地捂了捂自己的胸口，第一次有些怀疑如果真的到了那一步，以前从来没有犹豫过的拔枪的手是否会依然坚定。

或许他根本不需要怀疑，潜意识里本就有了答案。

样本提取小组是在当天下午三点的时候过来的。

血液通过针孔，穿过细长的导管一点点地填充满了无菌袋。等到采集操作结束后准备离开的时候，一直抱着身子站在旁边没有说话的宿封舟忽然问："实验的进展怎么样了？"

大概是因为眼神太过阴冷的关系，被注视的工作人员全身微微地哆嗦了一下，才开口回答："这个我们就不清楚了，不过从冀院长在早上会议时透露的情况来看，进展应该不错，如果顺利的话，这几天就可以产出首批药剂。"

"这几天？"宿封舟的整个眉头都拧了起来，"那还需要抽几次血？"

工作人员被他看得恨不得找个掩体避开，小声道："我也……不是很清楚。"

这种一问三不知的情况让宿封舟感到有些恼火，严肃道："下次至少找点专业些的人过来。"

工作人员回复道："好的！"

看着一批人带着设备落荒而逃，应奚泽疲惫的眉目间难得地带上了几分调侃，说道："我都没有生气，你气个什么？"

宿封舟说："总感觉各地研究院的研究员们越来越差了，也难怪一直没有什么新的研发进展。"

提取过多血液之后的应奚泽，随着涌上的昏沉感觉缓缓地闭上了眼，说的话听不出来是诚心认同还是单纯的敷衍："有道理。"

迷糊之间，他听到宿封舟在打电话："喂，有电磁炉吗？给我送一套过来。"

在这种独立宿舍里面做饭这种事情，是应奚泽从没想过的。

不过单从宿封舟的手艺来说，他没有拒绝的理由。

一整套的菜肴上桌，几乎全是补血的食物，口味上比起之前的食堂盒饭要好太多，应奚泽确实多吃了一些。

第二次采血的时间是在当天晚上九点的时候。

大概是因为下午受到的胁迫性质问，这一回工作人员带来了一个好消息："药剂研发已经有明确的方向了！"

所有人都知道这句话所代表的意义，这让整个采血过程比下午的时候要氛围活跃很多。

众人的眉目间都充满着喜悦，宿封舟依旧死死地盯着血液采集设备，一张脸黑得像一块炭。

应奚泽的视线在这人脸上扫了两圈，问旁边的工作人员："冀院长那边是怎么说的？药效主要作用在哪方面？"

工作人员认真回想了一下，回道："据说预防方面绝对没有任何问题，但是对于已经发生血液异常现象的人员能起到多大的效果，还需要进行进一步的测试。"

应奚泽点了点头说："能预防就不错了。"

他眼看着采集工作结束，没再多问什么。

直到所有人离开，房间里彻底空下之后宿封舟才忽然开口："你救不了所有人的。"

"我知道。"应奚泽说，"这个世界变化得太快了，但人类的科技和医疗都有自身的局限。别看只是一个确定方向的简单消息，就足以让这些工作人员非常开心，可实际上等到第一批药剂正式出来，他们很快就需要面对新的问题。这批药给谁用？怎么用？每做一个决定都需要面对一个更加残酷的现实。"

宿封舟有些惊讶，道："没想到你看得还挺通透，那你为什么还……"

"为什么还自愿充当救世主的角色？"应奚泽的嘴角缓缓浮起几分，是一个很淡很冷的弧度，"你错了，我从来都没有想过要当救世主。我只是比任何人都更加迫切地想要结束这个混乱的时代而已。"

正是因为完完全全地出于私心，所以当所有的合作成果诞生之后，选择谁去生存，谁去灭亡，这一切对他来说反而都无关紧要。他要的，只不过是彻底摆脱那个让他无比厌恶的"特殊身份"而已。

说完之后，周围陷入了短暂的寂静。

应奚泽可以感受到那道落在自己身上的视线，却并没有选择回望。

过了许久，宿封舟的声音才重新响起，似乎带着隐约的笑意："所以我确实没有看错你，你果然是个冷酷无情的人。"

应奚泽没想过这人会这样说，他的眉目间多了一丝无声的笑意："倒是宿队你，反而是个过分多情的人。"

宿封舟并没有否认，看了眼时间，忽然没头没脑地问："再吃点夜宵？"

应奚泽应声道："好。"

特效药的研发终于有了质的飞跃，这让冀松说起过的屠城会议得到了暂时的推迟。

短短两天的时间内，异化者出现的频率愈发多了起来，所有群众在官方的要求下留在自己的家里闭门不出，可即便如此，各个小区传来的枪响依旧成为大家每晚的梦魇。

应奚泽也没有睡好，不过主要原因并不是对于未来生死的担心，而是出于那让人难耐的高烧。但是持续了这么久，他也已经适应了很多，虽然他整个人的状态看起来依旧显得有些昏沉。

冀松重新带他们进入实验室是在三天之后。

除了汇报目前的药剂研究进度，当天下午也会进行感染者的首次实体实验。

应奚泽听到这里的时候，脑海中闪过了一个人影，不出所料，很快他就在隔离室里看到了虞清漪。

虽然还没有发生明显的异变反应，但是看得出来虞清漪的状态已经到了下个阶段的最边缘，原本深邃的瞳色已经变得极浅，里面带有一圈一圈的重叠色，像是光晕，又像是某种不知名的其他生物。

虞清漪的思维似乎也受到了些许的影响，隔着特制玻璃看到应奚泽的时候，她停顿了好半晌才开口，声音通过传感器传到了房间外头："应工？"

应奚泽发现她的声音也已经发生了明显的改变。

冀松介绍说："通过现阶段的观察情况来看，这次受到虫媒感染的携带者自身细胞每秒都在发生微妙的改变。这种程度的变化没有主导的方向性，完全根据个人的差异自行发展，暂时来看，一旦发生，应该也是不可逆的。当然，携带者自身不会有任何的察觉，甚至他们似乎本能地觉得目前的状态就应该是自己本来的样子。无法觉察到自己在逐渐成为异类，这或许才是最可怕的。"

宿封舟在旁边听着，显然对于这种过分学术性的内容并不感兴趣。

但见应奚泽在听冀松说完最后一句的时候似乎有些走神，凑到他耳边轻声问："怎么了应老师，有哪里觉得不舒服吗？"

应奚泽似乎这才回神，回道："没什么。"

他片刻间就整理好了自己的思绪，转头看向冀松，问："今天的实体测试会在虞工身上进行，对吗？"

"确切来说，现在就已经提前完成了注射。"冀松看了一眼时间，说，"预估新药生效的时间会是在三到四个小时左右，应该快差不多了。我已经在观察室安排好了位置，我带你们过去。"

观察室在实验大楼的最顶楼。一进门，就可以看到成片的监控屏，目前展示着虞清漪房里各个角度的不同画面。

就如冀松所预估的那样，等应奚泽他们进门十几分钟后，原本只是有些烦躁地在房间里来回踱步的虞清漪开始有了明显的反应。

她忽然间蜷缩起来的状态，让各个视角都看不到她具体的表情。

但是有一点可以肯定的是，此时此刻她非常痛苦。

不断改变的扭曲姿势造成了极度强大的视觉冲击，因为无法控制而释放出来的精神体也在房间里面四处飞蹿，在 TW 逐渐失控状态下的精神波动干扰下，监控设备也开始受影响，时不时地陷入黑屏当中。

在无声的冲撞之下，房间里唯一摆放着的那张床被狠狠地拆卸得支离破碎。

而与之相比，观察室里所有人的神态却是毫无波动的一片平静，甚至还可以听到无比客观的讨论声。

"仪器指标显示，志愿者目前的情绪波动已经突破人类极限。"

"这批药物对于携带者来说很可能并不能起到治愈效果。"

"情绪影响很大，能让一个 TW 进入堪比 TS 的精神紊乱状态，确实有很大问题。"

"不对，应该还有希望，我这边的最高数值一直处在两千二百三十一，还没有突破两千二百五十这个阈值。"

"但是异化程度已经开始飙升了，再这样下去，很可能直接进入到异化阶段。"

"说真的，我还是第一次见到这种突发性的异化过程。"

"应该也是药剂的关系，目前所有虫媒感染的携带者当中，暂时还没发现过这种极度反应的情况。”

“不管怎么说这都非常危险，门口的消查部人员应该还在吧，提醒他们随时准备行动。”

“基本可以确定实验失败，怎么样，需要直接进行处理吗？”有人投过来询问的视线。

“不，再等等。”冀松定定地看着画面中的身影，脸上也是一片严肃，“可能还有希望。”

话是这么说，其他人显然已经主观地认识到了实验失败的结果，但是冀松毕竟已经开了口，他们只能继续进行自己负责区域的数据记录。

忙忙碌碌的环境带着时远时近的对话声，陆续落入应奚泽的耳中，却似乎没有引起他过多的注视。也不知道他忽然间想到了什么，就这样定定地看着画面中的虞清漪，视线却是彻底地涣散了。

这对他无疑是很熟悉的画面。并不是观察室里的场景有多熟悉，而是监控中的每一幕对他来说，都仿佛似曾相识。

他此时坐在最边缘的位置，比起其他工作人员仿佛只是一个非常普通的旁观者，但实际上从很早之前开始，他就已经注定无法置身事外。

“以后可别说我们消查部的人有多不近人情了，我看研究院的这些人才真的是冷血的疯子，你说是不是？”宿封舟靠在旁边的墙上，将一切看在眼中，只觉啧啧称奇，过了许久却没得到应奚泽的回复，转头看了过去，“怎么不说话……”

后面的话戛然而止。

大概是听到忽然叫他，应奚泽也抬眼看了过来。

宿封舟一眼看到了对方那白得有些诡异的脸色，紧接着便见应奚泽坐在椅子上的身影忽然明显地晃了晃，他眼疾手快地两步上前将人一把扶住，这才发现这个人在不知不觉间抖得有些厉害。

“你没事吧？”

这句话在不久之前他刚刚问过，而这一回应奚泽几乎是下意识地紧紧拽着衣衫，却依旧是缓缓地摇了摇头。

“算了，这种问题对你也是白问。”宿封舟低低地骂了一声，明显也认识到了自己这种愚蠢的关注有些浪费时间，但是他又忍不住放低了声音说，“不舒服的话我先带你回去？”

本来他已经准备好就算对方开口拒绝也要强行把人带走，但是这一回，应奚泽很沉地接连呼吸了几口气，似乎反应了过来，缓缓地点了点头。

这边的情况终于引起了其他人的关注。

冀松快步走过来，问道："怎么回事？"

"他不舒服，我们就先回去了。"宿封舟说着就要快步往外走，结果来了几个研究员拦在了他的跟前，他眉梢微微挑起了几分，"这又是几个意思？"

宿封舟在七组待久了，什么样的杀戮现场没经历过，这个时候整个人的情绪可谓到了极点，简简单单的一个表情就充满了浓烈的戾气。

研究院的工作人员显然很少跟这种人接触，被这么一眼扫过下意识地背脊一僵。

其中一个人完全是强撑着开口解释道："应工最近有情况特殊，看这样子可能是有什么特殊反应，最好还是先留下来做一下检查。"

依稀间，宿封舟感觉拽着自己衣衫的那只手似乎捏得更紧了。他嘴角往下压低了几分："不用了，多休息一会儿就好。"

工作人员在强大的压迫感下几乎将声音放到了最低："不舒服的原因，最好还是排查一下。"

"他为什么会觉得不舒服，你们难道不应该比谁都清楚吗？"宿封舟直接给气笑了，干脆回头朝冀松看过去，"冀院长，如果我没记错的话，应奚泽应该只是配合帮忙而已，现在你们的人是打算要强行圈禁吗？"

"当然不是。"即便是冀松，在宿封舟这种完全不认人的威压下也感到有些头皮发麻，他摆了摆手示意其他人让开，"那就麻烦宿队先把人送回去，有任何问题随时联系我们就好。"

宿封舟低嗤一声，两人消失在众人的视线当中。

整个对话其实应奚泽并没有听进去太多，脑海中突如其来的钻痛感让他整个人忽然感到无比的难受，持续环绕身边的高烧似乎在某个契机终于将他吞没，迷迷糊糊间他的脑海中浮现过无数的画面，所有的记忆当中的背景房间似乎都是一片空旷的惨白。

他也不知道自己手里拽着的是什么，那瞬间他只觉得像是抓住了最后的那根救命稻草，但是痛觉依旧没能让他清醒多少。

连应奚泽自己都没有注意到，小银蛇在他恍惚的状态中悄然跑了出去，神志游走之间，他耳边似乎又响起了冀松刚才的话语。

“无法觉察到自己在逐渐成为异类，这或许才是最可怕的。”

那他呢？他的身体是不是也在无数次的突破和挽回当中，在经历着连他自己都不知道的变化？

又或者说，从零号第一次企图利用感染将他拽入那个疯狂世界的那一天起，他就已经注定会成为一个无人认同的异类。

他仿佛在无止境地落入一个伸手不见五指的深渊，周围盘踞着的是随时可能将他吞没的满是兽类的嘶吼。

应奚泽下意识地开始反复呼吸，但随之而来的是无法避免的窒息感。

就在这个时候，忽然有人一下又一下地轻轻拍着他的后背，仿佛近在咫尺的声音，又像是从遥远的地方传来，却是清晰地落入了耳中，字字清晰：“应奚泽，醒醒……应奚泽，我们到了。”

覆盖在眼前的浓烈黑暗仿佛逐渐散去，混沌的世界里投入了一缕淡淡的光。

应奚泽恍惚间感到视野终于重新一点一点地聚焦，直到最后看到了宿封舟，他的表情是他从来没有看到过的惊慌。

“谢谢。”他听到自己的声音。

应奚泽并没有清醒多久，很快就迷迷糊糊睡了过去。但即便如此，整个睡梦当中他仿佛梦魇缠身，随时紧拧的眉心显示着他潜意识中的躁动不安。

黑狼被主人从精神图景中放出，小心翼翼地蜷缩在床侧，轻轻贴着床上的男人，仿佛借此提供一个安心的支点。触碰的感觉通过精神链接清晰地作用在宿封舟的身上，他甚至可以清晰地感受到应奚泽深沉炙热的吐息。

接下来的整整一晚，宿封舟硬是没有半点睡意。他坐在窗前的椅子上，即便被城市顶部那层精神屏障过滤过，也显得格外朦胧的月色，沉沉地覆在他身上，衬得他眉目间的阴霾愈发浓烈。

大概是因为长期以来的心结难解，应奚泽那一瞬间的反应显得过分真实。

其实当时宿封舟在实验室里看到这个人时就已经想问了，明明有那么多可以选择的实验体，为什么偏偏是他？

看着冀松那边的处置方式，宿封舟隐约间觉得，他们似乎并不是第一次操作了。宿封舟忽然想到自己那天在宁城研究院看到应奚泽时的情景。

当时他说自己是因为抽血过多而导致的贫血，现在回想，果然不是普通的体检那么简单。宿封舟很清楚，在末世来临的时候没有任何一个人可以置身事外，但是此时此刻他却希望，在这份名单当中除去应奚泽的名字。

梦中走马灯似的画面还在持续闪动着。

这一次，应奚泽终于在一片黑暗中看清楚了对方的样子。

跌落的针管还残留着隐约的血迹，跟前的少年却像平日里那样咧着嘴角朝他露出了看似单纯的笑容，声音却像是从很远的地方传来："阿泽，这样的话，我们以后就可以永远在一起了，你开不开心？"

当然不，怎么可能会开心。他下意识想要回答，嗓子却仿佛被无形的力量掐着，始终发不出半点声音，只能用尽所有的力气想要把跟前的人推开。

然而就当手指触碰到少年的时候，所有画面豁然转变，少年的身影被逐

渐地拔高，迅速张大的瞳孔逐渐覆盖了所有的眼白，铺天盖地的触手从他的身边蔓出，紧紧地将他锢在其中，原本无邪的笑容只剩下了一片森然："放弃挣扎吧，你逃不掉的……只不过连你自己都没有发现而已，其实你已经跟现在的我，越来越近了。"

像是怎么也无法摆脱的诅咒，不论内心如何的抗议和否定，却依旧摆脱不了这样的牢笼。应奚泽再低头看去的时候，发现自己的左手在不知不觉间也已经逐渐变成了扭曲诡异的足肢……

前所未有的惊恐感瞬间冲上自己的脑颅，他第一反应是摸出身边的配枪，在彻底的绝望下缓缓地抵住了自己的下颌。

所有的恐惧感似乎一下子荡然无存，仿佛是一个早就已经预料到的结局，当真的迎接这一刻的时候，只剩平静。

扣在扳机上的手指缓缓地用力，整个世界似乎都彻底安静了下来。

然而就在他准备彻底结束的那一瞬间，应奚泽忽然感到了一股温热的触感，不知道是谁抢下了他手里的枪支，紧紧地握住了他的手。

隐约投落下来的光芒，让他恍惚间下意识地看过去。他缓缓地睁开眼的第一时间，看到的是宿封舟那张棱角分明的脸。

宿封舟靠在床边，为了配合应奚泽的姿势，使用的显然是一种极不舒适的坐姿，在这样长久的注视下，他笑了笑："怎么样啊应老师，是准备要这样子抓着我多久啊？"

应奚泽这才留意到自己还抓着对方。

应奚泽并没有辩解。连夜的噩梦让他整个人现在依旧有些晕乎，最主要

的是全身上下不知不觉间已经大汗淋漓，所有的衣衫都贴在背脊上，让他感到极度的不适。

过了片刻，他问："可以麻烦出去一下吗？"他又多解释了一句，"我需要先洗个澡。"

"你洗就洗……"宿封舟说到这里戛然而止，也终于意识到了什么。

他仔细往应奚泽那张紧绷到完全看不出表情的脸上多看了两眼，换了个安慰的语气说："放心吧，我不看。"

很久之后他才模棱两可地"嗯"了一声，起身下床，找出一套换洗的衣服后直接进了浴室间。

直到门关上的那一瞬间，宿封舟终于忍不住笑出了声。

他就这样笑了许久，才翻出自己的那套厨具，开始做饭。

应奚泽洗完澡出来，房间里弥漫着的饭香已经盖过了他身上沐浴露的淡淡香气。

他胃口确实一般，并没有着急吃饭，正要去拿自己的手机，却被宿封舟先一步拦住了："别管其他那些无关紧要的事，先吃饭。"

应奚泽大概知道宿封舟所说的"无关紧要的事"指的是什么，他顺从地坐到了餐桌旁边，往嘴巴里送了一口菜后才开口道："实验结果出来了？"

明明是疑问句，却用的是非常平静的陈述语调。

"嗯，虞工最后还是扛住了，从效果来看，这次生产的药剂应该还算成功。"宿封舟边吃边说，仿佛此时谈论的是再平常不过的流言，"早上群里已经发过消息了，现在这个时间，应该已经在列成品出来后的首批注射者名单了。"

应奚泽丝毫不觉意外地"哦"了一声："也挺好。"

宿封舟在他这样的态度下，反而似笑非笑地看过来说："你就不好奇哪些人能够享受到这样的待遇？"

应奚泽回视，在目光的触碰下勾起了一抹没有丝毫温度的笑容："没什么值得好奇的，有时候决定生死的权力往往掌握在少数人的手上。"

即便是宿封舟，在他这样的神态下，也不可避免地感到背脊有些微微发凉。

他忽然想到应奚泽曾经说过他从来没有想过要当救世主，而实际上从某方面来看，这个世界能够获得拯救的或许也只能是拥有选择权的那一批人。

就像这次的药剂经过了这么多个日日夜夜的配合，即便研发成功，因为无法进行纯粹的人工合成，在只有应奚泽一人来提供基础血液的情况下，产出量注定有限。

这样一来，如何进行最终分配，本身就是一个非常残忍的问题。

X001 系列药剂顺利研发，所有人都显然非常开心，其中也包括宿封舟。

倒不是因为他心系天下，而是因为就在刚刚，跟研究院那些人的对话中，应奚泽很明确地表达了这是最后一天提供血液的态度。没有任何的客套与周旋，只是单纯地表示，这已经达到了他可以供血的最大数值。

应奚泽送走最后一批血液采集员后缓缓地吁了一口气，一抬头正好看到宿封舟那嘴角似乎带有弧度的鬼怪表情，问："笑什么？"

"没什么？"宿封舟说，"就是觉得这好像是第一次听到你对那些人说'不'。"

应奚泽不是很能理解这人的脑回路，说："这有什么好笑的，不拒绝，只是说明无所谓而已。"

宿封舟看着他，问道："无所谓？对你自己也无所谓？"

应奚泽无声地笑了一下，没有直接回答，但是也算是在沉默中表达了自己的答案。

其实在这段时间的接触中，虽然应奚泽从来没有直接表达过，但宿封舟发现应奚泽本人存在浓烈的厌世情绪，特别是在面对实验需求的过程中，他就像是在通过这种方式进行自我放逐一样。

只能说，可能连应奚泽自己都没有发现这一点。

宿封舟没有继续这个话题，见应奚泽取下了衣架上的外套，问道："要去哪？"

"去看看虞工。"应奚泽说。

虽然这次药剂的研发过程从各方面来看都非常顺利，但不知道为什么，他对虞清漪的去向总有些许不太好的预感。

特别是今天这些工作人员来采集血液的过程中，对于这位志愿者只字未提。

对于身边的保护人员，不管是相嘉言还是现在的宿封舟，应奚泽都是习惯性地陈述一下自己的行动计划，对于问题本身并没有太放心上。

结果他刚走到门口的时候就眼前一暗，抬头看去的时候，便见宿封舟挡在了他的跟前。

他微微地拧了下眉心，投去了询问的视线。

宿封舟将他上下打量了一遍，才问："你确定可以？"

这个问题显得有些没头没尾，应奚泽也恍惚了一瞬才反应过来："可以，不会出现像上次那样的情况了。"

宿封舟垂眸看来，视线中依旧充满了审视。

应奚泽只能补充了一句："我保证。"

话音刚落，他忽然产生了一种自己在宿封舟这里似乎极度缺乏信用的错觉。然后这样的念头刚一冒出，他下一秒就又有些愣神。

而这个时候宿封舟已经表达了自己对这套说辞的暂时接受："行吧，那我陪你再走一趟。"

应奚泽沉默了片刻，说："我怎么感觉你有些勉为其难？"

宿封舟说："没有，我乐在其中。"

虞清漪的住处已经进行了转移。

如之前收到的消息一样，她在最后阶段到底还是顶过了体内的药物反应，但是就如之前无数次实验所证明的那样，所有的异变都存在着不可逆性，应奚泽再见到她时，她已经完全不是一个正常人类该有的样子了。

虽然单看她那曼妙的身姿，可以称得上具备了另一种层面的美。

"应工，你来了。"虞清漪已经改变的声音让她说话的时候仿佛隔了一个时空，但是语言系统倒是还没有退化，就如工作人员介绍的那样，至少在她处在清醒状态的时候还能进行简单的交流。

应奚泽的视线掠过她手臂上浮现的蓝色鳞片，问："现在感觉怎么样？"

"不清楚，我经常都不知道自己在做什么。"虞清漪已经长了一双完全属于异种的眼瞳，这让对话显得有种强烈的微妙感，"这几天的很多时间我甚至感觉，自己好像已经不是原来的自己了。"

所有异化者对自己变异的自我认知具有强烈的模糊性。或许是因为药剂作用的关系，虞清漪偶尔还能具有人类的意识，虽然她或许依旧无法察觉到自己的身体到底发生了什么变化，却隐约可以觉察到自己跟其他人的不同。

应奚泽说："没关系，对我来说，你还是我认识的那个虞工。"

两人对话的时候，宿封舟始终站在几步开外的地方。

虞清漪这几天的状态记录表明，她虽然没有持续进行更深层的异化，这几天却也处在时疯时醒的状态当中，这样的距离可以让他确保在她发生异变的情况下，可以第一时间保护应奚泽。

实际上这样的交谈内容显得相当的平淡，就是应奚泽看着虞清漪的眼神，总是让宿封舟感觉他像是在掠过跟前这个女人，看向背后更深一层的东西。

应奚泽看似很平静的神态下，带着几分他看不太懂的极度冷漠。

两人是在虞清漪的情绪逐渐有些波动的时候，被工作人员强行带离。他们离开房间没多久，之前还能进行正常交流的女人像是忽然间变了一个人般，开始疯狂地敲击着房间的各个墙面，像是出于本能地在寻找离开这个封闭房间的通道。

应奚泽终于知道墙壁上那些修复过好几次的裂痕到底是从哪来的了，这显然并不是一个普通人类应该有的力量。

虽然因为药剂的作用虞清漪只经历了一个很短暂的异化过程，来自身体细胞的转化依旧留下了永久的痕迹。

随着虞清漪状态的转变，她身上的各项仪器也开始收集到无数数据。整个独立研究团队也开始忙碌了起来。

在这些匆忙的人影中，安静站着的应奚泽显得有些格格不入。

他定定地看着监控画面中的影像，隐约间仿佛有一丝不太舒服的冲击感在身体深处蠢蠢欲动，正有些走神时忽然感到肩膀上一重，他回头看去，正是宿封舟。

“该回去了。”男人的声音直接将他从晃神中拉回了现实。

应奚泽下意识地打了个激灵，才发现自己不知不觉间居然又渗出了一丝薄汗。

他刚要开口回答，随着余光捕捉到对方眼角那抹微红，口里的内容鬼使神差地一转：“你的精神图景，是不是又不稳定了？”

因为市面上在售的所有 TW 素都对宿封舟无效的缘故，他几乎已经习惯了长期处于紊乱的极端状态。

实际上这段时间跟在应奚泽的身边，算是他这么多年来难得平静的时光了，如果不是应奚泽忽然问起，连他自己都没有意识到体内的精神力逐渐躁动。

他的舌尖轻轻的舐过干燥的唇角，眉目间露出了几分调侃的笑意：“怎么，你要帮我进行精神疏导吗？”

“也不是不可以。”

“如果不的话……”宿封舟的话突然一顿，“你刚才说什么？”

“简单的精神疏导，也不是不可以做。”应奚泽抬眸看去，见宿封舟半晌没再开口，以为他有顾虑，“当然，如果不方便开放精神图景的话，作为这几天保护的谢礼，我也可以额外给你提供一些 TW 素。”

“没什么不方便的。”宿封舟清了清嗓子，似乎终于找回了自己的声音，“都不急，先等你退烧再做也不迟。”

“都行。”

话落，周围陷入了短暂的沉默当中。没等谁再开口，同时响起的手机铃声打破了这份寂静。

两人拿出手机来打开，可以看到在他们共同在的平城内部工作群里发布了新文件。

一眼扫过标题，两人几乎是下意识地交换了一个视线。

X001 系列药剂的第一批分配名单，正式下来了。

应奚泽随便翻了翻，便在名单上看到不少熟悉的名字。

在这份一千余人的名单当中，其中很大一部分是来自宁城的研究院众人，以及像他们这样前来支援的其他人员，再往后面的大抵是像七组那样奋斗在第一线的作战人员，最后便是一些普通群众的名单，据说是对有防护意向的人员进行的摇号抽选。

这种分配模式说不上来好坏，但是让应奚泽感到有些惊讶的是，冀松本人居然并不在这份名单当中。

发现这个情况的显然不止应奚泽一人，在名单公布之后很快有人也留意到了，陆续有人在群里提出了询问。

随着参与的人数越来越多，负责名单罗列的工作人员也非常无奈地站了出来。

罗盛：这是冀院长本人的意思，说要把有限的药剂留给其他人使用。我们已经劝了很多次，怎么说就是不听，实在是没有办法。

一番话出，顿时在工作群里引起了轩然大波。

毕竟冀松算是这次平城抗灾的指挥力量，对于他的身体状况，所有人都感到非常的担心，生怕他一不小心倒下了，好不容易井然有序进行着的抗灾工作又要混乱起来。

群里就这样混乱地闹腾了一阵子，作为讨论的核心，冀松也终于在群里说话了。

冀松：这一批药剂的主要效果还是为了抵抗虫媒感染，我长期身在研究院里也不外出，只要平时穿好防护服做好防虫工作就行，是否注射药剂其实都没有太大的影响。这次的名单主要还是以需求作为主要的参考标准，有一定的筛选规范，还请大家相信工作小组的判断。这段时间的抗灾已见成效，大家辛苦了，一起继续努力吧。

话出的瞬间，整个群里沸腾了起来，一连串新消息不断弹出。

应奚泽简单地扫了一眼，就关上了聊天群。

他抬头的时候正好看到宿封舟也收起手机看了过来，低低地啧了一声："冀院长这招真是妙，直接堵上了所有没分配到注射资格的人的嘴。不过代价也挺大，以身作则，还得在这种具有高度感染危险的环境中待上很长一段时间。"

"老师应该只是怕麻烦吧，他毕竟不是政客。"应奚泽对于冀松的性情还算了解，片刻的惊讶后也已经明白了冀松这样做的完全用意。

他抬头看了眼灰蒙蒙的天空，如果没有估算错误的话，凭借这次微小的停顿截点，平城的阴天最多也就再持续一个月左右，该过去了。

只不过，谁也不知道在阴天之后又会迎来什么。

唯一有一点可以肯定的是，距离彻底放晴，应该还有一段很漫长的路要走。

比起七组其他成员的东奔西走，宿封舟跟在应奚泽身边的这段时间，对他而言感觉就像在过假期那么惬意。但是他的精神图景确实太不争气，之前好不容易平息了一段时间的海平面上，隐约间又开始出现了风雨欲来的趋势。

一旦不再通过注射试剂来产生排斥反应，应奚泽的烧退得很快，虽然长期煎熬的状态让他的脸色看起来依旧有些白，但是他还记得给过宿封舟的承诺，直白道："要进行精神疏导吗？"

说真的，在这之前宿封舟从来没有跟任何一个 TW 谈论过这方面的问题，冷不丁面对应奚泽这么坦然的态度，一时间不知说些什么。不过对于一个 TS 来说，彻底开放精神图景让 TW 进入自己的精神世界，跟脱光了衣服也没有什么区别。

大概是这样的沉默太过长久，应奚泽有些不耐烦地抬眸看去，视线在宿封舟的脸上来回扫了他片刻忽然反应了过来，要笑不笑地勾了下嘴角："宿队，别告诉我你是害羞了。"

"当然不是。"宿封舟脱口而出，脸上是完全紧绷的表情，"只是觉得你身体还没完全恢复过来，在这个时候进入过分庞大的精神世界并不算是一件好事，而且我的精神图景要想恢复稳定，估计还需要消耗你很大的精神力。"

越是强大的 TS，精神图景就越是宏伟，像宿封舟这种顶级 TS，即便是随便进行一下图景清理都绝对是一个非常浩大的工程，更何况他的精神世界还处在随时濒临崩塌的破碎状态中。

宿封舟一方面觉得应奚泽这种身娇体弱的 TW 如果真要进行疏导，很可能会不堪重负，另一方面他隐约间也不是很想让这人看到自己那样残缺不全的精神世界。

毕竟，真的是有些丑。

宿封舟想了想，说："其实我觉得暂时的状态还好，如果方便的话，要不你还是给我一点 TW 素吧。"

"不方便。"

宿封舟也没想到应奚泽居然会直接拒绝，错愕地看去，正好对上那道平静的目光。

应奚泽的语气里没有一丝过多的起伏："TW 素需要经过血液提取，这几天我已经扎了够多的针，不想再挨一下。"

宿封舟心道，这理由简直要多任性就有多任性。

他抬眸扫过那人的神态，嘴角终于缓缓浮起了一抹笑意："怎么感觉你比我还期待进行精神疏导呢？"

应奚泽不置可否："我只是讨厌麻烦而已。宿封舟，你的精神图景是个什么样的情况，你本人应该比谁都要清楚。如果不在还算稳定的状态之下妥善维持，一旦彻底爆发，再想恢复可就不是那么容易的事了。"

"这点我当然知道。如果恢复不了就会彻底失控，然后在完全失控造成更多破坏之前由评估方选择是否击毙。"宿封舟无声地笑了笑，"所有人都知道这将会是我最后的命运，至于什么时候会走到最后那一步，随缘就好。"

"TS 的图景崩塌情况确实随缘，但现在我们还在平城，如果这段期间你发生什么问题，到时候辛苦的还得是我。TW 素的效果毕竟有限，为了避免未来有更大的麻烦，我倒是更愿意现在尽早解决隐患。”应奚泽说，“至于其他的事情就更不需要你操心了，反正……”反正那份破破烂烂的精神图景，他也不是没有看过。

应奚泽在心里默默地说完了后面那句话，视线在房间里环视一周后说：“总之，你现在只需要回答我，想在哪里进行疏导？”

这其实不是应奚泽第一次闯进宿封舟的精神图景世界了。只不过跟上次不同，这一回有了宿封舟这个图景主人的允许，进入的过程显得畅通无阻。

轻轻捂在耳朵旁边的两只手成为了链接媒介，冰凉的触感随着关闭的五感而渐渐遥远，靠在枕头上的宿封舟闭着双目，隐约间只感到有一种微妙的电流在不知名的角落滋生，然后逐渐地蔓延到了他的全身。

此时此刻他完完全全地跟外界切断了联系，只剩下这种微妙的牵引感，带着他一起朝着自己的精神图景深处持续下坠。

他知道，这些无声无息的波动，是来自应奚泽的精神触手。

同样是让身体各方面的感官都具有极大程度的强化，但是体能方面 TW 向来没有办法跟 TS 抗衡，看似相对弱势的存在，实际上在进入精神世界之后，反而是最为强势的引领者。

如果说随时处在可能失控边缘的 TS 是难以掌控的凶兽，那么 TW 就是牵引在他们脖子上的那根缰绳，时时刻刻维系着他们迈向崩塌边缘的步伐。从来没有过有效的 TW 素控制，也没有合适的 TW 可以进行援助，这本该是宿封舟有生以来的第一次疏导才是。然而非常奇怪的，他却从中产生了一丝似曾相识的微妙感。

随着精神触手的深入，图景世界里涌动的属于 TS 的精神力也有了隐约的波动，很快被应奚泽发现之后悄无声息地按捺了下去。

毫无疑问，宿封舟确实具有所有 TS 当中最庞大的图景世界，然而他确实还是小看了应奚泽，所有的精神触手就这样悄无声息地遍布了整个图景世界，细致到一丝一毫，整个过程完成得从容不迫。

应奚泽本身根本没有表面上看起来的弱不禁风，相反的，如果这个世界上还存有顶级的 TW，这位文质彬彬的年轻研究专家必然是其中一个。

用冀松当年的推断来说，应奚泽之所以可以稳定地抵抗住当年零号意图对他进行的单方面感染，就是源自 TW 本身极度强悍的精神力影响。

无比完整的链接系统很快顺利建立，应奚泽再一次看到了宿封舟的精神世界。

海平面上漂泊着的无数岛屿又发生了尤为惨重的坍塌，留在图景当中的黑狼孤零零地蹲坐在其中一个孤独的小岛上，低低的嚎叫声伴随着周围涌动的冷风，推起的浪花一下又一下地拍打着礁石，频繁又透着明显的躁动不安。

狂风骤雨，用这个词语来形容此时宿封舟的精神世界最合适不过。

即便是向来冷静的应奚泽都感到有些惊讶，也不知道这个男人到底是如何做到在这种完全混乱的状态之下，依旧维持住表面上的谈笑风生的。

惨烈到极致的精神世界背后，是堪称强悍到极致的绝对意志力。

但是毫无疑问，如果再继续这样下去，当最后一片陆地被海水彻底吞没的那一天，宿封舟将注定彻底失去自我。

属于 TW 的精神触手从四面八方聚拢，仿佛一个巨大的牢笼，紧紧地锢住了呼啸的风。无形当中仿佛有一只平稳的手，要将这个世界中所有翻涌的躁动彻底压下。

被完全剥夺五感的状态下，宿封舟整个人就仿佛堕在无尽的黑暗当中，微妙地受到了同步的牵引。混沌的意识之中，只有本能在促使着宿封舟的身体给出了同样的反应，随着他胸膛的剧烈起伏，呼吸也开始变得愈发急促。

在已经建立起来的精神链接之下，应奚泽同样感受到了来自宿封舟的共感，让他整个人也随之开始颤抖。

这样霸道的精神世界原本就不是这么轻易得以抚平的，更何况这次的撕扯与强横，比他之前接触宿封舟的时候要来得更加汹涌。

在两个精神力的冲撞之下，几百米的海浪在无形的力量中直卷而上，随后在天际中轰然炸开，重重地冲刷在礁石之上。

零星的岛屿在巨浪的拍打下被彻底吞没，又倔强地重新涌出，黑狼尖锐的嘶吼划破空中，仿佛要割裂这片精神世界中的昏暗天空。

应奚泽可以感觉到自己按在宿封舟脸侧的两只手都在隐约地颤抖，但是同一时间，在愈发集中的精神力之下他仿佛与宿封舟完全地融为一体，现实世界里的所有感知也在逐渐地抽离。

翻涌的海浪仿佛冲刷在他自己的身上。是彻底的寒冷，又像是肆无忌惮地在吞噬着理智，随时随地可能想要拽着他一起堕入这片满目疮痍的图景世界当中。

应奚泽用尽全力才艰难地控制住了自己逐渐有些涣散的神智。

成片的精神触手在牵引之下发生了巨大的扩张，最后密密麻麻地交织成了一片巨大的网，铺天盖地地朝着海平面重重地压了下去。

一切被包围的那一瞬间，整片精神世界随着某处激发的微妙落点炸开了炫目的光。仿佛有一轮暖阳从海平面的尽头升起，温热的阳光散开的同一时间，呼啸的风暴似乎受到了前所未有的安抚，随着最后几下涌动彻底地平息了下去。

随时濒临崩塌的精神图景，有了前所未有的宁静。

冰冷咆哮的图景世界被一片柔和的感知所彻底覆盖，随着海平面重新恢复平静。

应奚泽将宿封舟松开，垂眸看去的时候，掌心中已经满满的全是汗水。

他再抬头看去的时候，只见宿封舟也在看着他。只不过他显然还没有完全从五感被剥夺的状态中恢复过来，直视的双眼中都是有些呆滞的空洞，他自己显然也好不到哪去，密集的汗珠分明地悬挂在额边。

应奚泽难免有些恍惚地跌坐在床上，缓缓地深吸了几口气。应奚泽眼见着宿封舟眉目间的神态终于逐渐恢复清晰，克制着还没完全切断的精神链接给他带来的种种冲动。他轻轻地捏了捏眉心，转身离开。

刚走两步，听到终于找回神智的宿封舟声音低哑地开了口：“要去哪？”

“洗澡，你先休息一下。”

应奚泽走进浴室后就关上了门。

#【沦陷区】

7

随着第一批药剂的顺利生产，这个阶段的配合工作也算是告一段落，身为七组组长的宿封舟也不需要再继续留在应奚泽的身边，重新回归了七组的日常工作当中。

应奚泽也回到了自己的岗位上。不是跟一起来的同事们配合群众的血液检测工作，而是留在了研究院里进行第二批次的试剂研发。

随着首批人员完成了注射，整个平城内部的混乱稍微得到了缓解，但是也仅仅只是缓解而已。完全利用应奚泽身上的血样，提取太过折磨不说，就算将他整个人抽干，供给量也无法满足平城内部的所有群众，更不用说后续向全世界进行普及了。

要想完全突破这样艰难的现状，还得等待第二阶段的研发完成。

接下来的日子里，应奚泽做的就是关于药剂成分在人工合成方向的开发工作。而在这个过程中接触的样本，自然是之前在他体内提取出来的那部分血液。

冀松其实并不赞成应奚泽留下来参与这个项目。

毕竟自己剖析自己无疑是一个非常微妙的过程，更何况通过这样详细的解析，还能更加清晰地感受到，这份本该属于人类的血液细胞当中已经发生的细微变化。直白一点来说，这样做简直是从各个角度向应奚泽这个当事人证明，他正在逐渐远离人类这个物种独有的特质。

那天，冀松再一次表示想要将应奚泽调回宁城研究院的岗位上。

应奚泽终于从实验操作中抬头看了过去，话语非常直接："老师，在这个研究方向上，您还能找到比我更适合的项目专家吗？"

冀松开口："那倒没有，但是……"

"没有什么'但是'。"应奚泽说，"按照之前预设的那样，关于屠城的警报应该还没有解除吧？按照目前的情况，最晚也必须在一周时间内正式推出完整的合成药剂，要不然是什么样的后果，您应该比我更清楚。直白点说，如果连我都不能完成这个项目的话，其他人更加没有可能，这就是现实。"

冀松眉目间的犹豫并没有消除，说道："可这并不能成为让你冒险的理由，虽然很残酷，但我必须这么说，比起整个平城里的人，你的存在对于这个世界来说，意义要重大得多。有的时候也必须做出取……"

"舍"字没有出口，被应奚泽淡淡地打断了："放心，我可以向您保证，不管细胞全面剖析之后到底是个什么样的结果，我都不会被一份简单的检测结果冲击。即便我很可能确实已经不是一个纯正的人类了。"

冀松的眉头紧紧地拧了起来，道："你是不是已经察觉到了什么？"

"那倒没有。"应奚泽低下头，继续将注意力投在实验设备上，"只是一直都知道，变成这个结果是迟早的事。"

这种时候，照理说冀松应该说几句话安慰一下，但是不知道为什么，看着跟前这个背影，他忽然间觉得任何话语对此时的应奚泽而言，似乎都没有任何意义。

他沉默了片刻，终于还是做出了妥协："那么，这几天辛苦你了。"

应奚泽的姿势没有半点改变，回道："您也一样。"

应奚泽走出实验室是在五天之后。

几乎不眠不休的工作强度，让他的皮肤在这种长期不见阳光的状态下透着一丝病态的白，被项目组其他人一起从实验室里带出来的，是第二代药剂研发成功的振奋消息。

交接工作完成之后，紧锣密鼓地就进入到了生产流程当中。

应奚泽这才终于可以跟项目组的其他工作人员坐在了食堂里，也算是这几天来第一次能够好好吃饭。这几天来他完全没时间关注其他事情，也一直没有精力去看手机，这个时候一边听着旁边的人交谈，一边随意地点开了几个未读消息数量爆炸的工作群，大致地扫了一眼这几天平城内部各区域的情况。

所有血液异常的人员已经被全部带到了独立的隔离区，以新型流感的名义与普通群众隔离了开来；各个城区的驱虫工作也在全面展开，整个过程中捕捉到的所有变异虫类都将在这几天汇总到研究院里，成为第二批药剂生产过程中的重要成分来源；另外，两天一次的血液检测工作仍在持续进行，除了某些被隔离者的家属偶尔会来闹上几次，整体来说平城内部的紧急情况已经得到了全面控制；当然比起这些，让那批不清楚具体情况的群众最为关注的，还是跟外界联系的通讯网络什么时候才能重新开通，结束这种与世隔绝的难熬日子。

应奚泽一边往嘴里送着菜，一边莫名地怀念起宿封舟的手艺。毕竟食堂的大锅饭怎么都没有自家做的来得满足。

他稍微有些走神，正好视线下落的时候瞥见之前宿封舟将他拉进的七组的群，鬼使神差地点开里面的消息看了起来。

看得出来，他被关在实验室里的这些天宿封舟也并没有闲着。

因为局面比较特殊，七组这支平常只负责高危事件的特备小组在平城巡逻期间，倒是变得什么鸡毛蒜皮的小事都有参与。在异化危机严重的情况下，还是需要他们身先士卒地冲在第一线进行处理。

应奚泽简单地翻了翻宿封舟在群里发布的那些消息，几乎是一件接一件地没有断过，粗粗来看，自从对方从他这边回去之后好像就基本上没有好好睡过觉。

“应工，刚说的你有听到吗？”

“嗯？”应奚泽听到有人叫他，才转头看了过去。

叫他的是这几天同在项目组里的年轻科研专家，见状也知道应奚泽刚才显然没有听他们的对话，他清了清嗓子非常有耐心地重复了一遍：“刚才老刘说，他在平城出入要塞的朋友跟他说了件事，就挺玄乎的。听说你跟七组的人比较熟，看看能不能问一下具体情况。”

应奚泽疑惑道：“什么事？”

“现在不是已经切断了城区内部跟外面的所有通讯网络了吗？之前每三四天都会有联络员来要塞那里交流内部情况，给外面带去情报。但是现在，驻扎岗哨的部队却说自从五天前交流过最后一次之后，外面就再也没有安排人进行联系过了。”年轻专家说到这里，表情间也有些微妙，“说真的，虽然大家都是自愿留在这里的，可如果外面的人真的直接选择了放弃平城这片区域，还是会叫人寒心的。”

“一直没再来过？”应奚泽倒是第一次听说这件事，想了想说，“放弃平城是不可能的，毕竟冀院长还在这里。”

不得不说这个回答现实又客观，一下子就把年轻专家给说服了，说道：“也对，放弃谁也不可能放弃冀院长。”

但是这样一想，他却更加疑惑了：“但是也不对啊，那为什么没有再安排联络员过来？不至于对我们的内部处理这么放心吧？”

“确实有点问题。”应奚泽扫了一眼手机上前几秒还在七组群里发过消息的宿封舟，顿了顿说，“我问问。”

也不知道是不是因为一直把手机拿在手里的缘故，宿封舟接电话的速度比想象中还要迅速。

没等应奚泽开口，散漫间隐约含着一丝笑意的声音从电话那头传了过来：“科研专家，突然找我有什么事？”

这是两人在之前分开之后的第一次交流，应奚泽忽然有些庆幸自己并没有平白无故联系这个家伙，要不然光是开头的这一句话，要真没什么事情还真答不上来。

他感受着同事们投来的期待目光，停顿了一下，将刚才谈论的内容复述了一遍。

“你看起来不像是会关注这些事的人啊。”宿封舟在那头低低地嘟囔了一声，说，“不过这事我也确实听说过，具体情况也不是特别了解。你稍等啊，我给你去问问。”

应奚泽说：“既然不清楚的话那就不用麻……”后面的“烦”字还没出口，宿封舟留下一句“你等等”就直接挂断了电话。

应奚泽听着电话被掐断后的忙音，沉默片刻，一时间竟不知道应该夸赞宿封舟的这份热情，还是应该说说他这说风就是雨的急性子。

他收起了手机，向其他同事转达：“宿队帮忙去问了。”

停留在他身上的那些视线非但没有转移，反而隐约间更加灼热了起来。

应奚泽吃饭的动作稍稍停顿，眉目间多了几分疑惑：“还有什么问题吗？”

其他人互相交换了一下眼神，神态里带了几分意味深长的笑意。一位同事做贼似的瞥了两眼周围的环境，确定没有人留意他们这边，才缓缓地往前俯了俯身，压低了声音说：“跟以前的印象不一样，没想到宿队还挺好说话的啊。”

应奚泽不明白这话有什么值得搞得这么神秘的，说："他一直这样。"

"我以前跟七组那些人接触过，他们可是从来不在日常工作以外的事情上跟我们多说半句废话。"年轻专家低低地笑了一声，"总觉得，应工你跟宿队的关系好像还真不错。"

应奚泽将碗里的最后一口饭送入了嘴中，没再多言。

宿封舟的电话再打回来的时候，应奚泽已经回到了自己的宿舍。

结束之前的实验项目后，他已经重新搬到了普通的住宿区，只不过因为前段时间没日没夜地住在实验室里，这里比当时跟宿封舟一起居住的双人标间，缺失了不少人气。

应奚泽也不知道自己为什么突然不习惯这种感觉，明明他以前是一个更喜欢独处的人。

"喂？在听吗？"宿封舟的话拉回了应奚泽的思绪。

他应了一声："嗯，你说。"

同事们吃完饭后就已经各自回去休息了，吃饭期间的所有内容也不过是消磨时间而已，其实大家未必有多放在心上。

倒是应奚泽，听他们提过之后隐约间总有一些不太好的预感。

"我刚去找了出入口的驻扎人员，确实有一段时间没有看到过外面派来的通讯员了。不过上次提交情报的时候刚好处在城内情况逐渐稳定的好转期，说不定是这个原因，让总部对平城内部相对放心。"宿封舟先是将打听到的内容简单地进行了复述，跟着就是话锋一转，"但是就我个人来看，总觉得有些说不太通，毕竟这么严峻的情况下，基础的信息交流是非常必要的存在，就算要拉长沟通节奏，也不应该是在这种不打一声招呼的情况下。不过也不好说，具体是怎么回事，反正等下次来人的时候问过就知道了。"

说完，许久没有听到应奚泽回应。

宿封舟原本正在外面执行任务，靠在车门外微微地拧起了眉，问道："怎么，你是觉得有哪里不对？"

"不是有哪里不对，而是哪里都不太对。"应奚泽说，"就像你说的，等下次来人的时候应该就可以知道是怎么回事了。但是有没有考虑过另外一种情况，如果，一直就再没有人来呢？"

宿封舟疑惑道："你的意思是……"

“这只是我基于最坏的可能性所做出的设想，当然，如果只是我杞人忧天那肯定是再好不过了。”应奚泽想了想说，“不过也没有别的办法，总之再等两天吧，需要麻烦你随时留意一下出入口位置的情况了。”

“这个倒是没问题。”

话落，两边齐齐地陷入了沉默当中。

等了一会儿，应奚泽见宿封舟似乎没有挂断电话的意思，问：“还有其他的事吗？”

“倒是没什么。”宿封舟那边开始传来了频繁的枪声，仿佛密集的背景音，时不时地盖过他的声音，“就是在你那天帮忙之后，我的精神图景状态一直都挺稳定的。这不想着要是顺利的话也许大半个月后就可以解封了，为表感谢，到时候请你出去吃顿饭？”

应奚泽说：“不用了。”

“哦，那就……”

宿封舟其实已经预设过会被应奚泽拒绝，丝毫不觉意外地正打算搪塞过去，便听电话那头又淡淡地传来了男人的声音：“有空的话来我家做饭吧，我觉得你做得比外面的那些要好吃。”

片刻的愣神后，宿封舟嘴角的弧度扬起来：“好，那就说定了。”

通话结束，应奚泽低头久久地看了一会儿暗下的屏幕，才将手机放到旁边的桌上。

他抬头朝窗外看去的时候，可以看到成片落下的阳光。

进入平城至今，大家似乎已经在不知不觉间习惯了这种太阳被防护屏障笼罩后的样子，而与此同时，都非常期待着解封后回归平静生活的日子。

按照现在的进度下去，第二代药剂研发已经顺利完成，根据平城内部的生产力情况，大概在半个月左右的时间内就可以全员注射。这样一来，只需要尽快地处理好已经检测出血液异常的那批感染者，就可以进入到这次封城工作的最后阶段了。

总体来说，如今已经算是正式进入到解封前夕，所有人都期待着黎明的正式到来。

可实际上这个阶段，或许往往才是最黑暗的时候。

应奚泽清楚地记得零号当时仿佛诅咒般的呓语，这也是他一切不安的来源。

如果过几天会有外部的联络员出现，那自然是最好不过了。可如果一直都再也没有人来平城找他们的话……

在灼热的阳光下，应奚泽缓缓地眯了眯眼。

只能说最好不是他所想的那个样子，要不然跟宿封舟约好的那顿饭，很可能也就没机会再吃上了。

随着重新稳定下来的城内秩序，慢慢地，群众因为封城而逐渐焦躁的情绪也开始得到缓解。陆续有新的人群得到药剂注射，大批量的蚊虫受到了清理，原本有一段时间没什么行人的街道上终于慢慢地开始有了人影。

毫无疑问，不论从哪个角度来看，一切都在朝着好的方向发展。只要保持这样的节奏继续进行下去，不用半个月的时间，严防的平城应该可以得到解禁。

总算有了一个盼头，这让所有人的心情都感到逐渐愉悦。

但是他们所不知道的是，负责顶层统筹的管理群体，却有了一种越来越不好的预感。距离最初察觉已经又过了好几天，然而出入口那里依旧没有等到联络员的出现。

其实不用应奚泽提醒，冀松也已经意识到了不对劲，他已经不记得自己是第几次问道："怎么，还没有人来过吗？"

"没有。"负责要塞的防护队长也是面有难色，想了想询问道，"要不，我们派个人出去看看？"

冀松摇头："这个我也考虑过，但是行不通。现在城市外围的那片精神屏障是十来名 TW 结合设立的，为了避免飞虫飞出，采用的是不允许任何实体突破的特殊属性，除非全面撤除，要不然实现不了这种单人出入的操作。"

防护队长担忧道："那怎么办，总不能就这样干等着吧？"

"等吧，也没有其他办法了。"冀松长吁了一口气，眺望向精神屏障的方向，"如果只是普通的工作调配失误那自然是最好，如果真的有了什么别的情况……就算我们着急也是无济于事。反正也快解封了，不差这几天，正好趁着最后的日子赶紧把平城内部完成一次彻底清理，等到解除防护的那天，也可以更好地应对突发情况。"

没有人问"突发情况"到底指的是什么，但是在场所有人的脸色都几乎是难看到了极点。

冀松没有再跟其他人多说什么，他想了想拿出手机来拨通了一个电话：

“喂？联系一下七组的成员，这里有一个新的任务需要他们完成。”

“所以说，老师特别安排了你们出去当先头的侦查部队。”应奚泽接到宿封舟的电话时，对于听到的内容半点都不感到惊讶，“目前平城内部只有你们一支专业性质的特殊小组，也确实只能进行这样的安排了。”

“我还以为你可以多关心上两句。”宿封舟一手托着手机，散漫地靠在办公室外面的墙上，这个时候其他的组员还在房间里面讨论着新接到的任务安排，不时有话语声高高低低地落入听筒当中。

他低低地吸了一口夹在左手指间的薄荷烟，停顿了片刻，问：“其实后面大概会是一个什么情况，大家已经都有想法了。我们大概会在解封当天的凌晨五点左右出发，应老师，有什么想要交代的吗？”

目前来看谁也不知道外面到底是什么情况。

如果放在以前，宿封舟接到任务后估计完全不会有其他的念头，但是今天不知为什么，第一时间却是想到去给应奚泽打这个电话。虽然不管是理性还是感性都在告诉他，这个男人的嘴巴估计很难说出什么好话，又或者像现在这样长久的沉默一样，对方完全不想搭理他。

宿封舟在这样持续的沉默中无声地笑了笑，正想混过去，没想到电话那头传来了应奚泽平静的声音：“记得回来给我做饭。”

他微微地愣了一下神，嘴角的弧度终于逐渐分明了起来：“放心，欠着的一定忘不了。”

“老大，刚才给谁打电话呢？”当宿封舟重新回到办公室里的时候，慎文彦没来得及汇报讨论结果，反倒先是被那张脸上的笑容给吓了一跳。

宿封舟扫了他一眼，严厉道：“这都要向你汇报？”

“当然不是，当然不是。”慎文彦马上将跟前那份龙飞凤舞的手写文件递过去，“您看看还有没有什么需要额外申请的，有的话赶紧添上，等会儿副队就要拿去跟上面申请审批了。”

就这字迹的潦草程度完全不亚于各大医院的资深医生，也亏得宿封舟一目十行地看了下来，道：“差不多就这样吧，可以提交……”

话音未落，手机隐约振动了两下，他低头扫了一眼应奚泽发来的提示消息，多说了一句：“除了这些之外再问一下冀院长那边，我记得上次进地窟取样之后的武器研发应该也有了新进展，如果可以的话讨几件新型的系列武器备着，以备不时之需。”

慎文彦咋舌："需要这么隆重吗？"

宿封舟冷笑："需不需要，得看你对自己的这条小命重不重视了。"

看着自家老大皮笑肉不笑的这个架势，慎文彦脖子一缩，当即一言不发地在后面补充上了一条。

融云很快将慎文彦的这份记录重新手抄了一份，临出发提交申请之前还是忍不住多看了宿封舟一眼，问道："这次，真的这么严重？"

"不知道。"宿封舟回答得相当实在，"总之出去之后大概也就两个情况，要么一切岁月静好回家放假，要么就是我们有史以来接受过的最严峻的一次任务，反正就是二选一，纯看运气。"

融云沉默片刻，点头道："明白了。"

终于平城内部的最后一批人员也完成了药剂注射，暂时取消了因为虫媒传播而引起感染的风险。

然后全城内部又利用了两天的时间进行了全面的消杀。在这整个过程当中，这个寂静城市的每个角落似乎都充满了特制消毒水的味道。

但是所有的人内心却是雀跃的。在按部就班的推进之下，他们所期待着的解封日也终于要到来了。

官方规定的正式通线时间是当天的早上九点，但没有人知道就在万籁俱寂的氛围当中，有那么一支队伍已经提前集结在出入口的防护要塞跟前。

宿封舟身上的黑色防护服如他们七组的专用车辆一样，透着冷峻严肃的气息。

"城市内部的通讯系统将会在今天早上九点的时候同步恢复，在那之前，你们会有大约四个小时的时间进行全方位的探查。"负责这次行动的驻城指挥最后一次进行提醒，"但是不管最后的侦查结果是什么，一定要记得在通讯接通的第一时间跟我们进行联系，也好让我们在第一时间做出正确部署。"

"明白。"宿封舟这样应着，视线却掠过跟前的人，久久地停留在了道路尽头。

驻城指挥忍不住问："是还有什么没有安排到位的吗？"

"不，没什么。"宿封舟收回视线，径直打开车门坐了进去，"放心吧，保证完成任务。"

驻城指挥还想说些什么，车门便已经应声关上了。

整个七组车队进入了预备状态，只要最后一次的消查检测完成，随时准备启程出发。

慎文彦感受到车辆内低沉的气压，想说什么，却到底还是没有开口，正犹豫着面对明显心情不佳的宿封舟要说些什么，忽然感到有什么振动了一下，顿时仿佛抓住救命稻草一般开了口："老大，你有新消息！"

宿封舟没有吭声，摸出手机来点了两下，心思却显然并不在这里。

他嘴角微微压低了几分，垂眸扫去，视线停顿在了新收到的消息内容上。然后慎文彦就看着自家老大给他表演了一个世界奇观——变脸艺术。

其实应奚泽发来的内容很简单，甚至是看起来无关紧要的一句话——想吃的菜单已经列好了。

同一时间的宿舍楼里，有一个高挑的身影伫立在窗前。从这个角度看去，落入眼中的正好是平城出入口的方向。

宿封舟的回复很快，也是短短的两个字"好的"，然后几乎在同一时间，可以看到原本笼罩在平城周围的防护屏障轰然撤离。

应奚泽感到自己似乎听到了车队呼啸而去的引擎声。

他没有回复。他很清楚，在这种通讯被切断的状态之下，离开平城的先行人员跟城内的联系无疑也已经被切断了。

剩下的，只有静待早上九点的到来。

时间差不多了，当应奚泽来到办公区的时候，平城内部的所有指挥层都已经聚集到一起。距离早上九点还有最后半个小时，解禁进入了最后的倒计时阶段。然而一眼看去，在所有人的眼中并没有任何笑意，取而代之的是有过之而无不及的紧张。

比起一无所知的普通群众，总有那么一批冲在阵线前端的人需要负重而行。

"你来了。"冀松看到应奚泽之后，主动打了声招呼，这让其他人在这种凝重的氛围中，脸上多了几分好奇的表情。今天到场的没有多少研究院的人，更多的是平城的管理者，对于冀松会对应奚泽这么一个年轻人表现出如此的热情，感到有些惊讶。

应奚泽习惯性地无视这些注视，问冀松："通讯系统重启也是在早上九点吗？"

“按照原本的计划是这样没错，但是今天早上我们刚召开了一个临时会议，商量过后决定提前五分钟启动。”冀松说到这里停顿了一下，尽可能平静的语调也难掩当中的沉重，“毕竟这样一来才可以更好地获取更多消息，确保解封过程的安全。”

提前五分钟吗？应奚泽若有所思地看了眼手机上的时间。

这样的动作落入冀松的眼里，他明白了过来，问道：“在等宿封舟的消息？”

应奚泽微妙地停顿了一瞬，道：“没有。”

冀松不置可否地笑了笑：“其实那天你状态不好的时候我已经看出来了，你们之间的关系确实挺好的。”

应奚泽愣了一下：“那天？”

“志愿者实验引起你身体不适那次。”冀松说，“看这位七组组长当时的表现，如果真要拦着不让他带你回去，就算是我恐怕都免不了要挨一顿拳头。”

应奚泽当时整个人都有些混乱，依稀间确实有感到宿封舟跟其他人在带他回宿舍的事上产生了一些冲突，但是具体情况还真没那么清楚。

原来，宿封舟当时的表现这么凶？

冀松显然只是为了稍微缓解一下情绪才随便找的一个话题，并没有继续多说什么。

倒计时在这个时候显得无比煎熬，整个办公区恢复到一片沉寂当中。

在电子设备横行的年代，周围没有安置任何钟表，要不然或许还能清晰地听到时间在“滴答”声里流逝的过程。

终于，在所有人屏息凝神中最后的读秒结束。

工作人员深深地吸了一口气，按下按键的同时高声宣布：“全城对外通讯系统重新启动！”

话落的一瞬间，密密麻麻的手机铃声和振动声豁然填满整个工作区。

隔着窗户，远远近近地也可以感受到城市其他区域同步涌起的躁动，很显然平城内部其他区域的居民们也受到了这段封城期间累积起来的信息的“轰炸”。

所有人开始快速地阅览起收到的讯息，这种时候那些广告就显得尤为恼人，只能以最快的速度排查着自己需要的有效内容。

外面的群众正式感受到解封前夕的信号后，陆续地从居民楼里出来，聚集在临近的广场上。这样的氛围当中，接下来无疑应该有一场盛大的狂欢，然而随着躁动愈演愈烈，所有的欢声笑语却只剩下了成片的惊呼和惶恐。

原以为应该置顶的解封消息在热搜词条上找不到任何的踪迹，充斥眼中的满是“怪物”“异形”“末日”等字样。

这些内容很容易让人第一反应是新出了什么大制作的科幻片，但当人们看清楚词条的具体内容再点进去时，发现由各地群众拍摄的视频画面都血肉模糊，无一不在告诉所有人，这一切都发生在现实中。

越往下看越觉得触目惊心，狂欢还没来得及开始，就只剩下人们倒吸冷气的声音。

在巨大的落差之下，终于有人恍惚间突破了之前由 TW 进行过的精神诱导，关于异化者的记忆重新从脑海深处破土而出，过度的惊慌之下有人开始一边喊着“我们城里也有这种怪物”，一边拼命地开始朝出口的方向狂奔而去。

起初只是一两个人，紧接着出现了成片的人潮。

惊恐的情绪一经传染，便显得愈发不可收拾。

平城的市长反应还算迅速，在第一时间安排了城内队伍进行集结，投入到秩序维持的过程中。他正要跟旁边的警卫队长多交代几句，冀松忽然打断了他们的对话：“不止需要维持秩序，必须把所有想要出城的人都拦截下来。”

“拦截？您的意思是取消解封吗？可是为什么？”市长显然不是非常理解，“既然异形的存在已经不是什么秘密，那么引起恐慌是注定的事，我们城内的情况是否泄漏应该也不是那么重要了吧？”

“总之必须先安排下去，不能让任何人离开城区。如果群众实在不配合的话，必要时候可以考虑使用强制手段。”冀松的脸色一沉到底，“现在已经不是消息是否泄露的问题了，根据七组的侦查情报来看，排除或许还可能存在的几个安全区，外面基本已经沦陷了。”

警卫队长被这番话里的含义震在了原地，再没有多问什么，白着一张脸健步如飞地朝门外走去，边走边摸出了手里的通讯设备，争分夺秒地进行城内的调配。

市长也是强行压制住心中的惊涛骇浪，第一时间给各部门下达了全新的指令，可一时之间他也不是很确定，自己这样的安排是否能得到想要的效果。

比起这些，更让他感到战栗的无疑是冀松口中残酷的现实。

“冀院长，所以您的意思是我们真的猜对了，外面之所以没有安排联络员来，并不是因为把我们平城给忘了，而是因为……”

“已经没办法来了。”冀松深深地吸了口气，垂眸看手机，迅速地扫过各词条下面最新内容的发布时间。

有些是在两三天前发的，有些甚至已经停留在一周前，而很多信息里，充满了绝望的求救信号。

市长的嘴角压到了极点，最后咬了咬牙，转向旁边的通讯部门，说道：“迅速检查一下信号系统，看看附近几个城市的通讯信号是否完整，快！”

通讯部门工作人员回复道：“明白！”

冀松依旧久久地站在原地，窗外逐渐混乱的声响中，可以感受到普通群众发自内心的极度恐惧。

他不由得有些走神，直到有一个声音忽然响起：“老师。”

冀松微微地打了个激灵，这才拉回了思绪，他转身看去，正好见到应奚泽站在不远的地方看着他。看到这个年轻的身影，末世突然来袭的恐慌感才稍稍安定了一些。

还好，至少还有最后的希望。

冀松深吸了几口气调整过来情绪，问：“接下去的这段时间恐怕还有一场硬仗，这里放心交给我们，你先回去好好休息一下吧。”

然而应奚泽并没有回答他的问题，而是平静地问道：“你们刚才说要组建新的侦查队，我想报名。”

这句话让冀松胸口猛烈起伏了几下，被口水呛到之后连连一阵咳嗽，他差点背过气去，神态间满是不可置信：“你知道自己在说什么吗？”

“放心，我会回来的。”应奚泽说话间，指尖轻轻地摩过手里的手机屏幕。

就在屏幕暗下的前一秒钟，上面清晰地显示着接收到的最新一条短信消息。

外面很危险，待在城里千万不要出来。

只不过很可惜，应奚泽我行我素惯了，他真的不是一个听话的人。

说是侦查队，其实很多人心里更偏向于称之为“敢死队”，或者如果更坦白一点，或许也可以叫成“送死队”。

这样的一支队伍，可以将目前平城周围的具体情况侦查清楚之后，将消息传递回总部就已经非常不错了，基本上并没有人真的认为他们可以安全地回来。然而就是在这种情况之下，居然还有人主动请缨地想要加入，这让人感到有些惊讶。

更何况，这个人还是一名不知道能够派上多大用场的年轻研究专家。

队伍里的人基本上都是千挑万选出来的精英，虽然比不上七组的那些成员身经百战，但是面对异形的时候也有着非常充足的经验。

队长姜则刚聚集队伍完毕就收到了这么一个空降兵，一时间有些摸不着头脑，反复地跟工作人员确认道："我们这次的任务主要是去侦查城外的情况，当中应该并不包括样本采集的内容，还放一个研究院的人在队里，这不是给我们增添难度吗？这么年轻的专家人员，万一真打起来没办法留人保护，出了事让谁负责？"

"我自己可以负责。"不等工作人员解释，应奚泽已经先一步开了口，"不需要派人保护我，正常执行任务而已，我只是去找个人。"

"嘿，这是把我们侦察队当顺风车了啊？"姜则给听乐了，"你这一说我倒是明白了点，不过你到底是哪里的关系户，在这个时候还出去找人？确定不是一起陪葬？"

应奚泽扫了他一眼："那也跟你们没有关系。"

不冷不热的一句话，让姜则彻底收起了说服他的念头："行吧，既然都这么说了，你要找死我也不拦着。但是丑话说在前头，你要跟着我们也可以，但是如果任务的过程中拖了队伍的后腿，我得对我们这几个兄弟负责，什么时候出问题就什么时候把你直接丢下车，听到了吗？"

应奚泽道："知道了。"

姜则也没想到应奚泽居然还真应得这么爽快，反倒愣了一下，没忍住多问了一句："所以你是想要去找什么人？"

这回应奚泽没有回答，而是低头开始摆弄起了手机。

应奚泽可以感受到姜则打量的视线，却没有再多说什么。

在通讯全部接通之后他也尝试性地跟宿封舟进行过联系，见发过去的消息毫无回音后又拨过了电话，可是收到的只有关机的忙音。

那个七组的工作群他虽然一直都在，之前从来没有发过任何消息，找不到宿封舟也就只能破天荒地在群里问了两句，可始终没有得到回复。

应奚泽的通讯录里其实并没有多少好友，基本上也就几个研究院的同事，现在又加上了新认识的七组那些人。原本他应该非常习惯这种安静的通讯环境，可是这个时候一直没有收到消息的手机，反倒让他感受到了一种从来没有过的不安定感。

侦察队的准备过程非常迅速，全组一共八个人、两辆车，轻装上阵，应奚泽坐在后面的那辆车上。

路过要塞区域的时候，他们才真切地感受到整个场面的混乱。

尖叫声、唾骂声、痛苦声远远近近地传来，其中偶尔夹杂着几声枪响，很显然，武力镇压的选项在这种人心惶惶的情境当中还是用上了。应奚泽所在的车辆由专员在前面开路，非常艰难地穿过这片涌动的人群，驶入了前方的岔道口。

应奚泽这才将视线从那些神态茫然的群众身上收回，在不知道应该如何确定目的地的情况下，他想了想，点开七组工作群的成员列表，逐一发去了好友申请。

其实他没有抱太大的希望，然而就当应奚泽发完一遍申请之后，忽然接收到了一条好友通过的消息。

他微微愣了一下，点开，发现是之前相处过一段时间的卓宇。

联想到这人是七组内部后勤人员的身份，他忽然间明白了过来。

对面通过好友之后很快打来了语音："应工？"

应奚泽也没有兜圈子，直接问："你队长呢？"

卓宇停顿了一会儿才说："队长他们在清理异形呢……放心吧他没有乱跑，就是之前一不小心把手机砸坏了，如果您实在放心不下可以随时问我，我跟他们比清闲一点，有时间一定会向您汇报的。"

应奚泽在长久的犹豫后，说："不用。"

宁城某处的居民区。

刚刚结束的一轮对抗之后，周围都散发着浓重的血腥气。

异形的血液味道比人类的要浓烈很多，这时候落入 TS 和 TW 们极度敏锐的嗅觉当中，更是刺鼻得令人作呕。

宿封舟回来的时候身上几乎已经沾染得一片狼藉，然而他并没有时间进行清理，他长长地吁出了一口气，给出了跟前几次一样的结论："这个小区已经全部感染了，应该没有人幸存。"

周围一片寂静。

自从离开平城之后，他们这一路大大小小的战斗基本上没有停下过，这样沿着主干道一路来到了宁城，整个路上没有见到任何普通人类也就算了，在进入城区后连着搜查了几个小区都没有发现幸存的人员，这无疑让七组成员的情绪跌到了谷底。

虽然网上偶尔刷新还可以发现一些求助的内容，但是看这些人的坐标基本上都在距离各地地窟稍远一些的区域，现在看来，陈山地窟临近的城市基本上已经彻底沦陷了。倒是距离最近的平城，因为提前发现了新感染渠道提前封城，反而因为有着强势屏障的严密防护而幸免于难。

可是很显然，这些也不过是一切的起点而已。如果按照这样可怕的节奏继续下去，全球沦陷也不过是时间的问题。

宿封舟坐在车头上，接过融云递来的矿泉水仰头连灌了几口。因为长时间的激烈战斗，他的胸膛随着呼吸有着明显的起伏，黑狼獠牙森然地在旁边踱着步，持久的作战显然也引起了精神力明显的波动。

这种情况如果放在以前，他恐怕早就已经在紊乱失控的边缘了，这一次还能保持这种足够的理智，多亏了前阵子进行过的精神疏导。

他仰头又灌了两口，忽然有一个脑袋从咫尺的车窗里探了出来："老大！"

"噗！"一个没忍住，宿封舟在这突如其来的一惊下，直接一口水彻底喷了出来，他忍不住磨了磨牙，"一惊一乍的干什么！"

卓宇被当面喷了个彻底，脸上的表情一时间难看起来。但是这个时候他也不敢说什么，讷讷地缩了缩脖子，说："那个您的手机不是坏了吗？估计是因为联系不到您，应工找我这来了。"

旁边的慎文彦好不容易忙完也刚好拿起了手机，闻言毫无违和感地加入了两人的对话当中："应工也加我了呢。"

宿封舟问卓宇："说什么了？"

"也没什么，就是问了下我们这里具体什么情况。"卓宇如实回答，"然后，问了一下我们现在的具体坐标。"

"你告诉他这边一切平安就……"话音戛然而止，宿封舟拧着眉心抬头看了过去，"他问这么细致的坐标做什么？"

卓宇之前还没感觉，闻言也愣了一下："对啊，问坐标做什么？"

宿封舟感到自己的太阳穴突突跳了两下，忽然有了一丝不太好的预感。

一路行驶，侦查队逐渐看清楚了外面的情况。

原本应该是一片坦途的高速路上到处都是车辆的残骸，仿佛是成片惨烈的交通意外，但是当这样的“意外现场”接连同步出现几个，那无疑就成了灾难了。

每次路过案发地的时候，姜则总会带领队员们下车进行查看，得到的几乎都是同样的结论。

“所有人员已无生命特征，死亡时间至少在一周以前，初步估计是遭到了异形袭击。个别有异化趋势，不过也都在发生正式异化之前就已经死了。”姜则言简意赅地进行了一下客观描述，最后扫了一眼旁边负责记录的队员，给出总结，“拍摄一下现场情况的记录视频然后给平城总部发去，结束之后开始进行全面的消杀工作。”

虽然目前没有例子可以表明，这种失去活性的尸体也有造成感染的可能，不过冀松为了以防万一，特别叮嘱他们在平城一定范围内，若发现眼下这种情况，一定要进行规范处理。

看着队员们开始忙碌，姜则忙里偷闲地摸出随身携带的保温杯来喝了口茶，忽然想到了什么，他转头朝着还留在后座上的那人看去。然后就发现，这一路拿手机发消息聊得不亦乐乎的年轻科研专家，这个时候居然干脆趁着休息的时候开始视频通话。

要不是这边正忙死忙活，单看这副样子实在让人怀疑，他是专程带这位贵人出来郊游的小保镖队长。

他停顿了片刻，到底还是慢吞吞地走了过去。

当姜则一只手撑在车窗外面俯身看过去的时候，应奚泽刚好结束了刚才接通的视频通话，感受到忽然暗淡下来的光线，他抬头看过来：“是出什么事了吗？”

“倒是没什么事。”姜则闲着也是闲着，忍不住朝着那张不管遇上气却冷漠的脸上多看了两眼，他清了清嗓子，以一副似乎漫不经心的语调道，“我在平城里没剩下多少熟人，方便的话可以帮忙问下城里的情况吗？那些群众的情绪稳定下来了没？别我们这边还没来得及探完路，就让一堆人涌出来了，这不完全添乱了。”

“问不了。”应奚泽如实说，“我也没什么熟人在城里。”

“没熟人那你刚才还……”姜则说到这里忽然戛然而止，顿时也意识到了，惊讶之下眼睛微微睁大，“你要找的那人居然真的还活着？”

应奚泽奇怪地看了他一眼，道：“姜队，平白咒人是不是有点不太礼貌？”

“咳，我不是这个意思，就是单纯地感到出乎意料。毕竟外面的情况你也看到了，虽然我们暂时还没有遇到异形群，不过照这节奏再往前走去，谁也不知道会发生什么。”姜则说，“不过你那朋友活着肯定是一件好事，至少可以问问这几天外面到底发生了什么事。”

应奚泽说：“怕是问不了，他也不过比我们早出来几个小时而已。”

姜则疑惑道：“啊？”

“我刚跟七组的人联系过了，他们现在在距离这里最近的宁城。据说那边刚刚受到异形潮袭击不久，虽然不确定是否还有人员幸存，但是如果想要展开全面性的救援行动，肯定是需要一些人手援助的。”应奚泽换上了询问的语调，“所以姜队，如果侦查组还没有确定好接下去的目标地点，是否可以考虑去宁城跟七组进行会合？”

“这当然是可以的……”姜则听到“七组”的名号震惊了许久，才问，“所以你不惜冒着生命危险要来找的那个人是……”

应奚泽想了想，并没有浪费太多的口舌去解释自己并没有任何生命危险这个现实，言简意赅地做出了回答：“就是宿封舟。”

宿封舟拿卓宇的手机视频通话结束之后，七组的队员们在队长这副明显心情不佳的脸色下噤若寒蝉。

最后还是融云作为队伍代表被推了出来，被迫顶风发言：“老大，我们现在已经搜查过不下五个小区了，依旧没有发现任何的幸存人员，还要继续吗？”

“找！继续找！不管怎么样都至少得找一个出来，起码得弄清楚外面在这段时间到底发生了什么！”

宿封舟深吸了几口气，将自己的心思从刚才的电话中拉了回来。他摸出手机来点出了上面的虚拟地图，正准备筛选下一个搜查地点，忽然听到一声剧烈的爆炸声，紧接着抬头看去的时候便见到了远处天际间的滚滚浓烟，在没有任何鸟雀的天空中升起。

慎文彦疑惑道：“那个方向是？”

“宁城研究院！”话音未落，宿封舟已经翻身上了车，“出发！那边还有人活着！”

黑色的车群迅速朝着浓烟涌起的方向呼啸而去，窗外涌入的风冷冷地刮在脸上。

路边不时看到有成群的异形经过，发现车辆之后尖叫着纷纷拥上，在车辆驾驶员精湛的操控之下避开，与此同时，七组的其他组员已经在窗边架好了枪支，成片的扫射声当中夹杂着撕心裂肺的尖叫。

宿封舟嘴上叼着薄荷烟，一只手提着枪杆接连射杀了几只异化不久的小异形，另一只手摸出之前才关上屏幕的手机，扔给了驾驶座上的卓宇，说："帮忙再解下锁。"

卓宇也不敢多问，眼疾手快地解开了指纹锁又把手机扔了回去，一系列行云流水的操作之下，因为路况混乱已经驶上人行道的车辆依旧快如闪电。

宿封舟单手输入消息的动作跟他的射杀频率一样迅敏。

很快完成了新消息的输入，发给了不知道目前身在何处的应奚泽。

宿封舟：执行一个小任务，你在刚才卓宇发的坐标地点等我回来，那里暂时还是安全区。

消息发完之后，也没时间再等对方回复，他稍稍抬一抬眼，宁城研究院标志性的建筑群已经落入眼中。昔日的白墙已经被各种红的绿的血液所沾满，各层的走廊上远远地可以看到密密麻麻的异形体。

虽然七组在这一路上见过了不少异形群，但从来没见过眼前这样让人震惊的情景，就仿佛这些异形已经把研究院筑成了自己的大本营。

是巧合还是有意为之，宿封舟此时此刻也无暇追究这么多了。

宿封舟稍稍仰头，以TS绝佳的视觉清晰地看到研究大楼顶层正在苦苦支撑的作战人员，刚才的那股浓烟正是来自于他们手中的高爆发型武器。

但是很显然，这些具有极度强势输出的武器依旧不能为他们带来多大的优势，这里的异形实在是太多了。

顶楼几乎被完全填满，从七组这个角度看去，可以看到成片的异形在持续地蜂拥而上，不止填满了螺旋楼梯，甚至还有一部分利用墙面在往上攀爬。

宿封舟开门下车的第一时间，是抄起高强度冲锋枪朝着院门口的那批异形进行了一番扫射。巨大的火力之下顺利地为其他成员开出一条路，与此同时，平台上孤立无援的那批人显然听到了下面的动静，齐齐地看了过来。

顶在最前面的那人模样相当狼狈，跟宿封舟四目相对的时候，眉目中闪过了一丝情绪复杂的错愕。

宿封舟也忍不住无声地扯了下嘴角。

要不怎么有句话叫冤家路窄，之前在陈山地窟合作之后他就再也没见过徐雪风，没想到再见居然是这么一个情景。

他迅速地扫了一圈周围，言简意赅地做出了指示："冲！"

平日里互相嫌弃归嫌弃，真在需要伸出援手的时候，所有人倒也没有半点的犹豫。更何况这次只要能够把人都给救下来，以后九组的人再见到他们难免会有一些抬不起头，这样一想，七组所有人顿时觉得干劲十足。

宿封舟一马当先。似乎觉得手中的枪支对这些异形造成的杀伤性效果不够直接，他直接抄起随身佩戴的金属刀，硬生生给杀出了一条血路。

慎文彦紧跟其后，进行着突围掩护。但他还是在偶尔捕捉到的空闲时间里，拉过旁边协助支撑防御屏障的融云，问道："这几个小时的强度明显有些太大了，怎么感觉，老大好像又有点要犯病啊？"

"早发现了，但是现在这样的情况也没有办法。"融云脸色也不太好看，扫了一眼周围被这边动静吸引后涌上的异形群，说，"只能希望这些玩意儿足够让老大发泄了，既然控制不住精神力，那就尽可能地挥霍掉吧。"

慎文彦苦了脸，叹道："就老大那精神图景的规模，这得发泄到什么时候去啊？"

话是这么说，他手里的操作没有半点停顿，眼看着就要随着宿封舟径直冲上三楼。

肢体砍断的声音，枪击的声音，各种规模爆炸的声音，顿时在周围营造出一片无比惨烈的画面。

卓宇依旧留在车队的方向进行着远程协助。

说来也奇怪，宁城研究院这幢建筑里面好像有着什么极具吸引力的东西似的，引得这些异形们趋之若鹜，它们反倒对周围停靠着的这些车辆没有太大的兴趣。

这倒是给卓宇提供了绝佳的狙击环境，他几乎是一枪一只小异形，精准无误地贯穿头颅正中心的位置，甚至没有激出太多的血浆。

又是一发命中，他意犹未尽地轻轻舔了舔唇角，若有所思地喃喃道："果然是太久没有干活了，总感觉有点手生了呢。"

眼看着宿封舟一行人转眼就要冲上顶层，他重新扶起狙击枪正要再次瞄准，怀中有什么忽然间振动了一下，引得按在扳机上的手指跟着一抖，差点走火。

“这……”卓宇忍不住想要骂，正想摸出手机来看看这个紧要关头到底是谁来没事找事，发现是应奚泽发来的消息，整张脸上的表情跟着僵硬了一下。

宿封舟之前发去那条消息后，一直没有得到回音，应奚泽刚刚才进行了回复。

对方仿佛是完全没有看到前面的那句叮嘱，内容相当直接。

应奚泽：卓宇，我们快到了，你们在哪？

卓宇忽然被点名，总感到心肝有些微颤。

就当他还在犹豫要不要忤逆队长汇报一下地理坐标时，对面很快又追了一句。

应奚泽：在哪？

好的，这一次明明只剩下了两个字，无形的压迫感却更严重了。

卓宇放在屏幕上方的手指抖了又抖，终于还是认命地开始输入。

宿封舟：宁城研究院。

“他们在宁城研究院。”应奚泽看到手机里得到的回复，转头看向蹲在他旁边座位上的那人。

“我看到了……”姜则目睹了应奚泽利用短信消息对话的全程，不知为什么从中看到了一种极度威严，低低地清了清嗓子道，“不过话先说在前面，我们不一定能够顺利抵达那里。这一路来的情况你也看到了，我们队里目前伤亡惨重。”

最后四个字落入耳中的时候，应奚泽顺着姜则的视线扫了一圈车里的其他人。

刚离开平城上高速的时候还好，除了成片接连不断的“事故”现场之外，一开始并没有发生其他情况。但是越往宁城的方向过去，就有越来越多异形群体出没。

毫无疑问，这些异形的源头是陈山地窟，而这一路行去的经历让所有的侦查队队员不由得有一种奇怪的念头：这些异形群好像正在经历一场有计划的迁徙。

而侦查队队员虽然都是平城内部千挑万选出来的精英，跟七组这种特殊部门的人员到底还是没法比，遇到几次异形群的袭击之后，就开始陆续出现了伤亡。所以姜则的话还真不是危言耸听，按照预设，宁城中的局面无疑只会更加艰难，以他们小组的实力，就算能够顺利抵达研究院的大门口，估计也没有战斗力去帮忙了。

应奚泽也是非常现实的人，这个时候没有犹豫，选择了遵循出发时的承诺。

他将对话内容往上拉了拉，找出卓宇之前发的那个坐标点，也就是宿封舟口中的安全区，展示在姜则跟前，用手指轻轻地点了点，说："没关系，你们到时候到这里等我回来就行。宿封舟说了，这里是安全的。"

姜则一时间不知道应该为他的善解人意而感动，还是应该替宿封舟感到心梗，说道："宿队的意思，好像是让你留在小区里等？"

应奚泽淡淡地应道："哦，那是他的意思，不是我的。"

大概是因为有七组在前面开过一次路，后面他们虽然又遇到了三次异形群，但是规模都不算大。

坐标上的位置是江兰小区，他们终于踏进栏杆已经被完全毁坏的大门之后，一眼看到触目惊心的景象，到底还是让这些已经算是身经百战的侦察队队员们深深地倒吸了一口冷气。

毫无疑问，这个小区内部确实被"清理"得非常干净。也正是因为太干净了，整个空气中充斥着的浓烈血腥气，刺得口鼻一度让人作呕。

姜则很快给应奚泽单独安排出了一辆车，回头看去，只见这位至今依旧衣着整齐的研究专家正蹲在路边的一具异形尸体跟前若有所思，眉目紧拧。

他不由得走过去也跟着观察了一下，却发现这只异形体身上除了肆无忌惮挥砍之后留下的狰狞伤口，摸不出别的门道，干脆直白地问："是有什么问题吗？"

"有点。"应奚泽只回答了两个字就没了下文，完全无视姜则被憋到的表情，"车准备好了吗？"

姜则伸手指了指告诉他："在那边。"

"谢了。"话音未落，应奚泽已经大步流星地走了过去。

从宁城入口处到研究院的距离其实不算太远，如果没有那些异形群的干扰，从收到应奚泽最后一句消息到现在，他应该快到了。

然而卓宇的整个心思已经完全不在这上面了。他久久地盯着天台上面的画面，看着不断从高空中坠落下来的异形，就连满地溅开的血浆都完全顾不上了。

很显然，天台上的人完全杀疯了。

即便隔了极远的距离，空气中弥漫着的属于TS过分强势的精神波动，依旧让卓宇忍不住暗暗地咽了口口水。他感到自己体内的精神图景也随着这样无法控制的情绪，开始躁动了起来。

就在这时，尖锐的刹车声忽然拉回了他的思绪。

他回头看去便见一辆车停下，一个高挑的身影已经推开车门走了下来。

卓宇第一眼看到的是应奚泽被血染透了半边的衣袖，他慌忙下车迎了上去："应工，怎么就你一个人？你这是受伤了？"

"没什么。"应奚泽只不过是利用一种最快速的方式抵达这边，随口应了一句之后，抬头朝顶楼看去。

卓宇留意到他的视线，心头隐约跳了一下。他频繁地打量了应奚泽几眼，见他依旧没什么动静，忍不住试图为自家队长解释："应工，老大他只是……"

应奚泽淡淡地接下了后面的话："再这样下去，宿封舟迟早失控。"

卓宇在这样的语气下微微一愣，道："您知道会这样？"

应奚泽开口："不然，你以为我为什么来这里？"

8

顶楼天台上。

大量的异形尸体已经被直接丢下了楼，然而即便如此，现场一眼看去依旧是尸横遍野。

幸存的几个研究员是被九组在千钧一发之际给护下了，此时此刻所有人都显得蓬头垢面，但是比起看到那些异形，看向眼前的宿封舟时，他们的眼神里显然更惶恐。即便是习惯了解剖各种组织的研究员，在面对眼前这幅地狱般的场景时，依旧有些控制不住发自内心的战栗。

毫无疑问，宿封舟体内嗜杀的细胞已经完全被调动了起来，猩红的眉眼间已经几乎没有了本该属于人类的理智，瞳孔中折射的画面，只有无尽的杀戮。

但对他本人而言，很显然他在享受这种战斗带来的气血沸腾的感觉，所有的异形不论死活，倒下之前身上都布满了密密麻麻的伤痕，每一具经过他手的异形都被处理成了杀戮的艺术品。

在此之前，没有人能想到来势汹汹的异形群，可以在这样短的时间内被完成肃清，也更没想到此时此刻他们需要担心的是，当最后一只异形彻底倒下之后，眼前这个已经杀红了眼的男人是否会把下一个目标对准他们。

“卓宇，能听到吗，卓宇？”被 TS 强大精神力覆盖的战局显然已经不容其他人插入了，融云的视线死死地盯着宿封舟，睁着生涩的眼睛跟下方的后勤兼狙击人员联系，即便不忍，依旧不得不像曾经的那几次一样，随时做最坏的打算，“确认一下狙击距离，是否在射程范围之内？”

“报告副队，在射程内。”下方待命的卓宇很快给出了回复，语调中有着一丝微妙，“不过应该用不上我。”

融云愣了一下，道：“什么意思？”

在狙击点的卓宇分明地咽了咽口水，视线朝着天台后方的楼梯口看去，心情一度十分古怪，说道：“应工他已经上去了。”

“谁？应工？”融云一时间完全没能反应过来，然而不等她多问什么，剧烈的声响瞬间将注意力拽了过去。

她抬头的瞬间，便见宿封舟的刀径直地将场上最后一只异形斩成了两半，其他原本还在攀爬上楼的异形们似乎都受到震慑，紧跟着短暂地平静了一瞬。

难得的缓冲时间，只剩下了宿封舟沉重的喘息声。伴随着胸膛的剧烈起伏，他的体内仿佛有一只努力压制情绪的困兽，但是周围那种浓烈的杀意依旧没有得到丝毫消散。

研究员在这种头皮发麻的压迫感下有些崩溃，喊道：“他不会真的对我们动手吧？”

没有人吭声。

七组的队员们见惯了老大拼命地在正常和犯病中间游走，前阵子已经很久没见过宿封舟堕入紊乱状态，本以为会有些好转，没想到这一回竟是有过之而无不及。

这次的情况显然比以往来得更加汹涌，大家自然是期待着宿封舟可以像以前那样压制下去，但是在眼下这种长时间的高强度作战之下，大家隐约间都有了一些不太好的预感。

慎文彦感到心肝直颤，不得不求助旁边的徐雪风：“徐队，您能想想办法吗？”

毫无疑问，面对宿封舟这种段位的TS，现场唯一能够与之匹敌的就只有这位九组的组长了。

徐雪风第一次见到七组的人员对他这么客气。但他不像刚刚抵达的宿封舟他们，自从异形潮爆发之后，从陈山地窟到外面的县市，他就没日没夜地作战，几乎是完全没有停顿过。接近半个月的战斗下，虽然身边有TW可以随时调整他的精神图景状态，体能却早就已经在消耗殆尽的边缘，他只能如实告知：“抱歉，我现在还真搞不定他。”

同样的话如果放在平时，七组免不得耀武扬威一把，可是现在，只能让所有人的脸色更加难看了起来。

融云暗暗地咬了咬牙：“我去看看。”

“别！”慎文彦伸手要去拉，却只抓到了融云的袖子，只能着急得喊道，“副队你进不去老大的精神图景的，赶紧回来！”

融云当然也知道相互排斥的TS与TW试图进行疏导会是什么后果，但是此时也已经顾不了那么多了。身为TW，她可以比那些TS更加清楚地感受到此时此刻宿封舟所处的混乱状况，很显然，即便她非常相信自家老大的个人意志，但是有些事情并不是单凭意志力就可以克服的。

七组所有人都知道，从很早以前开始，宿封舟的图景状态就已经处在随时崩塌的边缘。

就连他本人都总是笑着跟他们调侃，现在的身体大概也就是能多杀一只异形就是一只了。可即便大家平时也都答应着一旦他彻底失控就将其原地击毙，当真需要面对的时候，所有人无疑都不甘心就这么放弃。

即便是融云这种顶级的TW，竖立起精神屏障之后想要再去靠近宿封舟，每一步都显得极度艰难。

TS混乱的精神波动从图景中翻天覆地地涌出，前面在厮杀的过程中还有着那么些许发泄的渠道，此时此刻却只能在定格般的画面下全靠自己的意志进行隐忍。

周围每一寸的气流都充满了对周围世界的抗拒。才抵达距离宿封舟五米开外的位置，融云的嘴角已经在沉重的反噬力下溢出了一抹血。

她缓缓地伸手擦过，顶着泛白的脸色正要再次往前，从这个角度看去，便见宿封舟身后的那扇门被什么豁然推开。

下一拨异形又到了吗？

所有人的第一反应几乎都是这样的念头，下意识地重新绷紧了神经蓄势待发，然后就在看清楚出现在自己跟前的人影时齐齐愣住。

徐雪风疑惑道：“应奚泽？”

其他研究院的同事们下意识拔高了声音：“应工？”

慎文彦快要跳起来了，念道：“真的找过来了？”

融云眼前本来就有些发黑，脑海迟钝了一下才想起来刚才卓宇给他的回复，后知后觉地反应了过来。恍惚间，她毫无由来地长舒了口气，全身一软跌坐在地上。

应奚泽是在卓宇的协助下登上的天台，身上染过半边衣衫的血迹看起来触目惊心，但是脸上的表情却是一如既往的平静。

他仿佛完全没有留意到其他人的反应，视线自始至终都落在宿封舟的身上，此时他稍稍地拧起了眉心。

黑狼原本烦躁地在周围踱步，此时忽然低低地嚎叫了一声。

似乎受到同步的感应，原本半跪在地上的宿封舟恍惚间缓缓地抬起了头，原本被垂落的发丝、盖住的双眼有些空洞，隔着不算太远的距离，二人四目相对。

很显然，宿封舟现在的神志确实算不上清楚，他就这样久久地看着应奚泽，现场再次陷入定格。

“搞成这个样子，还要我在原地等你。”应奚泽很轻地喃喃，也不知道说给谁听，或是单纯因为心情不悦在抱怨。

应奚泽随手关上身后的门，目不斜视地穿过那满地狰狞的尸体残骸，一步步地朝宿封舟走了过去。

跟刚才融云的试图接近完全不同，他甚至没有立起半点精神屏障，面色无恙地来到了宿封舟的跟前。TS 混乱的精神力波动还在周围蹿动，但这一回与其说是抗拒，不如说是遵循本能的牵引，迫不及待地萦绕在应奚泽的身边。

就这样在众目睽睽之下，应奚泽站在宿封舟跟前，缓缓地朝他伸出了手：“那么，还回去吗？”

应奚泽的声音明明很轻，但是因为现场过分安静的氛围，非常清晰地落入每个人的耳中。但是从宿封舟的表情来看他显然并没有听懂，眼神里似乎充满了细微的茫然，然后在这样片刻的停顿之后，缓缓地将手抬起。

即便不知道含义，他依旧无条件地选择顺从。这大概就是 TS 臣服于 TW

指引的本能。

在这样过分震惊的画面之下，所有人甚至都忘记了自己依旧身处危险的环境当中，都下意识地齐齐倒吸了一口气。谁能想到传闻中每每杀红眼后都会变得穷凶极恶的七组组长，居然也会展现出这样温顺的一面。

随着指尖触碰到 TW 掌心的瞬间，围绕在宿封舟周围混乱的精神力波动似乎顷刻间平息了下来。

从狂风骤雨到涓涓细流，也不过是片刻而已。

随着应奚泽单膝蹲下，宿封舟在手上微重的牵引力引导下，将昏胀欲裂的脑袋深深地垂下了。

原本血腥暴戾的画面随着这个瞬间，终于陷入了平静。

放眼看去，宿封舟的样子看起来像极了一匹受伤的孤狼。

慎文彦看着这样的画面，震惊之下险些咬到自己的舌头。他下意识地想趁着这片刻的平静上前帮忙，跟前骤然竖立起了一道精神屏障，拦下了他的去势。

“别打扰，应工在给老大做精神疏导。”几米开外的位置，融云低低地吐了一口喉咙里涌出的血水，沉声提醒道，“我们还有别的家伙要处理。”

经过她这么一提醒，其他人才留意到宿封舟周围的精神波一收敛，威慑力减缓之后，原先已经被震退的异形又开始蠢蠢欲动了。

慎文彦忍不住地骂了声：“干他们！”

徐雪风摸了摸腰部的武器，也呸了一声：“来来来，都一起上，搞不定宿封舟我还整不死你们吗？”

很显然，在宿封舟刚才谁挡杀谁的凶狠劲刺激下，属于 TS 的胜负欲增加了。

精神疏导的过程当中，应奚泽完全沉浸在了宿封舟的精神图景当中，体能消耗很大，但也非常顺利地再次控制住了这样的波动。

从某方面来说，在此情此景下选择进行这样的操作无疑是非常冒险的，但是应奚泽也确实没有别的选择。而且经过这段时间的接触，他觉得七组这些人可以托付，更何况现场还有徐雪风带领的九组。

从最后的结果来看，他确实赌对了。

离开宿封舟的精神图景世界之后，随着眼前的视野重新清明，应奚泽抬眸的第一眼就感受到了来自四面八方的视线。

略微的晃神之后，他才发现周围已经被一群人围了个密不透风。

不知为什么，这样的情景让应奚泽有种身在动物园里被围观的错觉，他嘴角微压，也没多说什么，扫过一圈最后看向了慎文彦，言简意赅道：“把你们老大扛走，太沉。”

慎文彦身上沾满了刚刚结束的惨烈打斗留下的血浆，但听到这句话，半点都不敢耽搁，将睡得死死的宿封舟强行拽了起来，把这个暂时陷入昏睡中的男人搁在了自己的身上。

应奚泽这才舒了口气。但是在他要起身的时候依旧不可避免地晃了晃身子，勉强压下眼前泛起的黑，才留意到自己保持这样的姿势久了，不知什么时候已经两腿发麻。

融云在旁边眼疾手快地帮忙扶了一把，张了张嘴到底还是没有多问什么，短暂思索之后将话题抛向了旁边的徐雪风：“徐队，现在可以说说到底发生什么了吗？”

“简单来说就是全球地窟里突然爆发了异形潮，岗哨那边根本来不及防备，就直接彻底沦陷了。”徐雪风言简意赅，顿了顿道，“具体的过程已经不是那么重要了，现在最重要的是，需要把现在还幸存的所有人员都聚集保护起来，要不然，地球恐怕是真的完了。”

虽然只是只言片语，但是七组所有人都可以从这种轻描淡写的语调里听出，这段时间外面世界的惨烈现状。

旁边的几个科研人员回想起这些天的经历，只觉得背脊又渗起了一层冷意，话语里不由得也有些绝望：“可是现在又该怎么办，我们还有地方去吗？”

融云说：“我们刚从平城出来，因为之前封城较早，幸免于难，现在城里接到我们发回去的消息应该已经建立了严密的防护措施，应该还算安全。”

“这大概是我这几天听到的唯一的好消息了。”徐雪风啧了一声，拍了拍身上因为长期作战而破损严重的战斗服，“我们这边也把救出来的人安置在了一个安全区里，但是也只能是临时性的，估计撑不了多久。到时候城区内部全部排查完毕，正好一起送到平城那边去。”

这么一说周围的氛围才算稍微缓和了一些，但是很快又有人弱弱地开了口：“可是，那边的人愿意收留我们吗？”

另一个人脸色微白道：“应该，不至于这么绝情吧？”

应奚泽说：“你们是科研人员，这种技术性的岗位，不管哪里都不会有被拒绝的道理。”

虽然是安慰的话语，但是落入众人耳中却并不能起到开解的效果。

虽然很残酷，但这也的确就是事实，即便平城暂时属于绝对的安全区域，可是内部可以自给的资源到底有限。真的要送人进去，几个人也就算了，绝对不可能毫无条件地照单全收，这样很容易导致全城内部所有人一起进入坐吃山空的被动局面。

他们这些科研人员对于日后的发展有利，确实值得一张直通券。可是，那些无比艰难地在这场浩劫中幸存下来的普通群众呢？

徐雪风感到有些头疼。他揉了揉太阳穴，暂时决定不去思考这种撕扯人性的残酷问题了，说道：“不管怎么样，大家都先跟我们回去吧，多活一天是一天，其他的以后再说。”

说完，见有几个人开始朝着那些异形的尸体走去，他问：“还要做什么？”

“看看还有没有留存下来的活性组织。”其中一个人的声音明显有些颤抖，但依旧非常完整地说完了想要表达的内容，“难得有这样夸张的战斗现场，也不要浪费了。”

徐雪风和其他战斗部门的成员们心中暗想：这研究院的人都是疯子吧！

慎文彦身上扛了一个还没苏醒的宿封舟，背脊笔挺，不敢乱动。

他瞄了瞄那些忽然开始忙碌起来的科研人员，又看了看一动不动站在旁边的应奚泽，正想感慨还是人家应工比较安分，就留意到后者正站在天台边缘的位置垂眸看着下方，一副若有所思的样子。

慎文彦顺着应奚泽的方向看去，发现正是之前被异形冲击得最为惨烈的实验大楼。

他有些不解地问：“应工，是还有什么问题吗？”

应奚泽停顿了一下，说：“我好像知道它们想找什么东西了。”

慎文彦听得微愣：“啊？”

虽然之前他也觉得这里的异形数量确实过于多了，但是经过应奚泽这么一提醒，慎文彦也终于反应过来。比起这一路接触到的那些杂乱无章的异形群体，研究院这边的异形似乎确实显得太具目的性了一些。

可是要说这些异形包围这里是为了找东西，这真的可能吗？毕竟根据之前的接触，这些玩意儿好像并不带脑子吧？

慎文彦犹豫了一下，弱弱地问：“您不会还想要进这实验大楼吧？”

应奚泽道："不会。"

"那就好！"

听到这样的回答，慎文彦刚刚悬起的心还没来得及落下，便听应奚泽继续往下说道："他要找的东西并不在这里，我会到另外一个地方去取。"

因为发音相同，慎文彦倒是并没有察觉到应奚泽话中的意思，但依旧因为后半句话而隐约心中一抖。

他险些有些控制不住自己那欲哭无泪的表情，暗暗地将肩膀用力地颠了颠，试图让趴在自己肩膀上那位大佬赶紧醒来。

老大你快醒醒啊！

好在应奚泽因为给宿封舟做精神疏导期间损耗了很大的体力，这会儿并没有表现出要直接离队的意思。

这给了慎文彦足够缓冲的时间，表面上兢兢业业地扛着宿封舟下楼，暗地里对他们家队长的黑手下得更狠了，只希望老大可以早点醒。

也不知道是不是感受到了他的虔诚，在所有人下楼集合各自上车的时候，宿封舟终于睁开了眼睛，第一个落入眼中的，是正好也随着他一起上车的应奚泽。

后者淡淡地瞥了他一眼，语气更是平静至极："醒了？"

宿封舟有点不好意思，"嗯"了一声。

宿封舟当时虽然有些不太清醒，但毕竟还没有完全堕入失控状态，迷迷糊糊中也能感受到发生了什么。

他忍着头痛欲裂的感觉定定地看着应奚泽，心情复杂道："不是让你留在小区那边等吗？"

应奚泽看了他一眼，道："等什么，等你的尸体，还是等你队员的尸体？"

卓宇坐在驾驶座上从头到尾不敢多吭一声，这时候一脚油门踩到底的同时，还频频地朝副驾驶座上的慎文彦投去了求助的视线。

慎文彦明显也不是很想掺和这事，但是车厢里的气氛确实有些太过压抑，他微微头皮有些发麻，不得不开口周旋："那个……老大，您跟应工今天都很累了，要不先休息一下？等到地方了，我再叫你？"

"一共才多远的路，能休息多久？"

宿封舟没好气的话音未落，旁边的应奚泽也跟着开了口，直接让他把后面的话给咽了回去："嗯，那我睡会儿。"

闻言，宿封舟不由得扫了一眼应奚泽的样子。

不说那被血迹染透半边的衣衫，就说这人眉目间透出的疲惫，就知道是因为刚刚为他进行精神疏导造成的。

宿封舟的声音也跟着放轻了："现在知道累了？"

应奚泽道："累了也总比死了好。"

周围再次陷入了寂静当中。

留在小区的侦查组看到大部队浩浩荡荡归来的时候，都有些傻眼。

他们之前最多也就见过到平城支援的七组，没想到这一次居然还多了一个九组。当传说中的两位组长并肩站在跟前，身为侦察队队长的姜则一度有些结巴："二、二位好。"

徐雪风淡淡地应了一声："那么，先把后面的事安排一下吧。"

宿封舟没有插话。

虽然七组跟九组向来针锋相对，但是对于外面的情况还是九组要了解更多，更何况对于安排这种苦力活，他也没有争夺的兴趣。

徐雪风所说的那个临时安全区里据说聚集了不少周围县市的幸存者，但是距离他们现在所在的位置有些远。

眼下太阳已经快要下山，要在夜间提防随时可能涌出的异形显然也不现实，于是他们决定暂时在这个有的吃有的住的小区里过上一夜，其间安排一部分轮班的执勤人员，整体来说应该还算安全。

为了有更好的保障，所有人将留宿区域压缩到了最小，正好以小组为单位，三个组分别挤在一套房子当中，至于营救出来的那些研究员们则被安插其中。

这个小区里面几乎都是一百五十平方米左右的房型，分配下来几乎随便扫一眼就可以看到几个身影。

明明是有些拥挤，可是在眼下的这个环境当中可以看到其他人类，反而成为了让人分外安心的一件事。

应奚泽在车上眯了一会儿，回来后并没有着急去睡。等看着这边分配完毕，才将宿封舟拉到了阳台上，说："明天我就不跟你们去临时基地那边了，我需要去个地方找些东西。"

慎文彦其实早就悄悄地打过招呼，所以宿封舟对于应奚泽所说的话并不感到惊讶，但有些心情复杂。

一方面这个男人在离队之前至少还愿意跟他打声招呼，而另一方面他确实有些心累，不知道这位年轻的科研专家，到底什么时候才能改改这种总喜欢冲锋陷阵的性子。

宿封舟的回答也很干脆：“我陪你去。”

应奚泽摇了摇头，直接拒绝了：“这件事跟你们这次的任务没什么关系，我自己就行。”

宿封舟这次显然没有半点退让的打算，说道：“就是因为跟七组的任务没关系，所以只有我一个人陪你去。”

应奚泽道：“我一定会安全回去集合的，真不用……”

宿封舟打断了他后面的话：“我知道你不会被感染，也不是质疑你的安全。”

周围微妙地安静了一瞬。

应奚泽才开口：“什么时候察觉的？”

“不知道，可能在地窟里就隐约有了一些感觉，直到平城的时候才正式确定吧。”

应奚泽终于再次开口，脸上依旧看不出多少情绪，他问道：“你知道多少？”

他也不清楚这一瞬间脑海中浮现出的是什么念头，还没来得及理清思绪，便听宿封舟继续说道：“不多，也就这些而已，而且也并不打算去了解你这种体质的来源。毕竟每个人都有自己的秘密，而这些事情等你真想说的时候，随时告诉我就行。”

应奚泽抬头，发现宿封舟正定定地看着他。

他的话语还在：“所以我现在想跟你讨论的只有明天的事情，我现在唯一的诉求就是，让我跟着。应奚泽，你本人应该也不是什么受虐狂吧，有我跟着，应该怎么都比你这样依靠放血独自走上一路要好得多，你说，是不是？”

知道宿封舟了解得还并不多，应奚泽才稍稍地松了口气，然后在这番话下难得地发生了些许的动摇。

就在这个时候，宿封舟忽然又上前两步。随着这样突如其来的举动，应奚泽下意识退了退。一不留神，后背抵在了阳台的栏杆上。

“所以作为今天的谢礼，请让我陪你去。”男人的声音在周围安静的氛围中忽然间柔软了很多，最后的三个字像是由衷地请求，“好不好？”

应奚泽原本已经盘踞在嘴边的那个“不”字到底还是没有说出口，他说道："好。"

明明是以身涉险，但是临出发的时候所有人都从宿封舟的眉目间看到了一股子心满意足的感觉，这显然让人很不理解。

不过自然也没人敢多问，两边各自交代之后，了解了一下临时安全区的地址，就分道扬镳。

应奚泽自始至终都没有说要去的地方是哪里，只是报了一个大概的方位。

宿封舟没有问，就这样一路陪着过去，抵达后才扫了眼大门。明明是非常壮观的一幢建筑大楼，也不知道是不是因为经历过动荡，居然连挂在外面的门牌号都没了。

应奚泽已经推门走了进去。他绕了几个弯，来到了一个明显已经遭到破坏的隐蔽入口。

宿封舟始终没有吭声，跟着走了一路，才惊觉这个貌不惊人的建筑下方，居然有着一片极度壮观的地下结构。只不过，这里面显然也是一片狼藉。

来不及惊讶于这幢大楼的别有洞天，宿封舟微微地吸了吸鼻尖，眉心跟着拧了起来："血气很新鲜，应该是刚刚被冲破不久。"

"还是被找到了……"应奚泽深吸了口气，大步流星地朝里面走去。

外面看起来普通的建筑群里，内部结构却是相当的严密复杂。

应奚泽一路走去，穿过一道道防护门的过程相当娴熟，很显然他早先就已经来过这里无数次。整个过程中可以看到不少穿着防护服的尸体，也有一些异形残肢，也不知道是不是扫荡结束之后就已经全面撤离，他们暂时没有遭到想象中的突然袭击。

当最深处房间的最后一扇门被推开之后，应奚泽迅速扫过屋内的情况，这才稍稍地松了口气。

幸好冀松在这边还留有一手，藏在这里面的一切陈设看起来至少还算完好。

宿封舟看着应奚泽迅速开启了电脑设备，从抽屉里取出软键盘开始转移留存的档案资料。他也没有进行打扰，他在房间里面转了转，双手插着裤袋走到了书架跟前，最后将视线停留在上面的分类标注上。

所有的文件夹都是以"X"字母进行的命名。

宿封舟默默地摸了摸下巴，想起来自己这次离开平城之前申请下来的那批特殊武器，似乎也是"X"系列。

这样看来，远在陈山地窟的那次武器失效“事故”发生之前，研究院这边就已经开始在进行这方面的研究了？

桌面上还放置了一份数据报告。负责人员离开的时候显然没有来得及进行归档，宿封舟走过去后一眼就看到了上面一串让人很难看懂的数据信息，最后的注意力被受检对象后面的称呼给吸引了过去——壹号。

光从代称上面看不出具体指代的是什么，但是结合充满生命活性的检测报告，大概可以推断出应该是某种生命体。

他正想着，忽然有一只手出现在视野当中，将报告迅速地抽离了出去。

宿封舟这才发现应奚泽已经关闭了电脑。更确切点说，应该是将现场所有的电脑设备完全摧毁了。

“弄完了？”

“嗯。”

应奚泽的脸上多了些许宿封舟看不懂的表情，他定定地看着捏在手里的这份数据报告，抬头朝着书架的方向看了过去。沉默片刻后，他问：“打火机带了吗？”

“带了。”宿封舟取出打火机递过去，也猜到了应奚泽的想法，问，“确定要都烧了吗？”

“嗯，关系不大。”应奚泽说，“电子版已经在我这了。”

他说话的态度一如既往地平静。但是当这些文件在火花间开始破碎，宿封舟似乎从应奚泽的眼眸深处看到了某种跃动的情绪。

他张了张嘴刚要说什么，话到了嘴边豁然一转：“有东西过来了！”

应奚泽开口：“听到了。”

虽然是很细微的声响，但是放在周围这种死寂的环境当中，对于五感敏锐的 TS 和 TW 而言依旧不难感知。

这幢建筑里面果然还有异形残留？

宿封舟几乎是立即切换到了作战状态，他贴在门边的墙壁上，已经做好了在开门瞬间进行冲杀的准备。

外面的东西在逐渐地靠近。最后，在门外的位置停了下来。

一门之隔，二人的呼吸不自觉地齐齐地放缓了几分。然而下一秒，并没有发生想象中强行破门而入的粗鲁景象。

有什么插入锁孔的声音微小且清晰，随着转动后发出“咔嚓”一声响，然后门从外面缓缓地打开了。

毫无疑问这是属于人类的常规开门操作。

宿封舟意识到这点后就收敛起所有杀气，显然没再打算采取暴力措施，神态散漫地看着进门的那人在第一时间拿枪抵上了他的额头。

在看清楚来人的样子后，他还不忘调侃地挑了下眉说："哟，那么久不见，这欢迎方式倒还挺特别的啊。"

对方显然也一直处在长期紧绷的状态下，没有在第一时间按下扳机都算是反应迅速，看到宿封舟的时候，与其说是惊讶，不如说是震惊。

"你怎么会在这里？"

宿封舟没有回答，用余光示意了一眼后方。

"应、应工？"相嘉言看到应奚泽时的表情着实有些复杂，他很努力地才控制住这样无尽翻涌的情绪。

很显然，他没想到有生之年居然还能与这人再见上一面。

应奚泽对相嘉言没有太深厚的感情，但毕竟一起相处了那么多年，也很愿意看到他还活着："很高兴你没事，相助理。"

他将男人全身上下打量了一番，问："这段时间，你一直都在这里吗？"

经过这么一句，相嘉言才豁然反应了过来，脱口道："这里不安全，您还是尽快离开吧。"

应奚泽没有回答，顿了一下才问道："还有多少人活着？"

"加上我，一共也就只剩下三个人了。"相嘉言脸色难看，"其实自从外面爆发之后，这里前前后后一共就遭到了七八次的袭击，但是因为地下室还算隐蔽，起初都还能暂时藏身。但是昨天晚上不知道怎么的，突然就暴露了……本来还有十几个幸存者，但是一个小时前又发生了一次袭击，又死了不少。"

"一个小时前……"应奚泽沉思片刻，说，"其他人在哪里，让他们出来吧，一会儿跟我们一起回去。"

这边的实验基地是秘密建成的，也就只有冀松等几个特殊身份的人才知道，更何况就连数据地图上都没有这个隐秘空间的坐标，因此一直以来这里并不在徐雪风那些救援队伍的名单当中。

相嘉言留守这边本来也做好了必死的决心，闻言微微一愣，问道："外面还有安全区？"

宿封舟终于找到机会插了句话："其他地方我不知道，不过目前在这附近，最安全的大概就是平城了。”

相嘉言本来还想说什么，闻言才想到现场还有一个人的存在。

他确实没想过应奚泽居然会主动带其他人进入这里，不过一想到宿封舟确实可以保证应奚泽的安全，直接将多余的话咽了回去，说：“现在可能还有异形在周围活动，你们留在这里别动，我去叫他们过来集合。”

应奚泽目送相嘉言行色匆匆地离开，留在原地站了一会儿，忽然有些走神。

不知道为什么，隐约间他总感觉自己好像忘了什么。直到远处的脚步声再次响起，他才反应过来。但是这时候，相嘉言已经带着其他两人回来了。

另外两名都是常年留在实验组里的专项研究员。相嘉言显然还来不及交代具体情况，他们进房间的时候还有些蒙，看到应奚泽的第一眼就愣住了，紧接着一人脸上泛上的是终于获救的狂喜，大叫道：“壹号，你还活着！”

实验组的人比任何人都知道应奚泽的存在对于人类的意义，能有这样的反应自然并不觉得意外。

虽然应奚泽已经在这里习惯了这种称呼，可眼下还有另外一个人在场，依旧让他感到了一些不适。

话落的瞬间，应奚泽可以分明地感受到宿封舟的背脊豁然一直。他感到自己的嘴角有些干涩。

应奚泽很确定宿封舟刚才已经看到了那份数据报告上，检测对象后面那个分明的代号名称。但即便如此，这个男人显然还是非常克制地没有朝他这边看过来。

氛围隐约间显得有些压抑。这个时候，外面突如其来的剧烈声音打破了眼下的僵局。

相嘉言豁然朝走廊看去：“那个方向是……”

“视频储存室。”不知道想到了什么，应奚泽在过度微妙的心情下忽然笑出了声，“原来，这才是他的最终目的。”

相嘉言显然并不明白，问道：“什么目的？”

应奚泽摇了摇头，留下一句“在这里等我”，就大步流星地朝着那个巨响发生的方向走了过去。后面跟着密集的脚步声，不用回头也知道是谁。但这个时候，应奚泽始终没有再回头对上宿封舟的视线。

一边是扑朔迷离的未来，另一边是穷追不舍的宿命毒手。应奚泽第一次有些不太确定自己最后的归宿到底会是什么。

直到他就要径直闯入视频储存室时，忽然有人从后面按住了他的肩膀，他甚至还来不及看清楚屋内的那个身影，就已经随着力量被拉到了后方，眼前只剩下了一个挺拔的背影。

宿封舟只是简单地说了四个字："待我身后。"

以视频储存室里的情景来看，对方显然已经拿到了他想要的东西。

眼见落在应奚泽身上的视线被忽然打断，对方看向宿封舟的眼神顿时狰狞了起来："真后悔当时没有在地窟里弄死你。"

宿封舟冷笑一声："我也一样。"

自从那天地窟之后，这算是他们第一次再遇。

所有异形突破了限制跨过"忘川"，地窟自然再也困不住这个家伙，倒也并不让人感到意外。

应奚泽对宿封舟跟零号这种毫无营养的互放狠话环节没有半点兴趣，他直奔主题道："这就是你的计划吗？"

冰冷的话语里没有丝毫的情绪可言，可惜零号仿佛浑然不觉当中的威胁。他再看向应奚泽的时候，仿佛瞬间变脸般，嘴角勾起了一个非常明显的弧度："果然，虽然那么久没见，你还是一如既往地了解我。"

说到这里，他低低地笑了起来："只要你愿意来到我的身边，你要什么我都给你。"

应奚泽张了张嘴，紧接着，旁边的宿封舟已经先一步开了口："你做梦！"

被宿封舟接二连三地打断，零号显然也已经被激怒了，话依然是对应奚泽说的："所以，这也是你的回答吗？"

应奚泽冷声道："我的回答向来都很明确。"

零号看起来忽然有些受伤，不知道从哪里摸出了一个U盘，被那只暂时还保持着人形的手轻轻托着，说道："你明明已经知道了我打算做什么，却依旧想要拒绝我吗？阿泽，为什么你非要逼我把事情做绝呢？你了解我的，我从来都不想看你伤心的样子。"

即便是应奚泽，这一刻也只觉得自己像是听到了世界上最好笑的笑话，他回道："你真以为这样就可以胁迫我？"

"那要不我们打一个赌吧？如果人类终究还是抛弃了你，我这里的大门，永远地为你敞开。"零号完全被黑色的眼瞳填满的眼睛里流露出贪恋，像是对接下来的事情非常期待，"毕竟我也很想知道，当由他们一手创建的东西展现在他们的面前时，这些人到底是选择继续遵守自己推崇的人性，还是会为了想要生存下去，而不择手段呢？”

他柔软的舌尖轻轻地舔过唇角，语调被拉得格外悠长：“到时候你就会知道，我的选择才是正确的。”

“但实际上我依旧觉得，我们之间其实本来就不需要这么复杂。毕竟……”零号稍稍地停顿了一下，看着应奚泽缓缓地歪了歪头，旁边的触手朝着胸口的位置指了指，是一脸自以为温和的笑，“你体内也有着不少属于我的血。”

最后一句话明显勾起了很多不好的回忆，应奚泽的脸色显出了几分病态的白。他下意识地就要上前，被前面的男人不动声色地拦下了。

宿封舟充满讥讽的话语响了起来：“本来以为我已经足够自恋了，没想到有生之年还能见到这么臭不要脸的人。你难道不知道自己的这副样子有多让人作呕吗？应奚泽已经觉得你实在太恶心了，还非要赶着往前面送。你这种畜生明明什么都没有，到底是哪来的胆呢？”

零号终于将视线重新投向了宿封舟，比起对应奚泽那短暂的温柔，对于这个再三干扰到他的 TS，它并不需要留多少颜面。

危险的气息瞬间从周围扩散开去。

“还是刚才那句话，在地窟的时候，我就应该彻底地弄死你。”

“不用着急，现在弄也一样。”宿封舟摸了摸随身携带的金属刀，也是一副蓄势待发的样子，“不过，死的那个是你。”

零号的眼里显然已经有了浓烈的杀意，单是周围那已经蠢蠢欲动涌出的触手，就足以看出它有多想将宿封舟万箭穿心。

然而它却站在那里并没有动，就这样宛若看着死物般定定地盯着这个讨人厌的 TS，暗暗地磨了磨牙，道：“就这么着急送死……但是必须承认你运气不错，今天，我不打算动手。”

宿封舟讥诮道：“怕了？”

零号嗤笑了一声，笑道：“具体原因，阿泽比你更清楚。不如你先问一问，看他愿不愿意让你这么着急地送死。”

应奚泽本来也没有多想，闻言终于意识到了什么，定定地看着面前的怪物，开口问道：“第几次进化了？”

零号朝他微微一笑：“你跟我走，我就告诉你。”

应奚泽根本没有接他的话，眼见宿封舟就要往前，他不动声色地拉住了他的衣角，缓缓地摇了摇头。

宿封舟紧拧的眉心里有些不甘，但是顿了顿，就算再心有不甘，到底还是遵从应奚泽的暗示将刀收了起来。

这两人的对话中，无疑充满了太多他听不懂的词语。

结合刚才那些研究员口中“壹号”的称呼，更让他觉得应奚泽之前，很可能一直生活在一个他完全不曾接触过的世界。

零号对于这样的反应非常满意。

他不动声色地将手里的U盘收了回去，贪恋的视线在应奚泽的身上反复转了转，说道：“你永远是最懂事的，很期待我们下次见面。”

应奚泽对于这样的评价并没有给出任何反应，只是在零号走近的瞬间下意识地往旁边避了避。即便只是擦肩而过，依旧保持了绝对的距离。

他本以为零号再次出现绝对不会轻易收手，没想到居然真的就这样施施然离开了。

进化期，不管是对于他们还是对于这个怪物，无疑都充满了震慑与限制效果。

应奚泽想起了上次采集回来的零号细胞样本，当时的活性值就已经高得惊人。而现在没想到它居然再一次进入了进化阶段。等这次进化完成，也不知道零号会变成怎样一个怪物。

应奚泽在周围安静的环境里不由得有些走神，直到宿封舟的声音拉回了他的思绪：“这个东西拿走的到底是什么？”

这里很明显就如所标注的名称一样，是个再普通不过的视频储存室。顾名思义，摆放的应该都是一些整理起来的视频资料而已，宿封舟确实想不明白能有什么值得零号这样大费周章。

应奚泽这才顺着宿封舟的话朝周围打量了一圈，没有检查周围陈设的完整度，直接给出了回答：“就是一些实验视频而已。”

宿封舟拧眉：“那异形要实验视频做什么，还准备带回去自己做实验吗？”

“当然不是给自己看的，而是给我们看的。”应奚泽抬眸对上了宿封舟的视线，忽然问，“刚才他们叫我‘壹号’，你应该已经听到了吧？”

宿封舟当然有千百个问题要问，但打算回去之后找一个合适的时间再问。他显然没想到应奚泽会在这个时候突然提起，整个人微妙地僵硬了一下。

应奚泽自然也留意到这样的细节，话语却依旧平缓无波：“就像你在刚才那份数据记录上看到的，我就是那个参与其中的实验体壹号，那份就是我在这里参与实验期间的记录报告。而零号特地来这里取走的不是别的，如果没猜错的话，应该正是我参与过的所有实验视频资料。”

只言片语的描述显得过分直白，然而其中蕴含着的巨大信息量来势汹汹地将宿封舟砸得有些蒙。“零号”和“壹号”，这其中的关联实在很难让人不产生怀疑。

而此时此刻宿封舟首先想起的是，当时自己在宁城研究院门口第一次见到应奚泽时的情景，那会儿他甚至还出言调侃对方抽血过多而贫血的柔弱身子。现在回想起来，很多事情似乎一下子清楚了很多。

宿封舟很努力地才让自己不要再做过多可怕的联想，他几乎本能地伸出手去握住了应奚泽的手臂，久久地没有开口。

他手上的力量因为情绪变化而有些不太受控，但是应奚泽依旧这样定定地站在原地，并没有在吃痛的感觉下将手抽回。

许久之后，宿封舟彻底平静了下来，而他再开口时显然已经捕捉到了零号的目的：“所以他是打算……”

应奚泽神态平静，仿佛在说一件跟他完全无关的事情：“他要把这些视频公之于众。”

两人回去之后，跟其他人集合后便启程撤离。

也不知道是不是零号离开时特意安排的，这一路上他们并没有遇到太多异形的干扰。

但越是这样相安无事，两人自从返回之后明显沉默，相嘉言愈发不安起来。

他也曾试图问应奚泽具体的情况，得到的却是避而不答的态度。跟以往一样，只要不愿意多说的话题，应奚泽从来不会对相嘉言多提半句。

如果放在以前，相嘉言基本上不会多问什么，但是现在情况特殊，在不好的预感的推动下他悄悄地找了宿封舟，倒是从他那得到了一句：“很快你就知道了。”

很快？那是什么意思？相嘉言自知再也问不出什么，只能暗中提起注意力。

几人一路前往徐雪风提到的那个临时安全基地。

应奚泽原本一路坐在副驾驶座上，看着外面的狼藉景象始终沉默，直到有熟悉的建筑物落入眼中时，忽然开口问了一句：“我可以回出租屋拿点东西吗？”

在这种极度危险的环境之下，恐怕正常人都不会有这种收拾行李的闲情雅致，更何况整个宁城已经几乎沦为了一片废墟。光从门外看去，应奚泽所租住的这个老小区明显没有幸免于难。

幸存的研究员刚刚死里逃生，自然是不愿意在外面多待，但是在应奚泽的话刚落下，就听到宿封舟应了一声：“当然没问题。”

不等其他人表态，车子随着方向盘在空地上打了一个漂亮的漂移，稳稳当当地停靠完毕。

好在应奚泽没有让他们自生自灭的意思，临走之前在车子旁边竖立起了一片精神屏障，对车上人说：“我很快回来。”

相嘉言习惯性地想要跟上，余光瞥见已经下车帮忙开车门的宿封舟，便将落在把手上的手收了回来，应道：“嗯。”

应奚泽转身走进了楼道。

下面的门已经遭到了非常严重的破坏，里面的情况倒是相对好很多。

沾满血迹的楼梯通道里空荡荡的，偶尔可以看到姿势诡异的尸体，偶尔可以认出几个模样还算熟悉的邻居。

那个李阿姨，前阵子还煲过汤送给他喝。一些平日里的画面从脑海中浮现，应奚泽的脚步并没有停下。

跟在他后面的男人也一直没有说话，两人就这样一前一后地走进了那间对他们来说都还算熟悉的房间。

应奚泽推门进去扫了一眼，非常意外，倒是没想象中那样狼藉破败。大概是里面并没有什么吸引它们的人类气息，除了大门的痕迹看起来受到过冲撞之外，里面基本上还保留着离开前的样子。

在见到零号之后，应奚泽的心情显然并不太好。而让他感到不解的是，宿封舟的心情似乎比他还要不好。

这个时候他倒也不着急整理东西，转身看去，问：“要喝点水吗？”

这样的神态和话语，像极了身为主人所进行的热情款待。只不过落在此情此景下，难免显得有些刻意。

宿封舟没有拒绝，道：“好。”说完也不等应奚泽有什么动作，反客为主地找出了烧水壶，“我来烧，你先收拾东西。”

应奚泽倒是忘了宿封舟在这里也住过几天，对于厨房里面的这些东西比他还要熟悉。

烧水壶保存得非常完好，这个老小区的通电设备倒也幸运地没有被损坏，但是水龙头里流出的浑浊液体却显然已经不符合饮用指标了，好在应奚泽这种向来没兴趣进厨房的人还屯了几箱的矿泉水，干脆直接取过来用了。

从接上电源到水彻底烧开，然后宿封舟给两人各泡好了一杯菊花茶，应奚泽也已经把东西收拾好了。

虽然算得上是专门跑这一趟，但是应奚泽要带走的东西还真不多，甚至没有行李箱，就是手里多了一个看起来不重的袋子，依稀可以看到里面装了一个笔记本。

留意到宿封舟的视线，应奚泽主动地说了一句："一直以来的一些记录，带回去，以后或许会有用。"

"嗯。"宿封舟点了点头，将杯子递过去。

菊花茶清淡的味道在口腔里缓缓散开。

重新将杯子搁下的时候，应奚泽微微地有些晃神。

别看宿封舟平常完全不修边幅，其实他是一个很懂得生活的人。这样想着，他缓缓地吁出了一口气，再次扫一眼这间已经非常熟悉的出租屋，说："走吧。"

他刚从椅子前站起来，动作微微一顿。

楼梯口细微的脚步声引起了两人的警觉，再回神就已经像以往一样，数不清第几次地他被宿封舟一把拉到了身后。这个动作已经自然得仿佛成了一个习惯。

应奚泽的视线在跟前的背影上停留片刻，然后才往外面看过去。

当那个有些佝偻的身影落入眼里，他的眉目间难得地带上了些许惊讶，道："刘大爷？"

对面感到更加震惊："小应？你回来了？外面乱成这样……你没事？"

老房东明显担惊受怕了一段时间，整个人看起来有些明显的病态。深邃的黑眼眶下，眉目间逐渐地流露出了笑意："没事好啊……这年头，平安是福，平安是福。"

大概是觉得一个普通的人类能够幸存下来太过匪夷所思，当老房东靠近的时候，宿封舟明显地将身后的人护得更紧了。

最后还是应奚泽拉了拉他的衣角示意没事，才侧了侧身从旁边走出来说：“就剩下您一个人了吗，还有其他人吗？”

“应该，没有了吧。”刚才宿封舟的举动老房东也看在眼里，“这种时候你也别老惦记着其他人了，保护好自己最重要。所以这次是来取东西的吗？我们小区也不太平，有地方去的话取完赶紧走吧。”

应奚泽留意到了老房东手上捏着的匕首，心里闪过一丝微妙的感觉，面上并没有表露，说道：“宁城附近有一个临时的安全基地，我们正准备过去，要一起去吗？”

“还有安全基地吗？这很好啊，至少有不少人可以继续活下去吧。”老房东笑了笑，“不过啊我就不去了，都这把年纪了经不起折腾，到了那里反而还要别人照顾，也是个累赘。”

应奚泽定定地看着他，平静的表情仿佛轻而易举就足以看穿很多东西，问道：“只是因为这个，还是有其他原因吗？”

这样的态度显然已经非常直白了。

老房东脸上的表情终于僵硬了一瞬，最后很是无奈地摇了摇头，却不知道是欣慰还是无奈，说道：“呵呵，就知道这些事情没办法瞒过你们这些高智商搞科研的。其实啊是我儿子回来找我了，那么久没见，好不容易在有生之年还能重逢，不管怎么样我都不可能抛弃他。我这个老头子啊，就想留在这里，在咽气之前一直这么陪着他。”

话落，应奚泽跟宿封舟互相交换了一个眼神。这一瞬间，他们从彼此眼中看到了一抹深沉。

很显然，没办法前往安全基地的并不是老房东，而是他口中所说的那位回来看他的儿子。

应奚泽并没有见过老房东的儿子，但之前见面的时候倒是在对方口中听到过很多次，在这些描述中，他儿子应该是个积极阳光的年轻人。

如果放在正常情况下，老房东本该很热情地招呼他们去见上一面才对，此时感受到对方明显反常的态度，应奚泽顿了顿，到底还是开门见山道：“您的儿子，也已经被感染了，对吗？”

“你是怎么知道的？”老房东的脸上终于闪过一丝异样。

他手里捏着的匕首握得更紧了，宿封舟瞬间非常警惕地要将应奚泽护在身后，应奚泽则轻轻地拍了拍他的肩膀示意没事，依旧静静地站在原地，看向跟前的这位老者说：“我们可以去看看他吗？放心，我们不会伤害他的。”

这话任何人听到都会觉得有些匪夷所思，毕竟面对普通的人类，异形才是那个巨大的威胁。

但是在老房东听来，显然这正是他所担心的事情。

他也是人，自然很清楚人类在恐惧到极点的时候会做出什么。也正因此他才抗拒去见更多人，害怕那些人会伤害到他的儿子。

老房东定定地跟应奚泽对视许久，眼中的警惕神色才稍稍地缓和下来，默默地摇了摇头，说：“虽然我一直不知道你是做什么的，但是小应啊，我一直都知道你不是个普通人。”

他说：“你跟我来吧，不过……我需要先去取一些东西。”

两人跟在老房东身后。

这一路走来，终于知道了老人手里捏着的匕首到底是用来做什么的。

整个小区因为之前遭遇袭击，到处都充满着横七竖八的尸体。有异形的，但更多的是没能逃出去的人类的。

很明显，他们所在的这幢楼道里已经干净很多，最主要的原因是这位老人的“清理”。

也不知道是第几次进行这样的操作，在取生肉的过程中，老人的每一个动作都变得相当娴熟。实在很难想象是怎样的精神支持，让老房东在进行切割的过程中如此神态坚定。

这种场面落在普通人眼里早就呕吐不止，应奚泽跟宿封舟站在几步外的距离看着，眉目间却没有过多的表情，就像是在看一场再平常不过的食材储备过程。

不过也是这个时候应奚泽才深切地感受到，老房东拒绝回归人类社会的原因除了他那个已经被感染的儿子外，还有他那双已经染满鲜血的手。

自从那把匕首第一次切入异化者身体，老人或许就已经自愿放弃了作为人类的身份。

老房东带着两人晃晃悠悠地往楼上走去。

里面的东西显然充满了非常敏锐的听觉，在房门还没来得及推开的时候就已经歇斯底里地嘶叫了起来，巨大的咆哮声直勾勾地刺着耳膜。

“二明啊，别叫，是爸爸的朋友不是坏人，乖。”老房东显然也怕自己儿子吓到应奚泽他们，第一时间就走过去进行安抚。

说来也奇怪，随着他的接近，周围原本充满了暴躁的气氛还真的逐渐安稳了下来。

应奚泽这才看清楚屋子里面的具体情况。

这套房子他曾经来过，现在的情况显然是遭到过很大的破坏。

路上的时候老房东还跟他们简单地说了两句，据说前阵子来异形的时候还是二明保护的他，现在看来，墙面上那些大大小小的深坑，应该就是当时跟那些异形作战时留下的。

虽然有老房东在场，二明对他们两个外来者显然还是充满了警惕，又因为身上栓了很多不知道从哪里收集来的粗链子，只能这样隔了一段距离远远地看着他们。

其实单从外形上来看，它已经完全没有了任何人类的特征，但是这并不妨碍老房东的眼神中，依旧充满了父亲对儿子的关爱。

应奚泽觉得，那些拴在二明身上的锁链，就像是紧紧地绑在这位老父亲的心头一样。

暂时让儿子恢复了平静，老房东回过头正好留意到了两人的视线，苦涩地笑了笑：“没吓到你们吧？其实我也不想这样拴着他的，但是你们应该也见过外面的那些东西，我怕要是不这样将他绑住，说不定哪天就真的跑了，要是在外面伤了人……”他顿了顿，吁出一口气，“还不如留在这里，由我看着他。”

老人说的最后几个字很轻，像是自言自语般的喃喃。

然后他晃着佝偻的身子有些艰难地站起来，热情地招呼：“来都来了，喝杯水吧？”

宿封舟开口就要拒绝，被应奚泽按住了：“谢谢，那就麻烦您了。”

房子的角落里可以看到堆满了各式各样的罐装水，很显然，是老人去各家各户给儿子取食物的时候顺便带回来的。

在这样的环境当中每一滴水都显得非常珍贵，但是老房东似乎并没有放在心上，给应奚泽跟宿封舟每人倒了满满一杯，转身开始给自己的儿子投食。

一个老人，一个随时处在理智崩溃边缘的怪物。这样的两个身影落入眼中，不得不说充满了一种极度的诡异感。

应奚泽的视线久久地停留在他们身上，有一口没一口地喝着手里的水，似乎观察得很仔细，但是仔细看的话可以留意到，他的整个神态有些飘忽。

直到最后一口水喝完了，他将杯子放到桌子上，缓缓地站起身来，说："我们该走了，今天打扰了。"

"这就走了？"老房东还以为应奚泽有其他用意，显然没想到之前所说的"上来看看"，居然就真的只是"看看"而已。

"嗯，走了。"应奚泽说，"时间不早了，还有人在楼下等我们回去。"

"啊，那就不送了。"

老房东本来想说"下次再来"，不过仔细一想现在说这句话不合时宜，最后低低地笑了一声，摆了摆手没再说话。

应奚泽离开的时候还不忘很贴心地关上了大门，自始至终跟平常一样沉默寡言，一路走到楼梯口没有再开过口。

直到他们快要接近停车点的时候，身后有个力量忽然拉了他一下，他才抬眸看过去，道："怎么了？"

"应该是我问你怎么了才对吧？"宿封舟直勾勾地看着他，整个眉心已经拧到了极点，开门见山，"你现在的状态很不对。"

这样突然的质问让应奚泽忽然间恍了下神，然后他缓缓地摇了摇头："没什么，我就是在想……"

"嗯？"宿封舟依旧是居高临下的俯视姿态，似乎非要逼迫应奚泽将后面的话全部说完。

应奚泽停顿了一下，继续说："就是在想，真的有人会为了怪物不离不弃吗？"

宿封舟握在他肩膀上的手微微一松，然后就看着应奚泽嘴角浮起了一个没什么温度的弧度："随便想想而已，走了。"

应奚泽身后并没有继续跟上的脚步声。直到距离拉开了一段之后，宿封舟的声音才再次响起："会的。"

应奚泽的脚步顿住，没有回头。

宿封舟依旧站在原地，直勾勾地看着那个背影，重复了一遍："不管是怪物还是别的什么，都肯定会有的。"

应奚泽的眼帘微微地颤了颤。一种微妙的情绪从胸膛中涌起，连他自己都没注意到他眉目间逐渐柔和的神态。

"不重要，先回去吧。"他说。

9

两人来到临时安全区跟徐雪风他们会合，然后所有人整顿过之后，集体出发前往平城。

临时安全区里的幸存者数量比应奚泽想象的多了很多，一行车队浩浩荡荡出发，也显然更容易引起注意，返回平城的路上陆续经历了几次异形潮的突袭。

接连抗战之下所有人都是身心俱疲，邻城之间的转移人让感受到了前所未有的艰辛，不可避免地途中又发生了减员，接连几次冲撞后，人数又锐减了整整三分之一。

这已经是一个非常可怕的比例，支持着所有人继续往前的，大概就是平城这个传闻中暂时还没有受到太大干扰的安全区了。

灾员队伍早就已经跟平城那边取得过联系，接近的时候，TS 和 TW 们遥遥地可以看到城市周围的防护屏障暂时性收拢。

随着车队的逐渐靠近，城市的密集建筑也开始落入眼中。

应奚泽坐在靠窗的位置，可以清晰地看到出入要塞那边早就已经严阵以待的队伍。

跟他们离开的时候不同，很显然平城内部的躁动已经得到了平息，没有密集吵闹的车辆和群众，已经表现出了一种从未有过的严阵以待的状态。

明明已经是完全落入眼中的场景，但要真正抵达却要再过十几分钟。

最后一场异形冲击发生在距离要塞几百米开外的地方，但并没有人员过来进行支援，防守出入口的队伍就这样毫无动作地看着他们自己结束了这场厮杀，等车辆靠近了，才有一个领队样子的人出来比了一个“停下”的手势，说：“所有人排成一列，进城之前，请遵守检查秩序。”

“进个城都这么麻烦。”队伍里不知道有谁嘀咕了一声。

不过抱怨归抱怨，所有人还是非常自觉地站成了一列。

刚刚经历的前所未有的灾难，无疑对他们的世界观都造成了不小的冲击，嘴上再嘟囔，大家也深切地知道如果有一个处于异化状态的人进入安全区，

会成为他们日后最大的威胁。

这样的念头，一直保持到第一个检测异常者的出现。

这段时间，临时安全区的人几乎都拥挤在一个狭隘的空间里，参与检测是为了让自己安心，可谁都没想到他们当中居然真的有人存有异常，所有恐惧的情绪瞬间就蔓延开了。

等到第三个异常者被带走之后，终于有人控制不住情绪了，人群中突然开始发生冲突，整个秩序顿时混乱了起来。

应奚泽在这样的突发情况下被撞得一个踉跄，耳边传来了几声枪响，强行维持秩序的过程让现场恐慌的尖叫声更加此起彼伏。

直到不知过了多久，混乱的场面终于再次平息下来。

强制用武力镇压的情况放在以前恐怕绝不可能发生，但是落在眼下这种谁也不知道未来是什么情况的日子里，很显然强制手段变得很有必要。

队伍里开始有了啜泣的声音，但是经过刚才的爆发之后，整个队伍依旧在以非常平稳的速度持续前进着。绝大部分的人通过检测顺利地进入了安全区，偶尔会有几个人因为血液异常的状态被带离。

前者被带到了临时安置区里等待安排，后者里面有一些安全者的家人，在宁城的时候好不容易才一起逃生，到了安全区后反而面临生死分离，毫无疑问这对他们是新一轮的崩溃。

看似稳定的场面，背后蕴藏着强烈的恐惧、不安和绝望。

应奚泽跟着队伍一路向前，终于来到了检测台前。

负责检测的工作人员曾经跟他打过照面，微微惊讶之后看了看后面跟着的几个七组的人员，缓缓地吁了口气："真好，你们都回来了。"

应奚泽从中听出了几分真心，朝他露出了一抹笑容。

检测程序发展到现在已经简化到了极致，结果很快显示了出来，几人均没有发现任何异常，被顺利地放了进去。

原本就是从平城出去的人，并没有被带去临时住处，而是直接进了城。

整个任务过程中，七组总共减员了两人，比起外面的惨烈并不算什么，但也让所有人心情不算太好，他们互相告别之后就各自返回之前的住处了。

宿封舟不知道从哪里弄来了一辆车，带着应奚泽朝内城区的方向驶去。

应奚泽坐在副驾驶座上，回头看去的时候，检测的队列已经快要见底，依旧留在空地上等待分配的人影显得单薄又迷茫。

宿封舟的余光留意到了应奚泽的神态，开了口："根据安排，应该会留出一片未开售的楼盘作为他们的临时住处。之后具体怎么处理，估计要等市长那边开会后才能决定。大概率来说，在全体注射抗异化药剂之前，应该会限制活动范围。也没有办法，特殊时期只能严谨一点，但他们已经算是非常幸运的了，毕竟他们是第一批的幸存者，就算考虑到人性也必须收留，等后续还有其他批次的灾员过来投奔，恐怕就需要重新考虑了。"

应奚泽沉默了片刻，说："我知道，老师跟我说了，他们正在开会拟定相应的《安全区筛选政策》。"

"没办法，末世就这样突然来了。目前平城虽然还算安全，物资终归有限，救人的前提还是得自己先活下去，没有人愿意为了当善人把自己饿死。"说到这里，宿封舟意味不明地低笑了一声，也不知道是不是被自己人间清醒的残酷发言给逗乐了。

对于应奚泽的住处，宿封舟可以说是轻车熟路。

到了门口之后他也不着急走，瞥了一眼里面干净整洁的环境，勾了勾嘴角道："不招呼我进去坐坐？"

应奚泽不答反问："我不招呼你就不坐了吗？"

"当然不会。"宿封舟说话间已经换好了拖鞋，这大概是他去外面做客的最高讲究了，进门后他先是给自己倒了杯水灌了两口，再朝应奚泽看过去，"手机可以借我用下吗？我的坏了，得让慎文彦给我搞个新的来。"

应奚泽动了动嘴角："你自己不会去搞？"

"习惯了，小慎做事比较有效率。"宿封舟说得面不改色心不跳，应奚泽将手机解锁后递了过来。

他随便摆弄了两下就从应奚泽并不算多的聊天组里找到了七组的内部群，点进去后刚想要招呼慎文彦，却因为三秒前弹出的一条转发内容愣在了原地。

应奚泽留意到宿封舟神态间的变化，走过来看了一眼，眼底的眸色也跟着晃了晃。

他用的是非常了然的语气道："他终于还是行动了。"

宿封舟的动作停在那里没有动，还是应奚泽先动了动指尖，点开了那条标题醒目的视频链接。很快，明显经过剪辑的画面展示在手机屏幕中间。

一幕接一幕地掠过，画面中的人全身连接着各种医疗器械，各式各样的导管，不断重复的刺激性作业，以及那一次又一次从体内抽取出来的鲜红血液，无一不直勾勾地刺激着视觉。

视频内的所有画面明显都已经经过了非常仔细地筛选，这大概也是零号延后那么多天才采取行动的最主要原因。每一个镜头当中，参与实验的那张脸都清晰无比地处在镜头最醒目的位置，只要稍微熟悉一点的人都不难认出视频中实验体的真实身份。

可以感受到视频中的是重复性实验，但不管在哪一段镜头当中都不难看出，对于实验参与者而言，这些实验过程无疑都不是什么美好的体验。

其中进行最多的是一些用意不明的电流接通，其次就是不间断注射各种不明液体，带来的一系列后续反应。

这里的一切对于应奚泽而言无疑是无比熟悉的，准确点来说，这些短短的影片或许包含了他那么多年来最主要的生活内容。

整个房间里一片沉寂，只剩下了画面中偶尔流露出来的操作声响。

宿封舟久久没有说话，但可以清晰地感受到他明显逐渐沉重的呼吸声。

应奚泽没有去看这人的表情，他垂了垂眼，神态间平静得仿佛所有的一切都与他无关。根本不需要去点视频下面的评论内容，就足以想象出短时间内这个视频在幸存者中引起了多大的反响。

不得不承认零号确实很会挑时间。

突如其来的末世，猝不及防地打乱了这个世界的所有步调，在这种击溃了所有人心理防线的最后时刻，零号忽然用这样的一段视频来向全世界宣告——其实科研团队早就已经预测到了这一天的到来，并且在不为人知的地方悄悄地进行着人体测试。

现在所有人最想知道的无疑是，经历过无数次实验之后的最终结果。

“人体实验视频曝光”“不会被感染的人是否真的存在”“实验者真实身份”“免疫者还是新的怪物”等词条就这样在短时间内成为了所有人谈论的最主要内容。

与此同时在各个工作群里不断弹出的信息也足以证实着，应奚泽一直隐藏的身份注定再也不是秘密。

弹出来的来电提醒打断了视频的播放。应奚泽没有看宿封舟，从他的手上接过手机放到耳边。

刚接通，冀松的声音就从那头传了过来：“你们现在人在哪里？”

“宿舍。”应奚泽简单地报了两个字。

“待在那别动，我派人过去接你。”

应奚泽低低地“嗯”了一声，随意地朝着窗外扫过一眼，可以看到原本还空荡的走廊里不知什么时候挤满了人。

他们遥遥地站在那里，并不太敢靠近，其中不少人还警惕地拿出手机拍了几张照片，然后又低头敲打着屏幕，可以想象出他们各式各样的对话内容。

他眸底的神色微微地恍了一下。只是片刻间的走神，眼前视野忽然一断，宿封舟当机立断地拉上了窗帘。

应奚泽定定地站在那里，嘴角缓缓翘起，忽然露出了一抹讥诮的弧度。就连他也不知道这是在嘲笑自己还是在嘲笑其他的事，但是有一种感触十分真实——这么多年维系下来的平静日子，恐怕彻底结束了。

他抬头对上了宿封舟的视线，张了张嘴，一时间却没能发出声。

他正想斟酌用词，却见宿封舟突然迈步走过来，等回神的时候人已经到了跟前，对他说：“别怕。”

应奚泽彻底愣了神。他从没想到这个男人在反应过来后的第一句话，居然是这两个字。

他停顿了片刻，问：“我怕什么？”

宿封舟没有直接回答，说道：“反正有我在，什么都不用怕。”

应奚泽没再说话了。

安静的气氛在两个人当中蔓开，在外面走廊里陆续传来的混杂声响下，彼此的呼吸在这瞬间变得更加真实。

视频传播的速度快得惊人。走廊里聚集的人声在不知不觉间越来越多，场面逐渐变得有些混乱，人们密密麻麻地拥挤在一起，冀松安排的人抵达楼下的时候，甚至一度都没办法挤上来，只能使用手机跟应奚泽联系。

应奚泽最后是被宿封舟罩在外套里护着下楼的。

宿舍区里居住的都是各个部门的相关人员，宿封舟这个七组组长向来凶名在外，大家围观归围观，撤离的过程还算客气。可即便如此，当车辆顺利带着应奚泽离开住宿区的时候，一起坐在车内的冀松脸色也并不好看。

这些内部人员比起普通群众来说，对于这些事情的接受程度已经算是相对良好的，可即便如此，依旧在短短的时间内引起了这样大的反应，足以想象外界那些知情不多的其他人会有怎么样的联想和反应。

毕竟现在已经进入了特殊时期，这系列视频一出现，谁也没办法估算出人类为了争夺存活下去的最后一根稻草会做出什么。

就在冀松出发前，网上就已经有人煽风点火地将应奚泽这种不被感染的情况称为了“怪物体质”，强烈呼吁进行更深入的加强化实验。甚至有些人阴谋论地怀疑，这些异形的出现本身就跟应奚泽有关，对于整个科研部门的设立提出了极大的质疑。

但不论是哪种言论，对于应奚泽而言都称不上有利。

一路上谁都没有说话，直到将应奚泽带到了一处环境僻静的房子里，冀松才仿佛彻底松了口气，说道：“宿舍楼那边你先不要回去了，平时要用的东西我会让人送过来，暂时就住在这里吧。”

应奚泽没有拒绝，回道：“都行。”

冀松的视线顿了顿，说：“接到通知之前，你先哪里都别去。”

应奚泽开口道：“嗯，我就待在这里。”

大概是这种态度实在太过配合，冀松微妙地感到了一丝不安。

他张了张口刚想说什么，忽然听到宿封舟的声音传了过来：“冀院长，可以让人在这里多放一张床吗？”

冀松回复道：“当然可以。”

应奚泽确实没想到宿封舟会跟着住下，不过也并没有多想。毕竟对于他来说，很多东西都已经无所谓了。但不可否认，这样没有任何人过来打扰的生活暂时还算安逸。

“怎么就吃了那么点？”宿封舟看着应奚泽结束了当天的午餐，拧了拧眉头，“胃口不好？”

“不是，已经饱了。”应奚泽顿了一下，补充了一句，“自从上次实验结束之后，我好像不是那么容易饿了。”

其实这句话的用意很清晰，已经几乎直白地在告诉宿封舟，自己的身体似乎在不知不觉间发生着微小的变化。而且这种变化，很可能是危险的，不可逆的。

然而这个男人却像是什么都没听到，隔了一会儿，说：“那我研究下新的菜品，说不定你喜欢就会多吃点了。”

应奚泽没多说什么，回道：“嗯。”

他看着窗外，阳光里带着跟这个世界不太符合的暖意，遥遥地可以听到些许的枪声，大抵可以判断出是来自出入口的要塞位置。

自从试剂研发成功之后，似乎连感染的过程都出现了些许的延缓，比以前要多了一段时间的缓冲期。但这只局限在第一时间进行试剂注射的前提下。

城里的部署在有条不紊地进行着，最近几天有些地方通过还没切断的通讯，陆续跟周围城区里残留的几个临时安全区取得了联系。

陆续有车辆开始出入要塞前往救援，但是能够真正带回城里的人并不算太多，绝大部分都没有通过岗哨处的筛选，或被击杀，或被要求原路撤回——新的筛选法则已经正式通过并投入了使用，为了确保平城内部的群众保留足够的生存条件，这些要求加在一起堪称极度严苛。即便如此，依旧有人不死心地愿意进行尝试。

比起要塞出入区域的忙碌，这些日子的平城内部其实也不太平。

冀松在第一时间将应奚泽带离了风口浪尖，在这个没人知道的地方被保护了起来，至少为他遮挡了很多不必要的冲击。

应奚泽这个当事人其实时刻关注着外面的言论走向。

很显然视频带来的恐慌并没有随着这几天的沉静而彻底散去，反而有了愈演愈烈的趋势。异形爆发的冲击给所有人的心里都留下了阴影，在不确定是“这些怪物促成了人体实验”还是“因为人体实验而产生了这些怪物”的情况下，应奚泽的存在对这些普通群众而言无疑是一个巨大的定时炸弹，只要一想到他们自认为暂时安全的平城内部还留有这么一个不知道是否还是“人类”的存在，人们的恐慌就变得一发不可收拾。

虽然一直没有从这里走出去过，但是应奚泽还是知道了一些外面的情况。

有几个工作群已经将他移出，还有几个群的管理装死一般没有采取任何行动，通过其他人偶尔提到的内容，不难感受到平城内部涌动的那些暗流。

最初只是有些人聚集在研究院的门口要求知道真相，再后来人数逐渐越来越多。工作受到影响之下相关部门不得不采取一些强制手段，反而激发了那些群众压抑了太久的恐惧，没有了工作、学习，无事可做的人们开始不定期地聚集游行。

末世到来之后谁也不知道未来的方向在哪里，只能在这片茫然的情绪之下，本能地抓住那一丝他们自以为可以找到的唯一方向。

即便，那未必是正确的。

跟前几天一样，应奚泽在群里看到了新的照片。

街上的情景，距离研究院并不算太远，经过几天的时间已经立起了不少的横幅，一个个猩红的字刺入眼中，无一不是在呼吁还城市一片安宁。

他成了这座城里人心不稳的存在。

这只是现在发生的事，比起这些，那些手中暂时还捏着手机的"键盘侠"们，可能塑造着更加不堪入目的言论。

应奚泽的视线在软件上的图像上停留了片刻，他正想点开，眼前晃过了一只手，手机就已经被旁边的男人抢了过去。

"别看了，没什么好看的。"宿封舟说。

应奚泽把手机拿过来，说："随便看看。"

连他都没注意到自己的语调中有些不常见的固执。

隔了一会儿，软件打开了，然而应奚泽眼前一暗，又是被一只大手给挡住了。

"看那些脏东西还不如看我呢。"

应奚泽开口："一如既往的自恋啊宿队。"

宿封舟轻笑道："请叫我名字。"

"宿封舟……"

"嗯。"

一时间谁都没有继续说话。

许久之后，宿封舟低低地吁了一口气："以后，准备怎么做？"

应奚泽知道宿封舟其实是想问他有没有后悔，但选择了这么一个相对委婉的方式。

他思考了片刻后，摇了摇头："不知道，看老师那边的计划吧。"

宿封舟拧眉："你还准备继续配合做那些事吗？"

"这不是配不配合的问题，在这一点上，不管是你还是零号，大概都想错了。"应奚泽抬头看着他，是一如既往平静的语调，"宿封舟，你听过一句老话吗？'一念成佛、一念成魔'，这大概就是我跟零号之间最大的区别。"

"每个人的决定注定了接下去的结局，我选择了一条跟他完全不一样的路，并不是因为我对人类有怜悯，而是因为我不想成魔。"

很轻的话语，充满了最残忍的现实："所以零号他从一开始就想错了，他根本逼不了我，因为从一开始，我就根本没有选择。"

应奚泽从来没有想过自己会对别的人说这样的话，因为即便是他自己，有时候都很不理解自己想要的到底是什么。

他不知道宿封舟到底听懂了没有，听懂了多少，又或者说，他本来也没有想过要得到任何的回应，可是直到几秒之后，他听到那个男人再次开了口：“那如果，从现在开始让你自己选择呢？”

应奚泽有短暂的失神，思考之后缓缓地回答：“有可能会想要离开这里。”

不算逃避，也没有自我放弃，而是非常简单地离开这个已经越来越失去归属感的人类社会。只不过还有一个更残酷的现实就是，如果离开了，他又还能够到哪里去呢？

有一只手在他的肩上轻轻拍了拍：“要不要我跟你一起去？”

应奚泽拍开这个逐渐肆无忌惮的家伙，投去了看傻子的视线，道：“连我都不知道要去哪里。”

宿封舟说：“没关系。”

简简单单的三个字，让应奚泽短暂地失了语，最后他很轻地回了一句：“到时候再看吧。”

宿封舟反而笑了起来，像是占到便宜一样。本来还想说些什么，手机忽然振动起来。

应奚泽看着宿封舟前一秒还充满调侃的神态渐渐凝重了起来，根本不用问，也知道发生了什么。

他也在七组的工作群里，新发布的任务内容清清楚楚地写在其中。新的救援项目，不管是危险程度，还是人员身份的牵扯都关系重大，普通队伍很难胜任。

通过会议之后，管理层要求七组跟九组两支特殊队伍同步行动。

应奚泽对上宿封舟投来的视线，说：“去吧，那些人需要你。我这里有老师看着，不会出什么事的，正好等你回来，或许我就想好到底要去什么地方了。”

宿封舟定定地看着应奚泽高挑清瘦的身影，良久的静默之后，再次点开慎文彦传来的那份详细的任务资料。

页数不多，里面的内容全部看下来却花费了漫长的时间。宿封舟神态坚定起来，似乎终于做了决定，道：“给我三天时间。”

宿封舟离开之后，应奚泽才发现他现在似乎有些不太习惯一个人的日子。明明就在不久之前，他还很不喜欢有人闯入他的生活。一日三餐有固定的人送来。

工作人员处理着自己分内的工作，对于外面的事情没有多提半句，但是每次打开门往外面看去的时候，他总能看到那些长长的人流。

游行的人显然又逐渐多了起来。对于人类来说，似乎只有通过这种具象化的行动，才能让他们稍微安心地认为自己能在这末世当中做些什么。

即便绝大部分人甚至都不知道，这样子做到底是不是正确的。

应奚泽丝毫没有放在心上。他的生活作息可以说是异常的规律，固定的时间起床，固定的时间吃饭，固定的时间睡觉，剩下的就是靠在床边看向远处并不算太过真切的景象，像是在思考。

就如之前他告诉宿封舟的那样，等这个人回来的时候，他要找出自己的答案。

但是这样平静的日子只持续了两天。

早上，应奚泽是被外面接连的枪响吵醒的。

他推门出去的时候，这几天留在这里照看他的工作人员闻声看了过来，向他说明："还不知道具体是什么原因，应该是前段时间刚刚接收的那批人里有人感染了，当时没检测出来，现在突然爆发，好多人都跑了出来。"

应奚泽顿了一下，问："感染的人多吗？"

工作人员摇了摇头："不清楚，但是看外面消查队那些人的行动……应该已经算是这段时间最严重的'事故'了。"

应奚泽朝着依旧还有枪声响起的方向看去。

自从灾难全面爆发之后，平城内部一直以来都还算相对平稳，在这样的环境下，群众的情绪逐渐安定了下来，虽然只是维持表面上的平静，却在今天这样突如其来的混乱下又被撕开了一道口子。

应奚泽微微垂了下视线，他看到有一辆车穿过人影攒动的街道，转了个弯，停靠在了房子楼下。冀松从车上走了下来。

这段时间他的这位老师虽然忙碌，但也隔三差五地抽时间往他这边跑。

在别人眼里这显然是对他这个得意门生格外照顾，其实应奚泽心里非常清楚，这位老院长只是比任何人都更加害怕自己会放弃人类而已，即便眼下是那些人类争先恐后地想要将他放弃。

应奚泽站在走廊上等了一会儿，随着零碎的脚步声响起，很快就跟走上楼的人四目相对。只是扫过一眼，应奚泽就知道冀松今天来的用意跟前几天不同。

在他询问的视线下，冀松并没有兜圈子，而是直勾勾地看着他，开门见山道："我们需要你的帮助。"

从这样的态度里，应奚泽看出了一丝冀松对于他可能做出拒绝的担忧，他沉默了片刻，说："要我做什么？"

冀松带着应奚泽下楼，上车后开始介绍具体的情况："前几天这边刚接收了一批杭城那边的灾员，其中三分之二已经遣返，留下的三分之一当时也经过了严格的检查。但是不知道为什么，当时没有发现任何问题，从昨天晚上开始，临时住宿区那边就开始有人员陆续发生异化。当时现场就已经被及时处理，但是也有一两个遗漏，导致现在整个城区内部都有些混乱。"

应奚泽简单地听完，点了点头，说："所以，您想找出这些异化没被检测出来的具体原因。"

"你还是一样，一点就通。"冀松苦笑，"相关人员的血液能收集的我们都已经收集到了，后面想要进行进一步的比对。只能说但愿不是我们所想的那样，要不然，如果连异化趋势都无法通过血液进行检测，那对于人类无疑又会是一个巨大的打击。"

"明白。"应奚泽却问道，"这次七组去执行的救援任务，好像就是在杭城吧？"

话题转得有些快，让冀松稍微愣了一下才回答："是的，杭城北郊的重灾区，除了被困的研究组人员之外，还有一套全新的X系列武器，必须尽快带回。"

应奚泽"嗯"了一声，说："我会配合你们完成这次实验调查的。"

因为街道上面的情况有些混乱，车辆行驶的过程显得很是徐缓。

这是应奚泽这几天来第一次踏出那栋房子，他的视线随便往外面瞥去，可以清晰地看到周围横七竖八的横幅。

突然的爆发引起了巨大的恐慌，所有积累着的情绪彻底激发，让群众一时之间也顾不及这几天正热火朝天举行着的抗议游行。

只不过这些横幅毕竟都是新做的，虽然遗弃在路边，依旧可以清晰地看到上面露出的几个惹眼的词汇。

冀松留意到应奚泽的视线，试图安慰："是他们不懂，你别放在心……"

应奚泽打断了他后面的话："没关系。"

整个路途显得非常漫长，车厢内的氛围顿时也有些微妙。

一直到了研究大楼门口的时候，因为里里外外围了不少心绪不宁的民众，单单穿过大门就花费了不少的时间。

等到车停稳了，应奚泽才推门下车。结果脚刚落地，就听到不知道谁扯着嗓子喊了一声："是他！是视频上的那个，那个……"

话音未落，周围的人已经齐刷刷地看了过来。

落在身上的视线显得格外扎人。这些人大多都是因为新爆发的"事故"，来研究院这边打听消息的，有些甚至在半天前还在参与街上的抗议游行。整个环境微妙地安静了一瞬，然后瞬间嘈杂了起来。

有人开始借乱大声喊着："终于知道原因了！新的感染肯定跟这个怪物有关！"

一石激起千层浪。不少人开始盲从，冀松眼看着局面似乎有些趋于失控，当即联系了安保人员过来防护。

应奚泽脸上没有半点多余的表情，基本上是被安保组的工作人员拥着走进的大门。即便他被护得严实，随着周围有人慌乱下开始捡起石块投掷，还是有些许砸到了他的头上、衣摆上，稍微有些生疼。

等全部平息下来的时候应奚泽有些狼狈，但他只是轻轻地理了一下衣服上的褶皱，没有再管那些被拦在门外的群众，他看向冀松，神态平静地说："采集的血液样本在哪里？现在就过去看看吧。"

冀松将应奚泽上下打量了一番，显然一时半会也琢磨不透他的心思，顿了一下才道："跟我来。"

应奚泽跟着冀松朝内部通道走去，依旧在不停拍打着大门的喧闹声也逐渐远去。

等所有的一切都抛到耳后，他扯了扯嘴角，勾起一抹没有什么情绪的弧度。

接连经过几个需要身份验证的防护门后，最后进入实验室的只剩下了应奚泽跟冀松两人。

应奚泽娴熟地卷起袖子，将视线投向别的方向，让冀松从他的手中抽取了一管血液，然后经过处理之后，同步提取出了从那些异化者身上提前取好的样本。

随着试剂反应开始产生，仪器也正式启动运转。

等待报告结果的过程有些漫长，实验室里却是许久无人说话。

隔了许久，才轻轻地传来应奚泽的声音，他问："老师，如果我要离开，你会放我走吗？"

冀松落在桌子边缘的手指明显地蜷缩了一下，他垂了垂眼，盖下了眉目间无奈的情绪，说："只要你想的话。"

"关于这次的事……"冀松很明显还想挽回一些什么，欲言又止地斟酌了一下用语，"上面已经在拟定公示文件了，只不过你知道的，具体情况有些复杂，对外要怎么说还需要好好斟酌，表态还是慢了点。这几天也确实委屈你了。"

"我没什么。"应奚泽说。

两人的对话再次停顿，直到仪器的提示音响了起来。

"嘀嘀！嘀嘀！"

与此同时还有闪烁起来的红色警示灯。

"来看看，结果出来了。"冀松的话暂时将两人的话题拉了回去。

应奚泽也没有再提什么，跟着走过去，靠近的时候他留意到冀松拿起检测单的时候忽然间僵住的背影，他瞬间意识到不妥的地方："是有什么问题？"

冀松把手里的单子递过去，是格外凝重的神态，说："你自己看吧。"

应奚泽扫过一眼之后，目光在其中一行数据上面停顿了下来。

这份报告放在很多人眼里或许跟常规结果没有太大区别，但是应奚泽一眼就捕捉到了当中明显的问题。

许久之后，他有些低沉的声音响起："他在那边。"

"而且，人类细胞的活性成分明显已经变得更高了。"到了现在，冀松终于也知道了最初没能从这些人体内检测出异常指标的原因，"如果这次的感染真的跟零号有关，因为他自身特殊的人类基因而对检测设备造成了干扰，就……不奇怪了。"

然而应奚泽并没有吭声。他一动不动地站在那里，也不知道是在想些什么。

隐约间只觉得有什么从脑海深处一闪而过，他很努力地才捕捉到了那一缕似乎遗漏掉的信息。

他忽然抬头朝冀松看过去，道："老师，你有前两天关于杭城救援任务的资料吗？"

冀松不是很明白应奚泽怎么突然想到了这些，愣了下才回答："我给你找找。”

接收到冀松发送过来的文件，应奚泽在第一时间点开。

他几乎是一目十行地扫过，最后视线定定地停留在了那组图片压缩包里的几张照片上。一眼看去相当触目惊心的画面，但是吸引他注意的是角落里留下的那半截身影和交缠蠕动的触手，虽然没有看到另外半边的样子，但是单单这么一眼，就已经足以认了出来。

应奚泽终于知道宿封舟决定出发前，忽然坚定的神态是从哪里来的了。

这个人，想要做的恐怕并不只是救援那么简单。

他不自觉地暗暗抿紧了嘴角，朝冀松看过去，连自己也没发现语调中带上了几分急切："现在还能联系上七组那边吗？"

宿封舟出发之后就一直没有发回过消息，这已经让应奚泽有些猜测，但是他现在依旧抱着最后一丝希望。

可惜冀松的回答到底还是证明了他原先的猜想："杭城的通讯设备已经大面积瘫痪了，现在恐怕只能等他们自己回来。"末了，还安慰了一句，"也别太过担心了，就算零号真的在杭城，那边至少还留有部分 X 系列的武器可以使用。"

应奚泽过了一会儿才找回自己的声音："我没担心。"

冀松定定地摇了摇头，最后深深地叹了口气："去洗把脸吧，顺便看看你现在是个什么表情。"

应奚泽来到洗手间的镜子前，才终于看到自己现在的样子。

也难怪冀松会那样说，现在他整个人的脸色甚至已经不能用病态的苍白形容了，比褪尽色泽的白纸还要单薄。

他缓缓地闭了闭眼，反复深呼吸，才让自己的身体找回一点余温。

如果真的偶然撞上也就算了，怕就怕宿封舟这次是想要去找零号。

应奚泽当然知道这人为何会做出这种选择，却有些不敢深想。

他很清楚零号的存在具有巨大的威胁，要不然自从他逃出研究院之后，也不至于至今都没能将他进行有效处理了。

至于 X 系列。作为 X 计划背后最强劲的支持者，应奚泽对于这些武器的杀伤效果更是了如指掌。

就像冀松说的，杭城这部分的留存，大概算是目前唯一值得庆幸的东西。

应奚泽直勾勾地看着镜子里的自己，视线却像是穿透到了一个非常遥远的地方，他自言自语道："说好的三天时间，还有最后一天了。"

尾音在周围轻轻盘旋，像是拉得很远，又像是在平静地陈述后续的话语。

最后一天，如果还没回来，我就过去找你。

杭城。

他们被困在这片废墟当中已经有整整一天一夜了。

原先所有的救援过程都非常顺利，那批科研专家以及物资都已经被全部转移，结果不知道为什么，就在准备返程的途中，他们突然间遇到了大批异形的突然袭击。

他们可以感受到很明显的不同，这些异形的背后似乎有着神秘的力量在操控，前赴后继又难以突围。而其中最让人感到不安的是，他们随身携带的普通武器显然对这些东西没有用处，这让曾经下过地窟的人难免想起了很多不好的回忆。

投掷之后的爆炸声伴随着撕心裂肺的嘶吼，但是并没有让这些异形彻底收敛，仿佛它们身上那些残忍的伤口并没有起到任何作用，通过远程观察设备，他们甚至还可以看到那些软肉蠕动着重新复合的全过程。

跟当时地窟昏暗的环境不同，杭城顶部的阳光相当耀眼，落下之后画面变得更加清晰，也更加地令人作呕。

"怎么又在这里遇到这些鬼东西！"武器失效，他们又得贴身肉搏，徐雪风骂骂咧咧地砍杀过几只之后回头看向旁边的男人，问，"刚才那些研究员是不是说过，我们带出来的那批武器可以随便使用？"

宿封舟全身染着血，在接连的作战之后精神状态和体力都已经紧绷到了极点，狼狈的状态之下，他看起来显得更加触目惊心。

他的视线凝重地落在远处，也不知道在想些什么。回答徐雪风的时候，显得有些心不在焉："用吧，当时这批武器研发出来，就是为了对付眼下这种情况。"

"本来还想带回去当储备物资，这下可好，直接边走边用，就当减负了。"徐雪风冷笑一声，招呼了队友去调配武器，瞅着宿封舟保持着这样的姿势没动，忍不住问，"在看什么呢？"

宿封舟看着的地方不少异形身影涌动，除此之外，也看不出什么。

宿封舟不答反问："还记得当时在地窟的时候是怎么结束的吗？"

“在地窟那次？”徐雪风想了想，“就是你们组那小子鬼哭狼嚎地求我们过去救你，最后把你跟那个科研专家半死不活地带回来的那次？”

宿封舟仿佛完全没有听到他话语中的调侃，说道：“现在回想，或许确实是突围的唯一选择了。”

“啥？”徐雪风显然不是很懂这种没头没尾的话，眼见队友们已经搬了一批武器过来，跃跃欲试地活动了下筋骨，“行了，这下可以让那些玩意儿见识见识人类科技的力量。”

他正要伸手，宿封舟已经抢在他之前，先一步接过了成套的枪械设备。

他的动作相当干脆利落，像是在刚才的沉思过程中做了一个决定，又像是对眼前的这一刻早就已经等待了许久。

徐雪风拧了拧眉，显然也意识到了什么，问道：“你要做什么？”

宿封舟三两下完成了装备的配置，言简意赅：“等会儿我往南边突围，你带着人从西边走，应该可以安全出去。”

徐雪风疑惑道：“开什么玩笑，就你一个人，拿头去突围吗？”

“我不方便解释太多，只能告诉你，这次异形突然暴起主要的目标应该是我。”宿封舟落在扳机上的手微微一紧，顿了顿说，“总之如果顺利的话，我这边突围之后就去跟你们会合。如果不顺利的话……”

他顿了一下，深吸了一口气说：“接下去的指挥权在你手上，怎么处理，以你的经验应该非常清楚。”

徐雪风没有搭话，最后低低地吐出一句话：“具体情况我确实不是很清楚，只能说，记得回来。”

宿封舟无声地笑了一下：“当然，还有人在等我。”

窗外落入的阳光，把男人的身影拉得修长。

应奚泽从实验检测结果出来之后就一直留在了研究院这边，协助冀松进行了血液提取。

零号的存在本就是非常特殊的，经由他造成的感染至今没有更好的消查方法，最可行的处方就是应奚泽的血。

有他侧面协助，平城内部引起的混乱终于逐渐地平息了下去。

事后，应奚泽并没有着急回那个僻静的专属住处。他在等。

比起人迹罕至的城市角落，很显然，在研究院里才更方便第一时间得到最新消息。

现在已经是宿封舟所说的第三天了。而就在半个小时之前，他刚刚接收到了冀松派人过来传达的情报——派去杭城那边的救援部队终于有了回音，他们重新回到信号区之后跟平城总部汇报了进度，整支队伍已经在返程的路上了。

这无疑是一个很好的消息，但是应奚泽反而觉得更加不安，直觉告诉他事情并没有这么简单。

已经数不清这是应奚泽第几次低头去看手机上的消息，收件箱依旧空空如也，并没有看到他所期待的内容。

救援队正式返程，但是宿封舟却并没有跟他进行联系。

应奚泽很愿意相信宿封舟的手机像上次一样又摔坏了，但是就连他发给其他人的信息也石沉大海了，他感觉情况有些微妙。

七组人员确实在这次的返程名单当中，却没有任何人愿意回复他，他所能做的猜想只能是他们要么太过忙碌无暇顾及通讯设备，要么就是根本不知道应该如何去回答他。

应奚泽定定地站在窗边，视线落去的地方，可以看到远远近近的人忽然忙碌了起来。

穿着研究院制服的科研人员神色匆匆地将检测设备搬上了车，他心头一跳，转身就想出去，正好撞上了迎面走来的冀松。

“外面的群众还没走，你这样直接出去非常危险。”冀松说。

“去杭城的救援队回来了。”应奚泽直勾勾地看着老者，用的是陈述的语气。

“嗯，已经到门口了。”冀松稍稍垂了垂眼，“检测专员已经赶过去了，确定没有异常的人员很快就可以进城，不用担心。”

“不用担心？”应奚泽的视线在冀松的脸上扫过，“老师，你有事瞒着我。”

冀松的身影明显僵了一下，隔了一会儿才说：“就算你现在过去，也做不了什么。”

这几乎已经算是确定的答案，应奚泽感到背脊似乎一下子笼上了一层冷意。

他张了张口正要说些什么，手机提示音忽然响了起来，他垂眸看了一下来电显示的名字，控制着自己明显僵硬的指尖按下了接听。

手机上显示的是宿封舟的号码，传来的却是慎文彦鬼哭狼嚎的声音。

背景音非常混乱，以至于整句话的用词应奚泽都听得不是非常清楚："应工，你现在能不能过来要塞这边……老大，老大他有点控制不住了……你快过来……"

后面的话被忽然覆上的一片嘈杂所覆盖，似乎有谁抢过了手机，然后杂音过后，通话就彻底切断了。

应奚泽几乎是毫不犹豫地转身往外走去，刚到门口的时候，执勤的防卫人员下意识地伸手拦住了他。

他缓缓地吸了一口气控制情绪，转身看向依旧站在原地的冀松，道："我要见宿封舟。"

冀松的脸上说不清楚是什么神色，说道："他现在……不适合进城。"

不是不适合来这里，而是不适合进城。就连刚才慎文彦也是要他去出入要塞的地方见面。

到这个时候为止，所有的信息都指向了一个唯一的可能。

应奚泽几乎用了最强的意志力才控制住自己不要胡思乱想，他狠狠地咬了咬唇，借着泛起的痛觉让自己冷静了下来，一字一顿地说："那就安排车辆将我送去要塞，我，要见宿封舟。"

"可是……"冀松显然还是第一次看到应奚泽用这样强硬的态度跟他说话，明明在他的记忆当中，这个人对这个世界所表达出来的态度向来都是不冷不热，隔了一会儿他才缓缓地吁出了一口气，"我可以送你过去，但是，你得保证不会乱来。"

应奚泽垂了垂眼，说："可以，我保证。"

从研究院到要塞的距离并不远。途中偶尔可以看到来往的接送车辆，从杭城救援回来的人员显然陆续得到了分配。

应奚泽冷冰冰的视线落在窗外，没有丝毫波澜。

直到他留意到车辆在穿过要塞出入口之后转了个头，朝着一个逐渐偏僻的方向行驶过去，所有强装的镇定终于出现了一丝裂缝。

这个地方已经离开了平城的安全区域，周遭的废墟因为需求也进行过相关的处理，隔了一会儿才重新开始出现了高矮错落的一片临时建筑。

应奚泽知道这里。检测出异样的人留在平城内部显然不太安全，这是另外设置的一个安置地点。

下车的时候应奚泽有些走神，险些脚下一个踉跄。他眼疾手快地扶住了旁边的车门，再抬头时注意力已经被不远处明显起了争执的人群吸引了过去。

那里有很多人，有男有女，但其中几个人身上的防护制服非常熟悉。

激动之下慎文彦的声音在一群人中特别鲜明："好歹也是我们老大冒着生命危险保护，大家才能这样安全地回来，现在做出这样的事，你们良心会安吗！"

争执的另外一方也是脸红脖子粗："这是我们能决定的吗？这是良心的事吗？把人带回来已经冒了多大的风险大家都知道，可是现在……现在这人都这样了，不赶快处理的话，会造成什么样的结果，你们敢说吗！"

七组的人确实不敢保证，可是这个时候他们也顾不得了。

整个场面一度混乱，对峙的那拨人顶不住跟前的这些煞神的压迫，意图朝旁边九组的那些人寻求支援，却见徐雪风带头在旁边一口接一口地抽着烟，笼罩在缭绕的烟雾当中，丝毫没有有任何作为的意思。

可是，就里面那人的情况……真要继续留下来，实在是太过危险了啊！

现场的负责人接手以来，对于经手的人员处理起来从来没有过任何手软，从没见过七组这样丝毫不配合的情况，差点都要急哭了。

正在这个时候负责人一抬头，看到了从不远处走过来的一行人，认出了其中那个身影之后顿时喜上眉梢："冀院长，您怎么到这里来了？唉，这边有点事情还得麻烦您……"

话音未落，七组那边的队伍里也跟着一阵惊呼："应工，你终于来了！"

现场负责人有点没绕过弯来，再抬头看去，便见冀松旁边那个身影高挑的年轻人大步流星地朝这边走了过来。

眼见这人就要擦肩而过地走向最深处的那间屋子，他心头一跳才记起来伸手去拦："唉那边不能去，很危险！"

"让开。"应奚泽丝毫没有要理会的意思，一把将人推开。

"你谁啊，是不是不要命了！"现场负责人急得直跺脚。

他生怕一不小心发生泄漏，手忙脚乱地就要旁边的人员建立警戒，被冀松带来的几个人拉住了。

冀松的视线久久地落在应奚泽走过去的方向，似是无可奈何地摇了摇头，说："没关系，让他进去吧。"

同一时间，应奚泽将冀松那边要来的权限卡按在了特质安全锁上。

听着"咔嚓"的细微声响，他缓缓地闭了闭眼，才推门走了进去。

宿封舟的精神力本身就非常霸道，隔着房间的时候，外面的人就可以轻易地感受到那些肆无忌惮地围绕着皮肤的躁动感。

除了房门推开的声音，还有屋子里那人持续沉重的呼吸，像是一只困兽，带着嘶哑的感觉尽可能地压制着。

然而让应奚泽久久站在原地的，并不是这种明显处在紊乱边缘的危险状态。

他看到了宿封舟胸前的那道伤口，从脖颈到腰部，几乎横跨了半个身子，格外狰狞。

很明显伤口已经经过处理，但是依旧阻拦不住溃烂的速度，像是无法控制的藤蔓，在迅速地朝着全身蔓延。

从他全身上下禁锢着的那些巨型锁链不难看出，其他人担心会发生些什么。

这本该是他最害怕见到的情况。但是真的出现的时候，他却伴随着极度的恐慌迅速地冷静下来。

对于科研工作者来说，所有的问题都需要一项一项地进行解决。

外面的人看不到里面的情况，但因为冀松的指示而没有任何人靠近这片区域。

然后就眼看着属于TW的精神屏障从无形的缝隙中扩散开来，将整个临时住房严密地包围了起来。

七组的成员们原本着急地等待着，这个时候却不约而同地朝着他们的副队融云看去，问道："这个精神屏障……"

融云实话实说："我做不到这个地步。"

不同的TW对精神屏障的完成效果不同，主要还是取决于自身的强弱。应奚泽塑造出来的屏障并不算太大，但是依旧带来了很大的胁迫感。

原本属于宿封舟那些蠢蠢欲动的精神力被彻底地笼罩其中，这让其他被干扰后也感到有些躁动的TS们稍稍地松了一口气。

而外面的人感受不到，在这片精神屏障当中多出了那些肆意扩散的精神触手，正在无声地将TS的精神波动一点点地按捺下去。

熟悉的感觉，似乎让完全处在混乱边缘的宿封舟稍微找回了一丝清醒。

宿封舟眼眸中挣扎的理智和杀戮堆砌在一起，汇聚成了一种极致的混沌，他仿佛被无形的力量牵引般抬头看了过来。

四目相对。

应奚泽的声音听不出半点多余的情绪："这就是你所说的三天后回来吗？"

"能给我你的 TW 素吗？就一点。"

朦胧当中，呼啸的精神风暴将两人吞噬。

理智撕扯到极致的时候，宿封舟只听到了一个声音仿佛非常遥远地从耳边擦过："当然可以。"

外面的人并不知道里面发生了什么，只是隔着那片精神屏障，似乎依旧可以感受到极致的精神力波动。

所有人都知道宿封舟的精神图景到底是个什么样的情况。没有任何契合的 TW 素可以对其进行安抚，这往往就意味着一旦他陷入到紊乱失控的状态当中，就要注定走向毁灭。

而就在这个时候，有个人突然间站了出来——这个 TW 的精神力，似乎比传闻中的那个疯子还要来得恐怖。

而此时此刻，刚才还在着急进行处理的负责人脸色有些煞白。

虽然没有近距离接触，但是这种隔着屏障带来的震撼也让他意识到，如果刚才自己一意孤行地将这个男人带走，这个时候或许已经发生了非常可怕的事情。

太过强势的精神力爆发过分霸道，直到彻底平息下来，每个人的心头留下了久违的震撼。

冀松抬了抬头看向天际，神态间也很是复杂。

他本来一直担心应奚泽逐渐淡漠的人类情感，会让他跟这个社会逐步脱节，而现在突然出现了一个连他都意想不到的羁绊之后，似乎带来了一个更加麻烦的问题。

杭城救援的具体过程已经送到他的手里了。

冀松也没想到宿封舟居然会主动去见零号，更没想到这个 TS 爆发起来，会有这样巨大的杀伤性。

一个人类可以将零号重伤到这种地步，如果没有这些远距离的镜头画面作为证明，他怎么都不会相信。

画面中的那个似人非人的身影看起来血肉模糊、面目全非，正是被逼到了悬崖上，零号才做出了随后这样疯狂的举动。

他居然在这样奄奄一息的阶段，对宿封舟进行了慢性感染。毫无疑问，不只是为了报复。他想要让应奚泽亲眼看着这个男人，在他的面前一点一点地变成怪物。

零号想要在应奚泽面前，将那些血淋淋的过去重新上演一遍，然后把他彻彻底底地逼疯。

无数理智的念头在告诉冀松，他需要去打断应奚泽正在进行着的精神疏导。

就在他正要迈开脚步的时候，咫尺的精神屏障豁然坍塌，随着房门再次打开，那个高挑的身影重新走进众人的视野当中。

应奚泽整个身影一如进去的时候那样笔挺，唯独多了衣衫上染开的鲜血，触目惊心。

应奚泽却仿佛丝毫没有觉察，余光掠过身后重新闭上的房门，平静的话语是对冀松说的："我要带他离开。"

完全在预料当中，冀松直勾勾地看着应奚泽，试图让他认清现实："你救不了他。"

"不试试怎么知道呢？"应奚泽的神态间没有任何波动，"给我一个单独的隔离区，我觉得，我可以做到。"

冀松开口："你明明比任何人更清楚……"

"所以，我还能站在这里就是最好的答案。"应奚泽淡淡地打断了后面的话。

"可你们不一样。你应该知道，不管是作用在你的身上，还是作用在他的身上，我们之前的所有理论依据，都完全是基于 TW 精神力特殊属性的基础之上。"冀松神态无奈，却是说着最残忍的现实，"而他，是个 TS。"

应奚泽依旧是这样的回答："只要给我一个隔离区，其他的，我有自己的安排。"

应奚泽过分坚定的神态让冀松微微地愣了一下，最后他缓缓地点了点头："我去准备。"

"还有一件事。"应奚泽转身看向另外一边的七组众人，"麻烦各位跟我走一趟，我需要知道这次的救援过程中，到底发生了什么。"

【重启日】

10

应奚泽对宿封舟目前的情况依旧不太放心，他想了想，在等待安排期间还是额外竖立起一个防护屏障。

他带着七组的人来到旁边，他留意到其他人似乎还有些不太放心，频频往后看去，说了一句："宿封舟没事，应该是暂时睡着了。"

"不过您的状态看起来有些不太好。"卓宇闻言松了口气，看向应奚泽的时候语气关切。

虽然看不到自己现在的样子，应奚泽大概也能想象出自己一身狼狈、脸色苍白是有多么吓人。

他摇了摇头说："没什么，我现在只想知道当时在杭城救援的时候到底发生了什么。"

七组的人互相交换了一下眼神。

最后慎文彦走了出来，简单地描述了一下之前一直顺利的救援过程被突然出现的异形潮包围的情景："那些怪物跟我们在地窟里面遇到的很像，普通的武器对它们根本起不到任何效果。起初我们也想通过砍断触手的方式去解决它们，但很快发现数量实在是太多了，而且整个包围的过程似乎充满了针对性，最后我们被逼到了据点的最边缘。"

应奚泽问："杭城那些 X 系列武器呢？"

慎文彦有些惊讶应奚泽居然对这些武器那么熟悉，想起之前的那些实验视频，顿时又不觉得惊讶了。

想到后面发生的事情，他神色微微一沉，道："是的，实在没有别的办法，

我们才决定动用这些武器。可是因为这批异形的数量实在太多，如何选择撤离路线便非常的重要。考虑到之前几次突围失败了，老大跟徐队商量之后，给出了最后方案。当时公布的时候，我们都觉得不是特别理解。”

应奚泽隐隐觉得不是什么好事，没有说话。

慎文彦说：“兵分两路后，老大他单独一人，选择了另外一条路线。”

周围一下子安静下来。

融云冷静且确信的声音响了起来：“其实没有什么不好理解的，从进入杭城开始，队长就一直在找一样东西，只不过在那个时候，刚好找到了而已。”

TW 很容易察觉到 TS 的情绪波动，作为队内唯一的 TW，融云回想起当时从宿封舟身上捕捉到的气息，微微垂了垂眼，说：“我觉得，这是他一早就准备要做的事。”

“什么叫一早就准备要做的事？做什么事，冒险还是送死？”慎文彦依旧感到不能理解，“当时的情况你们也都看到了，我承认老大确实很强，但实在没有……没有做到那个地步的必要。那么多的异形，他直接将我们全部都摘了出去，一个人直接消灭了整整一大半。”

很显然当时的场面确实无比震撼，就连身经百战的七组成员们，一经提及，眉目间都隐隐泛起了一丝动容。

应奚泽一直安静地站在那里，脑海中一直盘踞着融云的话。

七组的队员们不知道宿封舟的用意，他却非常清楚。这个人要找的，是零号。

这个怪物只要存在一天，就永远都是扎在他心里的那根刺。所以宿封舟才想要将这根刺彻底地拔出来，而且，不惜任何代价。

胸口有什么隐约地刺痛了一下，应奚泽下意识地抬起手落在胸前，深吸了几口气才找回自己的声音：“然后呢？”

“然后……”慎文彦努力地让自己忽略当时的惨烈，“我们这边明明是突围的大部队，也不知道为什么，都眼睁睁地看着那些异形朝着老大的方向蜂拥而去。等我们安顿好其他人再赶去的时候，老大他一个人已经几乎清理了整片战场，但是……那里还有一只怪物，像是刚刚异化的人，已经血肉模糊，整个人几乎跟老大纠缠在了一起。”

所以宿封舟身上的伤，果然是零号造成的。

应奚泽当然很清楚这意味着什么，问道：“那怪物呢？”

慎文彦没想到应奚泽居然会问这个，愣了一下说："都已经伤成那样，应该死了吧？"

当时他们的所有注意力都落在宿封舟的身上，这种半人形的异化者在这种程度的伤势下基本上也不可能存活，直接忘了留意。

死了吗？虽然应奚泽很希望，但是他知道，这根本就不可能。

以零号如今活性极强的细胞属性，即便是X系列的武器，也无法彻底将其击杀。

而现在最重要的是，零号对宿封舟到底做了什么。

毫无疑问，被一个普通人类逼迫到那样血肉模糊的狼狈地步，零号一定恼羞成怒到了极点吧。

零号想要他死，在最后一下反击的时候，却没有选择直接杀死他。

零号把他放了回来，是为了让他留在自己的身边，让自己一点一点地陷入绝望。

应奚泽说不清楚自己现在是怎么样的情绪，他情不自禁地扯了扯他毫无情绪的嘴角。

但是很可惜，他会让零号知道，这是它这辈子做出的最后悔的决定。他不会让宿封舟死的。

脚步声传来，应奚泽抬眸看去，是冀松已经做好了所有转移的准备。

"谢谢。"应奚泽对自己这位老师诚恳地说了一句，就要迈步，手上落下一个力量，被拉住了。

冀松开口："你确定知道现在是什么样的情况吗？"

"确定。"应奚泽对上了冀松的视线，神态间没有半点动摇，"慢性感染，当年我经历过的事情，他也一定可以做到。"

冀松不得不再次提醒："但他是个TS。"

应奚泽朝精神屏障笼罩着的方向看去："他是宿封舟。"很平静的语调，却透着真切透骨的坚定，就连冀松也不由得稍微有些愣神。

然后便见应奚泽已经迈步朝着那个方向走了过去，轻轻地拂过一阵风，留下的是淡淡的话语："我一定会治好他。"

旁边的房车依次排开。不是很清楚情况的现场工作人员时不时朝着这个方向投来视线。然后他们就看到那扇紧闭的房门再次打开。

被搀扶出来的那个身影身上挂着沉重的铁链，发丝垂落下看不清脸，经过的地面上留下了一道浅浅的血痕。

周围是很明显的危险气息。

血腥、暴戾，与那个紧紧挨着他的身穿研究员制服的身影形成了鲜明的对比。

这段时间以来，所有人都深切地记得每个异化者发生正式异变的表现趋势，都下意识地后退了两步，警惕又畏惧地保持着距离。

应奚泽仿佛什么都没有察觉，对于这个似乎随时随地处在异化状态下的男人没有丝毫的惧怕。他就这样一步一步地将人带上房车，最后关上门将周围的视线完全阻断。

过了一会儿，车窗的帘子也落下。应奚泽阻断了所有落入的光线。

不管是自己还是宿封舟，他都不喜欢让人用这样的眼光看着，像是他们是异类。

房车已经开始行驶。

很快他们就可以抵达冀松安排的那个独立隔离区，然后全力以赴地进入治疗。就像当年的他一样。

光怪陆离的画面从应奚泽脑海中浮现，这么多年曾经宛若噩梦的过往从尘封的记忆中一点一点苏醒。短短的片刻，就蔓上了一层血液倒流的彻骨寒意。

应奚泽缓缓地闭上了眼，盖住了眼底逐渐笼罩上来的坚定。

不管怎么样，他不会让宿封舟变成怪物。

不惜任何代价。

独立隔离区安排在距离平城大约半个小时路程的一个荒废村庄。

这里原先是高速路边一片安宁的世外桃源，经历过异形潮的袭击之后只剩下了一片荒芜。重建是在半个月之前开始的，原先选定这片区域的时候其实还没有确定好正式的使用方式，这个时候被冀松单独拎了出来，正好用来给宿封舟治疗。

留下来的人不多。七组的人员没有一个人离开。

因为宿封舟目前的特殊情况，应奚泽安排其他人都住在了最边缘的住宅区，跟中央的独立实验区域划分清晰。

最开始的两天时间里，各种尖端的设备陆续运送进来，来来往往给这片荒芜的环境增添了几分人气。

不知不觉，距离抵达这里已经过去三天。

在实验室外随处可见的还有那些消查部门的身影，这是冀松的安排。

虽然是慢性感染，但是这并不代表着时间就不宝贵。

异化风险依旧随时随地可能发生，当一切不可逆转的时候，即便再顾及应奚泽，都不得不做出“清除”的准备。

原本不可逆的异化存在对于人类就非常危险，何况像宿封舟这样的顶级TS。只看他单枪匹马将零号这个怪物逼到那个分上，冀松也决不允许冒险留下这个恐怕会成为更大威胁的存在。

谁也承担不了顶级TS彻底成为异化者后所带来的风险。

应奚泽将一切看在眼里，从那些消查队列旁边走过的时候，视线没有转移半点。

他的身上穿着整齐干净的研究服，就像在宁城研究院时那样。

他面色平静地穿过消毒隔离区，经过三道隔离检查之后，继续往最中心的区域走去。

路上遇到了几个从里面出来的研究员，看到他后都下意识地挺直了背脊，绷着表情打招呼：“应工！”

应奚泽点了点头没有吭声。

其实他知道，比起研究员这个身份，这些人此时更加好奇的是他“壹号”的那个身份。

就在一天前，平城政府高层终于联系所有管理人员结束了会议，拟定过严谨的说辞之后，终于针对之前跟他相关的视频内容进行了看起来最合适的回复。

政府面对这次末世危机进行的准备，再次在群众当中引起了轩然大波，他们对于这个初代实验体的存在也有了新的看法。

可即便绝大部分人改变了之前扭曲的看法，但是应奚泽依旧可以清晰地感受到人们或多或少有些微妙的态度。

对此，应奚泽倒也无可厚非。即便是冀松，对他也只是维持着表面的客套。说到底他对于其他人来说，本身就已经是一个与众不同的异类。

对应奚泽而言，这次整个事情并没有留下太多的痕迹。他知道，零号的最基本用意确实已经达到了，他在这个社会当中已然显得格格不入。

但那又怎么样呢？比起这些，眼下他明显有更加关注，也是唯一关注的事情。

隔离区最里层的人员只剩下了几个，是应奚泽曾经见过的面孔。

冀松将特殊实验室里的几位研究人员单独调配了过来，表面上是给应奚泽提供更好的治疗协助，从另一个角度来看，也是为了随时监视宿封舟的状态，方便在发生意外的第一时间做出最果断的处理。

就像当时在实验期间，对应奚泽所做的准备一样。他来到宿封舟所在的房间前，深深地吸了一口气，才刷下了自己的身份卡。

门打开的瞬间他抬眼看去，即便已经做足了思想准备，当那密密麻麻的仪器连接线落入眼中的时候依旧有些晃神，恍惚间躺在床上的那个身影和记忆中的过往重叠。最后他又垂了垂眸，才终于回归现实，回归到宿封舟那张脸上。

跟当时在临时隔离区的时候相比，因为精神紊乱状态已经在他当时的疏导下暂时平稳了下来，注射足够镇静剂的宿封舟，身上已经移走了那些繁琐的锁链。

只不过他的四肢依旧被镣铐锁在床边，周围的仪器设备通过各种方式连接在他的身上，屏幕上密密麻麻地显示着一系列实时数值。

应奚泽简单地扫过一眼，除了个别指标之外，其他的指标都还相对正常。

冀松原本正在跟其他工作人员沟通着什么，听到身后的动静，转过身看到了站在门口发呆的应奚泽。

他表情微微一顿，最后缓缓地招了招手："来。"

应奚泽跟了冀松那么多年，对于这位老人的微表情实在太过了解。

他脸上的神色微凝，走近后不等冀松开口，就开门见山地问道："感染节奏控制不住吗？"

"不是很理想，你自己看吧。"冀松将目前收获到的检测报告递给了应奚泽，"反应实验已经在准备过程中了，会优先使用当时在你身上起效的那部分试剂。但我还是那句话，他毕竟不是TW，TS的精神图景本身就没有TW的稳健牢固，更何况宿封舟还是长期处在紊乱边缘的精神状态，就算真能生效……"

冀松没有继续说后面的话，但是应奚泽知道他想要说的是什么。从某种角度来说，这种强行引导感染方向的实验操作都具有极强的危险性，对于实验体本身而言，是一个极大的考验。

作为实验体，只有最初的零号跟后续被迫感染的他成功维护住了自身的稳定。

他们都具有即便是在TW当中都极其稳定的精神图景。

在那些药物的作用下，宿封舟处在一种精神瓦解的边缘，稍微有一丝不够坚定，都会导致精神世界彻底瓦解。

这些对于普通TS而言已经是一件十分危险的事情，更何况宿封舟的精神图景本身就处在岌岌可危的状态之下。

应奚泽本身就经历过，那么多年过去了，午夜梦回，他惊醒的时候依旧冷汗淋漓。

但是眼下，他却需要将这些之前努力尘封下去的回忆主动地挖掘出来。

在这种情况下，还有唯一一个或许可行的解决方案。

TS的精神世界说到底，完全可以由TW进行掌控。

短暂的沉默后应奚泽才再次开口："老师，您那边只需要照常准备就好。至于宿封舟的精神图景，如果他本人无法进行掌控的话，我愿意陪他一起试试。"

"你疯了？"冀松忽然抬高的声音引起了周围人的注意，但这个时候他也完全顾不得了，就这样不可置信地看着应奚泽，有些怀疑自己的耳朵，"你还想要再重新经历一次吗？你忘了当年的那次实验，你最后用了多久才从里面正常地走出来？"

应奚泽闭了闭眼："我知道。"

正是因为知道，所以才会有这样的决定。

他没有理会冀松的质疑，一字一顿地重申道："既然我上次能够做到，那么这次也一定可以带着宿封舟，一起出来。"

冀松张了张嘴，最后在应奚泽重新朝他看来的平静视线下，到底没有再说什么。

他太清楚这样的眼神了。很显然，已经没有任何的事情可以动摇应奚泽的决定。

最后冀松只能无奈地叹了口气："我从第一个要求开始，就不应该答应你。"

应奚泽无声地勾了勾嘴角："麻烦您了，老师。"

做好准备工作是在第二天凌晨。

原本应该等到下午才正式开展，但是各项仪器上面显示出了十分诡异的数值指标，无一不预示着宿封舟突然间开始急转直下的身体状态。

应奚泽原本就一直留在隔离区里没有离开，知道这个情况后迅速地做出了决定：等不了，那就立刻执行。

冀松带着一众科研人员抵达，带着一管封存严密的液体。

应奚泽知道这里面放着的是什么。

他眸色微微一动，很快就平静下来道："那就准备开始吧。"

冀松复述了一遍安排："完成注射之后的半个小时内，我会带着所有人离开，紧接着的三天时间都会完全交给你。但是在这之前我必须得再次提醒你，是否能够融合最终还是取决于他自己，我会在最近的一个观察点通过监控随时观察这边的情况，一旦发现确定发生不可逆的反应，会在第一时间进行处理。你要知道，一个彻底失控的顶级 TS 一旦发生异变，将会成为人类不可设想的威胁。"

应奚泽点了点头："我知道。"

"不，我觉得你还不清楚我的意思。"冀松定定地看着他，"我想说的是，到时候一旦警报响起，不管发生任何事情，你也必须在第一时间离开。我这次不是在跟你商量，阿泽，这是我愿意冒险展开这次实验所提出的唯一条件，你必须答应。"

应奚泽沉默片刻，问："撤离的时间是多久？"

"十分钟。"冀松说，"最多十分钟的时间，提前完成瞄准的消查导弹，将会在最后一秒倒计时结束的时候精准发出。"

应奚泽说："知道了。"

这样的态度让冀松感到了一丝敷衍，他眉心拧起来道："确定知道了？"

"是。"应奚泽朝他看去，"那么，请正式开始吧。"

之前就已经准备就绪的研究员们收到冀松的指令，顿时从房间外面蜂拥而至。转眼间就将宿封舟的床边围了个密不透风。

应奚泽将一切看在眼中，脸上依旧是那样平静的神态，唯有垂落在衣袖下的手在不为人知的地方缓缓握紧。

眼前的画面跟记忆中逐渐重叠，曾经在惨白的病床上所有的经历，开始接连刺激着他的神经。在这之前他确实没想到会再次真切地经历这些事情，更没想到，同样是跟零号有关。

不过应奚泽也知道冀松的顾虑不是没有原因的。

还记得在无数次合成药剂的实验过程中，他的精神图景曾经发生过无数次的坍塌和重组，即便有 TW 无比庞大的精神力作为最后的支柱，依旧无法避免那些精神触手对周围造成一次又一次毁灭性的破坏。

相对稳定的 TW 都是如此，更何况宿封舟这种破坏力惊人的顶级 TS。

完成注射之后将所有人进行转移也是为了工作人员的生命安全着想，至于接下去要如何进行下一步行动，那完全要看宿封舟在注射试剂后的反应了。

“记住我说的话。”冀松在离开之前最后提醒了一次，这才带上其他人一起离开。

隔离区的层层防护从内而外地逐层落下，像是一道接一道的枷锁，将这间隔离病房封锁成了最严密的囚笼。

直到最后的脚步声消失在耳边，应奚泽才收回了落在门口的视线，朝床上的宿封舟看去。

墙上挂着的液晶屏幕上显示着红色的倒计时，距离注射结束已经过去了三分钟，试剂的反应正好刚刚开始。应奚泽可以明显地感受到床上那人的呼吸沉重了起来，逐渐起伏的胸膛仿佛一只拼命压抑的困兽。

自从进行过强行的精神疏导，宿封舟就一直处在这种半昏迷的状态当中，感染之后他的体内本身就极强地消耗着自身的体力，如果没有足够坚定的抑制，那种明显在现实与混沌之间的理智拉扯随时都可能把他逼疯。

应奚泽转身走进洗手间里打了一盆冷水。

冰凉的毛巾开始在宿封舟的皮肤上缓慢擦拭，缓解宿封舟体内两方冲撞之后引起的燥热感。

合成试剂某方面也是从体外入侵企图诱导异化的存在，在与本身已经感染的身体细胞碰撞后触发更强烈的撕扯，从一开始的触点开始往外扩散，最终这两种外因的角逐将会进行到最激烈的程度，到那时也将成为最后的转折点。

三天三夜的时间，听起来相当漫长。

而起初是否能够忍受住这种撕扯，将会决定后面的路是否有机会继续进行下去。

毛巾从皮肤上擦过的时候宿封舟有非常明显的战栗。以防万一，宿封舟的四肢已经被固定在了床边，这让他在仿佛充满电流的刺痛感下本能地想要抗拒，又在昏沉中完全被限制住了行动。

应奚泽擦拭的动作保持着非常稳定的节奏。

直到他感受到有什么从脖颈间经过，才留意到因为过分紧绷的精神状态，不知不觉间竟然让精神体银蛇从图景中跑了出来，它轻轻地盘踞在他的身侧，仿佛也在进行着无声的安慰。

应奚泽稍稍愣了一下，垂眸看向宿封舟的方向，说："过去帮他。"

银蛇轻轻地吐了吐信子，从应奚泽的肩膀滑落，扭动着身体乖乖地蜷缩到了宿封舟的身边。

精神体往往是精神状态最直白的表现，之前接连进行的疏导过程让应奚泽跟宿封舟两人的精神图景已经趋向于融合，此时此刻银蛇只是这样简单地靠近，就像是在无形间缔造起了一个微妙的桥梁，原本无比烦躁的宿封舟似乎逐渐地平息了下来。

应奚泽却不敢太过放松，重新回到卫生间里换上一盆水。

宿封舟一边无止境地冒着薄汗，应奚泽一边反反复复地帮忙擦拭，每一秒对于两个人来说都显得非常煎熬。

在这个过程中，最让应奚泽在意的是宿封舟身上的那道伤口，之前明明已经处理过，此时却又开始不时地流脓渗血，这样始终不见愈合的状态对于一个 TS 而言显然是极度反常的。

从零号为了进行慢性感染而特地留下的这个伤处来看，应奚泽更加清晰地感受到这个怪物在这些年间，经历着更深一层的进化。

这个发现让他对于接下来的反应过程产生了更多的不安。

除了保持外部的状态之外，他还随时留意着宿封舟混乱的精神波动。应奚泽几乎没有任何睡眠时间。前半夜几乎在观察宿封舟的试剂反应，后半夜则是全程在反复地利用自身的精神力，维持着 TS 随时可能坍塌的精神图景。

原本就岌岌可危的图景状态对于一位 TS 本身就非常危险，随着体内异化过程所带来的冲撞感，这种崩塌的过程愈演愈烈。

营养液成为了应奚泽唯一可以确保自己精神状态的东西。

整个房间没有窗户，看不到外面的阳光和月亮，应奚泽只能凭借着墙上的表来区分日夜。数不清是第几次借着难得的喘息时机小寐，迷迷糊糊间他睁开眼睛的第一件事，依旧是先去看墙上的时间。

眼看着倒计时快开始了，应奚泽顿时睡意全无。

注射药剂后的二十四个小时，即将迎来第一次强势的反应。

几乎是准时准点，宿封舟逐渐失控的精神力迎来了第一次彻底爆发。

已经无法在岌岌可危的精神图景中生存的黑狼，早就已经冲入了现实世界当中，此时它同步感受到盘踞在宿封舟周围的狂风，十分不安地朝着应奚泽的方向发出了求救般的低嚎。

即便应奚泽早有准备，在这样的状态下也难免神色一凛。

毫无疑问，宿封舟的精神图景正在以前所未有的速度经历着坍塌。庞大的精神力从他的身体各处爆发而出，盘踞在周围形成了凛冽噬骨的风暴，肆无忌惮地仿佛要将包括他本人在内的所有事物都吞噬殆尽。

骨肉割裂般的感觉让昏睡中的宿封舟发出了隐忍的嘶吼，被固定在床边的手脚下意识地想要蜷曲，与旁边的特殊金属产生了相互抗衡的作用力，发出了尖锐刺耳的声响。

有一道精神屏障在应奚泽的促使下豁然立起，四面八方聚拢过来的精神触手试图将所有狂暴的精神波动给彻底按捺下去。

然而顶级 TS 濒临失控边缘的狂暴过程实在太过恐怖，即便精神屏障已经非常努力地试图压拢，但是肆无忌惮的精神波依旧带着无比可怕的力量，沉重地拍在这片无形的墙壁上，周围完全被那仿佛试图突围的困兽层层笼罩。

过分庞大的精神力，即便是应奚泽，依旧应付得很是吃力。

银蛇游走在他的脖颈间，成为他在强制维系平衡的状态下唯一的支柱。

应奚泽深深地吸了一口气，努力压制住眼前微微泛黑的感觉，体内的精神力更加严密地将宿封舟包围了起来。

他可以感受到对方那霸道无比的精神波动，试图用各种方式入侵他的精神图景，只能强行分散了些许的注意力去进行抵御。

但是他同样也知道，这样下去不是个办法。

以这种强度的精神力消耗下去，最后只能导致两边都过度消耗。

不远的地方，无意识下的宿封舟依旧在挣扎地翻动着身体。身边庞大的精神力呼啸而出，仿佛所有坍塌的图景化为了最后强烈的力量。自我毁灭的同时，也一度要带领着周围的世界同步毁灭。

因为距离过近，此时此刻的应奚泽无疑是最先遭遇吞噬的。

周围的检测仪器已经开始发出尖锐的鸣叫声。

虽然房间内的监控设备已经被应奚泽提前关闭，但是处在远程观察处的冀松依旧随时留意着这边的数值波动，一旦收到警示信号就会在第一时间做出提醒。

声音从角落的扩音器中传来，听起来也是严厉无比："应奚泽，这次的实验显然失败了，给你十分钟的时间速度离开那里，听到请回答！这次的实验已经失败，预留十分钟的时间，听到了吗，听到请——"

反反复复回响在房间里的话语许久没有得到回音。

隔了很久，才有一个声音低低地传达到了监控区里。应奚泽的声音一如既往的冷静："老师，三天的时间还没有到。"

"三天是当时你熬过这个阶段所用的时间，并不是一切的指标！"冀松腾地从椅子上站了起来，看不到那边房间里的具体情况，他只能努力咬牙让自己保持冷静，"现在所有的仪器数值都表明了失败的结果，听我的话迅速离开！在数值突破危险线之前，你必须离开那里！"

"我不会离开。"应奚泽说，"只要不让他突破危险线就行了，对吧？"

冀松感到心头狠狠地跳了跳，下意识地想去摸速效救心丸："你又准备做什么？"

这一次，是彻底没有了回音。

旁边的工作人员看着冀松低沉至极的脸色，低声开口："院长，那边切断了所有的通讯系统。"

"嘭"的一声，冀松的手重重地拍在了桌子上。

紧接着他深深地吸了好几口气才控制住情绪，几乎是充满克制地下达了指令："时刻留意指标情况，一旦突破临界点，就准备进行下一步操作。"

工作人员没敢去看他的脸色："是，明白。"

冀松觉得如果还有一次重来的机会，他一定不会放任应奚泽去冒这样的险。

但是现在显然已经来不及了。他只能死死地盯着总统计屏，微微颤抖的指尖悬空地落在旁边的发射按钮上。

切断了所有的通讯系统，应奚泽反倒感到松了口气。

短暂的分神后，宿封舟的精神力已经彻底占领了周围的每一寸空间，充满强势的霸道和占有、极度的压迫感同步引起了他皮肤上酥麻的电流感。

而这些非但没有让应奚泽的神态中多了一丝的慌乱，反而再看向床上那个身影时他充满了沉静和泰然。

冀松刚才突然间的提醒，让他做出了一个决定。又或者说就在决定进行这次的融合实验时，他就已经做好了最坏的打算——如果试剂跟 TS 不可避免地会产生强烈的排斥反应，那么这个时间或许就需要他亲手去掀翻天平，重新拽回平衡。

似乎感受到了 TW 精神图景当中的波动，小小的银蛇本能地抬头朝着主人的方向看过去。同时，应奚泽彻底释放的图景世界展示了瞬间的具象化，浩瀚的瀑布从天落下，彻底覆盖住了那片狂风骤雨的海面，形成的垂落的水柱成为了那些凋零岛屿的最后倚靠。

契合度极高的两人，随着精神图景的无形碰撞，顿时产生了极度的共鸣。

应奚泽可以感受到浓烈的热意从身体深处蠢蠢欲动地涌出，他暗暗地咬了咬牙。

一阵接一阵涌动的本能冲动让应奚泽眼前的视野有些模糊，几乎是顶着最后的理智，他从牙缝中挤出话语：“听我说……既然以前能够控制住这样脆弱的精神图景不彻底坍塌，那么现在你也一定可以。宿封舟你记住了，完成精神链接之后，一旦你的精神图景发生瓦解，也会同步把我给拖下水去，这个结果，你最好是想清楚了。从这一刻开始，我们都没有任何退路。”

应奚泽说到最后完全变成了威胁，他也不知道处在眼下这样糟糕状态的宿封舟到底听到了多少，但是应奚泽也顾不上那么多了。

他感到一股无形的力量涌上，将他也彻底地拽了下去。

两人已经进入融合状态的精神图景，发生着极度迅速的瓦解和重建。整个过程中只觉得两人的所有感官状态已经全部链接在一处，甚至一方在呼吸的过程中都可以感受到对方清晰的心跳声。

与此同时，因为试剂作用而发生的强烈排斥仿佛深入骨髓，这让应奚泽下意识地拽紧了双手，整个身子也在缓缓下沉的过程中逐渐蜷缩。

曾经无数次出现在梦魇中的记忆铺天盖地地涌上，同时出现在脑海中的是一些凌乱的完全不属于他的画面，那是宿封舟的记忆。

二人意识迷离中只剩下了下意识地挣扎。

屋内的两人一时之间只能放任本能肆虐。

无数的精神波动和精神触手沉重地拍打着周围，整个房间的内部不知不觉间已经一片狼藉，仿佛随时随地都会被这样撕扯的力量冲击得支离破碎。

即便如此，体内基因的吞噬以及精神图景的融合，在悄无声息中持续地进行着。

彻底陷入昏迷的两人，也都同步堕落在彼此的世界当中。

远程的监控中心，冀松感到自己经历了从未如此煎熬过的三天。

仪器上所有的指标都在进行着前所未有的波动，就像是医院检测设备上面的心律曲线，连带着他整颗心也跟着乱了起来。

其实从某种角度来说，冀松也非常害怕去面对那种不得不做出决定的情况。

对他个人而言，是顾念这么多年来他看着应奚泽走过来的情感，对于人类社会而言，是担心这么多年维系着的最后一丝寻求希望的契机，会随着他按下发射键的瞬间彻底灰飞烟灭。

在这样的过程中，每一秒都似乎变得格外的漫长，他所承担的思想负担更是前所未有的巨大。

但幸好，那个随着起伏而无限接近临界线的数值，始终没有突破。

直到眼下，所有的数值指标都完全确定了下来，屏幕上的所有数值都没有再跳动。

“冀院长，稳定了，终于稳定了！”在场的工作人员这几天下来几乎完全被逼疯，眼看着似乎尘埃落定，几人都忍不住喜极而泣。

冀松也长长地吁了一口气，有些虚脱地重重坐在了椅子上。

他刚要伸手去摸放在旁边桌子上的茶杯，触碰到杯面的手指微微停顿了一下，说：“不对。”

工作人员一时间并没有反应过来，问道：“怎么不对？”

冀松的视线落在最后那项综合指标上，说：“高了。”

工作人员反复看了看，一脸茫然道：“没高啊，都没超过危险线。”

“是没超过，但是……”冀松仰头喝了口水，试图让自己尽量冷静，“但是，这也同样不是一个普通人类应该有的指标。”

工作人员愣神，等到明白过来这句话里的意思后，脸色顿时也显得不太好看了。

半个小时之后，一行车队浩浩荡荡地沿着当时离开的路线原路返回。

这一次因为并不确定具体情况，没有带上七组的其他人，虽然看起来像是去迎接，但是所有人全副武装的状态，终究还是让人感受到强烈的压迫感。

由外而内的一道道防护门逐一打开。

冀松在一行人的保护下往里面走去，越是深入，越是可以感受到一股依旧蹿动在周围空气里的精神波动。

这是一种很活跃的感觉，但是跟 TS 处于紊乱阶段时的感觉完全不同，这种感觉不至于叫人感到烦躁不安，反而有种满足过后的安定。

走到最后一扇门前的时候，冀松稍稍有那么一瞬间的犹豫，但到底还是做了决定，完成了身份验证。

最里面的房间无疑是之前融合过程的主战场。

即便早有准备，开门的瞬间呼啸而至的精神气流，将早有准备的众人依旧吹了个猝不及防。

冀松被后方的人紧紧地扶住才没有摔倒，他定了定神抬头看去，第一眼看到的是充满警惕地盯着他的凶恶黑狼，再往里面才看到了躺着的两个人。

虽然之前冀松也猜测到应奚泽最后的处理方式，但是真当亲眼看到的时候，眉目间依旧闪过了些许动容。

"你……"

他刚发出声音，黑狼就露出了獠牙凶狠地嘶吼了几声。

巨大的威慑力覆盖上来，眼看就要往前一步将这些不速之客逼退，便听到一个男声轻轻地响了起来："没事，让他们进来。"

黑狼低低地呜咽了一声，回头看了看身后的男人，到底还是顺从地垂了垂耳朵，往旁边让了两步。

然而它凝视着门口的视线依旧充满了警惕。第一眼看去的时候，冀松还以为应奚泽已经陷入了昏迷，没想到原本趴在床边的男人缓缓地抬起眼，朝这边看了过来，声音是一如既往的清冷："剩下的事就麻烦你们了。"

冀松刚想开口回应，在视线对上的瞬间忽然哑了声，好半晌他才重新开口："你的头发……"

应奚泽垂了垂眼，视线从发梢掠过，并不觉得太过惊讶，说："不重要。"

冀松沉默片刻，招呼工作人员上去清理狼藉不堪的房间，自己却依旧站在原地，看着应奚泽欲言又止。

应奚泽仿佛没有感受到这样的注视，眼看着工作人员靠近，伸手缓缓地撑着床面，试图站起身来。

很简单的一个动作，在已经彻底脱力的情况下显得有些艰难。

他的发色在昔日持久的 X 实验中就已经偏向浅棕，在经过了这三天三夜之后，更是直接变成了一种近乎于透明的色泽。

在这样浅白色的发丝之下，还含有些许水汽的眉目无疑显得多了几分魅态，不管是眼角还是脖颈处都透着一些微妙的红润色泽。

刚接近的工作人员第一眼看到的就是这样的画面，不约而同地都有些愣神。

“小心！”不知道谁惊呼了一声，靠近的几人眼疾手快地伸手将陷入昏迷的应奚泽牢牢搀住。

紧接着，不可避免地陷入了一阵手忙脚乱。

应奚泽做了一个梦。

在梦里，原先那些毫无情感的煞白的实验室变得支离破碎，仿佛化成了无数的拼图碎片，以十分惊人的速度坍塌，然后又重新拼接出一幅又一幅画面。

瀚海上岌岌可危的岛屿逐渐进行着聚拢，新的大陆开始重建。

从天上倾斜下来的瀑布成了天然的屏障，将整个全新的图景世界笼罩在其中。

他看到了那个男人的身影。这是一种前所未有的感觉。然后，越来越近。就像是有一只无形的手，试图将他从那昏沉的下坠状态中用力拽出。

迷糊间，过分清晰分明的触感让应奚泽在持续紧绷的状态中缓缓睁开了眼睛。

他细长的眼睫毛分明地颤抖了一下。

周围过亮的环境刺得他有那么一瞬间晃神，然后眼前男人的轮廓也终于逐渐清明。

应奚泽听到了宿封舟的声音：“你终于醒了。”

他定定地抬头看去，终于彻底回归了现实，他有些无力地扯了扯嘴角。

应奚泽看着宿封舟依旧有些惨白的脸色，语气里充满了不满：“这句话……应该我跟你说才对，我说你……”

应奚泽看到宿封舟正盯着自己银白色的发丝，嘴角稍微压低了几分道：“怎么，不好看？”

“怎么会？好看的。”宿封舟这样说着，动作很轻地在应奚泽的头上拍了一下，停顿许久之后才说，“这次的事，对不起。”

应奚泽垂了垂眼，说：“你没什么好对不起我的，我没有生气。”

宿封舟识趣地没有搭腔，果然就听到应奚泽语调毫无波澜地继续往下说道：“这样头脑一热地就去找一只根本不了解的怪物，根本不考虑随时可能命丧当场无法归来的可能性，在这种修了八辈子德才没有被分尸野外的情况下，你应该说对不起的不是我，而是好不容易捡回一条命的自己。”

哪里是没有生气，就这冷冰冰的语气，如果不是现在精神状态不佳，宿封舟十分怀疑这人恨不得当场让他享受一下精神力的凌迟。

宿封舟低低地清了清嗓子，再度服软：“我真错了，以后做什么之前一定跟你说。”

应奚泽其实知道宿封舟着急去找零号，显然是因为感受到了他前段时间过分动摇的情绪。心里没有怨气是不可能的，但也没办法彻底强硬起来。

他张了张嘴，最后到嘴边的话是：“你刚醒，先回去休息。”

宿封舟说：“不急，我的房间就在你的隔壁，等会……”话音未落，房门被人推开。

冀松走进来的时候，将一行穿着研究员制服的工作人员留在了门外。

他们目前依旧在平城外面的隔离区。以当前的情况来看，两人的各项指标还算稳定，周围的限制也已经解除。

冀松本来是来找宿封舟的，一眼看到已经坐起身来的应奚泽，眉目一喜：“你也醒了？正好，我正要找你们说说目前的情况。”

说完他关上房门，隔断了其他人的视线。

他直接将手里的文件夹递到应奚泽的手里，说：“你先看看这些。”

应奚泽跟了冀松那么多年，自然也捕捉到老者欲言又止的状态。

他伸手接过后打开，一页一页地翻看起来。

“这些都是什么意思？”宿封舟凑到旁边也跟着看，但是他毕竟不是科研领域的专家，不一会儿只觉得被这些报告里面密密麻麻的数字给绕晕了，只能靠观察应奚泽愈发平静下来的神态猜出些许的异常，“都是我们近期的报告，这是出了什么问题吗？”

应奚泽想了想，问："你想听好消息，还是坏消息？"

宿封舟说："坏消息。"

应奚泽说："坏消息就是，如果单看刚刚得出的检测数值，我和你的基因序列显然已经都不属于人类了。"

宿封舟沉默了几秒，问："那好消息呢？"

"恭喜，虽然不属于人类，但是我们的各项指标都没有跨过进入异化状态的最低标准。"应奚泽抬头看他，"而且，处在一种从未有过的平衡状态当中。"

对于正常人来说，单单"不再是普通人类的基因序列"这个消息，就足以带来绝对的震撼与恐慌。

然而或许因为长期处在偏离人类社会的边缘地带，应奚泽的反应显然大大超出了冀松的预料。

这让冀松稍微松了口气之后，下意识地又朝宿封舟看了过去，然后就听到那个男人低低地"哦"了一声，问："总觉得总体来说，听起来像是一件好事？"

应奚泽想了想，说："可以这么认为。"

冀松一时无言，要知道在进入房间之前，他做了大量思想工作，考虑了无数种说明目前情况的说辞，结果却听到"算是一件好事"的客观评价。

冀松在两人如此心大的状态下，感觉脑袋里有什么隐约地跳了两下。

就在这个时候，应奚泽已经将手里的资料全部放回了文件夹中，重新递了过来："X 计划的专项实验过程中，利用这么多年都在寻求最稳定的基因平衡，没想到居然借着这样的机会达到了。老师，这两天尽快成立新的实验小组吧，到时候将我跟宿封舟的样本组织纳入基因库中，我觉得应该很快就会有新的突破。"

冀松被安排得明明白白，低低地清了下嗓子说："我会安排的。"

说完，他抬头朝应奚泽看过去，到底还是问出了口："所以，你是已经做出决定了吗？"

之前应奚泽就跟冀松透露过想要离开的打算。当时他还肩负着些许的人类未来，如果新的基因序列真的能够成为对抗异形的突破枢纽，在正式确定研究方向之后他是否继续留下，也就变得不那么重要了。

嘴上说着对人类未来毫不关心，实际上，应奚泽一直都在等待着卸下肩上那份重担的时候。此时他没有半点犹豫，只有嘴角勾起了一抹很淡的笑容，回答："是的，已经决定了。不过在那之前，我应该还需要去做一件事情。"

冀松脱口而出："什么事？"

应奚泽没有直接回答，而是抬眸意有所指地看向了宿封舟，平静的语调落在周围空旷的环境当中，字字清晰："一件宿队之前没有彻底完成的事情。"

冀松意识到了应奚泽话里的含义，神色微变："你是说……"

"只要它还存在一天，我就注定无法摆脱心魔，也没办法真正地回归平静生活。这一点，还是宿队让我意识到的。"

应奚泽说话的过程中，看着宿封舟的视线没有移开过片刻，就这样定定地注视着，然后一字一顿地问："那么宿封舟，你愿意和我一起去吗？"

"当然愿意。"男人的声音稳重坚定。

"初步实验结果显示，新基因序列中存在着四十五个类似于异形靶点，但剩余部分依旧完整地保存着人类属性，而且多次感染测试结果均处于非常稳定的状态。"冀松手里拿着一份厚厚的报告单，虽然整个人因为接连的熬夜状态透着憔悴，但是那双眼睛里却透着许久未见的神采，"虽然基因组织的诱导改变还存在着很多很大的难点，但毫无疑问，如果能够沿着这个方向顺利完成，新的疫苗一旦制造完成，将会成为人类面对异形危机的最大转折点。"

一设想到这种可能，他显然非常兴奋，继续说："目前我们所面临的感染风险是最大的危机，如果这个危机不复存在，将异形驱逐回那该死的地窟也就指日可待。"

"我很高兴听到这个消息，冀院长。"宿封舟说话的时候正在慢条斯理地佩戴手套，旁边摆放着的是刚刚收拾好的行李箱。

这边的临时隔离区虽然非常僻静，但是长久住下去终究还是缺少一些人气。

特别是每天都需要面临频繁来去的研究人员，让他感觉自己跟那些玻璃器皿中的实验样本没有任何区别。

只要一想到应奚泽在过去那么多年里都处在这样的环境当中，他就感到仿佛有什么东西狠狠地抓在他的心头一样，难受得不行。

这样想着，宿封舟下意识地转身看了过去。

不远处的小桌子上放着一杯温开水，应奚泽的手里还拿着让人帮忙带来的最新情报，松松垮垮地靠在椅子上，从外面落入的阳光覆盖在那头已经彻底变为银白色的发丝上，为他平添了浓重的琉璃感。

对上宿封舟的视线时他只是微微地挑了挑眉，问："都准备好了吗？"

宿封舟开口道："随时可以走了。"

房门忽然被人推开了。

宿封舟一眼就扫到走进来的那个研究员手里拿着的东西，眉心本能地就拧了起来。

这玩意儿在他住在这里的几天时间里，实在是出现太多次了。

研究员被这么扫过一眼，背脊顿时微微一凉，直接不敢抬头去看宿封舟的表情，几乎是盯着地板说完的话："之后的实验过程可能……还需要一批新的样本，两位可以考虑，再留一些库存吗？"

"库存"这个词用得透着一种滑稽的违和感。宿封舟直接给逗笑了。

这一笑，研究员的神经就绷得更紧了，只能绝望地朝冀松投去求助的视线。

不等冀松开口，宿封舟已经将袖子一卷，说："来吧来吧，要多少取多少，直接一次性取够，以后省得又来麻烦我们。"

之前被袖子盖住了没有注意，宿封舟手臂一露出来，可以看到健硕的肌肉上面残留了一些细小的针孔。

真实的针孔比肉眼看到的更多一些，但是因为TS本身具有极强的恢复能力，早一些的痕迹已经完全愈合了。

精神链接的缔造过程让他们的一切达到了极度平衡，就连基因序列也完全处在了一致的状态之下，因此这几天的研究取样往往都是宿封舟冲在前面。

对此应奚泽调侃道："让人取样就把精神力状态控制一下，没看那针头半天扎不进去，都快被戳歪了。"

研究员几次努力都没能将针头顺利扎入皮肤，在听到应奚泽开口后也诚恳地点了点头，说："麻烦您放松一点。"

宿封舟开口道："知道了。"

长期跟异形作战让他产生了抵抗的本能，随时保持着身体的防备状态，面对针头时还带着一些紧张，总会不自觉地进行防御。

TS强健的体质让他从小到大都很少去医院，这几天下来扎针的次数已经远超他这辈子的总量。

宿封舟面无表情地放松了紧绷的肌肉，定定地将视线投向远处，没看研究员的动作一眼。

应奚泽将一切看在眼里，若有所思地勾了下嘴角，说："如果你怕扎针的话，也可以换成我来。"

"谁说我怕？"宿封舟冷笑，"我们七组可是刀尖上舔血过来的，能怕这小小的针头？怎么可能……能不能轻点！"

研究员被吼得手上一抖，险些力气用重了些。

应奚泽不置可否地笑出了声："确实。"

宿封舟绷了一会儿没有绷住，干脆稍微转了个角度背对着他。

七组其他人推门进来的时候，看到的就是这样的一幕。

慎文彦惊讶道："老大你的身体是还没好吗，怎么还要打针？"

"这是抽血。"宿封舟勾了勾嘴角，扫过那几人一眼，"有点见识没有？"

慎文彦挠了挠头，预感到自己再说话大概要触霉头顿时就闭了嘴，跟冀松打过一声招呼后，将话题抛向了应奚泽："应工，这次真的谢谢你。"

七组所有人刚看到应奚泽那一头发色时都有些惊讶，知道是为了救宿封舟而导致的，更是感动得不行。

应奚泽扫了一眼宿封舟的背影，勾了勾嘴角："不用谢我，我也是在帮自己。"

慎文彦显然不是很明白话里的意思，问道："帮你自己？"

"没什么。"应奚泽眼看宿封舟那边已经差不多完成了取样操作，将手里的资料放在桌面上站了起来，"既然都准备好了，也是时候回去做准备了。"

"这是你们进城的特殊通行证。"冀松将证件递交到应奚泽的手里，定定地看了他许久，到底还是忍不住多问了一句，"确定要去找它吗？"

"嗯。"应奚泽点头，和以前不同，此时此刻他看起来显然没有丝毫犹豫，"这两天先回平城准备一下东西，然后就准备正式出发了，到时候就不跟您告别了。"

见冀松还是欲言又止，他微微一笑，道："从初代感染开始的时候就注定了，我和它必须要有一个了结，既然迟早都要来，一味地逃避也不是办法。你说是吗，老师？"

冀松无奈地叹了口气："你说得对。"

冀松想到了还准备一起去的宿封舟，说："你们打算去哪里找它？"

应奚泽无声地笑了一下："不急，它会自己告诉我的。"

七组的人帮忙将两人的行李箱拖了出去，回想起刚才的对话，慎文彦控制不住好奇心地凑到宿封舟的身边，压低了声问：“老大，你们又要去外面？这是要去找谁啊？”

宿封舟神态淡淡道：“哦，绊脚石。”

“嗯？”慎文彦不明所以。

宿封舟垂眸看来：“不过这不是重点。”

慎文彦问：“那重点是……”

宿封舟思考片刻，说：“除掉它。”

11

有冀松提供的通行证，应奚泽返回平城的过程非常顺利。

大概是因为发色上的明显改变以及瞳色的特殊化，他在路上受到了很多关注，但并没有人依靠之前的视频将他认出来。

从某方面来说，这倒算是一件不错的事情。

应奚泽返回自己之前的临时住处，稍微收拾了一些日常要用的东西。他也不确定这一趟要走多久，但毕竟不是出门旅行，所以只是非常简单地装了一个袋子。

宿封舟靠在门口看着他忙碌，手里捏着一根薄荷烟并没有点上。

两人已经互通的精神世界让整片图景变得相当稳定，心平气和下甚至可以感受到其中流动着的徐缓的风，银蛇跟黑狼在里面相处得似乎也非常愉快。

宿封舟有些喜欢去窥探图景当中两只小家伙的日常。

宿封舟的嘴角微微勾起了几分，忽然有一股精神波动涌上，将他的注意力拉回了现实。

“我不喜欢总是有人这样盯着我的图景世界。”应奚泽给出提醒。

“我只不过在看自己的精神图景而已。”宿封舟无辜地耸了耸肩。

应奚泽抬眸对上他的视线，道：“明早就要出发，你如果没事的话可以先回去休息。”

“我好像没地方可回。”宿封舟扫了一眼房间里的环境，笑着走了进来，

"没记错的话，我之前也是住在这里的。"

宿封舟低低地清了清嗓子，找了一个话题："你之前跟冀院长说那玩意儿会自己告诉我们在哪里，是什么意思？"

应奚泽此时整个人的状态显得相当温柔，他没有着急回答，缓缓地伸出手，拿过了床头的手机。

宿封舟就这样看着他碰触几下屏幕之后，将手机递到了他的跟前。说道："虽然很久都没有上过了，但是那玩意儿一定还关注着我的微博。"

应奚泽私人账号上唯一一条微博内容展示在屏幕中央。

零，见一面吧。

第二天清晨不到的时候，应奚泽不出意外地在微博下方看到了一条新的评论——我在杭城等你。

宿封舟看着应奚泽的目光，久久地停留在手机屏幕上，他凑过来看着手机上的内容。

他低低地嗤笑："还真回复了，果然是对你的要求来者不拒。"

应奚泽将人推开了一些，说："你要喜欢，这福气可以给你。"

宿封舟挑了挑眉梢，垂眸看了一眼时间，说："该准备出发了。"

应奚泽站在落地镜前，一丝不苟地将领口的扣子严丝合缝地扣上。视线稍微往侧面挪开，借助镜子，可以看到那个床边正在弯腰系鞋带的身影。

其实他也不确定让宿封舟一起去到底是不是一件好事，毕竟当时在杭城的时候，这个男人逮着零号一顿猛揍，虽然不至于致命，对于那个心高气傲的怪物来说却是已经好久没有面临过的狼狈，即便昔日为了除掉他，他特地谋划了一次爆炸事件，也只是逼得他负伤逃窜而已。

几乎不用等到那刻来临，就足以想象零号再次看到宿封舟时极度暴怒的场面。

宿封舟系好鞋带，刚一抬头，就留意到应奚泽的注视。

他动作微微一顿，便随手取过挂在旁边的外套走过来，披在了应奚泽的身上，说："别想太多。"

应奚泽点了点头，提起昨天就已经收拾好的简便背包，走了出去。

宿封舟紧随其后。

两人抵达出入要塞的时候，才发现一行人早就已经在等着他们的到来。

宿封舟并没有说过具体的离开时间，所以七组的成员并不知道他要出去执行新的“任务”，却也没能过来送行。

倒是冀松站在一行研究人员的跟前，看到两人走近，示意旁边的人将手里提着的那个箱子送过来。

虽然并没有开封，但是外部包装已经让应奚泽猜到里面藏着的是什么。

他感到有些诧异，抬头看过去。

冀松知道他要说些什么，露出了一抹笑意，说道：“别的也不用多想了，尽量安全回来就行。你们应该知道，X 型号虽然已经完成了基本的研发，但是在制作过程中还存在着很大的难度，我们正在试图借助平城内部的有限资源寻求新的解决方案，我们必须确保拥有足够强大的武器来保护这片区域的安全。所以这里的这些，已经是我权限范围内可以调配到的所有 X 型号武器，希望可以提供一点帮助。”

不知道研究院在私底下进行的那些实验时，宿封舟心里自然没有什么感觉，但是自从知道这些实验成品跟应奚泽之间的关系后，就有了一些很复杂的情绪。

他眉心微微拧起了几分，最后轻轻拍了拍应奚泽的肩膀，让他表达自己的想法。

应奚泽停顿了一下，最后选择伸手接过，说：“谢谢，应该可以派得上用场。”

冀松原本有点担心应奚泽提出离开之后，就彻底跟人类划清界限，此时看着他的表态稍稍松了口气，指了指不远处的那辆车子说：“最新型号的战备空间车，就开着这辆去吧。虽然我也不知道你们的目的地是哪里，不过后车厢里已经提前放了不少的储备能源，如果没有受到过分严重的损坏，应该足以确保一个来回的路程。”

应奚泽又道了声谢，视线在老者的脸上停留了很久后说：“那我们走了，老师。”

冀松沉默许久，道：“嗯，去吧。”

其他人始终没有吭声，就这样安静地听着两人的交谈。

宿封舟直接上了驾驶座启动了空间车，应奚泽关上车门。随着轰鸣的启动声，他们缓缓地经过了平城最外围的岗哨。

从这个角度回头看去，科研人员的白衣在渐行渐远后似乎缓缓地形成了一道白色的围墙，而他们正在逐渐地摆脱那层围墙之后的虚假牢笼。

宿封舟通过后视镜留意到了应奚泽的注视，笑了一声："怎么，是不是有一种摆脱枷锁的快乐？"

一句话让应奚泽收回了注意力，他想了想，反问："为什么不是上战场的悲壮感？"

"我觉得上次都可以把它揍个半死，那玩意儿现在肯定打不过我。"说着，他大概也察觉到了应奚泽逐渐不佳的脸色，清了清嗓子。

应奚泽稍稍停顿了一下，没再说话。

车厢内陷入了短暂的寂静。

宿封舟没有继续这个话题，说道："到杭城还有些距离，途中的异形群已经被清理得差不多了，短期应该不会有什么风险，你要不趁着还在路上稍微再睡一会儿？"

应奚泽本想说"不用"，结果即将脱口而出的话随着微微张开的嘴，只剩下了一个很轻微的哈欠。

宿封舟的语调里带着笑意："尽管放心，有我随时看着就行。"

应奚泽闻言没再反驳，他也确实有些疲，稍微往下面缩了缩，将身体蜷进了宽大的外套里。

过了一会儿感到仿佛有一条毛毯盖在了身上，他微微动了动，也没张开眼睛，就这样迷迷糊糊地进入了梦乡。

在这之前应奚泽也没有想到，在前往这条去找零号的道路上，他居然还能有这样平静的心境。

清晨的太阳缓缓地升起，到了正午之后又逐渐落下。

漫长的路途在无声中度过，直到时近傍晚夜幕即将落下的时候，荒废的城市轮廓逐渐落入了视野当中。

宿封舟握在方向盘上的手依旧平稳，只是缓缓地眯了眯眼。

杭城。

在不久前的激战之后，他又回到了这里。

应奚泽醒来的时候夜色已经深沉。

荒废的城市里，所有的供电系统早就已经被破坏得一塌糊涂，之前救援小队路过时清理异形潮的痕迹还有留存，放眼望去是比普通废墟破坏得更严重的场面，足以想象当时为了营救那批人员，场面是多么的惨烈。

应奚泽看着周围陷入沉默，视野中有什么晃了晃，借助昏暗的车灯，依稀可以看到宿封舟递过来的干面包。

“睡了一天，先垫下肚子。”宿封舟说。

应奚泽平时的伙食其实比较挑剔，但这种环境下自然不会考究。

他接过来送进嘴里，干燥的摩擦下发出了细微的“咔嚓”声。

应奚泽伸手朝远处的方向指了指，说：“上次，你们就是在这里突围的吗？”

顺着他指着的方向，可以看到一片很明显比周围遭到过更大破坏的残破建筑，几乎已经完全成了平地。

应奚泽看过视频中的画面，对TS紊乱失控所爆发出来的冲击性感到说不出来的震撼。

“你这隔三差五就算一次账的习惯可不好。”话是这么说，宿封舟却还是认真地回答了应奚泽抛出来的问题，“可能是，不过我也确实记不清了。当时我的脑子有些不太清楚，基本上就想着要把那个家伙找出来弄死，其他的还真没太注意。”

应奚泽想了想，问：“你那时候就没想过，死的也可能是你自己？”

宿封舟无声地笑了笑：“想那个没有任何意义，撞都撞上了，如果不弄死它，它也一样不会放我们回去，到时候陪葬的就是更多的人。”

他本来做好了听应奚泽长篇大论讲道理的准备，没想到旁边的人沉思片刻后居然点了点头，说：“也有道理，毕竟在它的心目中，你应该是那个最强的对手。”

应奚泽将最后一口干面包送进嘴里，然后轻轻抹了抹嘴角的面包末，缓缓地站起身来，但是并没有动。

应奚泽抬头看去的那一瞬间，宿封舟也察觉到了不远处隐约的异动。

他豁然抬头看去，便在一片昏暗的夜色当中捕捉到了几个一闪而过的身影，很显然是一些游走的异形，但是不知道为什么并没有选择向他们发起进攻。

宿封舟从冀松送来的那个箱子里摸出了一把相对简便的枪，递到应奚泽的手里。

应奚泽接过，垂眸看了一眼，神态并没有多少紧张，他说道："有零号在杭城，这些异形应该只是负责打探情报，并不会朝我们发起进攻。"

"是不会朝你，而不是我们。"宿封舟举枪上膛，已经完全进入了防备状态，有些玩味，"你来了就这样远远观望不敢亵玩，我们上次一来就恨不得把我们碎尸万段，果然是区别待遇。"

宿封舟说话期间依旧保持着足够的警惕。

不过就如应奚泽所说的那样，那些游走的异形很快就没了踪迹，就像是悄然靠近来观察情况，又悄然退去。

周围重新恢复寂静。

而在刚才的那个小插曲之后，无论怎么看都仿佛是暴风雨来临前的平静。

应奚泽找了一个相对舒适的姿势靠在车门上。零号显然很享受这种在心理上制造压力的过程。

过了一会儿又有几个异形冒头。和之前相比这几只似乎只是无意中路过，第一反应想要穷凶极恶地扑上来，却似乎突然间感受到了什么明显的压迫，又悻悻地飞速逃开了。

"我似乎知道你和冀院长为什么这么重视这个东西了。"宿封舟落在枪柄上的手始终没有落下过，将周围的情况看在眼里，低低地啧了一声，"目前爆发的异形潮虽然恐怖，可是一旦攻克感染问题，那些智慧有限的生物群体将会不再具备太大威胁。但是如果具有一个目标明确的引领者，那么一切都将变得不一样了。"

应奚泽的视线落在远处，回道："是的，从几年前我们就发现了零号具备了掌控异形行为的能力，而且很明显，在最近的几年时间里，这种能力似乎又加强了很多。"

风中终于带来了隐约靠近的脚步声。不算太过规整，凌乱之下不难判断出数量并不少。

应奚泽却是勾了勾嘴角道："不过上次的事情还是需要感谢你，宿封舟，如果没有你在杭城这么一闹，如今我们真的过来，需要面对的恐怕就是更多的千军万马了。"

视野中逐渐多出了一众异形丑恶的嘴脸。但是从数量上来看，分明比以往所遇到的那种大批量的异形潮要少了太多。

很明显在杭城的救援战役当中，比起人类，似乎异形群体才是伤亡更加惨重的那一方。

此时，这些异形簇拥在中央的那个人形的眉眼间分明是浓浓的怒气。

很显然对方也是刚刚才得知应奚泽并不是独自一人过来赴约，零号在亲眼看到站在他旁边的宿封舟时，一度没有控制住脸上彻底扭曲的表情。

零号的声音几乎是卡在嗓子眼挤出："你，没有死？"

"为什么会死？"宿封舟说完一句明显还嫌不够，笑呵呵地将手往应奚泽的肩膀上一搭，脸上的表情格外灿烂，"有应奚泽我为什么会死？倒是你，这四肢跟身体都快分家了居然还能活蹦乱跳，可真是让人佩服。"

零号的状态看起来确实有些凄惨。

零号身上的一众触手有很多已经在 X 型号武器的冲击下彻底崩断，虽然它用不知道从哪里找来的长袍很努力地掩盖伤势，但是依旧可以看到那血窟窿上面透出的痕迹。两只手臂更是以一种非常诡异的姿态垂落在身前，不过剩下的那些环绕在身边的触手足以解决他很多行为，对于一个彻底远离人类社会的半异化怪物，这两只手的存在本身并不具有太大的意义。

让应奚泽有所留意的是从零号脸中央一直斩下来的那道狰狞伤口，那是宿封舟那把特质金属刀的产物，如果当时能够再深入几分，他可能当场就能割裂那丑陋的头颅。

而现在，宿封舟的三言两语显然更加刺激本就无比愤怒的零号。

它直勾勾地看着应奚泽，嘶哑的语调意味深长地留有余音："你的头发变成这样，就是为了救他吗？"

零号稍微靠前一步的动作引起了周围其他异形的一阵躁动，而那道黏稠的视线始终死死地纠缠着应奚泽没再挪开："但是这次，你不应该带他来这里故意激怒我的。阿泽，你知道我不会对你生气，你这是想要逼着我，让他在你面前再死一次吗？"

应奚泽的情绪自始至终没有半点的波动，他开口道："不，这次死的，是你。"

这样的话落在周围的环境里字字清晰，应奚泽清楚地看着零号的嘴角咧开了几分。

那是一种十分诡异又充满病态的弧度，就连声音也随着逐渐兴奋的情绪而微微颤抖："我就知道，阿泽，你总是为了引起我的注意而无所不用其极。"

零号蠢蠢欲动的触手从四面八方蔓延，与此同时周围的异形仿佛也接收到了信号，嘶吼着突然暴怒地涌了过来。方向毫无疑问直指宿封舟。

“小心！”应奚泽心头一跳，只够来得及开口提醒。

而转眼间，宿封舟已经一个侧翻直接越过装备车转向了另外的一块空地，同时举枪上膛，随着突兀爆发的枪声，浓烈的令人作呕的血腥味瞬间扩散了开来。

“不用管我，这些玩意儿随便处理！”宿封舟的身影被彻底埋没，但是声音中气十足，显得十分游刃有余。

应奚泽稍稍地吁出了一口气，再抬头的时候只见眼前忽然间晃过了一道黑影。

他的眸色丝毫没动，眼看着零号已经缓缓地走到了他的跟前，周围盘踞着的触手仿佛锋利的刀刃，直勾勾地指着他的方向，示意着他不要轻举妄动。

“担心他？”零号玩味的语调里充满了压抑，“真没想到，你居然真的可以为了区区人类这样上心。”

应奚泽没有回答，而是这样直勾勾地回视：“他现在不需要我担心。”

如果说之前异形对人类构成的最大危机在于感染，那么如今精神图景已经完全融合之后，宿封舟确实已经不存在这唯一的弱点。

零号显然也读懂了他话语中的含义，脸上的表情微微出现了一丝异样，然后只剩下了冷冰冰的笑：“你总是喜欢尝试着激怒我。”

应奚泽说：“但是很显然，你确实非常容易被我激怒。”

零号的眸色变得更沉。在这样情绪的感染下，周围的触手忽然间跟着涌动了起来。

应奚泽稍稍往外面走了两步，避开了战备车所在的位置。

他眼看着黑影忽然闪到跟前却并没有打算闪躲，清秀脸庞上隐约渗出猩红的血液，在这样没有半点波动的镇定态度下，他就这样缓缓地垂了垂眸。

刚刚来势汹汹的那只触手随着沾染上的血迹忽然间开始挣扎扭曲，就仿佛沾染到了什么浓烈的腐蚀剂般，瞬间干瘪了一大截。尖端的部位黑漆漆的一块，像极了经历过火焰灼烤的黑炭。

应奚泽的指尖轻轻地拭过脸庞的血液，缓缓抬了抬眼睫毛。

虽然没有说话，那无声中的表情仿佛是在问：就算我真的站在这里，你又能拿我怎么样呢？

零号在触手上的刺痛感下沉了沉脸，但很快随着低头的一个简单动作，又笑得开始肩膀隐隐颤抖。

黑暗中完全看不到他此时到底是什么表情，很显然，他确实很享受这种跟应奚泽针锋相对的状态。

“怎么办，你越是这样对我，我就感到越是喜欢……你知道吗阿泽，你已经好久没有这样将全部的注意力投放在我身上了，我……真的非常高兴，真的非常高兴……”逐渐低沉的声音仿佛呓语。

下一秒又有成片的触手直勾勾地迎面而来，不过这一次并没有像上次那样直接进攻，而是以迅雷不及掩耳之势直接卷向应奚泽的手肘和脚踝。

在同一时间，两人几乎同步竖立起来的精神屏障在碰撞下轰然炸裂。

散落的精神碎片下应奚泽迅速地朝旁边撤去，避开了迎面而来的两根触手，手中特殊金属材质的匕首朝着后续的来物狠狠劈去。

空中断裂的一截柔软的尖端重重坠地，紧接着他又被后方更加凶猛的压迫逼退了两步，终于没能避免地被牢牢地固定了四肢，他被缓缓的提升到了半空中。

在这样的角度下，零号抬头看来的视线仿佛充满着憧憬和向往。

“从一开始就这样乖乖的，不好吗？”

应奚泽的眉心微微拧起。

手腕处的压迫感仿佛要硬生生地拽裂他的骨骼，握在手里的匕首眼见就要逐渐松落，忽然一个反转，他直勾勾地将锋利的那面割向了缠绕着他的那段触手。

撕裂的声音分外清晰，吃痛下紧固的四个触手断了一条，应奚泽悬空的姿势只剩下了左手处那根触手的最后支撑。然而随着周围其他涌动欲前的触手，还沾染着黏稠血液的刀刃被他死死地抵在身前，不容任何东西靠近。

在应奚泽这样低沉的脸色下零号并没有着急上前，神态中反而多了一丝的宠溺，似乎很享受这种操作着触手逗弄应奚泽的娱乐项目。

接连溅开的绿色血液渐渐地沾满了应奚泽的外衣，一时间竟分辨不出那些伤痕累累的触手跟他之间，到底谁才是更受限制的那一方。

然而持续的抵抗逐渐地消耗了更多的体力，应奚泽的呼吸明显重了些许，层层的汗水从耳边滑下，缓慢地顺着光洁的脖颈落入衣衫。

就当胸膛的起伏越来越明显的时候，缠在他手边的触手却忽然间落下了。

从半空中彻底跌落地面的那一瞬间，应奚泽屏息利用精神力竖立起了一片缓冲区域，依旧随着那轰然的震感忍不住有些眼前发黑。

他缓缓地甩了甩头努力让自己的视野清晰一些，他正要伸手去扶地面帮助稳住身形，忽然有一个力量将他抬了起来，再回神，已经直勾勾地对上了零号那双完全被深色的瞳孔所覆盖的眼睛。

应奚泽闻到了空气中那浓烈的令人作呕的血气。异化后的血液总是带有独特的腥味，总能引起强烈的心理不适。

而很快，仿佛就像读懂了他那眉心紧拧下的内心想法，濡湿的触感擦过，零号将黏腻的血浆缓缓地擦到了他的脸上，一点一点地往下，最后停留在下颌的位置，应奚泽被迫地这样的对视持续下去："你说这么多年了，难得有着这样的机会，我再感染你一次怎么样？"

应奚泽的眼神里终于有了一丝波动，下意识地朝着远处轰鸣声不断的方向看去。

零号沉声道："跟我交谈的时候，开小差可不太好，或者你就这么着急地想看看那个 TS 被碎尸万段吗？"

话音刚落，那片异形潮里忽然涌起了一阵躁动。

仿佛巨大规模的热武器轰然炸开，异形撕心裂肺的惨叫声顿时划破了沉冷的黑夜。

原本就一片狼藉的地面被突然的爆破冲击得隐隐震动，四溢的碎片重新平息下来后，隔着浓烈的粉尘只剩下了遍野破碎的肢体。

恍惚间一个隐约带着兴奋的声音冷笑着响起："谁被谁碎尸万段还说不定呢。靠着这些玩意儿就想困住我？我能揍你一次，今天就能揍你第二次！"

应奚泽定定地看着那个从异形潮的尸海中走出的身影，看着男人猩红雀跃的眉眼，周围成片坍塌的景象似乎在此时此刻忽然隔了老远。

直到对方也朝这边看来，视线相触。

宿封舟仿佛从应奚泽的眼神当中读懂了什么，前一秒还肆意嚣张的宿封舟忽然低低地清了清嗓子，道："那个，也别多想……我的精神图景现在非常稳定，就是下意识兴奋而已。"

应奚泽觉察到了什么，抬头的时候余光中有什么一闪，脱口而出："小心旁边！"

话音刚落，地面忽然耸动了起来。

就在距离宿封舟咫尺的位置，无数的触手蓦地拔地而起，从四面八方仿佛巨大牢笼般，死死地朝着他压了下去。

几乎在千钧一发之际，宿封舟忽然朝着侧面一个敏捷的冲刺。就在他堪堪滚开的下一秒，刚刚站立的地方被尖锐的触手刺穿，留下了一道深邃无比的沟壑。

宿封舟顺势一个翻身流畅地回到了应奚泽的身边，嗤笑一声：“怎么，小喽啰被清理完了，这会儿开始玩偷袭了？”

“算你命大。”零号说话间，周围的触手也跟着持续蠕动了起来。

这个时候才让人清晰地看到，垂落在他身后的那些东西不知道什么时候已经深深地扎入地面，一时间让周围整片空旷的区域充满了极度不安全的气息。

“真丑。”宿封舟的话音未落，又有什么从他后方不远处的位置飞腾而起。

应奚泽始终没有挪开过半步，垂眸看去只见那尖部锋利的触手几乎是贴着他的衣衫擦过，将他同宿封舟劈在两地之后忽然间一个转弯，又朝着宿封舟胸口的方向直勾勾地刺了过去。

宿封舟在第一时间举起了手里的特殊金属刀。

一阵刺耳的声响，强行抵挡的瞬间闪过几抹锐色，紧接着是血肉撕裂的声音，再然后便有重物沉沉地落在了地上。

汩汩的血从触手被切断的那段横截面上流下，逐渐地染向了周围的地面。

然而被激怒的零号却仿佛什么都没有察觉，依旧操控着更多的触手从四面八方发起了猛烈的袭击。

期间有不少攻击接二连三地打在了竖立起的精神屏障上，宿封舟不用回头也知道这些远程的协助来自哪里，他逐渐兴奋，将手里的特殊金属刀挥舞得更加风生水起。

不过很显然，零号的体质跟那些借助触手部位改良过再生的普通异形明显不同，斩断的那部分尖端落地之后抽搐挣扎一番就没有了动静，可是留存下来的那些血肉模糊的切面部位，却依旧还是在扭动着进行着持续地再生。

宿封舟眼看着这些玩意儿是真的没完没了地长，就要伸手去摸携带着的最后那把 X 型号配枪，却被应奚泽制止了：“没用的，目前生产的这批武器无法对它造成致命伤害。”

特殊金属冷兵器不行，这会儿就连最后的 X 型号武器都不行。

这样的情况让宿封舟有了一丝不好的预感，他问道：“那要怎么才能解决它？”

应奚泽没有直接回答。

这一次反倒是旁边的零号抢下了这个问题，嘴角几乎快要咧到了最高处，忽然间愉悦的声音仿佛表达出了极度的期待：“哦，解决我的办法？原来阿泽没有告诉过你吗？”

这样的语调让宿封舟的心跳加快了几分，但是他朝应奚泽那边看去的时候并没有得到任何回应。

宿封舟身体深处有什么豁然一沉，他暗暗地磨了磨牙，直接选择了忽视这个他恐怕不会喜欢听到的答案，他说：“其实根本就不需要问那么多，直接往死里揍就可以了！”

话音刚落，一只黑影从夜色当中破空而出。

黑狼仿佛鬼魅般飞速地奔走着，无数的触手被扯断，它硬生生地直接从这片环境里冲出了一道口子。

宿封舟迎着零号冲了过去，没等那嘴角玩味的弧度落下，已经直面挥起一拳，重重地砸了上去。根本毫无留手的一拳，仿佛可以听到那一刻零号头骨碎裂的声音。

零号的额头处可以看到明显深陷的扭曲，然而早就已经不存在人类构造的它似乎没有受到任何影响，低沉地冷笑着：“后悔来了？又或者说感到怕了？”

回应它的只有一下接一下狠狠落下的重拳，黏稠的液体逐渐沾染，没有想要收手的意思。

整个空间仿佛只剩下了这边单方面施暴的画面，零号的整张脸逐渐被血染透，周围被黑狼不断撕裂的触手依旧在尝试性地蠕动着。

这个时候才可以充分地看清楚它身上充满了扭曲的弧度，很显然那是上次在杭城残留下来的旧伤，像是被强行挪位后忘记了各个器官原先的位置，自暴自弃地随便搁置着。

暴力的画面愈演愈烈，过分强大的破坏力仿佛同时崩裂了周围的地面。

然而，零号脸上那勾起的嘴角没有改变丝毫弧度。

越是这样笑着，越是让人心目中的不确定性更强。

不管宿封舟如何凶残地想要将跟前的这个玩意儿碾成肉泥，那一截截垂死的触手仿佛依旧拥有无尽的生命力一般，还在持续地进行着再生。

新长出来的软尾被再次击烂，但在几十秒钟之后再次缓缓地滋生。

“这到底是个什么玩意儿？”宿封舟数不清第几次地将拳头往对方脸上砸去，他完全不想看到那副丑恶的嘴脸，可也只能在这样仿佛漫无止境的情况下感到极致的烦躁。

就在这个时候，成片笼罩下来的精神领域忽然间将一切层层覆盖在其中。

涌动在周围的精神力像是无形的手，悄无声息地将所有蠢蠢欲动的烦躁情绪给按捺了下去。

宿封舟当然知道这片精神领域来自谁，他回头看去的时候，在不确定下缓缓地张了张嘴：“你……”

应奚泽站在旁边，看着地面上血肉模糊的怪物，同时在零号那双没有眼白的眼睛里看到了自己的身影，对宿封舟说：“你相信我吗？”

宿封舟开口：“相信。”

“那就好。”应奚泽点了点头，无声地摩了摩指尖，仿佛在感受着身为人类时清晰的触感，“上次你让我等你三天，今天，换你来等可以吗？”

片刻间没有听到对方的回答。

应奚泽停顿了一下，说：“那我就当你答应了。”

话音落下，他始终没有看向宿封舟。他略微屈膝，平静地伸出了手：“来吧，是时候来个彻底的了结了。”

全身碎裂的状态下，要想让骨骼重新愈合显然是一个相当艰难的过程。

然而即便是在这样的状态下，零号依旧仿佛受到蛊惑一般，在周围涌动的触手帮助下，缓缓地，缓缓地，将自己的手送到了对方的手里。

当那已经干涸得完全不像人形的指尖落在掌心，应奚泽感到了一丝恍惚。

仿佛在无数翻涌的回忆里又回到了当年的实验室里，在那一批忐忑不安的实验志愿者里，看到了那个瘦小的少年。

但是，应奚泽显然不存在零号那么强的眷恋。那些回忆对他来说，只意味着诅咒与黑暗。

如果知道之后会发生这么多事的话，当年他一定不会选择向这只觊觎东郭先生的饿狼，伸出友善的手。

应奚泽缓缓地闭上了眼。

所以，确实也该结束了。

曾经数次试图清除都没能成功，就连那场巨型爆炸都没能将它彻底抹去。

那么毫无疑问，解决这个怪物的方法只剩下了最后一个——全面吞噬。

零号的存在本身就跟普通的异形有着很大的区别。因此，也让原本就充满煎熬的吞噬过程显得愈发漫长。

应奚泽很清楚零号选择无条件配合的原因，就像他一样，一个赌注，最终的结果是一方彻底消失，亦或者说，是另一方也跟着彻底沦为怪物。

实际上，零号等待这一天或许已经很久了，长期的试探让它逐渐失去了耐心，如今终于出现一个感染他的机会，这个依旧留有人类执念的异形愈发兴奋。

当然，个中的风险应奚泽并没有告诉宿封舟，他只提出了一个要求："尽量保持住周围环境的安全。"

吞噬的过程无疑会引起巨大的体能消耗，这个时候一旦有异形靠近，他无疑将没有任何的还手之力。

"保证完成任务。"宿封舟这样回答。

从眉目间的表情其实不难看出，这个男人对于即将发生的事情充满了怀疑，但是他最终并没有多问半句。一如之前一样，完完全全地遵从了应奚泽的选择。

随着在周围逐渐笼罩的精神力无声的引导下，周围的空间阻隔上了一层很浅的屏障。

应奚泽利用手里的匕首轻轻地割裂了指尖，然后触碰上了零号在刚才还没来得及完全愈合的伤口。

原本还在挣扎着求生的软肉似乎遭到了无比强烈的电激，连带着本体也逐渐产生了强烈的抽搐，但是那张狰狞的脸依旧表情诡异地盯着应奚泽，似乎格外享受这种互相折磨所带来的强烈痛感。

虽然是很缓慢的过程，成片蠕动的触手仿佛触碰到浓烈的腐蚀性药剂，一点一点地佝偻蜷缩，化为一点点酿开的脓水。

而与此同时，每一寸细胞组织的彻底破坏意味着应奚泽在不停损耗自己，他的脸上逐渐透出了微白，逐渐表现出了不可避免的体力不支的情况。

宿封舟站在几步远的位置，巨大的特殊金属刀重重地扎在地上，和身边的黑狼一起坚守，周围蠢蠢欲动的零星异形碍于过分狂野的暴力压制，出于本能地始终没有往这边靠近半步。

仿佛驻守在应奚泽周围是一堵最为严密的墙，所有的关注重心始终停留在应奚泽身上。互通的精神图景让宿封舟随时可以感受到应奚泽的精神状态，他不动声色地引领着精神力聚集成了平静的气流，隔着时空进行无声的支撑。

时间一分一秒地过去，随着逐渐透支的体力状态，紧随而来的是吞噬过程中引起的强烈反噬。逐渐酿开的脓水在周围散发着汩汩的恶臭，零号整个身体基本已经完全融化以后，剩下的那些残缺的躯干显得愈发支离破碎。

然而应奚泽却很清楚，只要留下一个细胞，就能让它重获新生。

这一次，他并不准备再给它任何机会。

应奚泽顶住阵阵泛上的眩晕感，再次将匕首划裂掌心，流出的血液触碰上那具干瘪的身体，像是极度霸道的侵略者，迅速地促使着零号所有的组织土崩瓦解。

直到只剩下那颗被腐蚀过半的头颅，仅剩的那只眼睛依旧直勾勾地注视着跟前的应奚泽，裂开的嘴角里传出低哑的诅咒："战胜我没有任何意义，阿泽你能赢得过自己吗……"

卡在嘴边的笑声没能出口，零号最终被迎头砸下的金属刀死死地钉在了地上。

宿封舟通过精神图景的波动显然也觉察到了应奚泽明显出现异常的身体状态，本就烦躁的情绪，瞬间就被这玩意儿的呓语给成功激怒了。

他不止将刀子穿过那半颗头颅，还狠狠地用力碾压了两下，暗暗磨牙道："都要死了还堵不上你的嘴！"

这样的举动落在应奚泽眼里，让原本已经极度虚弱的他不由得勾了勾嘴角。

周围的精神波动微微扬起，风引领着滴落的血液渐渐地覆上那颗试图挣扎的头颅。

终于，撕心裂肺的嘶吼声尖锐地划破夜空。片刻之后，逐渐地回归了寂静。

最后那一小截头骨彻底消融的那一瞬间，仿佛完成了跟过去彻底告别的仪式，全身豁然放空的感觉下让应奚泽身子一软。紧接着，便已经被旁边的宿封舟眼疾手快地接住。

"尸骨无存，倒是很适合这玩意儿的死法。"

应奚泽听到宿封舟的声音从耳边掠过，逐渐混沌的思绪显得有些遥远。他非常努力地撑开眼皮，就连自己的声音都仿佛是隔着时空传来的："说好的……三天，等我。”

宿封舟轻声道："放心，我等你。"

最后的尾音落入耳中，才终于让应奚泽沉沉地陷入了昏沉当中。

真正的吞噬现在才刚刚开始。

前面的一切都只是前奏，就如零号所说的，最终要看的，是他到底能不能赢过自己。

这也是冀松一直不放心让他去独自处置零号的最大原因。

完成消查之后引起的巨大反噬才是最不受控的那一步，以应奚泽向来冷漠厌世的状态贸然动手，即便将零号彻底消灭，也不过是转换出了一个新的"壹号"。

但很显然现在已经不一样了。应奚泽知道自己能赢。因为，他有了承诺。

然后他就彻底地堕入了昏暗当中。

应奚泽经过刚才的强烈消耗而虚弱至极的身体内部，忽然间开始逐渐地勾起了一圈浓重的火。

长期血液沾染的过程，让他全身上下的所有细胞遭到了前所未有的全面感染，这跟当年零号逼迫他第一次注射试剂不同，就像是所有的基因都突然被激发了活性，燥热感涌起的同时，产生了仿佛有无数炸裂在身体各处同步爆发的感觉。

疼。

应奚泽潜意识里只有这个感觉，就像是整个身体已经不再属于他，而是处在一个极度灼烤的熔炉当中。

无数声音的牵扯让他一度崩溃得意图撕裂出无数个自己。不断地崩裂，并且不断地重组。

所有的意识在一片混沌当中荡然无存，有一种无形的力量紧紧地扯住了他的脚踝，往底下的深渊拽去。

沦陷。一路沦陷。

在这样似乎寻找不到任何光明的世界里，他似乎感到了一种全心的力量，冷漠、残酷，却又具有极度的诱惑。

脑海中有一个声音仿佛在告诉他，尝试着去够到那个黑暗中的火光，就可以从这样绝望无助的环境中彻底挣脱。

应奚泽全身撕扯濒临崩溃，似乎充满了让他无法抗拒的蛊惑。

他缓缓地颤了颤指尖。

全身上下完全不受控的细胞体，让每一个动作的产生都充满了艰难。他只能一点一点地往那边挪动，意识体仿佛在逐渐地朝那里靠近。

可以看到黑暗中伸出的触手在试图将他拥入怀抱，那是彻底摆脱痛苦的唯一捷径。混沌中，每过一秒，应奚泽就仿佛可以感受到感官的进一步剥离。

有一种很清晰的感觉，他感觉自己似乎随时随地都在朝着不再是他自己的方向发生着改变。

迷迷糊糊中，他的手终于缓缓地抵达了火光的周围。

马上就可以离开这了吧？这样的念头在他几乎无法思考的脑海中闪过，无声地驱使着他继续向前。

眼看着就要彻底碰触到全新世界的大门，却有一股强烈的力量紧紧地拽住了他。

是谁？应奚泽缓缓地回头看去，他很努力地想要睁大眼睛，却始终无法看清楚那片黑暗当中的身影。

可即便如此，他下意识地放下了已经举起的手，缓缓地转过身去。

虽然不记得任何事情，但总觉得在刚才那一瞬间，他似乎险些找错了前进的方向。

那是一种很微妙的被牵引的感觉。他甚至完全不知道那种潜意识走去的方向存在着什么，只知道等抵达的时候，或许就可以找到最终的答案。

那是很微弱的光，应奚泽到底还是缓缓地伸出了手，最后坚定地握住了它。大概可以称之为最后的希望。

明明全身冷汗淋漓，却是充满了火烧般刺痛的难耐感。

应奚泽猛然睁开了眼睛，才发觉周身完全湿透，所有的衣衫几乎都紧紧地贴着自己的身子。

恍惚间，他可以感受到精神图景中濒临喷发的瀑布重新一点一点地聚拢。

漫天的雨水渐渐平息，暴风雨中央的岛屿依旧平静，海平面渐渐地承受着来自瀑布的冲刷。

正中央的位置有一缕光。就像是在他恍惚中所看到的那样。

应奚泽微微感到有些刺痛，缓缓地眯了眯眼，终于让视线重新聚焦，看清楚了跟前的人。

他看到那双眼睛里笼上的那层如释重负的情绪。

宿封舟定定地垂眸看着，压到极致的嘴角也终于得到了舒缓：“第三天了，好久不见。”

应奚泽想要缓缓摇头，才发现自己似乎没有太大的力气。就连整个嗓子都仿佛火烧过般干燥，在全身依旧没有散去的热度之下，他有些艰难地张了张嘴：“明明……才刚见过。”

是的，才刚见过。即便只是在那片真假莫测的梦里。

其实在这三天三夜的时间里，宿封舟并不比应奚泽好过到哪去。

在应奚泽处在异化边缘的过程当中，他整颗悬着的心几乎没有落下过。

应奚泽处在昏迷当中或许不太清楚，这期间他甚至有好多次已经进入到即将异化的状态当中，然后又硬生生地扭转回来，像是在跟无形的力量博弈，宿封舟的心情像过山车一样忐忑不安。

而现在他至少终于恢复了清醒，这无疑是一个很好的信号。剩下的，就只需要持续忍耐着，让身上那火燎似的高热逐渐退去。

他徐缓地抬了抬眼，留意到周围只剩下一片空旷的环境。

宿封舟似乎知道他在想些什么，已经开口给出了回答：“从两天前开始，所有的异形就已经全部跑没了影。可能是因为终于没有了那怪物的禁锢，也可能跟你这次的特殊阶段有关。感觉这些异形似乎都很怕你。”

“那也是好事。”应奚泽的声音很轻很低。

“多休息一会儿吧，不着急，其他事情等你好了再说。”宿封舟的声音响起。

“嗯。”应奚泽用鼻音回应了一声，似乎片刻的交流就已经消耗了他太多的力气，然后又昏昏沉沉地睡了过去。

不过接下去的情况显然比刚开始的凶险要好了太多。至少在这期间的所有梦境，都还算和煦。

宿封舟始终没有去打扰应奚泽，就这样保持着一个姿势一动不动地等着这里的一切最终过去。

宿封舟笔挺的背影在逐渐落的太阳下投出了绵长的阴影，他将自己的外套披在了应奚泽的身上，然后使唤黑狼去车里找来了一些营养剂，进行体能补充。

小银蛇在失控中彻底摆脱了精神图景，平静地游离在两人的身上。偶尔会在宿封舟的头上安个窝，或者去黑狼的茸毛间短暂地休息一下，但更多的时候还是盘踞在应奚泽的身上，悄无声息地替主人平稳着还会有些波动的精神力。

等应奚泽重新睁开眼睛的时候已经又过了一天。不过很显然，比起之前，他的状态已经好了太多。

宿封舟瞥了一眼应奚泽那头几乎已经透明的银白发色，垂了垂眼眸。应奚泽高热已经退去，但他反而透着一股子冰凉。如果不是还能感受到应奚泽细微的体温，或许这已经不算是人类该有的温度。

应奚泽终于可以开始进食，让他惨白的脸色稍微透上了些血色。

宿封舟站在旁边往嘴里塞着干面包片，视线扫过周围的一片荒芜，说道："接下去有什么打算？"

应奚泽的动作缓缓地停顿了一下，摇了摇头，如实回答："不知道。"

是的，不知道。

以前或许还会在未知中得过且过，现在一切尘埃落定了，反而不知道应该去做什么了。这样说着，应奚泽抬头朝宿封舟看了过去，将问题抛了回去："你呢？"

"那我的打算可太多了。"宿封舟笑了笑，稍稍往后倾倒靠在战备车上，"如果你不知道做什么的话，要不就直接听我的安排算了。"

应奚泽道："可以。"

宿封舟嘴角的弧度更加分明，道："那我们是不是可以去旅行？"

应奚泽本来以为宿封舟的计划会跟七组未来的工作有关。

他稍微愣了一下，问："认真的？"

"我说的就是认真的。"宿封舟往周围的那片废墟看了一圈，清了清嗓子，"虽然现在的环境确实没有以前那么好……不过问题不大，就看你愿不愿意了。"

应奚泽点头道："可以。"

等应奚泽的体能基本恢复，两人才准备离开杭城。

说是旅行，实际上连宿封舟都不知道到底要去哪里，只是在离开这片信号空白的区域之后率先联系了一下平城的安全区，跟冀松说明一下情况，顺便要了一份现阶段各大城市已知风险程度的详细列表。

这个时候距离他们离开平城已经过了好几天，因为长久的失联，冀松那边显然已经担心坏了。接到应奚泽电话的时候才稍微松了口气，问："所以，都解决了吗？"

"嗯，解决了。"应奚泽回头看了一眼空荡荡的废墟残骸，停顿了一下，说，"我是来跟您告别的。"

"明白。"冀松显然已经做足了思想准备，轻轻地笑了一声，"为人类，你已经做得足够多了。"

是的，确实够多了。

他提供了新的基因序列，解决了未来可能存在的最大隐患，也该开始寻找属于自己的生活了。

只不过，冀松还有一些担心。

"但是你真的不打算回来吗？我可以额外申请一片单独的区域给你。外面毕竟还是不太安全，虽然那些异形确实伤不到你，但终究不像安全区来得舒适。"冀松说。

"谢谢您的好意，不过，我暂时还是想要在外面转转。"应奚泽说道。

冀松语调稍微柔软了下来，说："这样也好，你们要的风险区分布图一会儿就发到你手机里。不过转完了还是要记得回来，跟人类的未来无关，安全区还是你们的家。"

应奚泽点头道："嗯。"

听到脚步靠近的声音，宿封舟抬头看了过来："聊完了？"

"嗯。"感受到手机微微振动了两下，应奚泽低头扫了一眼接收到的风险地图，展示到宿封舟的跟前，"所以，现在知道想要去哪了吗？"

"其实我都可以。"宿封舟微微抬了抬眼，"今天天气挺好的，走吧，带你去兜风。"

不得不承认天气确实不错，如果不是在末世这样的环境中。

应奚泽缓缓地靠在车窗边，感受着阳光落在脸上的温润，眯起了眼睛。

窗外无数飞速后撤的风景带着斑驳的光影，连带着心境也有一种微妙的平和。这是一种从未有过的感觉。

接收到的风险区地图终究还是成为了摆设。不过大概是因为在之前对于零号的吞噬过程中发生了转变，应奚泽的存在成为了异形们最大的恐惧，不论他走到哪里，总能看到成群的异形潮特意避开，为两个人的出行过程提供了很大的便利。

最近的一处村落，周围的东西已经完全遭到了非常严重的破坏。

宿封舟从一家岌岌可危的超市中找出了一些还在保质期内的食物，挑了几样比较完整的给应奚泽递了过去，还不忘开了从角落里面翻出来的一瓶可乐，说："你说，我们这种算不算是自驾游？"

应奚泽扫了一眼这个就地取材而乐此不疲的男人，一时间竟然有些不知道该如何评价。

他想了想，对于最近的伙食给出了评价："我想吃点热的。"

在外面唯一的坏处，大概就是吃不到热乎的食物。

应奚泽前段时间稍微养起来的胃，一下子似乎有些无法得到满足。

宿封舟平时在外面出任务惯了，确实没有意识到。经过应奚泽这么一提醒，终于反应了过来，说："那就做点热的。"

村庄处在靠海的位置。

在这之前应奚泽并不知道，一个身经百战的 TS 在捕鱼这一点上，也具有极强的天赋。

夜色逐渐降临，徐徐的海风间，篝火若隐若现。

他们时不时地可以听到怪物的嘶吼声，不过已经成为了遥远的背景音，自从确定这些东西再也不敢轻易靠近之后，它们的存在感也开始消失了。

吃完的鱼骨架留在篝火旁边不远的位置。

片刻恍惚间，有一层外套已经轻轻地盖在了应奚泽的身上。应奚泽缓缓地往衣服里面缩了缩。

这是前所未有的感觉，他似乎分外喜欢这样简单自然的生活状态。他本以为自己是个工作狂魔，现在看来，只不过是因为当时只能将工作作为寄托而已。

人类或许终将走向文明的未来，而在此时此刻，他们也终于找到了属于自己的最终归属。

枷锁抛尽。

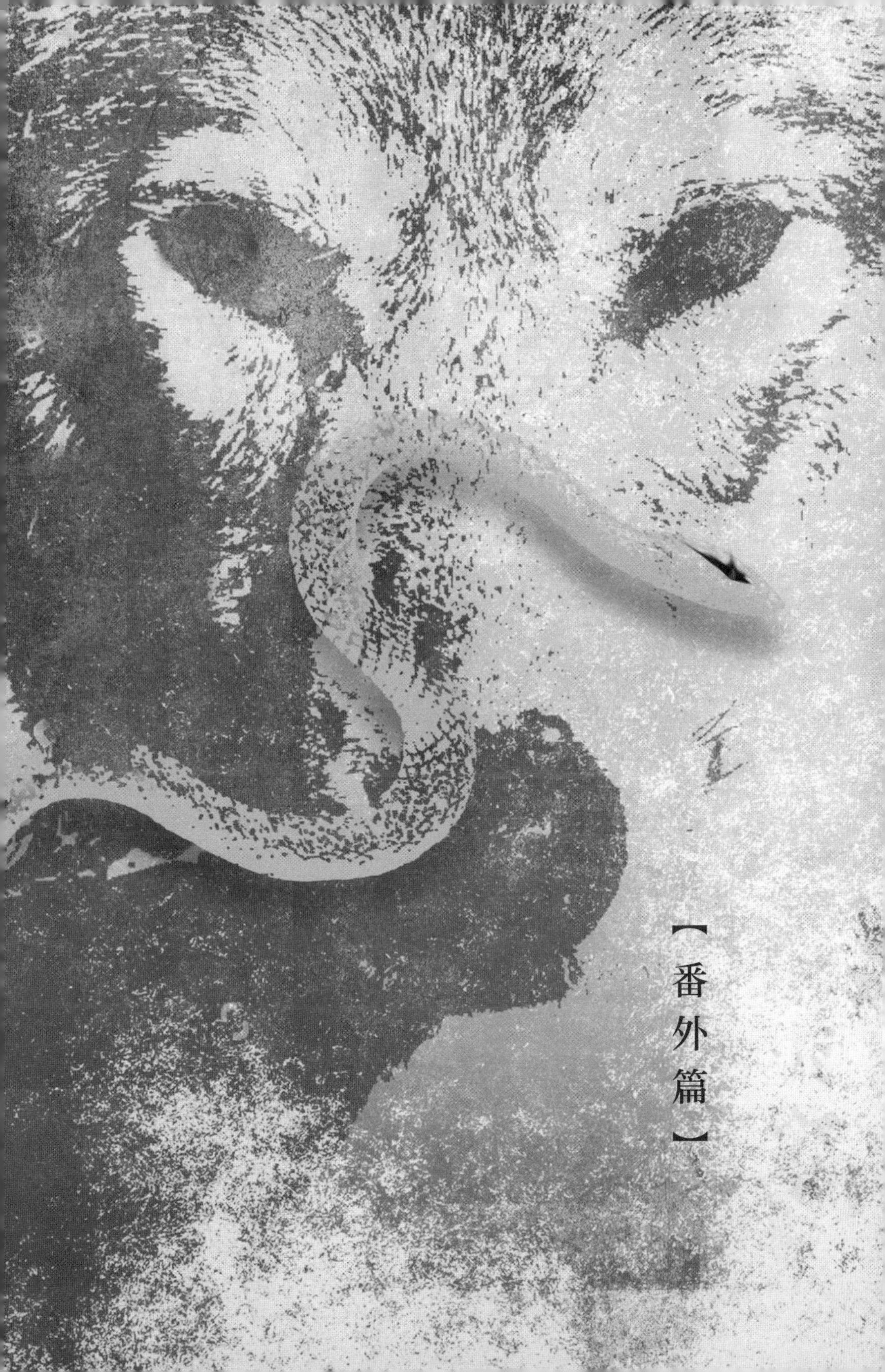

【番外篇】

三个月后

距离新的基因序列发现，不知不觉已经过去了三个月。

当研究院发布最新消息的时候，迎来了安全区的首次狂欢。

长期的压抑与绝望几乎占据了人类的未来，在这片黑暗当中，陷入无助的人类终于首次感受到了新生活的希望。

随着新型疫苗的陆续推出，安全区的人类开始按照批次地接受接种。疫苗棚里的工作人员每天都焦头烂额地忙碌着。

第一次注射之后进入了第二、三次注射时期，不知不觉间这样反复的工作状态成为了眼下最常见的生活形态。

来来去去的人影，几乎都穿着清一色的白色防护服和护目镜，但是那特殊的发色依旧还是让人能够一眼就认出那个身影。

有人轻轻地拍了下他的肩膀，伸手指了指门口的方向，提醒道："应先生，宿队又来找你了。"

应奚泽放下手里的接种记录，回头看去的时候，一眼就看到了站在门口的那个男人。

他风尘仆仆的样子显然是刚刚从其他地方赶来的，此时正要笑不笑地看着他，眉目间是跟那充满猩红杀戮的眸色截然不同的温存。

应奚泽微微一愣，不疾不徐地摘下手套放在旁边，才迈步走了过去。

应奚泽问："不是说过几天才返程，怎么今天就回来了？"

"都是一些小玩意儿，处理起来没什么难度，直接清除完就不多待了。"宿封舟云淡风轻地描述了途中凶险的过程，瞥了应奚泽一眼，"倒是你，说好的退休，怎么又跑来这里当义工了？”

“家里待着也是无聊，出来随便转转。”应奚泽说着，望了一眼疫苗注册处排着的长队伍，不知道想到了什么，“等这批次的疫苗注射完成，应该终于可以进入真正的转折点了吧。”

“应该。”宿封舟应了一声，听应奚泽这么说，倒是想起一件事来，“冀院长应该找过你了吧？昨天他也给我打了电话，问了表彰会议的事情，关于这次基因序列项目的巨大突破，听他的意思是想要把你的名字上报上去，但是被你拒绝了？”

“嗯，是拒绝了，没什么必要。”应奚泽脱口回答，“说到底我只是当初阴差阳错地提供了一个可能性，并没有参与到具体的研发过程当中，严格来说如今这个项目的成绩跟我并没有太大的关系。”

说着，他看向宿封舟："如果老师非要加上谁的名字，写你一个的也就够了。"

“我才不要。”宿封舟笑出声，“比起这些，我更关注的是，你什么时候才能下班？”

应奚泽看了眼时间："随时都可以。"

本来就是临时来帮忙，应奚泽随便跟工作人员打了一声招呼，就去更衣室换回了便服，跟宿封舟一起往外走去。

他们途中遇到了不少来注射疫苗的接种者，这些人很多都是打第二、第三针。因为目前人类已经大范围地避免了被感染的可能，比起几个月前全城人心惶惶的状态，这些人的心情明显要好了很多。

而且，在以后的日子里，也一定可以更好。

他们走到停车场的时候，应奚泽才发现七组的其他人员都在。

看到他们走来，对方遥遥地就开始招呼："老大，应哥，你们来了！"

考虑到应奚泽已经彻底结束了研究院的工作，他们思来想去，不好再叫“应工”，就干脆直接喊起了哥。

应奚泽刚坐上车，慎文彦就挤眉弄眼地凑了过来："应哥你是不知道，出任务的几天老大那叫个归心似箭啊，直接超级压缩地完成了任务，这刚回城都不着急带我们回去报到，听说你在这边，就直接把整个车队给拉了过来。"

慎文彦话音未落就被宿封舟狠狠地拍了一把，捂着吃痛的脑袋委屈巴巴地也不敢多说，缩了缩脑子顿时钻回了自己的位置上。

“别听他的。”宿封舟象征性地清了清嗓子。

比起刚开始的萧条，街道上已经开始有了闲适散步的人群。当初被破坏的建筑也终于得到了重建，有几个小孩子拽着风筝线跑过，风筝逐渐地直冲天际，在灿烂的阳光下显得相当自由。

应奚泽眯了眯眼。

眺望天际的时候他才后知后觉地发现，出入口方向的那片防护罩不知道什么时候已经悄然被撤了下来。

一切都在朝着好的方向持续发展着。

等到他们回消查部提交了工作报告，再返回家里，车上就只剩下了应奚泽跟宿封舟两人。

途中，他们还特地去菜场转了一圈。

因为粮食紧缺，共用菜场已经转由政府接管，使用的是新型的虚拟货币，每个人都有相应的份额。

应奚泽跟宿封舟两人一个从不独自做饭，一个一出任务就是好几天甚至好几个星期的，分配到的虚拟币想起来用的时候倒是管够。

两人回去的时候手里提着的都是应奚泽喜欢吃的食物。

“总觉得这几天我不在，你好像都变瘦了。”宿封舟往应奚泽身上瞥了几眼，这样评价道。

“那就多做一点好吃的。”应奚泽也不否认。

下车后两人提着大包小包的食材放到了厨房，应奚泽眼看着宿封舟就要跟过来，转身就把他推了出去。

他指了指楼上的方向，陈述道：“先洗澡，一身的臭。”

“我都没沾到那些怪物的血，哪臭了？”

宿封舟作势闻了闻身上，嘴上反驳着，行动上倒是相当顺从，他眉目带笑道：“等会儿我做顿丰盛的，咱们好好吃一顿。”

应奚泽余光扫过，一眼就瞥见了从精神图景里面跑出来正在客厅里面溜达的黑狼，一语双关：“把你的狼尾巴收一下。”

宿封舟险些藏不住得逞的笑意：“好的长官。”

探班

疫苗顺利推广，人类宣告已进入感染免疫阶段。

随着越来越多的风险区被逐渐解放，新的安全区逐步建立，原本颓败的制度开始一点点地进入重建阶段。平城依旧是最中央的根基区域，但是因为城区部分的规划，上层管理部门经过会议之后做出了转移的打算。

而在这之前，持续收复风险区恢复城市面貌，始终是最为关键的问题。

地窟失守之后，所有的作战部门统一被消查部接手。不论是宿封舟所在的七组，还是徐雪风带领的九组，无疑依旧是高危任务的先锋力量。

宿封舟倒是有提出过退休，只是被拒绝了。在应奚泽看来，每个人都有每个人的使命。

而七组，就是宿封舟无法割舍的存在。

延伸开去的蜿蜒公路上依旧有坑坑洼洼的痕迹，但是绝大部分已经得到了修复。

战备车一路呼啸而过，逐渐地穿过一些正在重建的村落，朝着更远的方向驶去。

周围依旧没有车辆和人影，但是远远近近地已经可以看到一些炊烟，偶尔还夹杂着重建过程中设备所发出来的轰隆声响。

战备车就这样慢慢穿过了重建区域，最后渐渐地开始进入无人的环境当中。

路边已经可以看到一些异形的尸体残骸，有些已经完全腐蚀，有些显然才刚死。

车上的人就这样平静地靠在窗边，外面的景象落入眼中，没有引起太多的波澜。

好几天的车程之后，他们终于在视野中再次看到了新的人影。

那些人来来往往非常忙碌，这里显然是一个临时搭建的营区，听到车子驶近的声音，放哨的工作人员迅速迎了上来。

车辆停靠完毕，驾驶员将工作证明交到对方手上进行登记。

工作人员核对过任务细则，点了点头道："平城过来的？那么远的路还过来送物资，辛苦了！"

"不辛苦，不辛苦。"驾驶员笑了笑，给后方的队友们示意。

几个人纷纷翻身下了车，开始手忙脚乱地搬运车上的物资。

又来了几个人领着他们去仓库，场面一度十分热闹。

工作人员站在旁边监督执行，这个时候一抬眸，恰好看到车门处又走下来一个人，他的视线不由得微微一顿。

银白色的发丝在阳光下反射着刺眼的光芒，衬托着那张脸的容貌，让他下意识地屏住了呼吸。

应奚泽语调平静地问："宿封舟人呢？"

现在能够指名道姓地念宿封舟名字的人实在少之又少，一句话听得两人齐齐地背脊一直，整齐划一地伸手指向了北面的那个方向："宿队他，应该是在那个帐篷里面休息。"

"谢谢。"应奚泽客气地点了点头，转身走了。

眼看着那个背影逐渐远去，终于缓过神的两人长长地吁了口气，默默地交换了一个错愕的眼神。

明明看起来温柔宁静的一个人，为什么刚才那么一瞬间，给人感觉到一种完全不输给宿队的压迫感呢？

宿封舟的帐篷周围非常安静。

所有人都知道这位队长过分敏锐的五感，非常识趣地在休息的时间点尽可能地与他保持距离。

应奚泽径直走了进去。一眼就看到了地铺上面躺着的人。

帐篷没有窗，只有阳光从背后掀起的帘子旁照入，落在那似乎依旧还在熟睡的身影上。

应奚泽垂眸定定地看了一会儿，将帘子重新盖了回去。

宿封舟低低地笑了笑："怎么突然来了？"

应奚泽抬头看去，不答反问："装睡好玩吗？"

"没办法，从平城过来的？这么远的路得开好几天吧，累不累？"

"有点。"应奚泽应着，干脆也不反驳了，挑了个相对舒适的姿势在宿封舟旁边躺下，语调淡淡，"在城里待得有些无聊，干脆过来看看你这边的情况。"

"那正好，等解决完了到时候再一起回去。"宿封舟低低地笑了笑，"不过这边还有最后一个异形群没有清除，大概有上百只，估计还要等上一阵子。"

"没关系，我可以留在营地。"

宿封舟微微顿住，用手摩挲着他最近几天有些长出的胡子说："留在营地？不跟我一起去？"

"不去了，不喜欢荒郊野外的。"应奚泽回答得很是干脆。

宿封舟稍微哽住，最后哭笑不得地说："怎么感觉这段时间下来，你越来越养尊处优了呢？"

应奚泽也不否认："嗯。"

宿封舟的表情多少有些像搬起石头来砸了自己的脚，最后也只能无可奈何地叹了口气："行吧，留在营地就留在营地。"

外面偶尔有车辆路过的声音，然后又渐渐远去了。

"现在在外面不是很方便，再稍微忍耐几天，等回到平城，再给你进行精神图景的梳理。"

这样的话落入耳中，让宿封舟丝毫不觉得奇怪。

其实就从应奚泽进来的那一瞬间，他就已经猜到了这个突然过来的真实原因。

很显然应奚泽是感受到了宿封舟精神图景那些细微的波动。

宿封舟的嘴角微微地勾起几分："嗯。"

清理精神图景

顺利完成任务之后，整个车队出发返程。

因为这次任务面对的异形数量浩大，在外面耗时长达近一个月之久，也让所有人在回归的途中后知后觉地感受到了强烈的疲惫感。

相对而言宿封舟却显然惬意很多。

他心情一好，整个车厢里面的氛围顿时也轻松了起来。

慎文彦原本并不想搭上这辆专车，奈何其他人的速度太快，只留下了这么一个空位。

“老大，麻烦你把脸上的表情控制一下。”

“滚一边去，你懂什么。”宿封舟丝毫不为所动，嗤笑一声。

慎文彦不敢再造次，只能把话题抛向了旁边的应奚泽：“不过话说回来，应哥，自从你给我们老大进行过精神疏导之后，他的状态就明显稳定了很多。这次你来之前才刚经历了连续几天的作战，我自己都快感到体内的精神力乱窜着就要控制不住了，他居然没有现场发疯，简直神奇！要是换成以前，说不定早就已经清理现场，连带着把我们这些队友也给清理了。”

应奚泽闻言，余光扫过宿封舟的侧脸。

其实宿封舟的精神图景里的景象远没有外表看起来的平静，要不然他也不至于专程来跑这一遭，不过这个时候还是非常识大体地并没有揭穿他那假装镇定的假象。

一行人返回平城之后，进行了一下简单的工作交接。

陆续有新的风险区收复，整个世界在逐渐地回归正轨，连带着这个初代安全区里的氛围也隐约透着和平前夕的愉悦。

两人单独回了住处，宿封舟二话不说直接就一头栽进了浴室里。

等他洗完澡出来，坐在沙发上看报纸的应奚泽抬头看来，朝他挥了挥手道："过来。"

宿封舟走过去，意有所指地朝周围看了看，问："在这里？"

"清理精神图景。"应奚泽说着直接伸出了手。

隐约间，强大的精神波动浮起，带过了一阵风，将周围的窗帘齐齐地刮起。

原本还算明亮的客厅一经遮挡，只剩下了昏沉的光线。

由 TW 精神力组建的虚拟屏障已经从周围升起，在两人周围缔造出了一层十分精致的狭隘空间，无数的精神触手盘踞在周围，成为了跟另外一处精神世界的链接桥梁。

之前在车上的时候，慎文彦提到的宿封舟的精神图景其实并不是表面上看起来那样坚不可摧。

两人的精神图景早就已经完全地连接在一处，从应奚泽的视角来看，可以清晰地感受到持续拍打在岛屿周围的惊涛骇浪、狂风、暴雨，在 TS 持续作战的过程中蠢蠢欲动，让原本一片平整的地面上隐约出现大力波动下产生的细痕。

宿封舟的精神图景需要清洗，需要安抚，需要逐渐回归平静。

应奚泽在宿封舟身边的时候，也只能短暂地让他更好地控制住自己的情绪，而接下去需要做的，无疑是一场更加全面的图景清理。

仿佛忽然间遭到了无形力量的牵引，原本空阔的精神世界当中出现了无数密集的精神力引线。像极了柔软蜿蜒的小蛇，无孔不入地在隐约动荡的精神图景里游走。

之前的狂风暴雨在几天的平稳之下已经逐渐变成了连绵的细雨，五感在这样的环境下得到了无声的牵引，原先所有那些让人感到焦躁不安的信息被逐渐清除，冲刷着地面的雨水变得徐缓，柔软的泥泞得到重生，将所有细小的泪痕一点一点地得到了填补。

从天而降的瀑布忽然间散开，轻轻地滋润着地面。

舒适的触感激发着被净化的本能，随着地面上碎石的逐渐冲刷，现实世界的身体本能也被逐渐调动。

宿封舟耳边除了雨落的声音，还有微微沉重的如风般的呼吸声。

清理还在继续。应奚泽严丝合缝地，将每一处都无比细致地打点。

长期盘踞在上空的乌云开始退去，取而代之的是温润的暖阳。

图景世界里的气息开始变得湿热，传递到体内，是一阵又一阵舒适又极度想要沉沦的感觉。TW 的精神触手无孔不入地渗进每一寸的神经，将 TS 的所有烦躁都彻底驱逐，将最敏锐的直觉完全地调动。

这场由 TW 单方面掌控的疏导清理还在持续着。

视觉、听觉、嗅觉，触觉……一项又一项深入试探，又在悄无声息地进行着调度。

应奚泽就像宿封舟全身器官上的最精准的遥控器，处处仔细地进行着检测，又同步地在另一处微妙的状态下将他逼向发疯的边缘。

最终，地面在瀑布的冲刷下回归了平静的安逸。

而周围的海平面开始蠢蠢欲动，在无可控制的趋势下，试图将整片瀑布融入其中。

图景世界彻底安宁。

再过忘川

昏昏沉沉之间，应奚泽做了一个很长很长的梦。

在梦里，人类与异形的这次对抗战役终于宣告结束，所有的城市得以收复，研究院里的科研人员们回到了自己的研究岗位，科学仍在持续推进，黑暗时期成为了历史当中浓墨重彩的一笔。他就这样站在车门前安静地等待着，再也不用投入到危险任务中的男人朝他遥遥走来，眉目带笑地说："走吧。"

周围忽然狠狠地波动了一下。

随着身体的晃动，应奚泽虽然可以感受到旁边的人在第一时间就牢牢地扶住了他，他依旧在迷迷糊糊当中醒来。

没有外面明媚的阳光，整片天际昏暗之际，透着一抹似红似蓝的微妙光色。

即使关着车窗，彻骨的寒意依旧不可控制地从外面渗进，来自至今仍无法解释的另一个奇妙世界，不论从什么时候来看，这里的环境对于人类而言都不讨喜。

似乎是留意到应奚泽的微微走神，宿封舟问道："吵醒你了？"

"也没有睡很沉。"应奚泽稍微地顿了顿，整个人也已经回过神来。

他的视线落向窗外，余光中可以看到车队漫长的影子。

虽然不如梦境中所想的那样美好，但是对抗异形的三年来，人类也终于逐渐地收获了成效。

成片的沦陷区被陆续收回，三代疫苗的研发和推广让感染再也不是一个让人担心的问题，安全区得到了严密地防护，成批的战士投入到对外的收复任务当中，整个地球板块上的风险地区每天都在以非常惊人的速度迅速收缩。

而在平城这一带周围，剩下的异形已经被驱逐回了地窟当中。

如今要做的，是完成岗哨的再度建立。这一回并不是设定在地窟之外，而是在内部更深入的地区。

人们要严格地建立一处巍峨的地下之城，确保这些血腥暴戾的怪物们无法再次跨过这道人类的警戒线，去外界继续兴风作浪。

不远处依稀可以看到水流涌动的影子。

应奚泽还记得自己睡着的时候外面还披着明媚的阳光，而此时再醒来，却是已经渡过了“忘川”，进入了这片混沌的空间当中。

他并不是很喜欢这里面的环境。

严格意义来说，这是他第二次渡过“忘川”。

这样的念头浮现，让应奚泽不由得看了一眼宿封舟。还记得上次来到这里是为了完成任务，故地重游，所有的氛围和感知都完全不一样了。

应奚泽轻描淡写的一个视线，也让宿封舟瞬间读懂了里面的含义。

他嘴角稍微浮了浮，勾起了一抹很浅的笑意：“放心吧，我可没忘。上次来这里的时候，我对你很多的举动感到非常好奇，确实也就盯得紧了点。现在想想，就觉得当时的自己特别傻，怎么可以对你产生怀疑呢，是不是？”

宿封舟一副完完全全坦白从宽的态度，认错认得相当干净利落。

应奚泽垂了垂眸，并没有反驳这个“傻”的评价，顿了一下才开口：“其实那一次申请参加地窟的任务，我并没有做好全身而退的打算。”

宿封舟脸上的表情没有改变，身子微微直了几分。

“按照当时的想法，最坏的计划大概就是跟零号在这里同归于尽。我本来就是想要来找它的，评判一下这段时间下来它持续性的进化情况，如果有必要的话，就会选择一些不常规的手段……就是没想到，有人居然跟着找了过来。”应奚泽继续说，想起了记忆中的一些片段，“那时候确实有些打乱我的计划，也让我不得不开始考虑，这大名鼎鼎的宿大队长，我到底是救还是不救呢。”

宿封舟开口："那会儿我还抱着当回英雄的念头，看来是我唐突了。"

应奚泽无声地笑了一下："不，从某种角度来说，确实是你救了我。"

他很清楚自己在前几年所经历的状态。什么事情都不关心，什么事情都不在意，甚至对未来并没有抱太大的希望，生存还是死亡这种哲学的问题似乎对他而言都不重要，每一天的到来和结束也根本没有任何的意义。

在这种浓烈的厌世状态下，如果没有宿封舟的出现，此时此刻的他，或许早就已经不存在了。

车辆忽然微微一震，整个车队也陆续停了下来。

一直让自己尽可能缺乏存在感的驾驶员，这个时候才回头探了探脑袋，说道："那个二位，我们到了。"

二人推门下车的时候，周围的人已经开始忙忙碌碌地投入到了建设工作当中。

这片岗哨新的搭建地点事先就经历过了数次的勘察，最终才确定了这个位置。热火朝天的施工场面一旦展开，让这片原本昏沉的异世界也充满了成片飞散的火光。

然而周围依旧十分安静。

这里提前进行过的消查工作，让这些外来的人类反而成为了周围唯一存有生命的存在。

宿封舟的七组接到的任务就是保驾护航。

简单地安排了各个位置的监察任务之后，宿封舟嘴里叼着一根薄荷烟，跟应奚泽一起站在车队跟前。有了稳定的疏导后，这些用来平息精神力波动的薄荷烟基本上成为了装饰，只是出于习惯，宿封舟依旧喜欢在嘴上叼上一根。

"等这里的岗哨搭建完成，将外面流动的那些异形全部驱逐回来，这片陈山地窟附近的区域总算可以彻底地安定下来了。"宿封舟说话的时候嘴边的薄荷烟也跟着上下很有规律地晃动着，火星中燃烧着点点的烟味，让周围本就光线低暗的氛围显得更加不切实际，言语间可以听出对方显然已经考虑很久了，"到时候我就去跟部门里面批个两三年的长假，之前说好的我们出去遛遛。"

应奚泽回头看他，问道："那七组的工作怎么办？"

“该清除的地方都处理得差不多了，后面也没那么多的工作，有徐雪风的九组在也就够了。”宿封舟说着笑了笑。

应奚泽轻声道：“你耐不住性子，与其在家里待着无聊，还不如现在这样到处跑来得舒服。”

“怎么会无聊？”宿封舟掐灭了烟头，“其实我的计划是，趁着这段时间的假期，来个新世界旅行怎么样？”

人类的未来重新找回，他们也将去迎接属于自己的全新未来。

必然是美好的。

缘起篇

已经数不清是来到基地的第几天了。

应奚泽静静地坐在办公室的桌旁摆弄着电脑。

他是来这边看母亲的，但是因为母亲过分繁忙的工作，让他更多的时间只能一个人待在这里。

从电脑屏幕可以看到他玩的是一个十分简单的推箱子游戏，但是过快的速度，足以让路过的人时不时驻足看上一会儿。

来的次数多了，基地的所有科研人员都知道，逢女士有一位堪称天才的儿子。

外面忽然一阵躁动引起了应奚泽的注意，让他从电脑屏幕上转开视线。

周围的研究人员似乎也接到了一些指令，迅速地穿好外套冲了出去。

应奚泽犹豫了一下，到底还是放下了手里的鼠标。他一路跟着人群，少年还没长高，让他努力地踮起脚尖才能看清楚外面的情景。

一辆车刚刚停靠完毕，从上面下来了一行人，有男有女，有老有少，唯一相同的是每个人脸上都悬挂着极度惊恐的表情。

过分窒息的氛围让应奚泽的胸膛下意识地多了几分起伏，然后，他扫了一眼，视线在人群中忽然顿住。

那个少年的身影格外瘦小，站在几个男人当中几乎要被完全盖住，但是那过分平静的神情让他在现场显得那样的格格不入。

走神中，应奚泽听到了工作人员汇报的内容——巡逻队在外面发现了大批量的感染者，只有极少数人幸运地得到了延缓剂，而在这些接种者当中依旧有很大一部分没能阻止异变的发生。眼下这批带来基地的都是最终幸存下来的志愿者，为了摆脱异化的最终宿命，资源接受尚在研发阶段的异化治疗项目。

对于异化治疗项目，应奚泽自然并不陌生。

这正是他母亲在进行的核心研究内容。

应奚泽早就已经习惯了基地内部压抑沉闷的氛围，对于所谓的生离死别也都习以为常，但他还是第一次在这里看到和他年龄相仿的人，不由得多看了两眼。

也不知道是不是巧合，人群中的少年也刚好朝他这边看过来。

远远地，那一瞬间四目相对，应奚泽朝对方露出了友好的微笑。

然而少年却并没有给出回应，而是在研究人员的口令下，跟着队伍一同往隔离区的方向走去。

这是第一次相逢，整体来说并不算太愉快。

后来，应奚泽从其他人的口中知道了这个少年的名字。

祁墨。

大概是因为被感染的关系，祁墨面对其他人的态度始终是冷漠，甚至冷酷的。

应奚泽最初几次接触的时候也觉得这人不算太好相处，但由于他是基地当中唯一的同龄人，他每次来到研究所看母亲，总会给祁墨带上一些有意思的东西，有时候是个打发时间的玩具，有时候是新鲜出炉的慕斯蛋糕。

最初祁墨完全是拒绝的，直到有一天，应奚泽照例将带来的小东西放入传送口中，忽然听到隔离窗另外那头的少年口叫了他的名字。

“应奚泽。”他问，“你会一直都来看我吗？”

应奚泽稍稍愣了一下，露出了笑容，说：“会的，祁墨。”

少年脸上的表情看不出是什么情绪，然后也跟着咧开嘴角笑了起来。过了许久，他又道：“这已经不是我的名字了，他们现在都叫我，‘零号’。”

零号。

应奚泽最初也并不知道这个称号的含义，但是有一个很明显的感觉是，他发现每次他来到基地的时候，零号房间旁边的志愿者都在一个接一个地离开。

终于有一天，初代的志愿者们只剩下了零号一个，旁边空荡的房间渐渐地被新来的二代志愿者替代。

而就在这些来来去去的人当中，唯有零号始终待在那个属于他的隔离间中。

有一次，应奚泽依旧是同往常一样来基地看母亲，他轻车熟路地找到零号所在的隔离间。

他也不知道最近母亲为什么这么排斥自己跟零号接触，但是他深知被隔离过程中的孤独与寂寞，总是会找机会偷偷地过来看看。

很幸运的是，管理隔离区的工作人员刚好有什么工作被调离了，并不在岗位上，这让应奚泽这回潜入地相当顺利。

他小心翼翼地抱着蛋糕一路小跑，往隔离间里面探脑袋看了一眼，发现了那个蜷缩在角落的瘦弱的身影。

很显然这几天又进行了不少实验项目，每次进行完实验，零号的心情总会显得格外不好。

应奚泽将蛋糕在传送区中转入隔离间，轻轻地敲了敲玻璃窗。

听到动静的零号回头看过来，道："你来了。"

不知道为什么，应奚泽感到少年埋在阴影下的那半张脸情绪莫测，有贪恋，有挣扎，又有带着分明的绝望。

少年明显是刚刚哭过，被泪水浸透的双眼眼眶发红，就这样直勾勾地看着他，声音里也是不同平常的嘶哑。

他问："应奚泽，你能答应我一件事吗？"

应奚泽微愣，问道："什么事？"

零号道："答应我，要永远陪在我的身边。"

应奚泽朝他露出微笑，道："嗯，我答应，陪着你。"

"我就知道你会答应的。"

零号脸上终于也露出了被称为笑容的表情，然后原本有些泛红的眼眶渐渐成了一片猩红。他身边的双手忽然软弱无骨地扭动起来，然后重重地朝着防护壁砸了过来。

玻璃碎裂一地的瞬间，应奚泽就这样看着零号踏着一地残渣朝他一步接一步地走来。

仿佛丝毫没有留意到周围轰鸣的警报声和疯狂闪烁的红色灯光，零号径直地来到他的跟前，扯起的嘴角是格外诡异的笑容。

“我有一个好办法，可以兑现你的承诺。

“一个，特别好的办法。”

低哑的声音成为了最深沉的呓语，也成了，这辈子无法摆脱的罪恶诅咒。

东郭先生与狼的噩梦，自此开始。

编后记

本书版权由北京晋江原创网络科技有限公司授权，由北京宏泰恒信文化传播有限公司出品。

在此真挚地感谢在《控制》出版过程中参与策划、创作的贡献者。北京宏泰恒信文化传播有限公司参加本书选题策划、封面设计、绘制插图的工作人员有：连慧、李艳、有点态度设计工作室·蜀黍、鹤止山川、poison、今天星期天。

2023 年 4 月